ANABELLE STEHL
Songs of Emerald Hills

ANABELLE STEHL

Songs of EMERALD HILLS

Roman

LYX in der Bastei Lübbe AG

Die Bastei Lübbe AG verfolgt eine nachhaltige Buchproduktion. Wir
verwenden Papiere aus nachhaltiger Forstwirtschaft und verzichten darauf,
Bücher einzeln in Folie zu verpacken. Wir stellen unsere Bücher in Deutschland
und Europa (EU) her und arbeiten mit den Druckereien kontinuierlich
an einer positiven Ökobilanz.

Originalausgabe:
Copyright © 2023 by
Bastei Lübbe AG, Schanzenstraße 6–20, 51063 Köln
Copyright © 2023 by Anabelle Stehl
Dieses Werk wurde vermittelt durch die
Langenbuch & Weiß Literaturagentur, Hamburg.

Vervielfältigungen dieses Werkes für das Text- und
Data-Mining bleiben vorbehalten.

Textredaktion: Klaudia Szabo
Umschlaggestaltung: © SO YEAH DESIGN, Gabi Braun unter Verwendung
von Motiven von © shutterstock.com (Zaleman / tomertu)
Illustration Innenklappe: © luciamorenodraws
Satz: Greiner & Reichel, Köln
Gesetzt aus der Adobe Caslon
Druck und Verarbeitung: GGP Media GmbH, Pößneck

Printed in Germany
ISBN 978-3-7363-2070-3

1 3 5 7 6 4 2

Weitere Informationen unter:
lyx-verlag.de
luebbe.de | lesejury.de

Für Herrn Orth
Go raibh maith agat.

PLAYLIST

You're On Your Own, Kid – Taylor Swift
Magnetised – Tom Odell
We Were Wild – Esmé Patterson
Wildest Dreams – Duomo
Alice Hyatt – Damien Jurado
Brid Og Ni Mhaille – The Corrs
The Galway Girl – Fiddler's Green
Whiskey in the Jar – The Dubliners
Give Me Love – Ed Sheeran
Outnumbered – Dermot Kennedy
I Contain Multitudes – Bob Dylan
Smoke Slow – Joshua Bassett
Dancing Queen – Stacey Ryan
I GUESS I'M IN LOVE – Clinton Kane
Might Be Toxic – Faith Richards
Bigger Than The Whole Sky – Taylor Swift
Irish Goodbye – Sammy Copley
Ireland – Ellie Banke

Liebe Leser:innen,

bitte beachtet, dass *Songs of Emerald Hills*
Elemente enthält, die triggern können.
Dies betrifft: *Verlust, Tod, Trauerbewältigung.*

Wir wünschen uns für euch alle
das bestmögliche Leseerlebnis.

Eure Anabelle und euer LYX-Verlag

AUSSPRACHEGUIDE

Songs of Emerald Hills spielt in der Gaeltacht – einem nach wie vor gälischen Gebiet Irlands. Dadurch sind einige Namen und Orte für uns ungewohnt. So sprecht ihr diese aus (ich habe mich der Einfachheit halber für eine Transkription mithilfe unseres Alphabets entschieden, die korrekte phonetische könnt ihr online nachschlagen):

Orte
Baile na Mara – bajlle na mara
Gaeltacht – Gäiltacht
Tigh Mholly – Tie Wollie

Namen
Aisling – Äschlin
Aoife – Iefa
Cian – Kieänn
Cormac – Kormäk
Declan – Decklänn
Eoin – Ouin (wie »Owen«)
Feargal – Föhrgäll
Pádraig – Pahdrig
Roisin – Roschien
Siobhán – Schiwahn

Außerdem gibt es in dem Buch einige irische Phrasen. Das bedeuten sie:

Irische Phrasen

A Bhreandáin, a Chiara, cad atá ar siúl agaíbh anseo? – Brendan, Kiera, was macht ihr hier?

Agus tá tú? – Und du bist?

Ar mhaith leat seaicéad? – Willst du eine Jacke?

Cén chaoi a bhfuil tú / sibh? oder *Conas atá tú / sibh?* – Wie geht es dir / euch?

Dia duit! / Dia dhuit! – Hallo!

Dia is Muire duit / dhuit. – Hallo (als Erwiderung).

Fág é! – Lass es! / Aus!

Go raibh maith agat. – Danke.

Le do thoil ná téigh. – Bitte geh nicht.

Maidin mhaith. – Guten Morgen.

Maith an cailín. – Gutes Mädchen.

Mo chailín. Beidh gach rud ceart go leor. – Mein Mädchen. Alles wird gut.

Póg mo thóin. – Leck mich am Arsch.

Sláinte (mhaith)! – Prost!, wörtl.: »(gute) Gesundheit«

Slán! – Auf Wiedersehen!

Spraoi a bheith agat! – Viel Spaß!

Tá an ghrian ag taitneamh. – Die Sonne scheint.

Tá mé beo. – Ich bin am Leben.

Táim ag súil leis sin. – Ich freu mich drauf.

Táim caillte. – Ich bin verloren.

Táim go maith. – Mir geht's gut.

Tóg go bog é! – Nimm's locker! (als Abschiedsfloskel verwendet)

PROLOG

Caroline

München, ein Jahr zuvor

Ich starrte auf den Sarg und wünschte, dass ich es wäre, die darin liegt. Stattdessen stand ich davor, inmitten all dieser Menschen, von denen sich die Hälfte sicher auch fragte, wieso es nicht mich statt Nadine erwischt hatte. Ich wünschte, ich könnte ihnen diese unausgesprochene Frage beantworten. Am liebsten hätte ich mich umgedreht und hinausgeschrien, dass ich doch auch keinen blassen Schimmer hatte.

Dass das Leben nun einmal scheißunfair war und der Tod ein schlechter Witz. Dass ich selbst wusste, dass sie es mehr verdient hätte zu leben als ich.

Ich biss die Zähne so fest zusammen, dass mein Kiefer protestierend knackte. Am Rande bekam ich mit, wie Manuel den Druck seiner Finger an meinem Arm verstärkte, als könnte er die Teile zusammenhalten, in die ich zerbrochen war. Seit drei Jahren war er meine Stütze, mein Fels in der Brandung. Doch jetzt war es zwecklos. Man konnte mich nicht mehr fixen. Ich brauchte keinen Felsen, wenn ich doch längst ertrunken war. Mit Nadine war auch ein Teil von mir gestorben. Und die restlichen Teile bereuten, noch da zu sein. Ich wusste, dass ich dankbar sein sollte für seine Liebe und

Unterstützung, sein Verständnis. Doch in mir war nur Leere.

Der Priester faselte etwas davon, dass Nadine jetzt an einem besseren Ort war, und es kostete mich alles an Selbstbeherrschung, nicht laut aufzulachen. Was für ein Ort sollte das sein? Nadine hatte dieses Leben geliebt. Im Gegensatz zu mir hatte sie Pläne gehabt. Eine Zukunft.

Was sie jedoch auch gehabt hatte, war Myokarditis. Eine Herzmuskelentzündung. Mit nur zwanzig Jahren. Und als ob das nicht schlimm genug war, hatte sie sich diese durch eine Lebensmittelvergiftung zugezogen. Beim Essen mit mir. Während es mich nur einige Tage ausgeknockt hatte, hatte Nadine sich nicht erholt. Die Entzündung war zu spät entdeckt worden, und obwohl wir anfangs noch gescherzt hatten, war die Lage schnell aus dem Ruder gelaufen. Ich würde die Stimme ihrer Mutter am Telefon nie wieder vergessen, sie jagte mich in meinen Träumen und würde es wohl tun, bis ich irgendwann auch unter der Erde landete.

Mein Blick wanderte zu Bernd und Annika, Nadines Eltern, die ich seit dem Kindergarten kannte. Beide weinten, hielten sich aneinander fest, schienen nur Sekunden davon entfernt, auf dem Friedhof zusammenzubrechen. Ob sie mich genauso sehr dafür hassten wie ich?

Die Worte des Pfarrers spülten über mich hinweg, und tief in meinem Inneren wünschte ich, dass ich noch an das glauben könnte, was er sagte. An ein Leben nach dem Tod, an Vergebung für all unsere Sünden, an bessere Orte. Doch welchen Trost würde mir das schon spenden? Meine beste Freundin war tot. Und ich war allein. Wir würden unseren Dreißigsten nicht in Vegas feiern, wie wir es geplant hatten. Sie würde aus ihren Songs auf Spotify kein richtiges Album mehr machen. Sie würde nicht auf meiner Hochzeit singen.

Stattdessen trat der Pfarrer nun zur Seite, und irgendjemand startete ihren Song, während die ersten Trauernden vortraten, um sich zu verabschieden.

Softly, carefully, I tread on new paths, stimmte Nadines sanfte Stimme das Lied an. Sie nur zu hören sorgte dafür, dass sich alles in mir zusammenzog. Mein Herz schmerzte, mein Magen krampfte, und meine Beine gaben nach. Es dauerte eine Weile, bis ich verstand, dass der Schrei, der durch das Rauschen in meinen Ohren in mein Bewusstsein drang, mein eigener war. Manuel versuchte noch, mich zu stützen, doch es war zu spät. Ich fiel und fiel und fiel und erwischte mich bei dem Gedanken, nie wieder aufstehen zu wollen.

Conor

Hätte ich gewusst, dass der Tag nichts als schlimme Nachrichten bereithalten würde, wäre ich mit unserem Kater Gaiman einfach auf der Couch geblieben. Stattdessen verließ ich im grünen Trikot das Haus, um Connacht Rugby, das einzig wahre Team, anzufeuern und ein paar Bier mit den Jungs zu kippen.

»*Dia dhuit, Conobhar!*«

Mrs Connolly, der einst die Bäckerei gehört hatte, schaute aus dem Küchenfenster zur Straße hinaus, so, wie sie es die meiste Zeit tat, und winkte mir zu.

»*Dia is Muire dhuit!*«, grüßte ich zurück und kam auf dem Fußweg, der an ihrem Haus vorbeiführte, zum Stehen. Ich wusste nie so recht, was ich von der alten Dame halten sollte. Sie plauderte ab und an mit einem, blieb jedoch meist für sich und hatte in der Regel immer etwas zu beklagen. Außerdem hatte sie es nie leiden können, wenn wir laut waren, und sich regelmäßig bei meinen Eltern über mich beschwert. Jetzt, da ich älter war, schien ich zu einem würdigen Gesprächspartner aufgestiegen zu sein, auch wenn ich nach wie vor nicht sicher war, ob sie mich wirklich mochte.

»*Cén chaoi a bhfuil tú?*«

»Gut, immerhin ziehen wir Tipperary gleich ab«, erwiderte ich mit einem Grinsen und deutete auf mein Jersey-Shirt. »Und Ihnen? Und den beiden Kleinen?«

Mrs Connolly drehte sich um, als müsste sie nachschauen, um meine Frage beantworten zu können.

»Gut, gut«, sagte sie dann, als sie den Blick ihrer graublauen Augen wieder auf mich richtete. »Die beiden schlafen gerade. Letzte Ferienwoche, richtig? Deinen Bruder hab ich gestern schon getroffen, als ich auf dem Weg zum Friseur war. Die Uni läuft? Wann geht es zurück in die Stadt?«

Ich nickte und vermied es, die Uhrzeit am Handy zu checken. Ich war spät dran und wollte auf keinen Fall den Anpfiff verpassen. Mir war klar, dass die erste Runde dann auf mich gehen würde. »Alles bestens. In ein paar Tagen fahr ich wieder, auch wenn ich am liebsten noch bleiben würde.«

»Studieren ist ein Privileg«, grummelte sie mehr zu sich als zu mir. »In Galway ist's doch sicher aufregender als hier?«

Ich zuckte mit den Schultern. »Ich mag die Ruhe hier lieber.«

Jetzt flog mein Blick doch zur Uhr, und natürlich bemerkte es Mrs Connolly. Sie richtete sich auf und strich die geblümte Bluse glatt. Trotz ihrer oft zurückhaltenden Art trug sie stets bunte, auffällige Muster. »Na dann. Grüß Molly und Siobhán von mir.«

»Mach ich«, rief ich, während ich mich schon zum Gehen wandte.

Baile na Mara war – zu meinem Vorteil – winzig. Um zum Pub zu gelangen, der das Spiel übertrug, musste ich bloß die Hauptstraße entlanglaufen, bis kurz vor dem kleinen Shop, der die einzige Einkaufsmöglichkeit in unserem Dorf bot. Pubs hingegen hatten wir drei, und jedes behauptete von sich, das älteste in Baile na Mara zu sein. Unabhängig vom Gründungsjahr war das *Tigh Mholly* zu unserer Stammkneipe mutiert, was nicht zuletzt daran lag, dass der Laden Pádraigs Mam Molly gehörte.

Während ich die grünen Felder entlanglief, begann es leicht zu nieseln. Nicht ungewöhnlich für Irland, erst recht nicht im Oktober. Vermutlich würde in wenigen Minuten schon wieder die Sonne zwischen den Wolken hervorbrechen und die ganze Szenerie in warmes Licht tauchen. Ich liebte diese schnellen Stimmungswechsel, und ich liebte diesen Ort. Das Meer zu meiner Rechten, dessen sanftes Rauschen bis zu mir vordrang, die Kühe und Schafe, die sich auf den Feldern abwechselten, die Weitläufigkeit, die so anders als in meiner Unistadt Galway war. Und ebenso liebte ich die Tatsache, dass ich hier endlich wieder *Gaeilge* sprechen konnte – Gälisch, also Irisch, was mir in der Stadt außerhalb des Unterrichts nicht möglich war. So sehr ich mein Studium in Irish and Celtic Studies auch liebte, konnte ich es doch kaum erwarten, heimzukehren. Zurück in die Gaeltacht, eines der wenigen und immer kleiner werdenden Gebiete Irlands, in denen noch Irisch gesprochen wurde. Nirgends fühlte ich mich wohler und mehr wie ich selbst als hier. Englisch war, wie bei vielen im Ort, nur meine Zweitsprache, und auch wenn ich diese fließend und akzentfrei sprach, war es nicht genauso natürlich, wie Irisch zu sprechen. Das Englische kam mir manchmal vor wie ein zu enges Kostüm, das an einigen Stellen spannte und nie so ganz passen wollte.

Der Regen wurde stärker, als das dunkelgrüne Gebäude, das seit Jahren der Dreh- und Angelpunkt unserer Treffen war, endlich in Sichtweite kam. Die pinken Verbenen bildeten einen starken Kontrast zum Anstrich und zogen gemeinsam mit der Schiefertafel, die die verschiedenen Biere und das Menü feilbot, die Blicke der Passanten auf sich. Mollys rostige Karre davor war mir ebenso vertraut wie die schwarze, geschwungene Schrift über dem Eingang: *Ceol agus craic* – Musik und Spaß – war zwar der typische Slogan, der fast alle Irish Pubs zierte, doch hier war das Motto Programm. Kaum, dass ich die Tür aufgestoßen hatte, wurde ich von Gelächter, lauten Gesprächen und einem enthusiastischen »Na endlich!« begrüßt. Kurz darauf traf Eoins Pranke mich an der Schulter, und er drückte mir ein Guinness in die Hand. Wie es aussah, würde ich wohl doch nicht die erste Runde schmeißen müssen.

»*Go raibh maith agat*«, bedankte ich mich mit einem Lachen bei meinem Freund und nickte ein paar der anderen Anwesenden zu. Wie immer, wenn ein Spiel lief, hatte sich der halbe Ort hier versammelt.

»Gern. Wobei ich es fast selbst getrunken hätte. Du bist grad noch pünktlich, Anpfiff war vor einer Minute.«

»Sorry, Mam wollte noch Hilfe bei was und Mrs Connolly …«

»Okay, die Ausrede gilt«, unterbrach Eoin mich grinsend und fuhr sich über das kurz rasierte Haar, an dessen Stelle vor wenigen Tagen noch lange, dunkle Strähnen gewesen waren. »Die Frau hat mich letztens beim Einkaufen ganze zehn Minuten festgequatscht und sich in einer Tour über das Wetter beschwert. Wie kann sie so miesepetrig und so gesprächig zugleich sein?«

Ich hob die Schultern und trank einen Schluck des Biers ab, bevor ich antwortete. »Gute Frage. Warst du beim Friseur?«

»Nope, das ist Olivias Werk.« Er streckte eine Hand aus und zog an meinem braunen, lockigen Haar, das mir mittlerweile fast in die Augen fiel. »Sag Bescheid, wenn sie sich dich als Nächstes vornehmen soll.«

»Sarah würde mich umbringen«, gab ich zurück, und Eoin verdrehte seine blauen Augen, wie immer, wenn ich meine Freundin erwähnte. Die beiden waren nie richtig miteinander warm geworden, dabei waren wir mittlerweile seit zwei Jahren zusammen.

»Declan hast du nicht aus dem Haus bekommen?«

»Er hasst Rugby nach wie vor.«

»Ich werde nie verstehen, wie ihr euch so sehr unterscheiden könnt.«

»Zweieiig«, gab ich mit einem Schulterzucken zurück. Dabei waren sich Declan und ich – abgesehen vom Äußeren – gar nicht so unähnlich. Wir hatten dieselben Ziele und Ideale, und ich konnte es schon jetzt kaum erwarten, gemeinsam mit ihm die alte Schule unseres Grandpas wiederzueröffnen. Leider standen zwischen uns und der Eröffnung noch ein Semester Büffeln und eine Abschlussarbeit.

Ich folgte Eoin zu den anderen an unseren Tisch, wo ich von lautem Gegröle begrüßt wurde, weil irgendjemand auf dem Bildschirm gerade einen unserer Spieler gefoult hatte. Pádraig, mein bester Freund seit Sandkastenzeiten, rutschte zur Seite, damit ich neben ihm Platz nehmen konnte. Der Tisch klebte leicht, als ich mein Glas darauf abstellte, doch das gehörte genauso dazu wie das Bild an der gegenüberliegenden Wand, das Pádraig, Eoin, Cormac, Cian, mich und meinen Zwillingsbruder Declan als Teenies am Strand zeigte. Wir standen in gelben Warnwesten in Reih und Glied vor einem weißen Boot und grinsten in die Kamera. Wir sechs waren unzertrennlich – oder zumindest waren wir es gewesen, denn Cian war mittlerweile nach Kanada ausgewandert.

Das Foto war knapp zehn Jahre alt und leicht vergilbt, doch trotz Renovierungsarbeiten hatte Molly es an dieser Stelle hängen lassen. Vermutlich, weil wir ebenso zum Inventar des Pubs gehörten wie die wackligen Stühle und der urige, holzige Geruch. Es markierte unseren Stammtisch – nicht, dass jemand uns diesen streitig gemacht hätte. Die Gäste hier funktionierten zuverlässig wie ein Uhrwerk: Sie saßen seit Jahren an denselben Tischen, bestellten die gleichen Getränke und führten mehr oder weniger die gleichen Gespräche. Genau wie ich trugen die meisten gerade grüne Mannschaftsjerseys. Es war brechend voll, und ich entdeckte auch ein paar Leute aus den Nachbarorten, die wohl extra hergefahren waren. Molly, Pádraigs Mam, winkte mir von hinter der Theke aus, und auch ihre Frau Siobhán, die mit meinem Dad an einer Schule arbeitete, nickte mir zu und hob das Glas zum Gruß. Ich tat es ihr gleich.

»Was grinst du denn so?«, fragte Cormac und hob die rotblonden, buschigen Brauen. »Noch haben wir nicht gewonnen.«

»Bin einfach froh, wieder hier zu sein. Ich hab's vermisst.«

»Immerhin einer, der Heimweh hat«, meinte Cormac und gab Pádraig einen so kräftigen Hieb gegen den Oberarm, dass dieser gegen mich stieß. Er rollte mit den Augen.

»Ja«, pflichtete Eoin ihm bei. »Der Junge ist vorhin sogar ins Englische gewechselt. Pass auf, sonst hält man dich noch für einen von Conors Touris.«

»Haha«, machte Pádraig trocken, und obwohl wir einander ständig aufzogen, hatte ich das Gefühl, dass es ihn diesmal wirklich nervte, denn seine grauen Augen funkelten – jedoch nicht vor Belustigung.

»Wenn ich mich recht erinnere, hast du letztes Mal mit einer dieser Touristinnen rumgemacht«, gab ich zurück, in der Hoffnung, die Aufmerksamkeit von Pádraig wegzulenken.

»Sie hat angefangen«, nuschelte Eoin in sein Bier. Wer auch immer es gestartet haben mochte, mein Dad war nicht gerade begeistert gewesen.

Jedes Semester kamen Studierende nach Baile na Mara, die über Erasmus, CIEE oder eines der anderen Programme ein Auslandssemester in Irland absolvierten. Sie checkten bei Molly ein und nahmen Unterricht in der alten Schule meines Dads. Einst hatte die meinem Grandpa gehört und war eine ganz normale irische Schule für Kinder im Ort und Umland gewesen. Mittlerweile war sie die meiste Zeit geschlossen, und mein Dad arbeitete als Lehrer an einer englischsprachigen Einrichtung. Wir öffneten die Türen des alten Gebäudes nur noch zu besonderen Anlässen und wenn mein Dad und ich Studierenden ein paar Grundkenntnisse in Gälisch vermittelten. Leider waren einige mehr an der Abendkultur und einem meiner besten Freunde interessiert gewesen als an Vokabeln.

»Alles in Ordnung bei dir?«, fragte ich leise, als Eoin und Cormac sich in ein Gespräch über besagte Gruppe aus Studentinnen vertieften. Pádraig hob die Schultern und pustete sich eine Strähne seines blonden Haars aus der Stirn.

»Keine Ahnung. Findest du es nicht ein bisschen komisch, wieder hier zu sein?«

Ich runzelte die Stirn. »Was meinst du?«

Das halbvolle Pint-Glas in der Hand deutete er durch den Raum. »Dieselben Gesichter …« Er schwenkte das Glas zu unseren beiden Freunden. »… die gleichen Gespräche. Heute Abend die gleiche Musik, das gleiche Essen und das gleiche Rugbyspiel.«

»Na, ich hoffe nicht. Letztes Mal hat Connacht verloren«, erwiderte ich grinsend. Meine Mundwinkel senkten sich jedoch ganz von selbst, als ich sah, dass mein bester und ältester Freund die Geste nicht erwiderte. Nicht zum ersten Mal hatte ich das Gefühl, dass das Band unserer Freundschaft immer poröser wurde. Im Gegensatz zu mir studierte er nicht in Galway, sondern in der Hauptstadt. Zwar sahen wir uns immer noch regelmäßig, doch irgendetwas zwischen uns hatte sich mit Beginn der College-Zeit verändert, und ich konnte nicht benennen, was es war.

Klar, seit uns nicht länger fünf Minuten Fußweg, sondern Kilometer voneinander trennten, sprachen wir seltener miteinander, doch das konnte kaum das Problem sein, immerhin war mit Eoin und Cormac weiterhin alles okay. Pádraig hingegen wurde von Mal zu Mal unzufriedener und wortkarger, kam immer seltener nach Hause. Wir vertrauten uns nach wie vor Dinge an, doch wir taten es nicht mehr mit Leichtigkeit, sondern aus Gewohnheit.

»Es tut sich einfach nichts«, sprach er weiter. »In Dublin ist kein Tag wie der andere.«

»Aber Routinen haben doch auch ihre Vorteile. In Dublin juckt es keinen, wenn du krank bist. Hier stehen gleich fünf Leute mit Hühnersuppe oder Medikamenten auf der Matte.«

»Ja, weil alle ihre Nase überall reinstecken.«

Ich hob die Brauen. Es war natürlich nicht das erste Mal, dass Pádraig sich über unsere kleine Gemeinde ausließ. Doch meist tat er es im Scherz. Jetzt jedoch klang er bierernst, hatte die grauen Augen frustriert zu Schlitzen verengt. Ein ungutes Gefühl machte sich in mir breit, denn so sehr ich den Gedanken beiseitedrängen wollte: Er erinnerte mich immer mehr an Cian.

»Ist was passiert? Oder woher kommt das alles?«

»Nein, es ist vielmehr all das, was hier nicht passiert.« Pádraig schwenkte sein Glas in der Hand, sodass ein kleiner Strudel in der dunklen Flüssigkeit entstand. Eine Weile beobachtete er ihn stumm, dann hob er den Blick und sah mich an. »Ich werde nach Australien ziehen. Ich mach das Physikstudium in Sydney fertig.«

»Was?«, fragte ich so laut, dass Cormac und Eoin die Köpfe zu uns herumschnellen ließen.

»Ich kann fast all meine Credits mitnehmen, muss nur einen Kurs nachholen, aber das wird kein Thema. Das akademische Jahr ist da anders getaktet als hier, also hab ich noch etwas Zeit. Aber zum nächsten Semester bin ich weg. Meine Mams wissen es natürlich schon, Grandma auch. Ich wollte es euch eigentlich schon früher sagen, aber ich wusste nicht wie …« Er hob die Schultern. Die roten Flecken auf seinen Wangen waren das einzige Indiz dafür, wie nervös er war. Ansonsten wirkte er ruhig, seine Stimme beinahe gleichgültig.

In mir jedoch war alles taub. Pádraig durfte nicht gehen. *Nicht auch noch er.*

»Warum?«, fragte ich, und hätte ich mich nicht so sehr aufs Ein- und Ausatmen konzentriert, die Tonlosigkeit meiner Stimme hätte mich mit Sicherheit erschreckt.

»Hab ich doch grad gesagt … Ich will einfach mehr. Mehr vom Leben, Chancen in der Karriere, ich …«

»Und das kannst du nicht in Irland haben, oder was?«

Cormac und Eoin sagten nichts, sahen nur von Pádraig zu mir und wieder zurück, als wären wir die eigentliche Attraktion des Abends, nicht das Spiel, das mit Rufen kommentiert wurde, die kaum an mein Ohr drangen.

»Wo denn? Soll ich nach dem Studium zurück nach Baile na Mara? Soll ich in meiner ranzigen Mietwohnung in Dublin bleiben? Später bei Google oder Facebook einsteigen? Ganz ehrlich, was haben wir denn sonst?«

»Ryanair!«, warf Eoin nun doch ein, hörte aber schlagartig auf zu lachen, als ich ihm einen bitteren Blick zuwarf.

»Also lässt du all das einfach zurück? Deine Heimat? Genauso wie Cian?«

»Cian wirkt recht glücklich in Kanada.«

Ich stieß ein ungläubiges Lachen aus. Cian hatte sich bereits nach der Schule aus dem Staub gemacht. Dass Pádraig es ihm nun gleichtun wollte … Mein Blick schoss zu dem alten Foto von uns sechs. Somit waren wir nur noch vier. »Ich fass es nicht.«

»Conor, wir haben hier keine Perspektive.«

»Ach ja? Und wer bist du, dass du so allwissend bist?«

»Das hat nichts damit zu tun, dass ich allwissend bin, schau dir doch die Zahlen an. Es gibt kaum Jobs, wenn, dann sind es beschissene Arbeitsplätze, und bezahlbare Wohnungen kannst du sowieso knicken. Du klammerst dich an ein sinkendes Schiff und kippst eimerweise Wasser über Bord, obwohl das Loch immer größer wird. Das ist naiv.«

»Pádraig ...«, warf Cormac ein, doch ich schüttelte bloß den Kopf, leerte mein Bier in wenigen Zügen, wischte mir über den Mund und stand auf. Ich hatte das nicht nötig. Schon als ich mich für mein Studium entschieden hatte, war Pádraig der Meinung gewesen, ich sollte lieber etwas Sinnvolles tun, als mich an eine sterbende Sprache zu klammern.

»Dann bin ich eben naiv, aber wenigstens trete ich unsere Kultur und Freundschaft nicht mit Füßen. Viel Spaß in Australien.«

»Hey, Conor, jetzt warte doch«, rief Eoin mir hinterher, als ich mich zum Gehen wandte. Doch in meinen Ohren rauschte das Blut, und hinter meinen Augen brannten kindische Tränen. Ich fühlte mich verraten. Von Pádraig, Cian, der Tatsache, dass sich mein Freundeskreis mehr und mehr ausdünnte und ich nichts dagegen tun konnte. Es war mein größter Traum, all das am Leben zu erhalten: unsere Sprache, unsere Kultur, Baile na Mara. Meine Heimat. Und nun verlor ich immer weitere Stücke davon und konnte nichts tun, als hilflos zuzusehen. Vielleicht hatte Pádraig recht, und ich war naiv. Vielleicht war alles längst verloren.

Als ich die Tür unseres Hauses aufstieß, raste mein Puls immer noch, und in meinem Kopf pochte es. Ich wollte nichts sehnlicher, als mich einfach auf das Bett meines alten Kinderzimmers zu werfen. Meine Eltern waren unterwegs, ebenfalls das

Spiel schauen, allerdings bei Freunden. Gaiman begrüßte mich maunzend und strich ein Mal um meine Beine, bevor er sich wieder auf seinen Kratzbaum vor der Heizung verzog. Mein Zwillingsbruder Declan saß mit Sicherheit in seinem Zimmer und schrieb Bewerbungen oder schaute Netflix. Er hatte Sport noch nie viel abgewinnen können. Kurz überlegte ich, ihm die Neuigkeiten mitzuteilen, immerhin war Pádraig genauso sein Freund wie meiner – doch ich wollte mich nicht damit beschäftigen. Wollte vielmehr Ablenkung von all dem.

Ich nahm mein Handy hervor und überlegte, Sarah zu schreiben. Sie schaffte es immer, mich zu erden, ganz gleich, was mich bedrückte. Ich hatte gerade den Haustürschlüssel in die Schale auf der Kommode geworfen und mein Handy aus der Jeanstasche genommen, als ich einen Laut von oben vernahm. Irritiert hob ich den Kopf und starrte zur Treppe, die vom Flur aus einen Stock höher führte. Es klang nach Declan.

Ich schüttelte den Kopf. Vielleicht zockte er auch und verlor mal wieder bei Counter Strike. Ich öffnete den Chat mit Sarah und lief langsam nach oben, doch noch bevor ich die Nachricht abgeschickt oder das Ende der Treppe erreicht hatte, hörte ich wieder ein Geräusch. Diesmal fuhr es mir durch Mark und Bein. Meine Finger stoppten in der Bewegung, schwebten über den Tasten auf meinem Display.

»Ja!«

Nein.

Mir wurde heiß und kalt zugleich. Ich ließ meine Hand mit dem Smartphone sinken. Denn die Stimme, die nun in ein Stöhnen überging, kannte ich. Ich kannte sie so gut. Es war dieselbe Stimme, die mir noch gestern Nacht zärtliche Worte ins Ohr geflüstert hatte. Die sich vor knapp drei Stunden von mir verabschiedet hatte. Die vor zwei Jahren das allererste *Ich liebe dich*, das ich je ausgesprochen hatte, erwidert hatte. Die Stimme, die ich den Rest meines Lebens an meiner Seite wissen wollte.

Wie betäubt erklomm ich die restlichen Stufen, packte mein Handy weg, ohne die Nachricht abzuschicken, und kam vor Declans Tür zum Stehen, die Hand bereits an der Klinke.

Ich kniff die Augen zusammen. Wollte meine Finger nicht nach unten bewegen, nicht sehen, was sich vor meinem inneren Auge ohnehin schon abspielte. Doch bei dem nächsten Laut – einem tiefen Stöhnen meines Bruders – stieß ich die Tür dennoch auf.

Wenn mein Blut eben durch meinen Körper gerast war, dann war ich mir sicher, dass es jetzt stehen blieb. Mein Herz zumindest tat es bei dem Anblick, der sich mir bot. Es war, als liefe alles um mich herum in Zeitlupe ab, grausam langsam, damit ich jedes Detail genau aufnehmen und abspeichern konnte.

Declan rappelte sich auf und fuhr herum, die Augen geweitet, das dunkelblonde Haar verwuschelt. Als er sich vom Bett in den Stand rollte, bestand keinerlei Zweifel mehr, wer bis eben unter ihm gelegen hatte. Mit einem überraschten Keuchen zog Sarah sich die Decke vor die Brust, als ob *ich* derjenige war, vor dem sie ihren Körper verstecken musste. Auf ihrer Miene wechselten sich die Emotionen ab – Überraschung, Entsetzen, Reue –, während in mir alle erkalteten.

»Conor!« Mein Bruder schnappte sich sein Shirt vom Schreibtischstuhl und hielt es sich vor den Schritt, die andere Hand streckte er nach mir aus. »Ich kann das …«

»Was, erklären?« Ich schluckte gegen den Kloß in meinem Hals an und sah zu meiner Freundin, die nach wie vor regungslos auf dem Bett saß. Ihre dunkelbraunen, glänzenden Haare fielen ihr in unordentlichen Strähnen über die Schulter. Sie machte keine Anstalten, sich zu rühren oder etwas zu sagen.

»Ich hab im Sexualkundeunterricht aufgepasst, Erklärungen sind nicht nötig.«

Keine Ahnung, was mehr wehtat: Sarahs Betrug, Declans Verrat oder die Tatsache, dass es schon das zweite Mal heute war, dass ich das Gefühl hatte, jemand würde mir das Herz mit der Faust zusammendrücken. Vermutlich hätte ich sauer sein müssen. Dinge durch die Gegend werfen sollen. Doch das Gegenteil war der Fall. Alles hatte sich verlangsamt, schien stillzustehen, und ich war nur taub. Da waren keine Emotionen mehr in mir, nur Kälte, ganz so, als hätte dieser Tag mir alles an Gefühlen gestohlen.

Endlich rührte Sarah sich, machte Anstalten, sich zu erheben, doch es war zu spät. Ich wollte keine Erklärungen, keine falschen Entschuldigungen oder Ausflüchte hören. Also drehte ich mich um, trat aus dem Zimmer und ließ den Anblick hinter mir, der sich unwiderruflich in mein Gedächtnis gebrannt hatte.

Vielleicht hatte Pádraig recht, und ich war naiv. Vielleicht waren meine Träume und das Leben, das ich mir ausmalte, nicht möglich, die Hoffnung vergebens. Vielleicht waren die Enttäuschungen heute nur der Anfang von allem.

1. KAPITEL

Caroline

Ob meine Mutter endlich aufhören würde zu reden, wenn ich die Gabel statt ins überteuerte Steak in meinen Handrücken ramme? Für einen kurzen Augenblick spiele ich mit dem Gedanken, entscheide mich dann jedoch, das Besteck einfach sinken zu lassen. Die Gabel hinterlässt ein klirrendes Geräusch, als sie den Teller trifft, doch selbst das stoppt meine Mutter nicht.

»Ich weiß noch genau, wie ich mich damals gefühlt hab.« Sie sieht mit verklärtem Blick zu meinem Vater. »Noch einmal jung sein und studieren, das wär's.«

Ich befehle meinen Mundwinkeln, sich zu heben. So wie vor drei Minuten noch, als sie von der Kanzlei schwärmte, die sie mit meinem Dad gegründet hat und in die ich nach meinem Studium eintreten muss. Nein, *darf.* Denn das Schlimmste an all dem? Ich habe diesen Weg selbst gewählt. Mir meine persönliche Straße direkt in die Hölle gepflastert.

»Na, komm schon. Wir haben uns auch oft genug über das Lernpensum beschwert«, gibt mein Vater mit einem Zwinkern in meine Richtung zurück. Seine vollen Lippen, die meine Schwester und ich von ihm geerbt haben, verziehen sich belustigt.

Ob sie überhaupt merken, dass ich nicht mehr esse? Vermutlich nicht. Für meine Familie ist alles wieder okay. Zwar bemühen sie sich immer noch, regelmäßig zu betonen, wie schön das Leben ist, doch ich schauspielere mittlerweile gut genug, um sie glauben zu machen, dass auch ich es wieder liebe. Das Jahr Therapie hat zwar dafür gesorgt, dass zumindest nicht mehr alles furchtbar ist, doch an den meisten Tagen ist nun alles gleichgültig – und ich bin mir noch nicht im Klaren darüber, ob das wirklich eine Verbesserung darstellt.

Wenn man meine Eltern fragt, ist das wohl so, denn für sie tue ich endlich das Richtige. Schludere nicht mehr rum. Sorge nicht länger für Lücken im Lebenslauf, die ihrer Meinung nach so schlimm sind wie meiner nach die Monotonie, die mich nun tagtäglich erwartet, nur unterbrochen von den gelegentlichen Partys am Wochenende. Alleinig die Trennung von Manuel finden sie nach wie vor ebenso unerfreulich wie unverständlich. Ich weiß, dass sie darauf hoffen, dass ich wieder zur Vernunft komme. Dass wir uns einvernehmlich getrennt haben, dass es daran liegt, dass ich kaum noch etwas fühle, innerlich leer bin, das können sie nicht wissen. Sollen sie auch nicht. In ihren Augen werde ich erwachsen. In ihren Augen ist meine Trauer ein Teil der Vergangenheit und nicht der ständige Begleiter, der einfach nicht von meiner Seite weicht. Letzte Woche Mittwoch bin ich mit Samthandschuhen angefasst worden. Einen Tag lang. Nadines Todestag. Jetzt wiederum habe ich zu funktionieren, immerhin ist es nun über eine Woche später, ein gewöhnlicher Freitag. Doch Trauer ist nichts, was man verpacken, fest verschnüren und außer Sichtweite legen kann. Man kann sie nicht gezielt auspacken und sich ihr zu besonderen Anlässen stellen. Vielmehr überrollt sie einen wie eine Lawine, hinterrücks, losgetreten von den kleinsten Dingen, und begräbt einen unter sich, ohne Luft zum Atmen zu lassen.

»Dann warte mal das Staatsexamen ab«, sagt meine Schwester Lena mit einem Lachen. »Da dachte ich wirklich, ich sterbe.«

Das macht natürlich Hoffnung. Ich fühle mich jetzt schon wie tot.

»Da hab ich bei Caroline keine Bedenken. Sie hat schon immer hervorragende Noten gehabt, das wird an der Universität nicht anders sein.«

Ja, genau das ist auch meine Befürchtung. Wenn ich wenigstens schlecht wäre in dem, was ich tue, würden meine Eltern sicher von dem Gedanken ablassen, dass ich in die Kanzlei einsteige. Doch Lernen lag mir schon immer, und ich habe das ungute Gefühl, dass sich das auch mit Studienbeginn nicht ändern wird. Bei meiner Ausbildung zur Grafikdesignerin beispielsweise war es genauso. Doch Freude empfand ich nicht dabei, und das hat schließlich dazu geführt, dass ich im zweiten Lehrjahr abgebrochen habe. Diesmal jedoch, so betonen meine Eltern bei jeder sich bietenden Gelegenheit, würde ich es durchziehen.

Das, was meine Mutter sich zurückwünscht, die glücklichen Erinnerungen ans Studieren – an die glaube ich nicht. Ich habe jetzt schon keine Lust auf das Studium, und wenn ich an das große, unbekannte Danach denke, graut mir davor noch mehr. Denn was erwartet mich dann? Ein Leben in der Kanzlei meiner Eltern. Bis zur Rente. Der bloße Gedanke sorgt dafür, dass das teure Essen plötzlich bleischwer in meinem Magen liegt und sich das große, schicke Restaurant mitsamt seinen funkelnden Kronleuchtern dunkel und beengend anfühlt. Nadine war die Einzige, die meine »Findungsphase«, wie meine Eltern es betiteln, nicht für verschwendet gehalten hat. Die Praktika nach dem Abi – von der Tierarztpraxis bis hin zur Zeitungsredaktion –, die abgebrochenen Ausbildungen zur Erzieherin und Grafikdesignerin, das angefangene Modestudium und das Praktikum in einer Marketingagentur danach. Sie hat mich ermutigt, alles auszuprobieren. Sie hat mir sogar vom Jurastudium abgeraten, doch mit ihr ist auch jegliche Kraft aus meinem Leben verschwunden, mich noch für Dinge einzusetzen. Ich nehme das Sektglas und trinke ein, zwei Schlucke der perlenden Flüssigkeit, aber es hilft nichts.

»Alles in Ordnung?«, fragt meine Mutter nun doch und zieht die perfekt gezupften Brauen zusammen. »Schmeckt es dir nicht?«

»Alles bestens«, erwidere ich und lächle ihr zu. »Hab einfach nicht so viel Hunger.«

Sorge blitzt in ihrem Gesicht auf, und ich zwinge mich, das Lächeln meine Augen erreichen zu lassen. Ich will meine Eltern nicht beunruhigen. Sie tun ihr Bestes und wollen auch für mich nur das Beste. Ich kann ihnen nicht einmal vorwerfen, mich gedrängt zu haben. Sie haben mir Zeit und Raum gegeben, um mich auszuprobieren, mir Ausbildungen und Praktika finanziert. Doch nichts davon fruchtete, ich bin von Berufswunsch zu Berufswunsch gesprungen, ohne dass mich etwas begeistert hat. Als ich nach Nadines Tod gar keinen Antrieb mehr hatte, haben sie interveniert und mir ein Ultimatum gestellt. Ihrer Meinung nach ist Struktur das, was mich wieder auf die rechte Bahn lenkt. Ein Ziel, ein klar gegliederter Alltag, dem ich folgen kann, ohne auf dumme Gedanken zu kommen. Ich kann es ihnen nicht verübeln. Zum einen ist ihre erfolgreiche Kanzlei der beste Beweis, dass ihr Weg funktioniert, zum anderen weiß ich ja selbst nicht, was mit mir nicht stimmt. Allen in der Gruppentherapie ist es irgendwann besser gegangen. Sie haben gelernt, diesen neuen Weg im Leben zu gehen, haben sich durch ihre Trauer gekämpft, Hobbys und Aufgaben gefunden. Nur ich bin auf der Stelle getreten. Während um mich herum laufend wechselnde Menschen auf den Stühlen gesessen haben, war es, als wäre ich mit meinem verwachsen. Bis ich irgendwann angefangen habe, zu simulieren. Mir Geschichten auszudenken. Eine Maske aufzusetzen. Das mag unehrlich sein, doch es funktioniert und ist zu einem Schutzschild geworden, den ich nicht mehr ablege.

»Du brauchst die Stärkung«, sagt mein Vater und deutet mit seinem Messer auf das nicht aufgegessene Stück Fleisch. »Erzähl mir nicht, dass du seit deinem Einzug ins Wohnheim vor zwei Wochen etwas anderes als Spaghetti gegessen hast, ich kenn dich.«

»Jetzt lasst sie doch«, erwidert Lena und wirft mir einen verschwörerischen Blick zu. So schwer es manchmal auch ist, ihre Schwester zu sein, setzt sie sich doch stets für mich ein. Genau wie Nadine es immer getan hat. Womöglich haben sich die beiden deshalb so gut verstanden.

»Ich hatte nicht nur Spaghetti«, verteidige ich mich. Und das ist nicht gelogen – an manchen Tagen waren es Farfalle, an anderen gab es Fusilli. Auch wenn das sicher nicht die Art abwechslungsreicher Ernährung ist, die meinem Vater vorschwebt.

»Auf jeden Fall sind wir sehr stolz auf dich«, sagt meine Mutter und hebt zum wiederholten Mal an diesem Abend ihr Glas. Mein Vater tut es ihr gleich.

»Ja, schön, dass du endlich etwas gefunden hast. Manchmal liegt das Glück näher, als man glaubt.« Mein Vater stößt ein leises Lachen aus, bevor er das Glas an seine Lippen führt.

»Ja«, bestätige ich und zwinge mir ein Lächeln aufs Gesicht. Ich trage es immer, wenn ich über das am Montag startende Studium rede, kein Wunder, dass meine Eltern denken, dass ich mich wirklich darauf freue. Ebenso wenig wundert es mich, dass sie glücklich darüber sind, dass ich endlich in ihre Fußstapfen trete. Meine bisherige berufliche Laufbahn ist nicht gerade eine, die dem Namen Schulte Ehre macht. Zum wiederholten Male wünsche ich mir, ich wäre mehr wie Lena. So ähnlich wir uns mit unseren blonden, welligen Haaren und den grünen Augen optisch sind, so unterschiedlich sind wir in unserem Inneren. Sie ist eine gerade Linie, die Zielstrebigkeit in Person, ich bin ein verworrenes Labyrinth und finde wieder und wieder den Weg nicht.

Aber ist es denn so schlimm, Dinge austesten zu wollen? Schon als Kind habe ich die Berufswünsche gewechselt wie Unterwäsche. Doch woher soll ich auch wissen, was ich den Rest meines Lebens tun möchte? Woher weiß es irgendjemand? Wir Menschen ändern uns doch. Dem Jurastudium habe ich in erster Linie deshalb zugestimmt, weil es mir Zeit erkauft, bis ich mich den Mühlen des Berufslebens stellen muss.

»Wo wir schon bei Glück sind: Gibt es da was Neues?«, wirft meine Mutter ein und wackelt mit den Augenbrauen, als wäre Glück immer gleichbedeutend mit Liebesglück.

»Nein«, erwidere ich knapp.

»Und wie geht es Manuel so? Wir haben ihn viel zu lang nicht mehr zu Gesicht bekommen.«

Wow, sehr subtil, Mama. Ich hätte wissen müssen, dass sie darauf hinauswill. Tatsächlich hat sich Manuel gemeldet. Letzte Woche, natürlich hat er Nadines Todestag nicht vergessen. Uns hat es nur im Doppelpack gegeben, und so ist sie mit der Zeit auch eine seiner Freundinnen geworden. Doch mehr als gemeinsame Erinnerungen – an Nadine und unsere Beziehung – verbindet Manuel und mich nicht länger. Er war meine erste Liebe, mein erster Freund, und auch wenn es von außen wirken muss, als hätte Nadines Tod für unsere Trennung gesorgt, so war das Feuer, das uns einst verbunden hat, eigentlich längst erloschen. Nadines Tod hat nur den Willen in mir erstickt, für die Beziehung zu kämpfen. Wie hätte ich auch für uns kämpfen sollen, wenn mir sogar die Kraft fehlt, es für mich selbst zu tun?

Ich merke voll schlechtem Gewissen, dass mich das nicht groß stört. Selbst nach unserer Trennung habe ich nicht getrauert. Er ist bloß ein weiterer Mensch, den ich verloren habe, und ehrlich gesagt ist es eine Erleichterung. Denn wären wir noch zusammen, wäre er hier, und somit säße eine Person mehr am Tisch, die ich belügen müsste.

»Gut, denke ich«, antworte ich schließlich nach einer zu langen Pause. Anstatt mein Steak weiterzuessen, greife ich zu meinem Glas und trinke drei große Schlucke, was mir einen skeptischen Blick von Lena einbringt.

»Alles okay?«, murmelt sie hinter vorgehaltener Serviette, mit der sie sich gerade den Mund abtupft. »Wenn dir das heute alles zu viel ist, sag Bescheid. Dann lass ich mir was einfallen.«

Ich spiele gerade mit dem Gedanken, das Angebot in Anspruch zu nehmen, als meine Mutter einen überraschten Laut ausstößt.

»Rosaline? Dirk?«, erklingt eine fremde Stimme.

Ich drehe mich zu der Frau um, die gerade freudestrahlend auf unseren Tisch zuläuft. Sie trägt einen schicken dunkelroten Hosenanzug und hat die schwarzen Haare mit einer Spange hochgesteckt. Noch jemand, der sein Leben absolut im Griff zu haben scheint.

»Was für ein Zufall, euch hab ich ja ewig nicht gesehen!«

Meine Mutter steht auf und umarmt die Frau. Ich kenne sie, bin jedoch nicht sicher, woher.

»Annalena, wie schön, dich mal wiederzusehen. Ich hab auf Facebook gelesen, dass ihr zurück nach München gezogen seid. Ist dein Mann auch da?«, fragt meine Mutter und sieht sich um.

»Nein, nein. Der ist für einen geschäftlichen Termin unterwegs, ich bin allein hier. Du mit der Familie, wie ich sehe?« Sie dreht den Kopf zu uns, und ich setze das Lächeln auf, das ich mir für Situationen wie diese antrainiert habe.

»Hallo, Lena. Oh, und du musst Caroline sein. Dich hab ich zuletzt gesehen, da gingst du mir noch bis hier.« Sie deutet mit der Hand zu ihrer Hüfte. Das erklärt dann wohl, wieso ich sie nicht zuordnen kann. »Schön, dich mal wiederzusehen.«

»Ebenso«, erwidere ich.

»Caroline beginnt jetzt zum Wintersemester auch ihr Studium.«

»Ach, toll. Ebenfalls Rechtswissenschaften?«

Ich nicke, was jedoch nicht nötig gewesen wäre, da meine Mutter sofort das Wort ergreift. »Ja, jetzt haben wir bald eine richtige Familienkanzlei, genau wie ihr«, meint sie lachend.

»Das ist schön! Ihr müsst so stolz sein. Lasst uns doch bald mal zusammen essen gehen, ja? Es gibt bestimmt etliche neue Lokale in München, die Stadt hat mir wirklich gefehlt.«

»Sehr gern. Mit der ganzen Familie?« Meine Mutter dreht sich kurz zu uns um, ihr Blick liegt auf mir. »Wer weiß, vielleicht wäre eure Kanzlei sogar was für ein Praktikum.«

Ich beiße mir so fest auf die Innenseiten meiner Wangen, dass es wehtut.

»Sie können sich die drei Monate Praktikum aufteilen, damit es in die vorlesungsfreie Zeit passt. Also beispielsweise dreimal vier Wochen. Das ist, denke ich, am sinnvollsten. Es sei denn, Caroline möchte für eine der Praxisphasen länger ins Ausland. Aber bei euch kann sie sicher sehr viel lernen.«

»Na klar, das denke ich auch!«, sagt Annalena und wirkt aufrichtig erfreut, als sie zu mir blickt. »Du kannst gerne jederzeit vorbeikommen und dir die Kanzlei mal anschauen, Caroline. Wir sitzen in Maxvorstadt, gar nicht so weit von der Uni entfernt. Melde dich einfach. Warte, ich gebe dir noch schnell meine neue Nummer, Rosaline.«

Ich beobachte meine Mutter und Annalena dabei, wie sie Nummern austauschen, und schenke mir von dem Sekt nach. Ich sollte dankbar sein. Ich bin mir sicher, andere träumen von den Chancen und der Unterstützung, die mir so ohne Weiteres zuteilwird. Doch ich fühle mich nicht dankbar, ich fühle mich einfach nur leer.

Zwei Stunden später lasse ich die Tür unserer Wohnheim-WG mit einem lauten Knall ins Schloss fallen. Mit der freien Hand stütze ich mich an der grau gestrichenen Wand im Flur ab, mit der anderen umklammere ich die Tasche, als wäre sie das Letzte, was mich aufrecht hält. Ich habe definitiv zu viel Sekt getrunken. Ich lasse die Tasche fallen, ziehe Mantel und Schal aus und hänge sie an die Garderobe zu meiner Rechten, neben der noch immer ein paar Umzugskartons stehen, dabei sind wir seit fast drei Wochen hier drin. Ich mache mich gerade an den Reißverschlüssen meiner Stiefel zu schaffen, als Veronika aus ihrem Zimmer kommt.

»Hey! Na, wie war das Essen?«

Ich kicke die Stiefel in die Ecke zum Schuhregal und lehne mich seufzend gegen die Wand.

»So schlimm?« Vero lacht, was ihre langen, goldenen Ohrringe zum Wackeln bringt. Sie trägt ein kurzes dunkelgrünes Kleid, und ihre schulterlangen braunen Haare sind zu sanften Locken gedreht. »Willst du doch noch mit ausgehen? Heute ist ein Ersti-Treffen. Eigentlich von den Medizinern, aber ich hab vorgestern einen von ihnen kennengelernt.«

Sie wackelt mit den Brauen, und mein schlechtes Gewissen macht sich bemerkbar – die Uni hat uns diese WG im Wohnheim zugeteilt, weil wir beide im ersten Semester Rechtswissenschaften studieren. Doch im Gegensatz zu mir hat Vero Lust auf das alles: das Studium, die Partys, die durchgemachten Nächte mit irgendwelchen Jungs. Sie wäre wohl mit jeder anderen Mitbewohnerin besser dran.

»Ich hab heute schon mehr als genug getrunken«, sage ich und fahre mir durch die langen, welligen Haare, die noch nasskalt vom Oktoberwetter sind. Ich kann kaum erwarten, dass es wieder wärmer wird. »Ich glaub, ich bleib heute Abend ausnahmsweise mal daheim. Nächstes Mal wieder, ja?«

»War es so schlimm mit deinen Eltern?«

Veronika weiß, dass Jura nicht mein Traumstudium ist. Das habe ich ihr beim ersten Umtrunk in der neuen WG offenbart. Doch wie sehr ich es hasse, habe ich sowohl bei unserem Einzug als auch bei den Partys danach wohlwissend für mich behalten. Ich will mich nicht unbeliebt machen, immerhin wohne ich erst knapp drei Wochen im Wohnheim, und dass meine Eltern beide Anwälte sind, verschafft mir auch so schon einen unfairen Vorteil, wie das Aufeinandertreffen mit Annalena eben zu gut gezeigt hat. Wenn ich dann noch zugebe, das alles nur aus Alternativlosigkeit zu tun …

»Ne, nicht schlimm. War nur etwas anstrengend, und ich bin echt müde.«

Veronika hebt die Schultern. »Na gut. Wenn du es dir anders überlegst, schreib einfach, ja?«

»Mach ich, danke. Dir einen schönen Abend.«

»Dir auch«, erwidert Vero, nimmt ihre High Heels aus dem Schuhschrank und zieht eine Lederjacke von der Garderobe, in der sie bei dem Wetter sicher erfrieren wird. Vero ist super, und in einem anderen Leben würden wir sicher Freundinnen werden. Sie bemüht sich stets, mich bei allem einzuschließen – egal ob Kaffee mit den anderen im Wohnheim oder Partys –, und wir haben bereits bei unserem Einzug einen Pakt geschlossen, dass wir die Mitschriften miteinander tauschen und zusammen lernen – der perfekte Start ins Unileben. Doch wie soll irgendjemand eine Chance haben, wenn ich alle Menschen, die ich kennenlerne, direkt mit Nadine vergleiche? Mir ist klar, dass das unfair ist, dass niemand sie ersetzen kann, aber sobald eine neue Bekanntschaft nicht über die gleichen flachen Witze lacht, meine Leidenschaft für französische Arthouse-Filme nicht teilt oder sich sonst irgendwie von Nadine unterscheidet, hat sie bereits verloren. Ich habe die beste Freundin gehabt, die ich mir hätte wünschen können. Wenn überhaupt zeigen die neuen Bekanntschaften mir, wie glücklich ich mich schätzen kann, so eine Freundschaft erlebt zu haben. Der Verlust mag umso schwerer wiegen, aber unsere Erinnerungen tun es auch.

Ich biege nach links in mein kleines, aber gemütliches Zimmer ab. Viel mehr als ein Kleiderschrank, mein Arbeitsplatz und mein Bett passen nicht hinein, aber ich habe mir mit Lichterketten, Grünpflanzen, Bildern und einigen Büchern einen Rückzugsort geschaffen. Ich knipse die Stehlampe neben meinem Schreibtisch an, die den Raum in warmes, gemütliches Licht taucht, dann werfe ich mich aufs Bett und entsperre mein Handy. Wie von selbst finden meine Finger den Chatverlauf und beginnen zu tippen.

Caroline, 19.43 Uhr:
Ich hatte recht. Der Tag war ein Desaster. Das Schlimmste ist, wie stolz meine Eltern sind. Nein, gar nicht. Das Schlimmste ist, wie wenig stolz du wärst. Schätze, ich hab jetzt ein Praktikum in einer angesehenen Kanzlei, noch bevor das Studium überhaupt losgeht. Klasse, oder?
Caroline Schulte, Rechtsanwältin. Ich kann das goldene Namensschildchen schon vor mir sehen.

Wenn ich an die nächsten Jahre denke, wird mir schlecht. Ich wünschte, du wärst hier. Ich wünschte, du würdest mir sagen, dass alles okay wird. Dass das nicht für immer ist, es nie zu spät ist, eine neue Richtung einzuschlagen. Ich wünschte, du würdest mir meine Jacke zuwerfen und mich in eine deiner Münchner Karaokebars ziehen und so lang auf mich einreden, bis wir auf die Bühne gehen.
Ich vermisse das. Die spontanen Aktionen. Dieses Gefühl von Leben. Das Lachen. Dich.

Ich drücke auf Senden, und wie jedes Mal starre ich so lang auf den einzelnen, einsamen Haken, bis mein Display dunkel wird. Dann erst lege ich das Smartphone zur Seite und schließe die Augen. Die Nachrichten an Nadine sind mein tägliches Ritual geworden. Wie ein Tagebuch, nur dass sie mir erlauben, mich einen Moment lang der Illusion hinzugeben, dass sie antworten könnte. Noch beim Schreiben male ich mir ihre Antworten aus, fühle mich ihr zumindest einige Minuten lang näher. Ein Blick auf ihr Profilbild genügt, und schon höre ich ihre Stimme, den Klang ihres Lachens. Sehe die kleine Zahnlücke zwischen ihren Schneidezähnen, die sie sich nie hat korrigieren lassen, einfach weil sie zu ihr gehört. Weil Nadine noch nie etwas anderes als sie selbst war.

Leider wird das Gefühl, dass sie mir nicht einfühlsam zurückschreiben, sondern mir in Großbuchstaben antworten und mich anbrüllen würde, mit jedem verstreichenden Tag größer. Sie würde meine Apathie hassen. Nadine war der kreativste Mensch, den ich jemals kennenlernen durfte. Ihre YouTube- und TikTok-Videos begeistern selbst jetzt noch Tausende Menschen. Ich checke ihre Social-Media-Accounts jede Woche, auch wenn ich die Videos rechtzeitig pausiere, bevor Nadine mit ihren Songs beginnt. Ich verkrafte es, sie zu sehen, immerhin habe ich etliche Fotos von uns an den Wänden. Auch alte Sprachnachrichten höre ich ab und an. Doch ihr Gesang ist zu viel. Ihre Stimme hat einen anderen Klang, wenn sie singt. Verletzlich und doch so deutlich, als ob sie alle Wahrheiten der Welt beinhaltet. Es ist unfair, dass sie nicht mehr Zeit bekommen hat, denn ich bin mir sicher, dass sie in spätestens drei Jahren auf den großen Bühnen der Welt gestanden hätte.

Ich öffne die Augen wieder und sehe zu der Wand neben meinem Bett, die eine Lichterkette und etliche Polaroids zieren. Nadine und ich beim Karaoke, Nadine und ich beim Zelten, Nadine und ich beim Mottotag kurz vor unserem Abitur. Beim Anblick der Fotos zieht sich mein Herz schmerzhaft zusammen. Nicht nur, weil ich sie so sehr vermisse, sondern auch, weil ich mich so sehr vermisse. Mein Lachen, meine Begeisterung für Dinge, meine Neugier, alles auszuprobieren, meine Vorfreude auf die Welt und all das, was sie bereithält. Ich schlucke, und die vier Wände meines kleinen Zimmers sind mir plötzlich zu eng. Ich brauche Ablenkung.

Mit den Dutzenden Kissen auf meinem Bett baue ich mir eine Art Rückenlehne, hole meinen Laptop und decke mich dann, an die Wand gelehnt, wieder zu. Ich scrolle erst durch Netflix, dann Amazon und lande schließlich auf YouTube, unschlüssig, was ich gucken soll. So richtig Lust habe ich auf nichts, doch an Schlaf ist noch nicht zu denken.

Einige Minuten später entscheide ich mich schließlich für den Vlog einer YouTuberin, die durch die Staaten reist. Ich starte das Video und will gerade die Werbung wegklicken, als ich aus Versehen darauf tippe, anstatt diese zu skippen. Genervt rolle ich mit den Augen und bin schon im Begriff, den Tab zu schließen, der aufgesprungen ist, als mein Blick an etwas hängen bleibt.

Du möchtest raus aus deinem Alltag? Dich für einen guten Zweck engagieren? Neues erleben? Lernen und wachsen?

Mein Blick schweift von den einladenden Worten hin zu den farbenfrohen Bildern, die darunter auftauchen. Ein blaues Meer, ein sehr glücklich wirkender Mann auf einem Pferd, eine Frau umringt von Hunden, eine andere mit einem Kind an der Hand in der Stadt – dazwischen immer wieder Natur. Ohne darüber nachzudenken, klicke ich auf das nächstbeste Bild.

»Freiwilligenprojekte in 56 Ländern«, lese ich leise vor, was nun auf der Seite auftaucht. »Aufenthalt von zwei Wochen bis ein Jahr.«

Mein Herz klopft schneller, und das Gefühl ist so ungewohnt in meiner Brust, dass ich mich beinahe davor erschrecke. Ich schließe YouTube, als im Hintergrund der Vlog startet, den ich bis eben noch sehen wollte, und scrolle weiter über die Seite. Firmen, Organisationen, aber auch Privatleute können hier Inserate einstellen, auf die sich Freiwillige dann bewerben. Gezahlt wird, wie es den Anschein hat, nichts, dafür gibt es eine gratis Unterkunft und eine Verpflegungspauschale.

Mein Blick huscht von links nach rechts, scannt die zahlreichen Angebote, und zu dem Herzklopfen gesellt sich ein leichtes Kribbeln. Kein aufregendes wie beim Achterbahnfahren, kein heftiges Prickeln wie beim Verliebtsein, vielmehr ein sanftes, das sich anfühlt wie der erste Schneefall – aber es ist da. Und es ist mehr, als ich seit Ewigkeiten gespürt habe. Mir ist klar, dass ich nicht schon wieder ein Studium schmeißen kann. Aber wenn bereits wenige Wochen möglich sind …

Ich schüttle den Kopf und verwerfe den Gedanken wieder. Ich bin nicht wie diese YouTuberin mit ihrem Trip durch die Vereinigten Staaten. Ich werde die Vorlesungen besuchen und die restliche Zeit vor Netflix oder Social Media verbringen, so wie es die letzten Wochen auch der Fall war. Ich bin drauf und dran, den Laptop zuzuklappen, doch irgendetwas hält mich zurück. Erneut greife ich zum Handy und öffne den Chat mit Nadine.

Caroline, 19.59 Uhr:
Was würdest du sagen, wenn ich etwas richtig Verrücktes tue?

Ich drücke auf Senden und sehe zu dem Foto an der Wand rechts von mir, das uns beide am Marienplatz zeigt – Nadine am Mikrofon, ich strahlend daneben. Es war das erste Mal, dass sie in der Öffentlichkeit gesungen hat. Etliche Menschen sind stehen geblieben, und ein älteres Paar hat Nadine einen Zwanziger in die Hand gedrückt, obwohl sie extra keinen Hut oder Ähnliches vor sich gelegt hat. Bis heute erfüllt mich der Gedanke mit Stolz. Auf Nadine, weil sie sich getraut hat, aber auch auf mich, weil es mich all meine Überredungskünste gekostet hat, dass sie sich endlich in die Öffentlichkeit wagt. Es war der Beginn von allem: ihrem YouTube-Kanal, den Songs auf Spotify und etlichen weiteren Auftritten quer durch München.

Behutsam streiche ich über das Foto, und Gewissheit setzt sich in meiner Brust fest, da, wo die Erinnerung mein Inneres wärmt. Nadine würde mich genauso bestärken wie ich sie damals.

Ich ziehe den Laptop zurück auf meinen Schoß. Was hindert mich daran, die nächsten Wochen im Ausland zu verbringen? Mich noch heute zu bewerben, meine Sachen zu packen und loszufahren? Bis der wichtige Stoff an der Uni beginnt, bin ich längst zurück. Eine kurze Auszeit, bevor der restliche Ernst meines Lebens mich einholt. Meinen Eltern müsste ich nicht einmal Bescheid sagen. Mein Herz pocht nun so heftig, dass es beinahe aus meiner Brust springt. Zum ersten Mal seit Nadines Tod spüre ich, wie Adrenalin von meinem Körper Besitz ergreift. Nur so kann ich mir erklären, dass meine Finger die Seite mit den Angeboten aus Europa öffnen. Frankreich und Norwegen fallen aufgrund der Sprachbarriere flach. Ich klicke mich weiter, angetrieben von dem Flattern in meinem Herz, meinem Bauch und meiner Brust, bis ich schließlich bei den Angeboten für Irland lande. Ich bin noch nie dort gewesen, doch schon bei den Bildern der grünen Hügel, Schafherden und Klippen steigt meine Reiselust. Irland sieht nach Freiheit aus.

Ich stoße auf die Anzeige für eine irische Farm in West Cork, bevor ich entdecke, dass ich leider mindestens sechs Monate bleiben müsste. Das passt vorn und hinten nicht mit meinem Studium zusammen. Ich filtere die Ergebnisse nach Länge und bemerke frustriert, wie die Anzahl der Inserate von 143 auf 17 schrumpft. Für das erste Ausschreiben muss man einen gültigen Führerschein besitzen – tue ich – und sich zutrauen, Pferdeanhänger durch die Gegend zu fahren – tue ich nicht, erst recht nicht im Linksverkehr.

»Hilfe in irischem Cottage direkt am Meer.« Ich hebe die Augenbrauen. »Meine Mutter braucht für wenige Wochen Hilfe im Haushalt, da sie sich von einer Operation am Knie erholt. Sie ist mobil, soll sich jedoch noch schonen und benötigt daher Unterstützung beim Einkaufen und Putzen und jemanden, der sie regelmäßig zur Physiotherapie bringt. Dafür wohnst du in erstklassiger Lage direkt am Meer, hast ein eigenes Zimmer zur Verfügung und die herzlichsten Menschen in der Nachbarschaft, die man sich wünschen kann. Das Gesuch ist kurzfristig, dein Aufenthalt würde ab sofort beginnen. Wenn du Lust hast, melde dich einfach per Mail bei uns, und wir klären alles Weitere!«

Ich überfliege die restlichen Zeilen. Ich würde zwar keinen Lohn, aber etwas Haushaltsgeld für eigene Einkäufe erhalten und könnte kostenlos in dem Cottage wohnen. Wenn ich der Anzeige glauben darf, wäre mein Tagesablauf recht entspannt und ließe sehr viel mehr Freizeit zu als die anderen Hilfsgesuche. Ich kaue auf meiner Unterlippe und lese mir das Inserat ein zweites Mal durch. Laut der Zusammenfassung in der Infobox sind es nur ein paar Wochen, sechs bis acht, um genau zu sein. Nicht ideal, da ich einiges an Stoff verpassen würde, aber wenn ich dem Pakt mit Vero Glauben schenken darf, schickt sie mir die Mitschriften sicher zu. Bis zu den Prüfungen arbeite ich alles nach.

Ein weiteres Mal gleitet mein Blick über die Website. Auf der rechten Seite sind Kontaktdaten vermerkt. Der Name der Frau, um die es geht, lautet Roisin Connolly. Kurz stolpere ich über den Vornamen, aber als jemand, der manchmal mit K, manchmal ohne E geschrieben und genauso häufig falsch ausgesprochen wird, sollte ich mich womöglich nicht wundern. Die E-Mail-Adresse gehört einem Brendan Connolly, vermutlich der Sohn, der die Anzeige eingestellt hat.

Erneut fliegt mein Blick über den Text und zu den drei Bildern, die sich darüber befinden. Ein gemütlich aussehendes violettes Häuschen mit großem Garten, ein kleines Zimmer mit Bett, Tisch, Stuhl und einer Kommode, das vermutlich meines sein würde, und ein Bild vom Meer, wie es an die Klippen peitscht, Gischt versprüht und einen Kontrast mit dem satten Grün bildet. Bevor ich es mir anders überlegen kann oder die Stimme der Vernunft mich eines Besseren belehrt, habe ich die E-Mail-Adresse kopiert und mein Postfach geöffnet.

»Dear Mr Connolly«, beginne ich, und mit jedem Wort, das ich tippe, schießt weiteres Adrenalin durch meinen Körper. Vielleicht ist es unbedacht, vielleicht lenkt mehr Sekt als Verstand meine Finger, doch in diesem Moment fühlt sich alles genau richtig an.

2. KAPITEL

Conor

Ich kann das Nein in seinen Augen schon lesen, bevor er es ausspricht.

»Leider ergab die Bonitätsprüfung, dass Sie nicht kreditwürdig sind. Ich kann Ihnen gern Angebote für kleinere Kredite zeigen, sollte das von Interesse für Ihr Vorhaben sein. Sollten Sie einen Masterabschluss anstreben, könnten Sie auch einen Studienkredit bei uns aufnehmen und von den geringen Zinsen profitieren, die …«

Ich schalte auf Durchzug. Ich will keinen verdammten Studienkredit, ich will Geld, mit dem ich auch etwas anfangen kann. Keine läppischen tausend Euro oder Ähnliches, sondern genug, um einen Unterschied zu bewirken. Wie soll mir ein Studienkredit dabei helfen, die Räume neu auszustatten, Lehrpersonal zu bezahlen oder zu renovieren?

Obwohl ich mit der Absage gerechnet habe, immerhin ist es bei Weitem nicht die erste, sinkt meine Laune noch ein Stück tiefer. Wer hätte gedacht, dass das noch möglich wäre? Der Anzugträger – Sean Carroll laut seinem Namensschild – sieht mich mit erhobenen Brauen an. Vermutlich hat er etwas gefragt.

»Danke für Ihre Zeit«, sage ich und erhebe mich. Irritiert blickt er zu mir hoch, also hat er ganz bestimmt etwas gefragt. Mit Sicherheit hat er mir gerade ein Angebot gemacht, das ich in seinen Augen nicht ausschlagen kann. Tja, falsch gedacht, Sean Carroll. Ich kann, so wie du mich mal kannst. »*Slán.*«

»Auf Wiedersehen«, antwortet er auf Englisch. War klar. Kein Wunder also, dass er mein Projekt nicht für kreditwürdig erachtet.

»Nicht, wenn es sich vermeiden lässt«, murmle ich, denn auch diese Bank muss ich wohl oder übel von meiner Liste streichen. Das Problem dabei? Ich habe so ziemlich alle Banken in Galway und Umgebung durch. Natürlich könnte ich es in anderen Städten probieren, doch wenn ich in unserer Region schon keine Chance habe, wieso sollte es in Cork oder Limerick anders aussehen?

Als ich Mr Carrolls Büro verlasse, lächelt die Dame am Empfang mir freundlich zu, aber ihre fröhliche Miene gerät ins Wanken, als sie meine erblickt. Ich sollte ein schlechtes Gewissen haben, doch in mir brennt nur Wut. Nicht auf Mr Carroll, sondern auf alles und jeden. Auf diese Leute, die ihrem Alltag nachgehen und überhaupt nicht sehen, wie das, was uns ausmacht, jeden Tag weiter schwindet. Auf die etlichen Filialen, an denen ich gerade vorbeilaufe. Sie hatten sicherlich keinerlei Probleme dabei, Startkapital zu bekommen. Auf den Schmuckladen, der die Claddagh-Ringe verkauft – traditionelle irische Ringe, die überwiegend von Touristen erworben werden. Irisch sein und leben ist nur noch ein Trend. Etwas, was man niedlich findet, für einige wenige Wochen im Urlaub austestet und allen daheim dann von der lustigen Kultur erzählt. Der Kultur, die so tot und zu Kitsch verkommen ist, dass mir überhaupt nicht nach Lachen zumute ist.

Am Auto angekommen lasse ich mich erschöpft in den Sitz fallen. Die Wut auf die anderen verpufft und macht einer neuen Platz: der auf mich. Denn wenn ich so weitermache, war es das. Nicht nur mit der Sprachschule, sondern mit all meinen Plänen. Wenn ich es nicht schaffe, die Schule wiederzueröffnen, könnte Pádraig mit seinem Pessimismus recht behalten: Dann gibt es keine Alternative für mich. Ich sehe mich weder im Pub aushelfen noch im Angelshop. Ich will die Schule führen, Lehrer und Lehrerinnen für unterschiedliche Fächer einstellen, Irisch unterrichten – Leben zurück nach Baile na Mara bringen und unsere Kultur erhalten. Das bin ich nicht nur mir und dem Ort schuldig, sondern allen voran meinem Grandpa. Er war nicht nur ein großartiger Lehrer, er war einer meiner engsten Freunde, hat mir alles beigebracht, was ich über unsere Gemeinschaft und Kultur weiß. Er war immer da für mich. Der Zustand der Schule ist niederschmetternder Zeuge, dass ich seinen Hoffnungen nicht gerecht wurde. Ich habe ihn hängen lassen. Und was unterscheidet mich dann von Pádraig und all den anderen, die einfach abgehauen sind? Rein gar nichts.

Die kurze Fahrt zurück in mein Heimatdorf verbringe ich mit meinen trüben Gedanken und der Überlegung, wie ich meinen Eltern meinen Misserfolg möglichst optimistisch verkaufe. Uns geht es nicht schlecht, aber eben auch nicht gut genug, die Renovierung und alles, was damit zusammenhängt, aus eigener Tasche zu zahlen. Zwar scheint die bruchreife Schule meine Eltern nicht halb so sehr zu belasten wie mich, doch als ich ihnen damals von den Plänen erzählt habe, sie wieder in Schuss zu bringen, hat es nur wenige Stunden gedauert, bis mein Dad dem ganzen Dorf aufgeregt verkündet hat, dass ich das Lebenswerk seines Vaters fortsetzen würde.

Damals hat es mich mit Stolz erfüllt. Jetzt mit Scham. Denn natürlich weiß somit auch jeder von meinem Scheitern.

Nach Sarahs und Declans Betrug und seinem Umzug nach Dublin habe ich ein Projekt gebraucht. Meine Bachelorarbeit habe ich im Rekordtempo geschrieben, und doch hat sie mich nicht genug von allem abgelenkt. Nur hatte ich gedacht, dass es leichter sein würde, an die Finanzierung für den Wiederaufbau der Schule zu gelangen. Doch die letzten Wochen und Monate haben mir das Gegenteil bewiesen. Jetzt habe ich zwar ein fertiges Studium in der Tasche, sonst jedoch rein gar nichts erreicht.

Dabei bin ich so sicher gewesen, dass es klappt. Die Begeisterung bei meinen Eltern, als ich ihnen von der Vision erzählt habe, dass die Schule wieder Unterricht anbietet, so wie früher, hat mir weiteren Antrieb gegeben. Doch leider sah ich diese Begeisterung nie in den Gesichtern der Menschen, die diesen Traum Wirklichkeit werden lassen könnten. Es haben sich keine Sponsoren gefunden, mein Förderungsantrag wurde abgelehnt, und selbst Kredite erhalte ich nicht.

Nachdem ich das Auto zu Hause abgestellt habe, gehe ich zu Mollys Pub, dem Epizentrum unseres kleinen Orts.

Obwohl es erst Nachmittag ist, dringt lautes Gelächter nach draußen. Für Oktober ist es mit sechzehn Grad erstaunlich warm, sodass die Fenster des Gebäudes geöffnet sind. Durch eines von ihnen entdecke ich Eoin. Wenn er um diese Uhrzeit im Pub ist, statt im Museum seiner Eltern zu helfen, kann das eigentlich nur eines bedeuten: Die Erasmus-Gruppe aus Cork ist da. Ich habe gehofft, es rechtzeitig zu ihrer Ankunft zurückzuschaffen, doch Eoin hat angeboten, den Empfang im Zweifel zu übernehmen.

Ich sollte mich freuen, dass sie da sind, immerhin bedeutet das Arbeit für mich, und Arbeit bedeutet Ablenkung. Doch das Gegenteil ist der Fall, denn das volle Klassenzimmer morgen wird mich nur an die Leere sonst erinnern. Abgesehen von den Austauschstudierenden interessieren sich nur ein paar wenige Touristen für die Sprachkurse – und die sind nie lang genug in unserem Dorf, um mehr als die Grundkenntnisse zu erwerben. Mit einem Seufzen drücke ich die Tür zum Pub auf.

Ich brauche mehr. Brauche Erfolge, wenn ich Menschen wie Mr Carroll überzeugen will.

»Das klingt so süß! Fast als wärst du aus *Herr der Ringe*.«

Auf Eoins Gesicht breitet sich ein Lächeln aus, während ich bei den Worten der Rothaarigen mit den Augen rolle.

»Kannst du noch was auf Irisch sagen?«

»*Póg mo thóin*«, murmle ich, was so viel bedeutet wie »Leck mich« und somit meinen Tag ganz gut zusammenfasst.

»Und da kommt euer miesepetriger Lehrer«, verkündet Eoin laut genug auf Englisch, dass ihn die Gruppe von knapp zehn Studierenden hört. »Aber auf ihn trifft das Motto *Harte Schale, weicher Kern* zu, also macht euch keine Sorgen. Wenn ihr in den nächsten zwei Wochen fleißig eure Vokabeln lernt, wird er handzahm.«

Zwei der Frauen kichern, und die brünette schenkt mir ein Lächeln, das für den Anflug eines schlechten Gewissens bei mir sorgt. Ich sollte vermutlich dankbar sein, dass sich überhaupt noch jemand für unsere Kultur und unsere Sprache interessiert.

»Hi«, begrüße ich die Truppe. »Freut mich, dass ihr hier seid. Entschuldigt, dass ich euch nicht empfangen habe und ihr mit ihm hier vorliebnehmen musstet. Ich hab noch ein wenig zu tun, also könnt ihr entspannen, bevor das Pauken morgen losgeht. Wenn ihr irgendwelche Fragen vorab habt, sehen wir uns ja heute Abend.«

»Wir freuen uns schon«, wirft die brünette Frau ein, und in ihre Augen tritt ein Funkeln. Ich lächle knapp zurück. Sie ist attraktiv, und ich könnte etwas Abwechslung nach heute dringend gebrauchen, doch von den Studentinnen lasse ich die Finger.

»Kommst du doch vorbei?«, fragt Eoin und wirkt ebenso überrascht wie erfreut. Er veranstaltet jedes Semester die Begrüßungsparty im Museum. Das angrenzende kleine Café wird zur Tanzfläche umfunktioniert, und einige Nachbarn kommen mit Geige und Selbstgebackenem vorbei. Im Gegensatz zu mir freut sich der Rest Baile na Maras wirklich auf den Besuch.

Ich zucke mit den Schultern. »Klar, wieso nicht?«

Sein Blick spricht Bände, denn so sehr ich das Museum seiner Eltern auch liebe, die Partys zur Begrüßung vermeide ich meist. Ich war zweimal dort, kam mir beide Male jedoch vor wie ein exotisches Zootier, das auf Kommando irische Sprichwörter aufsagen musste und dafür mit Klatschen belohnt wurde.

»Weil bisher selbst Tee bei Mrs Connolly und ihren beiden Biestern verlockender für dich klang«, antwortet er auf Irisch, und zum ersten Mal an diesem Tag muss ich aufrichtig schmunzeln. »Aber umso besser. Wir kriegen dich schon aufgemuntert.«

»Bis später«, gebe ich zurück. »Bleib anständig.«

»Immer.«

Ich rolle mit den Augen, weil wir beide wissen, dass das eine Lüge ist, verabschiede mich von der Truppe und mache mich auf den Heimweg. Kurz spiele ich mit dem Gedanken, bei meinen Eltern vorbeizuschauen, doch ich habe nicht die Kraft, ein weiteres Mal in ihre enttäuschten Gesichter zu blicken. So sehr Mam mir auch versichert, dass sie nicht enttäuscht sind.

Während ich die Hauptstraße entlanglaufe, schließe ich die Augen, gehe den vertrauten Weg blind und konzentriere mich auf das Rauschen der Wellen, das zu mir dringt. Ansonsten herrscht vollkommene Stille. Nach einigen Sekunden öffne ich die Augen wieder. Je weiter ich mich von der Bushaltestelle und somit von den Gedanken an Galway und die Bank entferne, desto ruhiger werde ich. Die Lage mag aussichtslos aussehen, doch jetzt habe ich eine Aufgabe, habe Kurse zu geben. Um alles Weitere kann ich mich danach kümmern.

Bei Mrs Connolly angekommen biege ich links ab. Das hellgelb gestrichene zweistöckige Haus neben ihrem ist eigentlich viel zu groß für mich. Es gehörte einmal meinem Grandpa, und ursprünglich war der Plan, dass Declan das obere Geschoss bezieht und ich das untere, sobald wir mit dem Studium fertig sind. Doch das hat sich längst erledigt, denn nur einer von uns hat sein Studium beendet, und nur einer von uns ist wie geplant in das Haus gezogen. Declan wohnt nicht nur nicht länger hier, ich habe seit dem Vorfall vor knapp einem Jahr auch kein Wort mehr mit ihm gewechselt.

Ich schließe die Haustür auf und zwinge mich, an etwas anderes zu denken als meinen Bruder, denn das ist ein Garant für noch schlechtere Laune. Die Tür fällt hinter mir fest ins Schloss und sendet einen lauten Knall durch das ansonsten gespenstisch ruhige Haus. Es stört mich nicht, allein zu wohnen, doch ich habe es mir immer anders vorgestellt. Mit Declans Getrampel über mir, Partys, Pádraig, der zu Besuch kommt – irgendwie farbenfroher. Genervt von mir selbst pfeffere ich den Schlüssel auf die Kommode im Flur. Jetzt sind die Gedanken doch da und mit ihnen das Gefühl von Einsamkeit, das mich überallhin begleitet und das ich einfach nicht abschütteln kann.

Die Stimmung ist ausgelassen, als ich das Museum mit etwas Verspätung betrete. Die Stühle und Tische des Cafés wurden an den Rand geschoben, damit genug Platz zum Tanzen da ist. Hohe Kerzen stecken in leeren Whiskeyflaschen, die sicher eine Leihgabe von Mollys Pub sind. Sie stehen auf der Theke und den Tischen verteilt. Gepaart mit den Lichterketten taucht ihr dämmriger Schein alles in warmes Licht und verbreitet eine gemütliche Atmosphäre. Feargal sitzt bereits vor zwei leeren Gläsern, auch wenn das bei ihm nicht viel zu bedeuten hat, und Aisling und Brian sorgen mit Gesang und Geige für musikalische Untermalung. Gerade stimmen sie *Whiskey in the Jar* an, und einige Gäste springen begeistert von ihren Stühlen auf. Aisling ist völlig in die Musik vertieft und darin, den Gästen einzuheizen. Ihre blonden Haare bilden einen Schleier vor ihrem Gesicht, sodass sie mich nicht bemerkt, doch ihr Mann nickt mir kurz zu, ohne das Streichen der Geige zu unterbrechen. Die beiden leben etwas außerhalb direkt am Meer und verpassen doch keine Feier im Dorf.

John, dem einige Weideflächen und zahlreiche Kühe rund um Baile na Mara gehören, springt auf, eilt mit seiner Gitarre auf die Eckbank zu und steigt in das Lied ein. Am Nachbartisch holt Olivia ihre Flöte aus dem Kasten, um ebenfalls mitzumachen. Ein Lächeln legt sich auf mein Gesicht, und plötzlich bin ich doch froh, hergekommen zu sein. Das liebe ich an den Feiern hier: Alle sind willkommen – da zu sein, aber auch mitzumachen. Olivia kam vor etwa drei Jahren nach Baile na Mara, wollte eigentlich nur durch Europa reisen und ist einfach geblieben, statt nach Australien zurückzukehren. Etwas, wofür ich dankbar bin, nicht nur, weil sie perfekt hierherpasst, sondern weil so immerhin eine Person meine Gälischkurse in Anspruch nimmt. Mit Englisch kommt man hier nicht weit. Wir mögen es für Touristen auspacken, doch es ist unsere Zweitsprache. Unser Alltag läuft auf Irisch ab, so wie in den anderen, wenn auch wenigen, *Gaeltachtaí* – den Gebieten, die die britischen Kolonisten sich damals nicht unter den Nagel reißen konnten.

»Na, schau an, wer plötzlich gar nicht mehr so miesepetrig aussieht.« Eoin schlägt mir zur Begrüßung auf die Schulter und drückt mir dann ein Guinness in die Hand. »*Sláinte.*«

»*Sláinte mhaith*«, proste ich zurück und stoße mit ihm an, doch er erwidert die Geste kaum und hält den Blick auf Olivia gerichtet, die mittlerweile zwischen Aisling und John auf der Bank sitzt. Belustigt mustere ich ihn und frage mich nicht zum ersten Mal, ob er jemals den Mut aufbringen wird, sie um ein Date zu bitten. Dass sie es ihm angetan hat, wissen mittlerweile eigentlich alle – außer den beiden offensichtlich. Dabei ist Eoin sonst nicht auf den Mund gefallen. Er hat sich im Dorf mittlerweile einen Ruf als Frauenaufreißer erarbeitet. Einen, dem ich mich, nachdem mit Sarah Schluss war, mehr oder weniger angeschlossen habe. Ich dachte, etwas Ablenkung mit den Touristinnen würde die Lücke schließen, die ihr Betrug hinterlassen hat, doch bisher ist das nicht gelungen. Genau wie zu Declan habe ich auch zu ihr keinen Kontakt mehr. Dank ihres Instagram-Accounts weiß ich, dass es sie ebenfalls nach Dublin verschlagen hat, bevor sie vor wenigen Monaten nach Cashel gezogen ist. Ohne meinen Bruder. Ich vermeide es, seine Profile zu checken. Ich will und darf der Neugierde nicht nachgeben, denn ich weiß, wie tief sie mich ziehen kann.

»Alles okay?« Eoin hat sich von Olivia losgerissen und mustert mich mit in Falten gelegter Stirn. »Bereust du schon, hergekommen zu sein?«

»Ne, war nur kurz in Gedanken«, sage ich und trinke einen Schluck Bier, damit er meine Miene nicht länger sehen kann. Doch Eoin ist nicht umsonst mein bester Freund, natürlich merkt er, dass etwas nicht stimmt.

»Sieht nach schwerwiegenden Gedanken aus.«

»Vermisst du manchmal, wie es früher war?«

Ich muss nicht erklären, was ich mit früher meine, natürlich weiß Eoin, worauf ich anspiele.

»Manchmal«, sagt er. »Sarah vermiss ich nicht. Wenn du mich fragst, hast du jemand Besseren verdient. Ich hab es dir schon mal gesagt, und ich beton es gern noch häufiger: Ihr wart nur zusammen, weil ihr eben beide gleich alt und an diesem Ort wart.«

Ich nicke. Weil ich weiß, dass er recht hat, und weil ihr Verlust weit weniger wehgetan hat als erwartet. Hätte es mich nicht zerfressen müssen, wenn es sich wirklich um die wahre Liebe gehandelt hätte?

»Cormac könnte sich häufiger blicken lassen, aber ich schaff es genauso wenig rüber, dabei leben er und sein Freund gerade mal einen Ort weiter. Pádraig fehlt. Und ...«

Und Declan, denke ich, doch keiner von uns spricht es aus. Denn auch wenn Eoin komplett auf meiner Seite steht, was die Sache angeht: Declan fehlt dennoch.

»Na ja, aber dafür haben wir ja häufig genug neue Leute, die sich hierher verirren.« Mit wackelnden Brauen und einem breiten Grinsen dreht er sich zur Seite und gibt den Blick auf die Tische frei. »Soll ich dir die anderen vorstellen?«

»Gern«, erwidere ich und folge Eoin durch den immer voller werdenden Raum zu einer der gemütlichen Eckbänke. Drei Studentinnen und zwei Studenten haben sich auf Bank und Stühle gequetscht, und der Anzahl der Gläser nach zu urteilen sind sie ebenfalls schon gut dabei. Den Rest der Truppe habe ich auf der Tanzfläche entdeckt, und auch bei ihnen scheint die Stimmung ausgelassen.

»Hi noch mal«, grüße ich auf Englisch in die Runde, und trotz meines kurz angebundenen Auftritts zuvor lächeln mir alle zu. Vermutlich wollen sie es sich mit ihrem Lehrer für die nächsten Tage nicht verscherzen.

»Hi. Ich bin Serena, freut mich.« Die schwarzhaarige Frau, die auf einem der Stühle sitzt, winkt mir zu.

»Hey«, begrüßt mich die Rothaarige. »Ich bin Madison.«

»Und ich Avery. Wir sind beide aus New York«, fügt die dritte Frau am Tisch hinzu, auch wenn es dank ihres Akzents offensichtlich nicht nötig gewesen wäre. Es ist die brünette Studentin von heute Mittag. Ihr Blick gleitet einmal über meinen Körper, und ein feines Lächeln legt sich auf ihr Gesicht, genau wie schon zuvor.

»Du bist nicht aus Amerika?«, frage ich Serena, die Frau mit den schulterlangen schwarzen Haaren. Sie ist hübsch, hat große, blaue Augen und ein kleines Muttermal neben der Nase.

»Nein, aus Deutschland. So wie er.« Sie deutet zu einem der Männer, der sich daraufhin als Jan vorstellt. Sein Sitznachbar heißt Maxence, und ich versuche, mir alle Namen einzuprägen, doch mir ist jetzt schon klar, dass ich noch einige Male werde nachfragen müssen.

Eoin lässt sich auf den Rand der Bank fallen, sodass nur zwischen Avery und ihm noch Platz ist. Er wirft mir einen vielsagenden Blick zu, und ich stöhne innerlich auf. Ich hätte wissen müssen, dass es das ist, was er heute Mittag mit Aufmunterung gemeint hat. Für ihn mag es jedes Mal ein Highlight sein, wenn Besuch da ist, für mich ist es nur eine weitere Erinnerung, dass wir für die Menschen außerhalb der Region nicht viel mehr als ein besonders anschauliches Museum sind. Dennoch gebe ich nach und lasse mich auf der Bank neben Avery nieder. Jegliche Kraft für Widerstand und Verteidigung meiner Prinzipien fehlt mir nach den heutigen Strapazen. Morgen ist auch noch ein Tag zum Kämpfen. Heute einer für Bier und Ablenkung.

Avery zumindest scheint sich nicht daran zu stören, dass ich ihr den Platz auf der Bank streitig mache, ganz im Gegenteil. Sie schenkt mir ein breites Lächeln und wendet sich mit dem Oberkörper in meine Richtung. In ihren Augen liegt dasselbe Funkeln wie schon heute Mittag, als sie den Blick von meinem Gesicht zu meinen Oberarmen und wieder zurück wandern lässt. »Eoin meint, du bist hier geboren und aufgewachsen. Warst du schon mal in New York?«

»Nein, ich war noch gar nicht in den Staaten«, gebe ich zurück, woraufhin sich ihre Augen weiten und sie mir geschockt eine Hand auf den soeben begutachteten Arm legt. Eoins Lächeln in ihrem Rücken wird breiter bei ihrem offensichtlichen Flirtversuch.

»Das musst du unbedingt mal machen! Die Stadt ist der Hammer. Ich kann dir eine Tour geben, wenn du magst.«

»Klar, warum nicht«, sage ich und verkneife mir, dass ich eher die Cliffs of Moher hinunterspringen würde. Galway ist cool, Dublin okay, aber insgesamt sind Großstädte einfach nicht meins. Zu hektisch, zu laut, zu anonym.

»Vielleicht kannst du mit mir im Umkehrschluss ja hier einen kleinen Dorfrundgang machen.« Avery legt den Kopf schief, wodurch ihr die langen braunen Haare über die Schulter gleiten und ihren Hals freilegen. Alles an ihr spricht eine Einladung aus. Eine, die ich ausschlagen sollte. Normalerweise würde ich das auch. Zwar sind One-Night-Stands genauso zur Routine geworden wie die ständigen hoffnungsvollen Besuche bei den Banken, aber ich schlafe nicht mit unseren Schülerinnen. Doch was, wenn Eoin recht hat? Seit Wochen, nein, Monaten liegt er mir in den Ohren damit, dass ich lockerer werden muss. Dass ich einfach genießen soll, was wir hier haben, statt es ändern zu wollen. Er hat meinen Kampf noch nie verstanden, ist zufrieden mit seinem Leben, genau so, wie es ist. Was, wenn ich das auch haben könnte? Zumindest für heute. Im besten Fall funktioniert es, im schlechtesten habe ich eine weitere Ablenkung. Und wen kümmert es, wenn ich den Jagdbereich um unsere Studentinnen erweitere? In zwei Wochen sind sie wieder weg. Außerdem ist die Schule allem Anschein nach ja ohnehin dem Untergang geweiht.

Ich trinke einen Schluck meines Biers, dann wende ich mich ihr ebenfalls zu und lächle. »Sehr gern.«

Sie verstärkt den Druck ihrer Finger an meinem Arm, und

ich lasse es zu. Ich trinke mein Guinness, erwidere Averys Flirts, verringere die Distanz zu ihr, leere ein weiteres Bier, das Eoin bringt und das meine Finger so weit lockert, dass sie irgendwann über Averys Bein streichen. Für eine Nacht, nur für heute, will ich einfach an nichts denken. Und wenn ich Averys wandernde Hände richtig deute, dann ist sie mehr als bereit, mir dabei zu helfen.

3. KAPITEL

Caroline

Dass die Bezeichnung *grüne Insel* nicht von ungefähr kommt, ist mir in dem Moment klargeworden, in dem unser Flugzeug die dünne Wolkendecke durchbrochen und den Dubliner Flughafen angesteuert hat. Ein Feld grenzte an das andere, und Irland breitete sich wie ein grüner Flickenteppich unter mir aus. Die meiste Zeit der dreistündigen Busfahrt von Dublin nach Galway hat es ähnlich ausgesehen, doch jetzt erblicke ich kleine Häuschen, dicht aneinandergereiht und teilweise in knallbunten Farben bemalt. Ich lese Namen von Pubs und mir unbekannten Supermärkten, und ein aufgeregtes Kribbeln breitet sich in meinem Bauch aus. Nur noch wenige Minuten, dann sind wir da. Als hätte der Busfahrer meine Gedanken gelesen, erklingt plötzlich seine laute Stimme, die dank des heftigen Akzents nur schwer zu verstehen ist.

»Ladies and Gentlemen«, beginnt er, »wir erreichen gleich unser Ziel Galway Coach Station. Wenn das nicht Ihr Ziel war, dann muss ich Sie enttäuschen, denn ich drehe jetzt nicht mehr um. Denken Sie bitte an Ihr Gepäck, und bleiben Sie angeschnallt, bis wir stehen. Wer nicht auf mich hört, dem hol ich seinen Trolley als Letztes aus dem Kofferraum.« Ein warmes Lachen beendet die Durchsage, und ein Lächeln legt sich auf mein Gesicht. Der Mann ist mir gleich sympathisch gewesen.

Ebenso das Flughafenpersonal, das selbst beim Kaffeekauf während meiner Wartezeit noch Small Talk gehalten hat. Inmitten all dieser Herzlichkeit hat die Nervosität, mit der ich heute gestartet bin, es schwer, meine Gedanken zu kontrollieren.

Heute Morgen in München, bevor ich die S-Bahn zum Flughafen genommen habe, hat sie es noch geschafft. Ich war zwar bereits häufiger im Ausland, doch noch nie allein. Immer haben mich meine Eltern, Lena oder Nadine begleitet. Beinahe hätte ich alles abgeblasen und Mr Connolly geschrieben, dass ich seiner Mutter leider doch nicht unter die Arme greifen kann. Abgehalten hat mich das Foto von Nadine und mir, das ich auf meinen Rucksack gelegt habe, damit ich es nicht vergesse. Ich drehe das Smartphone in meinen Händen und betrachte das Foto, das nun unter meiner durchsichtigen Handyhülle klemmt. Wieder einmal hat Nadine mir Mut gemacht, mir den nötigen Stups gegeben. Zärtlich streiche ich über das Bild. Ich kann es kaum erwarten, ihr später zu schreiben, dass ich es wirklich getan habe. Dass ich nach Irland geflogen bin, ohne irgendjemandem Bescheid zu sagen – von Vero einmal abgesehen, immerhin muss sich jemand um meine Pflanzen und die Post kümmern. Sie war überrascht, aber ich hatte nicht den Eindruck, dass es sie sonderlich stört, die Wohnung ein paar Wochen für sich zu haben. Vielleicht ist sie sogar froh, so unnahbar, wie ich die meiste Zeit war. Und meine Eltern … Ich kaue auf meiner Lippe und ignoriere das schlechte Gewissen. Ich habe ihnen nichts erzählt, weil ich keine Lust auf ihr Kreuzverhör hatte. Im Idealfall erfahren sie gar nicht, dass ich hier bin. Im Zweifel denke ich mir eben eine Geschichte aus. Auch Lena hab ich nichts erzählt, so sehr ich mit ihr auch über alles sprechen möchte. Doch sie sieht meine Eltern jeden Tag in der Kanzlei, und ich wollte nicht, dass sie sie meinetwegen anlügen muss.

Wir werden langsamer und fahren kurz darauf in eine Art Busbahnhof ein. Ich schließe mich der allgemeinen Aufbruchsstimmung an, stopfe mein Handy in die Jackentasche, nehme meinen Rucksack von dem freien Platz neben mir und schiebe mich dann mit den anderen vorn aus dem Bus raus. Die Luft draußen ist feucht, und ich bilde mir ein, das salzige Meer riechen zu können.

»Thanks«, sage ich, als mir der Fahrer meinen viel zu schweren schwarzen Koffer reicht, als wöge er nichts. Ich setze mich in Bewegung und öffne im Gehen Google Maps. Mehr, um meine Hände zu beschäftigen, als weil ich Orientierung brauche. Mr Connolly holt mich am Parkhaus gegenüber dem Bahnhof ab und sagte, es sei nicht zu verfehlen. Doch jetzt, da ich nicht mehr in der Sicherheit des Businneren bin, sondern wirklich auf irischem Boden, jetzt, da es kein Zurück mehr gibt, bin ich doch wieder nervös. Höllisch nervös sogar. Was, wenn der Akzent der anderen noch stärker ist als der des Busfahrers und ich niemanden verstehe? Mein Englisch ist zwar gut, und ich schaue all meine Serien im Original, aber ich war noch nie zuvor allein im Ausland. Was, wenn ich den Aufgaben bei Mrs Connolly nicht gewachsen bin? Ich habe mich noch nie um erwachsene Menschen kümmern müssen und glaube nicht, dass mir meine abgebrochene Ausbildung zur Erzieherin groß weiterhilft.

Mit flauem Gefühl im Magen sperre ich mein Handy und betrachte dessen Rückseite. Finde Kraft in Nadines Blick. Etwas muss sich ändern. Ich muss mich ändern. Und in den vier Wänden meines Wohnheimzimmers oder beim Abendessen mit meinen Eltern und ihren Juristenfreunden würde das nicht geschehen. Also verstaue ich das Smartphone wieder in meiner Jacke, straffe die Schultern und streiche mir die Haare aus dem Gesicht, die sich dank der Luftfeuchtigkeit bereits zu kräuseln beginnen. Ich kann das hier.

Ich bin kaum fünf Schritte gegangen, als ich das Parkhaus tatsächlich bereits erblicke. Vor dem Eingang stehen einige Wartende, doch ich erkenne den dunkelhaarigen Mann Mitte dreißig sofort als Mr Connolly. Zum einen dank des Videocalls, den wir vor meiner Anreise hatten, zum anderen anhand des Schilds, das er hält und auf dem in bunten, krakeligen Lettern mein Name steht. Neben ihm springt ein kleines Mädchen auf und ab, eine orange Gerbera in der Hand. Der Anblick sorgt dafür, dass sich meine Nerven ein klein wenig beruhigen.

»Hey«, sage ich, als ich die beiden erreicht habe, und setze an, meine Hand auszustrecken, doch Mr Connolly zieht mich sofort in seine Arme.

»Caroline, wie schön, dass du hier bist. War der Flug okay? Und die Fahrt?«

Ich nicke, erleichtert, dass Mr Connolly sehr viel einfacher zu verstehen ist als der Busfahrer. »Alles bestens.«

»Sehr schön! Das hier ist Kiera.«

»Hallo!«, ruft das Mädchen und hört nicht auf zu springen. »Ich bin schon fünf! Aber ich war sogar schon mal vier.«

»Oh. Cool. Ich … ähm, bin schon etwas älter als vier«, sage ich, weil mir nichts Besseres einfällt, und hoffe, dass Mr Connolly nicht gleich so sehr an meinen sozialen Fähigkeiten zweifelt, dass er mich zurück in den Flieger steckt.

»Sie ist ziemlich aufgeregt, wir kommen nicht so oft in die Stadt. Kiera, wolltest du Caroline nicht etwas geben?«

Kiera hört auf zu hüpfen und streckt mir mit einem strahlenden Lächeln die Gerbera entgegen, die von ihrer sportlichen Einlage schon etwas mitgenommen aussieht.

»Danke dir, das ist lieb«, sage ich und nehme die Blume entgegen.

Kiera nickt zufrieden, als hätte ich einen Test bestanden, und wendet sich dann an ihren Vater. »Fahren wir jetzt zu Granny?«

»Ja, sofort«, sagt Mr Connolly. »Hast du Hunger?«, fragte er dann an mich gerichtet. »Wir können unterwegs noch anhalten, wenn du magst. In Baile na Mara gibt es aber auch einige Pubs. Molly macht das beste Fish 'n' Chips, das du je gegessen hast.«

»Dann esse ich dort, wenn das okay ist«, sage ich. Gerade bin ich zu nervös, um einen Bissen hinunterzukriegen, und es schadet bestimmt nicht, wenn ich direkt ein paar Leute kennenlerne. Meine Google-Recherche hat ergeben, dass der Ort nur wenige Einwohner und eine extrem schlechte Busanbindung hat. Es gibt eine einzige Linie, die durch das Dorf fährt, und das nur zwei Mal am Tag. Aber auf den Fotos waren auch das Meer und etliche Kühe zu sehen, und wenn ich ehrlich bin, freue ich mich auf den Kontrast zu München und den Unipartys.

»Natürlich. Meine Frau und ich sind so dankbar, dich gefunden zu haben. Meine Mutter ist zäh, sie hat die OP gut überstanden, aber leider ist sie auch stur und lässt sich kaum helfen. Von uns beiden zumindest«, fügt er eilig hinzu. »Von dir ganz sicher. Daher: danke.« Er holt seinen Parkschein aus der Manteltasche. »Dann fahr ich dich mal in dein neues Zuhause, was?«

Ich nicke. *Dein neues Zuhause.*

So aufregend es klingen mag, ich weiß besser als jeder andere, dass ein Zuhause kein Ort ist, sondern ein Gefühl. Und das habe ich längst verloren.

Etwa eine halbe Stunde später fahren wir an dem weißen Ortsschild mit der Aufschrift *Baile na Mara* vorbei. Die Landschaft ist atemberaubend, was nicht zuletzt daran liegt, dass die Wolken aufgebrochen sind und Sonnenstrahlen die gesamte Szenerie erhellen. Das Gras wirkt noch grüner, der Anstrich der Häuser noch satter.

»Wow«, stoße ich aus, als ich zu meiner Linken das Meer entdecke.

»Toll, nicht? Manchmal vermisse ich die Ruhe hier.« Mr Connolly, den ich Brendan nennen soll, seufzt und richtet seinen Blick ebenfalls für einen Moment auf die Wellen, die sich an den steilen Klippen brechen. Es ist surreal, auf den Weiden davor Kühe und Schafe grasen zu sehen. Ich verbinde sie mit Wandern im bayerischen Umland, nicht mit dem Atlantik.

»Da kannst du schwimmen!«, ruft Kiera aufgeregt von der Rückbank, und ich sehe sie ungläubig an. Brendan lacht.

»Ja, Mäuschen, aber nicht direkt hier. Vorn am Strand.«

»Es gibt einen Strand?« Nicht, dass das für mich eine große Rolle spielen würde. Es ist viel zu kalt, um sich in die Wellen zu stürzen.

»Ja, der ist echt schön. Du musst ein Stück laufen, aber es lohnt sich. Ab und an kommen Leute aus Galway zum Kitesurfen her. Du kannst sicher mal mitmachen.«

Ich will gerade antworten, als ein lautes »Granny!« meine Gedanken unterbricht und Kiera ähnlich ausgelassen auf und ab springt wie zuvor am Parkhaus, nur dass sie jetzt vom Gurt festgehalten wird. Neugierig schaue ich durch die Frontscheibe, doch es ist niemand zu sehen. Vermutlich meint sie das Haus, auf das wir zuhalten.

Mein Verdacht bestätigt sich, als Brendan den Wagen über den kurzen Schotterweg rollen lässt.

»Mam kann kein Auto fahren. Aber es gibt einen Bus, solltest du mal nach Galway oder ins Umland wollen. Außerdem habe ich mit Molly, der Pub-Besitzerin gesprochen, du kannst für die Termine mit Mam jederzeit ihren Wagen nutzen.«

»Alles klar«, erwidere ich und höre das leichte Zittern aus meiner Stimme heraus. Die Autofahrt über habe ich ihn mit Fragen gelöchert, und er hat mir einiges zu seiner Mutter, dem Dorf und meinen Aufgaben erzählt – wobei ich das meiste bereits aus unserem Videocall wusste. Sonderlich schwer klingt es nicht: das Haus in Ordnung halten, Wäsche waschen und Mrs Connolly zur Physiotherapie in die Stadt fahren. Ansonsten ist seine Mutter seinen Worten nach fit.

Nichts, was ich nicht schaffen kann. Dennoch schießt Nervosität durch meinen Körper, und ich lehne mich im Beifahrersitz nach vorn, um das Haus besser betrachten zu können. Es ist ein kleines Cottage, ähnlich denen, die ich auf der Busfahrt entdeckt habe, allerdings hat es kein Reetdach, sondern eines aus schwarzen Ziegeln. Die Fassade ist in einem hellen Violett gestrichen, das an frischen Flieder erinnert und einen Kontrast zu dem satten Grün der umliegenden Hügel bildet. Um eines der Fenster rankt sich Efeu, und die Rahmen sowie die Tür sind weiß angemalt und verleihen dem Haus trotz einiger Alterserscheinungen etwas Modernes. Rundherum befindet sich ein riesiger Garten, der von einem weißen Zaun umfasst wird. Vereinzelte Lavendelsträucher trotzen dem nahenden Winter und wanken im Wind sacht hin und her.

Hier werde ich die nächsten zwei Monate also wohnen. Ich stoße die Autotür auf und steige aus dem Wagen. Kühle Luft schlägt mir entgegen und weht mir die Haare aus dem Gesicht. Das Erste, was ich höre, sind die Wellen. Ich kann das Meer von hier aus nicht sehen, aber es klingt, als sei es nicht weit entfernt. Dafür sehe ich, mit sehr viel mehr Abstand, als in München möglich wäre, einige weitere Gebäude. Mrs Connolly gehört das Eckhaus zur Hauptstraße, auch wenn dort kein einziges Auto entlangfährt. Von Nahem sind die Alterserscheinungen deutlicher zu erkennen, der Zaun ist verwittert, einzelne Holzplanken sind abgebrochen, und der Putz blättert an ein paar Stellen von der violetten Fassade. Dennoch wirkt es gemütlich, was nicht zuletzt an der Kulisse liegt. Es gibt so viel Platz. Nicht nur um das Cottage herum, sondern überall.

Erst als Brendan den Koffer neben mir abstellt, bemerke ich, dass ich wie versteinert neben dem Auto stehen geblieben bin.

»Alles gut?«

Ich nicke. »Bestens.«

Dann schließe ich die Tür und atme tief durch. Der salzige Geruch des Meeres schafft es, mich ein kleines bisschen zu erden, meinen Puls zu verlangsamen. So nervös ich auch bin: Nervosität ist ein Gefühl. Ein anderes als Trauer. Und diese Feststellung gibt mir die Kraft, entschlossenen Schritts hinter Brendan und Kiera herzulaufen.

Brendan drückt auf die Klingel, und ich zucke zusammen, als lautes Bellen aus dem Innern des Hauses zu uns dringt.

»Du hast keine Angst vor Hunden, oder?«

»Die sind ganz lieb!«, wirft Kiera ein, bevor ich den Kopf schütteln kann.

»Nein, hab ich nicht.« Nur habe ich nichts von den Hunden gewusst. Entweder hat Brendan es in dem Tumult nach der OP seiner Mutter vergessen, oder ich habe es in meinem Rausch überlesen. Aber damit werde ich schon klarkommen, irgendwie. Das einzige Haustier, das ich jemals besessen habe, war ein Hamster. Meine Eltern sind seit jeher zu viel in der Kanzlei gewesen, als dass wir einen Hund hätten halten können.

Es dauert eine ganze Weile, bis die Tür aufgezogen wird, und ich erkenne sofort, wieso. Die Frau mit den grauen Haaren und dem geblümten langen Wollkleid, die im Türrahmen erscheint, steht auf Krücken gestützt. Das ist dann wohl Mrs Connolly. Zwei kleine Hunde springen mit aufgeregtem Kläffen an ihr vorbei und stürmen auf Kiera zu, die sofort in die Hocke geht, um die beiden an sich zu drücken.

»Sprinkles! Sparkle!«

Die beiden Fellknäuel bellen aufgeregt. Eines trägt eine rosafarbene Schleife mit weißen Punkten im braunschwarzen Fell, ansonsten sehen sie vollkommen identisch aus.

»*A Bhreandáin, a Chiara, cad atá ar siúl agaíbh anseo?*« Ihr Blick gleitet an Brendan vorbei zu mir. Sie verengt die blaugrauen Augen zu Schlitzen. »*Agus tá tú?*«

Irritiert blicke ich von Mrs Connolly zu Brendan. Mein Herz sackt in die Hose. Wenn das der Akzent ist, der hier gesprochen wird, bin ich verloren.

»Ähm«, stoße ich aus und bin heilfroh, als Brendan das Wort ergreift.

»Hi, Mam, du siehst ja schon viel fitter aus«, antwortet er in klarem Englisch. »Das hier ist …« Er deutet zu mir, damit ich einspringen kann.

»Caroline!«, antworte ich mit heftig pochendem Herz, als müsse ich einen Test bestehen. »Schön, Sie kennenzulernen. Ich freue mich sehr, dass …«

Ihr Blick wandert weiter, direkt hinter mich, und ihre Miene entgleist. »*Ó níl.* Nein, nein, nein.« In ihre Augen tritt ein stählerner Ausdruck, der mich erschaudern lässt. Doch sie richtet ihn nicht länger gegen mich, sondern gegen ihren Sohn. »Ich habe Nein gesagt, oder etwa nicht? Bin ich in deinen Augen so tattrig, dass du meine Wünsche nun vollkommen übergehst? Ich will keine Hilfe, und ich brauche sie auch nicht. Hier zieht niemand Fremdes ein.«

Ich schlucke, und mein Blut gefriert zu Eis, sodass ich ganz starr werde. Denn die letzten Sätze hat sie in klarem Englisch gesprochen, und sie sind unmissverständlich. So sehr ich mir auch wünsche, etwas falsch zu deuten, sieht alles danach aus, dass Mrs Connolly keinen blassen Schimmer hatte, dass ich heute hier aufkreuze.

»Mam«, beginnt Brendan, doch seine Stimme klingt schwach im Vergleich zu der seiner Mutter – dabei ist sie diejenige, die sich gerade von einer OP erholt. »Du kannst weder Treppen laufen noch dich bücken. Ich habe dir doch gesagt, dass ich Hilfe organisiere. Die Ärzte meinten …«

Mrs Connollys Schnauben macht deutlich, was sie von der Meinung der Ärzte hält. Ich nestle mit unsicheren Fingern an meinen Jackenärmeln, und am liebsten würde ich im Erdboden versinken, mich in Luft auflösen – alles, Hauptsache weg von dieser Türschwelle. Leider habe ich die Rechnung dabei ohne die beiden Hunde gemacht. Diese lassen nun von Kiera ab, die das Wortgefecht zu gebannt verfolgt, um sie weiter zu streicheln, und laufen genau auf mich zu. Mrs Connolly scheint das ebenso bemerkt zu haben, denn sie nickt zu mir.

»Bei Hilfe dachte ich an eine Putzfrau, die ab und an vorbeischaut. Niemanden, der hier wohnt. Sie ist doch selbst noch ein Kind, wie soll sie sich denn um das Haus kümmern? Oder um mich? Hast du überhaupt einen Führerschein?«

»Ja«, erwidere ich sofort und beiße mir auf die Zunge, um nicht noch ein Ma'am hinterherzuschieben. »Ich bin dreiundzwanzig und fahre seit fünf Jahren.« Unregelmäßig, aber das behalte ich für mich.

»Caroline freut sich sehr, hier zu sein. Sie kann im Gästezimmer schlafen, dich beim Haushalt unterstützen und zur Physiotherapie fahren. Außerdem hast du dann jemanden für die Hunde und zur Gesellschaft.«

Zwar hat Brendan mir all das schon mehrmals gesagt, doch jetzt, da ich es mit Mrs Connolly in Verbindung bringe, fangen meine Hände vor Nervosität an zu schwitzen. Denn sie wirkt nicht, als ob sie Lust auf meine Gesellschaft hat, und ich mag zwar einen Führerschein besitzen, doch Mrs Connolly durch die Gegend zu fahren bedeutet Linksverkehr. Das war mir bewusst, doch jetzt, da es real wird, ist der Gedanke wesentlich beunruhigender als zuvor. Was, wenn ich beim Fahren vor Aufregung in einem Straßengraben lande? Dann bedeutet das mehr als eine weitere OP für die Dame. Obwohl ich dachte, mich für alles gewappnet zu haben, wird mir jetzt schon bei der bloßen Vorstellung, mit Mrs Connolly linksherum durch einen Kreisel fahren zu müssen, ganz anders. *Shit.*

»Mam, sei doch vernünftig«, fleht Brendan, als Mrs Connolly keinen Ton sagt, sondern uns nur mit kühlem Blick anstarrt. Ihre Lippen sind zu einem einzigen dünnen Strich verzogen. »Denk an die Hunde, die brauchen doch Auslauf. Die Alternative ist, dass du zurück in die stationäre Reha musst, und das willst du ja auch nicht.«

»Natürlich nicht. Dann stecken sie mich wieder nach Limerick. Was soll ich da?«

»Gesund werden«, murmelt Brendan, was Kiera zum Kichern bringt.

»Caroline ist total nett«, wirft sie ein und tritt zur Seite, wie um den Blick auf mich besser freizugeben. »Sie hat einen niedlichen Akzent! Sie ist nämlich aus Deutschland.«

»War ja klar, eine vom Festland.«

Bevor ich nachhaken kann, was Mrs Connolly gegen das Festland einzuwenden hat, verlagert sie das Gewicht auf ihren Krücken und humpelt ohne ein weiteres Wort ins Innere des Hauses. Die Tür lässt sie offen, was wohl einer Einladung gleichkommt. Kiera hüpft, gefolgt von den beiden Hunden, ins Innere, doch ich bleibe wie versteinert stehen. Jegliche Vorfreude ist verflogen.

Brendan lächelt mir entschuldigend zu und greift nach meinem Koffer. »Tut mir leid. Ich hätte dich vorwarnen sollen.«

Ich schlucke gegen das ungute Gefühl an, das von mir Besitz ergriffen hat. »Wusste sie denn gar nichts von mir?«

»Jein«, meint er mit einem Seufzen. »Ich habe sie so weit bekommen, dass sie Hilfe annimmt. Ich habe nur den Aspekt verschwiegen, dass du mit im Haus wohnst.« Zerknirscht verzieht er den Mund. »Sie weigert sich partout, Hilfe anzunehmen. Selbst von uns. Ich habe die Hoffnung, dass sie jemand Außenstehendem gegenüber aufgeschlossener ist. So, wie es jetzt ist, kann es nicht weitergehen. Sie braucht jemanden, der bei ihr bleibt, das wird sie auch noch einsehen.«

»Na ja, das wirkt nicht gerade so, oder?« Ich kann den Unmut nicht aus meiner Stimme halten, will es auch gar nicht. Das ist definitiv nicht der Start, den ich mir in Irland gewünscht habe. Keine Ahnung, womit ich gerechnet habe, mit Ablehnung jedenfalls nicht.

»Sie wird sich schon dafür erwärmen.« Brendan schenkt mir ein zerknirschtes Lächeln. »Ich kenne sie. Vertraust du mir, wenn ich dir sage, dass alles gut wird? Für den Notfall hast du meine Nummer, ich kann dich jederzeit holen und zurück zum Flughafen bringen. Du brauchst keinerlei Begründung.« Ein beinahe flehender Ausdruck tritt in seine blaugrauen Augen, die er offensichtlich von seiner Mutter geerbt hat.

Seine Worte tragen nicht gerade dazu bei, mich zu beruhigen. Will ich die nächsten Wochen wirklich in einem Haus verbringen, in dem ich nicht erwünscht bin? Doch was ist die Alternative? Brendan bitten, mich zum Flughafen zu fahren, und die Rückreise nach München antreten? In unserer WG im Wohnheim schmoren und Trübsal blasen? Nein. Wenn schon nicht für mich, dann für Nadine.

Also nicke ich Brendan mit mehr Selbstbewusstsein zu, als ich fühle, und folge ihm nach innen.

Caroline, 6.23 pm:
Nadine, ich glaube, ich hab einen Fehler gemacht. Erinnerst du dich an diese verrückte Sache, von der ich erzählt hab? Vermutlich, ich hab in den letzten Nachrichten ja über kaum was

anderes geredet. Tja, sie war nicht verrückt, sie war einfach nur blauäugig und überstürzt.

Ich hab deine Stimme förmlich im Ohr, die mir sagt, man muss manche Dinge auch mal wagen, aber Mrs Connolly will mich gar nicht hier haben. Kein Stück. Und bevor du fragst: Ja, das weiß ich mit Sicherheit. Weil sie es gesagt hat. Ihrem Sohn Brendan, mir – sogar ihren beiden Hunden. Immerhin die mögen mich. Oder hassen mich zumindest nicht, aber das ist hier anscheinend ja auch schon was wert.

HILFE!

Ich drücke auf Senden, schaue die Nachricht wie jedes Mal einige Sekunden an, als könnte Nadine aus dem Jenseits auf magische Art und Weise zu tippen beginnen, dann erst lege ich das Handy zur Seite. Auf den Nachttisch, der nicht meiner ist. Drehe mich in dem Bett, das nicht meines ist, um und starre an die Decke.

Beinahe hätte ich Brendan darum gebeten, mich wieder mit nach Galway zu nehmen. Ich hätte ein paar Tage in einem Hostel verbringen und dann heimreisen können. Das Ganze hätte ich als spontanen Kurzurlaub verbucht, und damit wäre die Sache erledigt gewesen. Stattdessen habe ich mich von Brendan und Kiera verabschiedet, Mrs Connolly dabei zugesehen, wie sie – mitsamt Krücken und Hunden – im Wohnzimmer verschwunden ist, die Tür hinter sich zugeschlagen hat, und bin auf mein Zimmer gegangen. Und hier liege ich jetzt seit etwa zwei Stunden. Nur auf Toilette habe ich mich einmal gewagt und gehört, dass der Fernseher im Wohnzimmer läuft. Das war vor etwa einer Stunde. Brendan hat mehrmals versucht mich zu überreden, noch mit ihm und Kiera ins Pub zu gehen, doch ich hatte keinen Hunger. Dafür hat mir die Begrüßung hier, die den Namen nicht einmal verdient hat, zu sehr auf den Magen geschlagen. Jetzt jedoch bereue ich es, sein Angebot abgelehnt zu haben, denn mein Magen grummelt. Vor einer halben Stunde habe ich das Sandwich gegessen, das ich mir am Flughafen geholt hatte, doch mehr habe ich nicht dabei, und in die Küche zum Kochen traue ich mich nicht.

Ich stoße geräuschvoll einen Schwall Luft aus und ziehe die Decke fester um mich. Sie riecht nach blumigem Waschmittel, und wenn ich die Augen schließe, fühlt sich zumindest das einigermaßen gemütlich an. Solange, bis ich sie wieder öffne und die hellblaue Tapete mit dem weißen Karomuster und die alten Holzmöbel sehe, die von der Schreibtischlampe erhellt werden. Das Zimmer ist okay, aber man merkt deutlich, dass Mrs Connolly nicht auf Besuch vorbereitet ist und es normalerweise nicht genutzt wird. Brendan hat vor meiner Ankunft den halben Schrank für meine Kleidung freigeräumt, und ein Strauß frischer Blumen steht auf dem Tisch, doch all das kann nicht verbergen, dass der Raum eigentlich als Abstellkammer für jeglichen Kleinkram und Kieras Kinderspielzeug genutzt wird. Brendans Anzeige im Internet hat sich so herzlich gelesen, dass die Realität mir noch mehr zusetzt, als sie es unter normalen Umständen tun würde.

Ich setze mich auf und entsperre zum bestimmt hundertsten Mal in den letzten zwei Stunden mein Handy. Doch da ist niemand, dem ich schreiben kann. Vero hat mir eine tolle Zeit gewünscht, und ich will sie nicht mit meinen Problemen nerven, immerhin kennen wir uns kaum. Meine Eltern wissen nicht einmal, dass ich hier bin, Lena ebenso wenig, und sonst – sonst ist da niemand. Also sperre ich das Handy wieder und betrachte stattdessen das kleine Polaroid auf der Rückseite. Eigentlich hatte ich es dort nur aufbewahrt, um es direkt in mein Zimmer hängen zu können, doch es fühlt sich falsch an, Nadine diesem Ort auszusetzen, der so wenig einladend ist.

»Was würdest du an meiner Stelle tun?«, flüstere ich, streiche über das Foto und vermisse sie plötzlich ganz schrecklich. Wahrscheinlich hätte sie die letzten beiden Stunden nicht im Zimmer herumgelegen, sondern den Ort erkundet. Mit Sicherheit hätte sie längst eine Lösung parat, Mrs Connolly um den Finger gewickelt und die halbe Nachbarschaft kennengelernt. Meine Kehle wird eng, und ich blinzle die aufkommenden Tränen weg, die ich seit dem unangenehmen Gespräch an Mrs Connollys Esszimmertisch zurückhalte. Doch dadurch, dass ich alles herunterschlucke, wird es nur noch enger in meiner Brust. Mein Herz rast, und mein Atem geht zu flach. Meine Muskeln verkrampfen so sehr, dass das Handy schmerzhaft in meine Fingerkuppen drückt. Ich muss raus.

Kaum dass der Gedanke gedacht ist, springe ich auch schon auf, schlüpfe in meine Sneakers, die ich vor der Kommode platziert habe, und laufe aus dem Zimmer. Bei Mrs Connolly melde ich mich nicht ab, wozu auch? Wenn es nach ihr ginge, wäre ich sowieso längst abgereist. Ich öffne die Haustür und stolpere mehr nach draußen, als zu laufen.

Klare, kalte Luft dringt in meine Lunge, und für einen Moment bleibe ich mit geschlossenen Augen auf der Matte stehen und atme einfach nur ein und aus. Erst tut es weh, dann, langsam, wird es besser, und die Luft erreicht meinen Bauch, füllt mich aus. Ich ziehe die Tür hinter mir zu und gehe einfach los. Es ist kalt, doch nicht so, dass es nicht auszuhalten wäre in meinem Pullover. Der Boden knirscht unter meinen Schuhen, das Rauschen der Wellen bildet eine beruhigende Hintergrundmelodie mit dem Wind, der durch Gräser und Sträucher fegt, ansonsten ist es beinahe gespenstisch ruhig.

Ohne Ziel folge ich dem Weg an Mrs Connollys Haus vorbei, weg von der Hauptstraße. Um das Dorf zu erkunden, fehlt mir gerade die Kraft, also folge ich dem Geräusch des Meeres.

Mit jedem Schritt, den ich mache, beruhigt sich mein Puls ein bisschen. Es ist, als ob der Wind die schweren Gedanken mit sich reißt und Raum für neue schafft. Positiv mögen diese vielleicht auch nicht sein, doch zumindest neutraler. Ich würde schon eine Lösung finden, irgendwie. Mrs Connolly musste mich nicht mögen, nur akzeptieren, und das sollte ich ja wohl schaffen.

Ich bin kaum hundert Meter weit gelaufen, als ich plötzlich abrupt zum Stehen komme.

»Wow.«

Vor mir liegt das Meer. Besser gesagt liegt vor mir der Abgrund und dahinter das Meer. Die Sonne ist im Begriff unterzugehen, und es wirkt, als würde sie in den Wellen versinken. Die letzten Strahlen beleuchten die Gischt, die sich glitzernd an den Klippen bricht. Feine Tropfen landen auf meinem Gesicht, und der Wind peitscht mir die Haare beinahe schmerzhaft um die Ohren, aber das alles ist in diesem Augenblick egal. Ich stehe einfach nur dort und beobachte. Fühle mich allein, doch nicht wie im Zimmer, auf die einsame Art und Weise. Hier, inmitten der Natur, umgeben von Nichts, hat das Alleinsein etwas Erdendes. Etwas Ursprüngliches. Ich kann mir nicht ansatzweise ausmalen, wie alt der Fels, auf dem ich gerade stehe, wohl sein mag, doch er zeigt mir auf die beste Art und Weise, wie klein ich bin. Trotz der Weite um mich herum fühle ich mich geborgen.

Ich sehe mich nach einer Bank oder etwas Ähnlichem um. Mich direkt an die Klippe zu setzen traue ich mich nicht. So feucht, wie das Gras ist, würde ich ausrutschen und vornüberkippen. Einige Meter weiter ragt ein weißer Zaun aus dem hohen Gras hervor. Hier, abseits der Wege, ist der Boden uneben, und ich gerate mehr als ein Mal ins Straucheln, schaffe es jedoch unbeschadet zum Ziel. Ich lasse mich auf den Boden sinken, lehne mich an das weiße Holz und strecke die Beine aus. Sofort merke ich, wie das nasse Gras meine Jeans durchtränkt, doch das ist mir in diesem Moment egal. Der Wind lässt Gänsehaut auf meinen Armen und Beinen entstehen, und ich stülpe die Ärmel meines Pullis bis über die Fingerkuppen, um mich notdürftig zu wärmen.

Ich weiß nicht, wie lange ich so dasitze, doch irgendwann ist die Sonne im Ozean versunken, und der Mond spiegelt sich in dem dunklen Wasser vor mir. Meine Jeans sind mittlerweile klatschnass und meine Beine kalt. Vermutlich sollte ich zurückgehen, doch stattdessen lasse ich den Kopf nach hinten sinken und sauge zischend die Luft ein. Das Bild über mir raubt mir den Atem. Einige Augenblicke sitze ich mit offenem Mund da und lasse den Blick über das Firmament gleiten. Ich glaube nicht, dass ich jemals etwas Vergleichbares gesehen habe. Selbst beim Wandern in den Schweizer Alpen haben wir nicht so viele Sterne entdeckt. Hier jedoch funkeln sie um die Wette.

Einem Instinkt folgend strecke ich die Hand aus, als könnte ich sie so greifen, einen nach dem anderen. Je länger ich den Blick nach oben richte, desto mehr goldene Lichter kann ich ausmachen. Die Milchstraße mit ihrem beinahe durchsichtigen weißen Schleier wirkt wie gemalt und webt sich durch die Nacht, als würde sie die Welt zusammenhalten. Wenn ich mich eben klein gefühlt habe, dann fühle ich mich nun winzig, jedoch auf die beste Art und Weise. Es ist wunderschön.

Ich weiß nicht, wie lange ich so dasitze, umgeben von Wellen und Nacht und Lichtern, doch irgendwann beginnen meine Zähne lautstark zu klappern. Ich schlinge die Arme um mich, will nicht zurück in das beengende Zimmer, sondern die Weite hier draußen genießen.

»*Ar mhaith leat seaicéad?*«

»Scheiße!«, rufe ich und zucke so heftig zusammen, dass ich mit dem Kopf gegen den Zaun stoße.

»Sorry«, erklingt die tiefe Stimme erneut, auf Englisch diesmal, und als ich den Kopf drehe, blicke ich in das amüsierte Gesicht eines dunkelhaarigen Mannes, der etwa in meinem Alter sein muss und auf der anderen Seite des Zauns steht. Mit schiefem Lächeln sieht er zu mir herunter. Mit sehr attraktivem Lächeln, wie das sanfte Licht des Mondes offenbart. Er ist die Art Mann, die Nadine in der Bar angesprochen hätte.

»Ich hab gefragt, ob du eine Jacke brauchst. Es war grad nicht zu überhören, dass dir kalt ist.«

»Was … Ich dachte, ich wär allein.«

»Ich auch. Normalerweise kommt hier so spät abends niemand lang. Nicht im Winter zumindest.«

»Aber du schon?«

»Ich wohne hier.«

Mein Blick gleitet an ihm vorbei und tatsächlich. Dort hinten liegt ein Haus. Offensichtlich gehört der Zaun, an dem ich sitze, noch zu einem Grundstück. Sofort springe ich auf.

»Sorry, das wusste ich nicht. Ich hab nur …« Ich schüttle den Kopf. »Egal.« Ich verschränke wieder die Arme vor der Brust, unschlüssig, was ich tun soll. Vermutlich heimgehen, doch irgendetwas in dem Blick des Kerls lässt mich zögern. Ich kann seine Augenfarbe nicht ausmachen, doch ich sehe die feinen Lachfältchen, als er mich betrachtet. »Wieso stehst du nachts am Zaun?«, frage ich und bemerke, dass seine Mundwinkel zucken.

»Ich könnte dich dasselbe fragen. Immerhin ist es mein Zaun.« Er hebt die Schultern. »Hatte keinen guten Tag und wollte raus. Allerdings bin ich nicht so wagemutig, im Stockdunkeln an den Klippen entlangzuwandern.«

Ich beiße mir auf die Lippe, um nicht nachzufragen, weshalb er einen schlechten Tag hat. Es geht mich nichts an.

»Als ich hergekommen bin, war es noch heller«, sage ich stattdessen, wobei meine Zähne bei den wenigen Worten wieder aufeinanderklappern.

»Ich hol dir jetzt 'ne Jacke«, beschließt er. »Magst du auch 'nen Tee?«

»Ähm …« Perplex sehe ich ihn an.

»Du kannst auch ein Bier haben.« Er neigt den Kopf zur Seite, und seinen Mund umspielt schon wieder dieses schiefe Lächeln. »Wenn du hier nachts allein rumsitzt, scheinst du es zu brauchen.«

»Tee reicht vollkommen.«

»Na also, dann kann es ja gar nicht allzu schlimm sein. Bin gleich zurück.« Mit einem Zwinkern dreht er sich um, läuft in Richtung des Hauses und lässt mich mit dem sonderbaren Gefühl zurück, dass er recht haben könnte.

4. KAPITEL

Conor

»Danke.«

Ihr Lächeln ist zaghaft, beinahe schüchtern, als ich ihr die Jacke unseres alten Rugby-Teams reiche. Sie ist ihr viel zu groß, doch als sie den Reißverschluss vorn zuzieht, entspannt sie sich sichtlich.

»Kein Ding«, erwidere ich und strecke ihr die Tasse mit Tee über den Zaun entgegen. Schwarztee – vermutlich nicht das beste Getränk zu dieser Stunde, aber einen anderen habe ich nicht. Sie muss die Ärmel meiner Jacke hochkrempeln, um den Becher greifen zu können, und obwohl ich weder sie noch ihren Namen kenne, macht es etwas mit mir, sie in meiner Kleidung zu sehen.

Zumindest bin ich nicht so naiv, zu glauben, dass die Wärme in meinem Bauch allein vom Tee herrührt. Dass ihre vollen Lippen sich zu einem leichten Lächeln verziehen, trägt definitiv ebenfalls dazu bei.

»Ich hab den Wind unterschätzt«, meint sie, und ich nicke.

»Passiert den meisten. So richtig kalt wird es hier selbst im Winter nicht, aber sobald du ans Meer gehst …« Ich lasse den Satz unvollendet, denn die Auswirkungen kriegen wir gerade zu spüren. Doch ich liebe es. Die raue See, die feuchte Luft, das unberechenbare Wetter.

»Gehörst du zur Erasmus-Truppe?«, frage ich, obwohl ich mir sicher bin, dass das nicht der Fall ist. Ich mag nicht gut im Namenmerken sein, aber ihr Gesicht mit den vollen Lippen und den großen Augen hätte ich definitiv nicht vergessen. Dann wiederum war ich die letzten Tage ziemlich beschäftigt mit Avery. Der Gedanke an Avery sorgt dafür, dass ich die Finger um die Tasse herum verkrampfe. Ich hätte nichts mit ihr anfangen dürfen.

»Nein.«

»Auf der Durchreise?«

Sie zuckt mit den Schultern und stützt die Arme auf den alten Zaun. Ihre Finger trommeln auf dem Porzellan der Tasse, und es dauert einen Moment, bis sie antwortet. »Eigentlich nicht. Aber ich überlege, wieder zu fahren, wenn ich ehrlich bin.«

Ich ziehe die Brauen zusammen, doch bevor ich nachfragen kann, spricht sie von selbst weiter.

»Ich bin hier, weil Mrs Connolly Hilfe braucht. Dachte ich zumindest. Ihr Sohn hat eine Anzeige online gestellt, und daraufhin bin ich heute hergeflogen. Nur dass sie davon nichts wusste und alles andere als begeistert ist.« Sie schnaubt. »Sie hasst mich.«

»Tut sie nicht«, werfe ich sofort ein. »Glaub mir.«

Sie sieht mich skeptisch an. »Woher willst du das wissen? Du kennst mich ja gar nicht.«

»Stimmt, aber ich kenne Mrs Connolly. Sie hasst dich nicht, zumindest nicht mehr als jeden anderen. Sie hasst es nur, hilflos zu sein.« Ich lehne mich ebenfalls an den Zaun, mit ein klein wenig Abstand zu ihr. Dennoch bin ich nah genug, dass eine Strähne ihres langen Haars mich an der Wange trifft, als uns die nächste Windböe erwischt. Mit entschuldigendem Blick stopft sie sich die Haare in den Kragen der Jacke. »Als ihr

Mann gestorben ist und die anderen im Dorf ihr beim Haushalt oder Kochen helfen wollten, ist sie beinahe an die Decke gegangen.« Die Erinnerung bringt mich zum Schmunzeln. Damals habe ich noch nicht im Haus nebenan gewohnt, aber ihre Wutausbrüche haben schnell die Runde gemacht, so wie es hier eben immer der Fall ist. »Ich glaube, ihr ist es einfach wichtig, selbstständig zu sein.«

Langsam nickt sie. »Ist bestimmt nicht einfach, wenn das mit zunehmendem Alter nicht mehr möglich ist.«

»Glaube ich auch. Vielleicht findest du ja einen Weg, ihr zu helfen, ohne dass sie sich bevormundet vorkommt.«

Sie seufzt. »Danke.«

»Fühlst du dich etwas besser?«

»Nope.«

Ich stoße ein Lachen aus, und als sich ein zartes Lächeln auf ihre Lippen stiehlt, stellt es merkwürdige Dinge mit meinem Bauch an. Ich kann die Farbe ihrer Augen in der Dunkelheit nicht ausmachen, aber ich glaube, ein Funkeln darin zu erkennen. Schnell sehe ich weg. Wenn ich eines nicht gebrauchen kann, dann das.

»Vielleicht benötigt sie einfach etwas Zeit, sich mit der Situation abzufinden …« Ihre Stimme klingt nicht gerade, als würde sie an das Gesagte glauben. »Ich probier es morgen noch einmal von Neuem.«

»Gute Idee. Manchmal dauert so was. So wie Schuhe, die muss man ja auch erst einlaufen. Und solltest du bei irgendwas Hilfe benötigen, sag Bescheid. Ich bin entweder hier, im Pub oder in der alten Schule neben dem Museum.«

Die Worte verlassen meinen Mund, bevor ich über sie nachdenken kann. Es ist nicht so, dass ich ihr nicht helfen will. Das Problem ist eher, *dass* ich es will. Denn ich sollte nicht wollen. Ich habe genug mit meinem eigenen Kram zu tun.

»Ich hätte nicht gedacht, dass es hier eine Schule oder ein Museum gibt. Was machst du da?«

»Unterrichten.«

»Bist du alt genug, um Lehrer zu sein?«

Zum zweiten Mal innerhalb weniger Minuten bringt sie mich zum Lachen, und das, obwohl mir eigentlich gar nicht danach ist. Denn wie erwartet erinnert der Unterricht der Studierenden mich nur an die gähnende Leere, die sonst in der Schule herrscht. »Wie alt muss man dafür denn deiner Meinung nach sein? Ich bin vierundzwanzig.«

»Ich vergesse manchmal, dass andere Menschen in meinem Alter schon einen richtigen Job und alles haben.« Sie trinkt einen Schluck ihres Tees und schaut eine Weile nachdenklich ins Nichts.

»Was machst du denn?«

»Ich studiere Rechtswissenschaften«, erwidert sie, doch ihrem Tonfall nach zu urteilen hätte sie genauso gut *Ich töte in meiner Freizeit kleine Katzenbabys* sagen können. Es liegen weder Stolz noch Begeisterung in ihren Worten. »Oder zumindest tue ich das seit heute auf dem Papier. Davor war ich Grafikdesignerin. Und davor Erzieherin. Und davor habe ich Modemanagement angefangen, aber das war ein Privatstudium, und ich hab nicht genug dafür gebrannt, um meine Eltern so viel blechen zu lassen.«

»Und für Rechtswissenschaften brennst du?« Es gelingt mir nicht ganz, die Skepsis aus meiner Stimme herauszuhalten, doch sie scheint sich nicht daran zu stören.

»Kein Stück.« Sie lächelt, doch es ist ein trauriges Lächeln.

»Warum machst du es dann?«

»Irgendwas muss ich ja machen«, entgegnet sie. Ich warte einen Augenblick, ob sie weiterspricht, denn ich vermute eine Geschichte hinter den gleichgültigen Worten, doch stattdessen tritt Schweigen ein. Es ist kein unangenehmes Schweigen. Mehr ein einvernehmliches. Eines, das entsteht, wenn man gemeinsam allein ist. Wir stehen beide an den Zaun gelehnt, der dringend einen neuen Anstrich vertragen könnte, trinken unseren Tee, und ab und an sprüht eine besonders hohe Welle ein paar Tropfen Salzwasser bis zu uns herauf.

»Wie heißt du eigentlich?«, entfährt es ihr plötzlich.

»Conor.«

»Ich bin Caroline, aber du kannst Caro sagen.« Sie streckt die freie Hand über den Zaun und schenkt mir ein Lächeln. »Freut mich.«

»Mich auch.« Ich ergreife ihre Hand, die einiges kälter ist als meine, und erwidere das Lächeln.

Grün. Ihre Augen sind eindeutig grün. Unsere Blicke halten sich einen Moment zu lang gefangen, und ihre Finger ruhen eine Spur zu perfekt an meinen. Fast so, als gehörten sie dorthin. Trotz der Kälte ihrer Haut fährt ein warmes Kribbeln über meine, das dort ganz und gar nicht hingehört. Ich räuspere mich und ziehe eilig die Hand zurück. Zu eilig. Mein Ellbogen stößt mit vollem Schwung gegen den Zaun – und reißt diesen mit sich. Das poröse, von Wind, Regen und Meer verwitterte Holz bricht und zieht die umliegenden Latten mit sich zu Boden. Ich springe rechtzeitig zurück, doch Caroline, die nach wie vor gegen den Zaun gelehnt stand, gerät ins Straucheln. Eine Ladung Tee schwappt aus der Tasse, trifft jedoch nur den Rasen. Bevor ich Caroline zu greifen bekomme, findet ihre freie Hand meine Brust, und sie fängt sich in letzter Sekunde.

»Oh shit. Tut mir leid«, stoße ich aus.

»Hast du dir wehgetan?«, fragt Caro im selben Moment und beäugt mich dann kritisch. »Warte, hast du dich gerade dafür entschuldigt, deinen eigenen Zaun kaputt gemacht zu haben?«

»Na ja, du scheinst ihn heute noch dringender gebraucht zu haben als ich.«

Caro schmunzelt, und ich zwinge mich, nicht zu genau hinzusehen. Mein Witz sollte davon ablenken, dass ihre Hand an meinem Oberkörper seltsame Dinge mit mir macht. Doch ihr leichtes Lächeln, das ihre hohen Wangenknochen betont und bei dem sich ihre Nase kräuselt, ist kein Stück besser. Mein Herz schlägt unter dem Druck ihrer Hand schneller. Ich habe im letzten Jahr fast jede Woche eine andere Frau bei mir zu Hause gehabt, doch dass ich mich so überrumpelt fühle, hat keine von ihnen geschafft.

»Ich hab ja noch mehr als genug andere Stellen, die ich nutzen kann«, sagt Caro und tritt vorsichtig einen Schritt zurück.

»Jederzeit, mein Zaun ist dein Zaun.« Wieder verhaken sich unsere Blicke. Ich trinke einen Schluck Tee, habe plötzlich einen trockenen Hals, ohne sagen zu können, warum.

»Ich sollte vermutlich langsam zurück«, unterbricht Caro die Stille, die nicht länger entspannt ist wie eben, sondern vielmehr voll von etwas Undefinierbarem. Sie friemelt am Reißverschluss der Jacke, doch ich winke ab. »Bring sie mir einfach die Tage vorbei. Und meld dich, wenn du eine Führung durch das Dorf brauchst.«

Ich schlucke, als mir auffällt, wie ähnlich ich Avery klinge. Sie hat den ihr versprochenen Rundgang erhalten – inklusive des letzten Stopps in meinem Schlafzimmer. Eoin hat mir am Samstag im Pub mit beinahe väterlichem Stolz auf die Schulter geklopft. Dabei war es ein Ausrutscher, nichts, worauf ich stolz sein sollte, denn offensichtlich haben sich mit meinen Hoffnungen auch meine Prinzipien verabschiedet. Ich sollte das mit Avery dringend klären. Zwar bin ich kein richtiger Lehrer und unterrichte nur ihren Winterkurs, aber dennoch: Ich hätte mich an diesem Abend nicht vom Bier und meinem Frust hinreißen lassen sollen. Genauso wenig wie ich mich jetzt von Caro hinreißen lassen sollte, denn das, was ihr Blick mit meinem Bauch macht, kann ich noch viel weniger gebrauchen als einen One-Night-Stand.

Caro setzt die Tasse an ihre Lippen und trinkt den nicht verschütteten Tee in wenigen Schlucken aus.

»Danke noch einmal«, sagt sie, als sie mir den leeren Becher reicht. »Hierfür, für die Jacke und fürs Gespräch. Das war auf jeden Fall besser als meine Gedanken.«

Ich nicke und verkneife mir das »Jederzeit«, das schon wieder auf meiner Zunge liegt. Caro lächelt noch einmal und geht dann, vorsichtig, in Richtung der Straße zurück. Ich bleibe stehen und sehe ihr noch eine Weile nach, wie sie, das helle Haar vom Mond beschienen, im Dunkel verschwindet.

5. KAPITEL

Caroline

»In schwarzen Tee gehört Milch.«

Mrs Connollys ruppiger Ton lässt mich so zusammenfahren, dass etwas Flüssigkeit auf den Boden schwappt. Sofort rennt einer der Terrier, Sprinkles, wenn ich mich nicht irre, zu der Stelle und schnüffelt interessiert. Anscheinend ist Tee jedoch nicht nach dem Geschmack der kleinen Hündin, denn sie schnaubt desinteressiert und läuft wieder davon.

»Das hättest du doch sicher online nachschauen können, ihr habt eure Telefone sowieso ständig in der Hand.«

Sie hasst nicht dich. Sie hasst es nur, hilflos zu sein.

Nicht zum ersten Mal an diesem Morgen rufe ich mir Conors Worte in Erinnerung. Sie haben mir dabei geholfen, in aller Frühe aufzustehen, mich fertig zu machen und das Frühstück zuzubereiten. Sie helfen mir auch jetzt dabei, ein fröhliches Lächeln aufzusetzen, bevor ich mich zu Mrs Connolly umdrehe. Ihre pinke Bluse könnte keinen größeren Kontrast zu ihrer grauen Stimmung bilden.

»Ich hab Sie gar nicht reinkommen hören. Haben Sie gut geschlafen?«

»So gut man das nach einem solchen Schock eben kann«, meint sie grummelnd und begutachtet skeptisch das kleine Buffet, das ich auf dem Tisch aufgebaut habe. Brendan hatte jede Menge Lebensmittel dabei, mit denen er den Kühlschrank befüllt hat. Auf dem Tisch stapeln sich verschiedene Käse- und Wurstsorten, selbst gemachte Marmelade seiner Frau, geschnittenes braunes Brot, Trauben, Joghurt und in der Pfanne auf dem Herd brutzeln Eier, die ich eben aufgeschlagen habe und deren Duft die geräumige Küche füllt.

Vorsichtig stelle ich die beiden vollen Tassen auf dem Tisch ab, bevor ich zum Kühlschrank gehe und die geöffnete Packung Milch heraushole. Mrs Connolly reißt sie mir ohne Worte aus der Hand, und ich beiße mir auf die Zunge, um mir einen Kommentar zu verkneifen.

Sie hasst nicht dich.

»Ich habe hervorragend geschlafen«, lüge ich, als ob sie nachgefragt hätte. Meine Stimme klingt sehr viel aufgeweckter, als ich mich fühle. »Es ist so schön ruhig hier, das kenne ich aus der Stadt nicht.«

»Hier liegt ja auch der Hund begraben, natürlich ist es ruhig.« Mrs Connollys Tonfall ist ebenso miesepetrig wie ihre Aussage und ihr Gesichtsausdruck. Mit grimmiger Miene gibt sie Milch in die Tasse, bis der Tee eine hellbraune Farbe annimmt. Dann lässt sie sich langsam auf den Stuhl sinken, das Bein gerade von sich gestreckt. Sie gibt keinen Ton von sich, doch es ist ihr anzusehen, dass ihr die Bewegung Schmerzen bereitet.

Einer der Yorkshire Terrier springt an ihrem gesunden Bein hoch, und zum ersten Mal taucht so etwas wie ein Lächeln auf dem Gesicht der alten Dame auf, als sie sich vornüberbeugt und ihn auf ihren Schoß hebt. Die leichte Regung verändert ihre gesamte Miene, lässt sie beinahe freundlich und offen wirken.

»Guten Morgen, meine Kleine«, gurrt sie und krault die Hündin hinter den Ohren. Diese lehnt sich in die Bewegung, was Mrs Connollys Mundwinkel noch ein Stück weiter nach oben wandern lässt.

Dann sieht sie auf, und der Zauber verfliegt, denn kaum dass ihr Blick meinen streift, sind die Falten wieder auf ihrer Stirn zu erkennen. »Die Eier verbrennen«, sagt sie, und ich drehe mich mit einem leisen Fluchen um und ziehe die Pfanne von der Herdplatte. Das Öl wirft Blasen, und obwohl ich die Eier so schnell wie möglich auf unsere Teller gebe, riechen sie nun eher verkohlt als lecker.

Mist.

Leider habe ich das ungute Gefühl, damit bereits durch einen ersten unausgesprochenen Test gefallen zu sein. Ich schalte den Gasherd aus, strecke den Rücken durch und bemühe mich wieder um ein Lächeln, als ich einen der Teller vor Mrs Connolly abstelle. Bei ihrem Blick fällt es mir jedoch verdammt schwer, es aufrechtzuerhalten, denn sie zieht die Augenbrauen nach oben.

»Kochen ist also auch nicht deine Stärke«, sagt sie, und leider sind die Eier an den Rändern so schwarz geworden, dass ich ihr nicht einmal widersprechen kann. Stattdessen schlucke ich meinen Unmut erneut herunter und setze mich ihr gegenüber an den Tisch, unter dem Sprinkles gerade nach Krümeln sucht.

»Ich war abgelenkt, morgen wird das besser.«

»Du musst kein Frühstück machen, ich habe zwei funktionierende Hände.«

»Aber dafür bin ich hier«, sage ich, woraufhin Mrs Connolly schnaubt, jedoch nichts erwidert. Ich schiebe mir ein Stück Ei in den Mund, muss aber leider feststellen, dass es eine beinahe gummiartige Konsistenz hat und wirklich ungenießbar ist, und gehe zum Brot über.

Mrs Connolly isst schweigend und hält dabei den Blick auf ihren Teller gerichtet. Es ist offensichtlich, dass sie sich nicht unterhalten möchte und es hasst, dass ich mit ihr am Tisch sitze. Doch ich muss daran glauben, dass Conor und Brendan recht behalten. Dass sie auftaut und ihre Abneigung nichts mit mir persönlich zu tun hat.

»Brendan meint, Ihr erster Physiotermin ist am Donnerstag, also übermorgen«, versuche ich erneut, das Gespräch aufzugreifen. »Das wird bestimmt bei den Schmerzen helfen.«

»Bist du schon einmal im Linksverkehr gefahren?« Mrs Connolly muss mir die Antwort an den Augen ablesen, denn schon wieder schnaubt sie laut. »Mein Sohn will mich also umbringen.«

»Ich kriege das hin«, sage ich mit weitaus mehr Selbstvertrauen, als ich fühle, denn ich fahre selbst daheim in München kaum Auto. Ich besitze nicht einmal eins. Wozu auch? Wir haben eine U-Bahn. Doch das behalte ich wohlwissend für mich. Vielleicht hätte ich meinen Aufbruch nach Irland nicht so sehr überstürzen sollen. Das Autofahren noch einmal üben, mich über den Ort informieren sollen. Doch dafür ist es jetzt zu spät. Ich muss es hinkriegen.

»Ich will hoffen, dass dir das Fahren mehr liegt als Irisch oder Essenszubereitung«, sagt Mrs Connolly und legt dann ihr halb aufgegessenes Brot beiseite. »Ich bin hier fertig.«

Sparkle springt von ihrem Schoß, als hätte sie die Worte ihres Frauchens verstanden.

»Ich geh fernsehen.«

Und damit humpelt Mrs Connolly aus dem Raum und lässt mich, das Frühstücksbuffet und die beiden Hunde, die mit großen, erwartungsvollen Augen auf das Brot in meiner Hand starren, zurück.

6. KAPITEL

Conor

Die Muskeln in meinen Armen ziehen auf angenehm protestierende Weise, als ich den Nagel in das Brett hämmere. In Galway bin ich täglich ins Fitnessstudio des Colleges gegangen, hier zu Hause fehlt mir das Equipment, und Video-Workouts waren noch nie meins. Ist wohl allerhöchste Zeit, mal wieder was zu tun. Ich greife nach dem nächsten Stück Holz und befestige es möglichst parallel zum vorherigen. Wirklich hübsch sieht es nicht aus, aber es erfüllt seinen Zweck. Der Zaun ist beinahe wieder intakt.

Ich nehme den Nagel, der zwischen meinen Lippen steckt, und mache mich am nächsten Brett zu schaffen. Als ich eine Bewegung aus dem Augenwinkel wahrnehme, zucke ich so sehr zusammen, dass ich mir beinahe auf den Finger schlage.

»Hast du mich erschreckt.«

»Sorry.« Caros blonder Schopf taucht über dem Zaun auf, dann folgt ihr Gesicht, auf dem ein leichtes Lächeln liegt. Jetzt, im Hellen, erkenne ich die leichten Sommersprossen um ihre Nase herum. Ihr bloßer Anblick genügt, dass sich meine Laune hebt. »Dachte, ich revanchiere mich und bring dir Tee. Außerdem hab ich dich bis rüber fluchen gehört.«

Ich stehe auf, klopfe mir die Hände an der Jeans sauber und nehme den Thermobecher dankend entgegen. Für einen kurzen Moment berühren sich unsere Fingerspitzen. Mein Blick verfängt sich in ihrem, und mein Herz stolpert so, wie es eigentlich gar nicht mehr stolpern sollte. Doch das ist ihm egal.

»Sieht schon viel besser aus als gestern«, meint Caro, als sie den Zaun betrachtet.

»Ja«, erwidere ich und brauche einen Moment, um mich zu sammeln.

Reiß dich zusammen, Ó Cathasaigh.

»Hab ich dich geweckt?«

»Wohl kaum«, meint Caro und zieht eine Grimasse. »Ich bin extra früh aufgestanden, um Mrs Connolly Frühstück zu machen. Seitdem sitzt sie schweigend im Wohnzimmer, und ich dachte, ich gönne Sprinkles und Sparkle mal etwas Auslauf.« Sie nickt nach unten, und jetzt erst fällt mir auf, dass sie die beiden kleinen Yorkshire Terrier im Schlepptau hat. Sie sind sichtlich aufgeregt, draußen zu sein, und einer von ihnen – auseinanderhalten konnte ich sie noch nie – springt aufgeregt an meinem Zaun hoch, um mich zu begrüßen.

»Lady Sprinkles und Miss Sparkle übrigens«, meine ich, als der Hund sich auf meinen skeptischen Blick hin hinter Caro versteckt.

»Was?«

»Das sind ihre vollen Namen.«

»Das ist ... wow.«

Ihr Gesichtsausdruck bringt mich zum Lachen. »Mrs Connolly hat früher mit ihnen an Wettbewerben teilgenommen. Sie haben immer verloren, weil sie null erzogen sind. Aber sie stammen wohl von irgendeiner berühmten Linie ab. Und wie das bei berühmten Kindern so ist, haben sie außergewöhnliche Namen.«

»Vielleicht sollte ich sie dazu mal befragen, dann redet sie womöglich auch mit mir.«

»Also hat sich noch nicht alles eingerenkt bei euch?«

Ihr Gesicht spricht Bände, als sie den Kopf schüttelt.

»Nein. Das Frühstück war eine Katastrophe. Bis heute Morgen wusste ich nicht, dass man selbst beim Tee Dinge falsch machen kann.« Sie seufzt. »Aber als ich eben angekündigt habe, mit den beiden Gassi zu gehen, hat sie nicht protestiert und mir keinen kritischen Kommentar zugegrummelt.« Caro zuckt mit den Schultern. »Ist ein Anfang, schätze ich.«

»So wie die zwei dich schon mögen, hast du ihr Frauchen auch im Nullkommanix um den Finger gewickelt.«

»Abwarten«, erwidert sie. Doch sie klingt bereits viel weniger niedergeschlagen als gestern. »Na ja, ich wollte dir eigentlich nur den Tee bringen. Mit Milch, wie ich vorhin gelernt habe. Die Jacke muss ich noch waschen und geb sie dir dann zurück.«

»Das eilt null«, sage ich und freue mich insgeheim, denn dass sie die Jacke nicht dabeihat, bedeutet, dass wir uns zwangsläufig wiedersehen werden – nicht, dass sich das in einem kleinen Ort wie Baile na Mara vermeiden ließe.

»Dann gehen wir wohl mal weiter. Ich wollte mir heute das Dorf anschauen.«

»Lust auf Begleitung? Ich bin hier eh gerade fertig geworden.«

»Gern.«

Ich rede mir ein, dass ich es nur aus Höflichkeit anbiete, nur weil der Kurs mit der Erasmus-Gruppe erst in drei Stunden beginnt und ich mir die Zeit vertreiben will, bevor ich wieder an die Banken und ihre Absagen denke. Doch das Adrenalin, das gerade meine Adern flutet, straft meine Gedanken Lügen.

Ich lasse den Hammer fallen, trete das übrige Holz nachlässig zur Seite und springe dann, eine Hand auf den Zaun gestützt, zu Caro.

»Bereit für deine persönliche Tour?«

Caro nickt und bedenkt meine sportliche Einlage mit einem Schmunzeln.

»Die Cliffs kennst du ja schon«, beginne ich und deute in Richtung Meer. »Eine Straße weiter, an dem kleinen Angelshop vorbei, startet der Cliff Walk, eine kurze Wanderroute, die ins Nachbardorf führt. Die solltest du unbedingt mal machen.«

»Ist notiert. Aber am besten ohne diese beiden hier.« Mein Blick folgt ihrem zu den Hunden, die aufgeregt hin und her laufen und sich dabei gegenseitig mit ihren Leinen in die Quere kommen. Es ist deutlich zu sehen, dass ihnen der Auslauf seit Mrs Connollys OP letzte Woche gefehlt hat. Zwar habe ich sie häufiger im Garten entdeckt, und auch Molly ist mit ihnen Gassi gegangen, doch allem Anschein nach hat das nicht genügt.

»Ich mag, dass die Häuser hier so bunt sind«, sagt Caro und deutet auf das gelbe Haus mit den blauen Türen und Fenstern. »So knallbunte Türen würdest du bei uns kaum finden.«

»Ja, das ist an vielen Orten so. Als Queen Victoria gestorben ist, sollten die Türen schwarz gestrichen werden, damals war Irland noch unter britischer Regierung. Da hier aber niemand besonders gut auf England zu sprechen war, haben die meisten Leute die Türen stattdessen bunt gestrichen. Hat sich bis heute gehalten.«

»Oh wow, also sozusagen eine Rebellion.«

»Ja.«

»Es sieht auf jeden Fall total schön aus. Ich glaube, bei uns daheim in München wären sie dafür zu traditionell.«

»Na ja, aber Traditionen haben ja auch ihr Gutes«, erwidere ich. »Wir haben hier auch etliche, die uns vom Rest der Insel unterscheiden, und sie sind Teil der Kultur.«

Caro nickt langsam. »Ja, vielleicht. Auch wenn ich die mit den bunten Häusern dann mehr mag.«

»Ich muss gestehen, ich weiß gar nichts über München, mal abgesehen von den Klischees und dem Oktoberfest. Was uns übrigens zu unserem nächsten Punkt führt: Das hier ist das wichtigste Haus in ganz Baile na Mara.«

»Das Pub?«, fragt Caro grinsend. »So viel zu Klischees.«

»Das ist nicht bloß ein Pub, das ist das Epizentrum des Dorfs!«

»Und was ist mit den beiden da?« Caro deutet zu den zwei Pubs auf der anderen Straßenseite.

»Die werden dir auch erzählen, das Epizentrum zu sein, aber das ist Quatsch.«

»Du klingst parteiisch.«

»Ein bisschen vielleicht. Dieses Pub gehört den Eltern meines ehemals besten Freundes.«

»Ehemals?« Ein Schatten huscht über Carolines Gesicht, ist jedoch genauso schnell wieder verschwunden. Zu gern würde ich in ihren Kopf sehen, herausfinden, was an dem Wort sie bewegt. Sie kommt mir jedoch zuvor. »Klingt, als wäre da eine Geschichte verborgen.«

»Ja, aber keine für heute«, wiegle ich ab. »Nach ein, zwei Pints im Pub vielleicht.« Dabei rede ich kaum noch über Pádraig. Oder Declan. Oder Cian. Oder über all die anderen, die im Laufe der letzten Jahre das Weite gesucht haben. Dabei fehlt mir vor allem mein Bruder jeden Tag, so sehr ich es auch vermeide, an ihn zu denken oder über ihn zu sprechen – die Lücke, die er in meinem Leben hinterlassen hat, ist immer spürbar da.

»Tick Molly ...«

Es dauert einen Moment, bis ich begreife, dass Caro versucht, den Pubnamen auszusprechen.

»Tigh Mholly. Also Tie mit langem I und Wolly wie ... Wolle. Tigh ist eine andere Form von teach, was Haus bedeutet. Übersetzt heißt es also Mollys Haus.«

93

»Bitte?« Sie hebt die Brauen. »Warum denn ein W, wenn da ein M steht?«

»M und H werden zusammen wie ein W ausgesprochen.«

In ihrem Gesicht tauchen nur weitere Fragezeichen auf. Ich kann es ihr weder verübeln, noch ist mir der Gesichtsausdruck unbekannt, ich sehe ihn regelmäßig in meinen Einführungskursen.

»Wenn dich das interessiert, schau gern mal im Unterricht vorbei. Gerade sind einige Erasmus-Studierende aus Cork da. Den Kurs zahlt die Uni, das heißt, du könntest kostenlos vorbeischauen. Ich gebe aber auch Einzelunterricht.« Mein Blick fängt Caros auf, und bei der Vorstellung von uns beiden allein im Klassenzimmer jagt ein warmer Schauer durch meinen Körper. Bevor Caro antworten kann, wird jedoch die Tür hinter uns geöffnet.

»*Dia dhuit!*« Molly tritt heraus, mit einem Strahlen im Gesicht, wie immer.

»*Dia is Muire dhuit!*«

»*Tá an ghrian ag taitneamh!*«

Ihr Blick fällt auf Caroline. »Oh, entschuldige. Du bist eine der Studentinnen, richtig?« Molly hat einen stärkeren Akzent beim Englischsprechen als ich, was kein Wunder ist. Sie ist damals auf die gälische Schule gegangen, die mein Grandpa geleitet hat, und nicht, wie viele, zum Studieren weggezogen. Ihr Leben spielte sich immer in Baile na Mara ab. Doch Caro versteht sie ohne Probleme und schüttelt den Kopf.

»Nein, ich bin hier, um Mrs Connolly zu helfen.«

Molly stößt ein Lachen aus. »Na, viel Erfolg. Wenn du nach deiner Arbeit dann selbst Hilfe brauchst …« Sie deutet hinter sich. »Sei mein Gast. Hier ist fast immer offen.«

»Danke. Darauf komme ich sicher zurück.« Caro lächelt, und es bringt ihre grünen Augen zum Strahlen. Sie scheint sich aufrichtig zu freuen. Vermutlich will ich gar nicht wissen, was für eine Begrüßung meine Nachbarin ihr hat zuteilwerden lassen. Meine Uhr vibriert und erinnert mich daran, dass der Kurs in fünfzehn Minuten startet.

»Musst du los?«, fragt Caro.

»Ja, ich sollte langsam. Aber ich hätte meine Tour ohnehin bei Museum und Schule beendet – es sei denn, du willst hierbleiben?«

»Ich kann dir ein erstklassiges Frühstück machen«, bietet Molly an, doch Caro schüttelt den Kopf.

»Das ist lieb, danke. Aber ich seh mich noch ein wenig um und bringe die beiden dann besser zurück, bevor sie als vermisst gemeldet werden.«

»Vernünftig«, befindet Molly. »Über die zwei kleinen Racker geht Mrs Connolly nichts. Macht's gut, ihr beiden. *Tóg go bog é.*«

Sie zwinkert Caro zu, die sich auf die Lippen beißt.

»Was?«

»Nichts.« Wir gehen einige Schritte, bis sie weiterspricht. »Mir ist nur gerade bewusst geworden, dass ich diesen Ort hätte googeln sollen, bevor ich herkomme.«

»Gefällt es dir nicht?«

»Doch!«, sagt Caro so eilig, dass ich auflache. »Doch, total. Das Meer, die Luft hier, die Häuser, die Landschaft. Ich …« Wieder beißt sie sich auf die Zunge, bevor sie weiterspricht. »Auf die Gefahr hin, dass du mich für völlig naiv und bescheuert hältst: Ich hatte keinen blassen Schimmer, dass ihr hier kein Englisch sprecht.«

»Oh.«

»Jap.«

»Hat Brendan dich nicht vorgewarnt?«

»Nope. Wahrscheinlich war es für ihn so normal, dass er nicht weiter darüber nachgedacht hat.«

»Na ja, mein Angebot steht.« Gemeinsam biegen wir nach links ab. Die Straße steigt hier leicht an, und Lady Sprinkles sprintet voran, während Miss Sparkle plötzlich einen gemütlicheren Gang einlegt und sich beinahe von Caros Füßen schieben lässt. »Wenn du Irisch lernen magst, gib jederzeit Bescheid. Die meisten hier sprechen fließend Englisch, aber unsere Erstsprache ist Irisch.«

»Und ich dachte anfangs, Mrs Connolly hat einfach einen heftigen Akzent.«

»Den hat sie erstaunlicherweise nicht«, erwidere ich lachend. »Wobei ich mich frage, warum. Sie verlässt das Dorf eigentlich so gut wie nie, ist hier aufgewachsen und weigert sich die meiste Zeit, Englisch zu sprechen.«

Caro seufzt lautstark. »Kein Wunder, dass sie ein Problem mit mir hat. Was heißt *Ich bin verloren* auf Gälisch?«

»*Táim caillte*«, erwidere ich schmunzelnd. »Aber bist du nicht, du machst das schon.«

»Ich bin mir da noch nicht so sicher …«, grummelt Caroline und nimmt Miss Sparkle für die letzten Meter auf den Arm, als diese das Weitergehen verweigert.

»Da sind wir. Das Gebäude rechts ist das Museum, da gibt es immer mal wieder Veranstaltungen, das links ist die Schule. Sie hat mal meinem Dad und davor meinem Grandpa gehört und regulär alles Mögliche unterrichtet. Mittlerweile ist sie eine reine Sprachschule.« Dass sie selbst diesen Titel nicht mehr recht verdient hat, verschweige ich. Irgendwie ist es mir peinlich, als wäre es mein persönliches Versagen. Vielleicht ist es das auch.

»Hier sieht echt alles so toll aus und …« Sie dreht sich zu mir um, und ihre Augen weiten sich. »Oh wow. Bei der Aussicht überleg ich es mir wirklich.«

Lächelnd folge ich ihrem Blick. Da die Häuser in Baile na

Mara alle nur einstöckig sind, reicht der leichte Hügel, auf dem wir uns befinden, um eine phänomenale Sicht auf das Meer zu haben. Die Sonne bricht sich glitzernd auf dem Wasser, und die feinen weißen Wolken wirken wie mit dem Pinsel in den Himmel getupft.

»Ist das ein Leuchtturm?«

»Ja«, erwidere ich. »Man kann mit dem Boot rüber. Feargal fährt ab und an, um ihn in Schuss zu halten. Er nimmt dich sicher mal mit.«

»Das wäre toll.«

Ich möchte ihr gerade anbieten, dass wir gemeinsam fahren könnten, als sich eine Person aus der Menschentraube vor der Schule löst und auf uns zukommt. Avery. Ihre langen braunen Haare wippen bei jedem Schritt, und auf dem Gesicht trägt sie ein breites Lächeln, wodurch sich das schlechte Gewissen wie ein schwerer Stein in meinen Magen legt.

»Conor!«, sagt sie, als sie uns erreicht. Sie stellt sich genau zwischen Caro und mich, was seltsam besitzergreifend wirkt. Ich will gerade einen Schritt zurückweichen, als sie mich auch schon umarmt. Alles daran fühlt sich falsch an, doch gleichzeitig kann ich es ihr kaum verübeln. Ich hätte nicht mit ihr schlafen sollen. Der Sex mit ihr war Ablenkung, Ventil an einem beschissenen Tag – doch das Lächeln in ihrem Gesicht ist ein deutliches Zeichen, dass es für sie mehr war. »Schön, dich wiederzusehen, ich hab dich vermisst.« Sie wendet sich Caro zu. »Hi! Ich bin Avery, freut mich. Ich bin gerade zu Besuch in Baile na Mara für Conors Sprachkurs.«

»Caroline, hey.« Caro lächelt, als Avery sich bückt, um die beiden Hunde zu begrüßen.

»Wie süß sie sind! Machst du heute auch mit? Hunde würden die Klasse sicher noch mal aufwerten. Nichts für ungut«, meint sie, als sie aufsteht und mir lachend die Schulter tätschelt. Die Geste zeugt von einer Vertrautheit, die ich zwischen uns nicht spüre.

Ich lächle verkrampft und suche Caros Blick, doch sie sieht zu den beiden Yorkshire Terriern. Vermutlich ist es albern, doch das schlechte Gewissen habe ich nicht nur Avery gegenüber, sondern auch ihr. Ich will nicht, dass sie denkt, dass meine Einladung in den Kurs eine bloße Masche war.

»Nein, ich sollte mich langsam auf den Heimweg machen«, erwidert sie an Avery gewandt und tritt einen Schritt zurück. »Viel Spaß euch.«

»Danke«, erwidert Avery fröhlich. »Haben wir bestimmt.«

Bilde ich es mir ein, oder verrutscht Caros Lächeln?

»Meld dich, wenn du Hilfe bei irgendwas brauchst«, sage ich an Caroline gewandt, und jetzt endlich sieht sie mich an. Doch das Glänzen in ihren Augen, das während unserer Tour noch da war, ist weg. Ein Teil von mir will auf sie zugehen, der andere jedoch sorgt dafür, dass ich an Ort und Stelle stehen bleibe. Neben Avery. Denn so ist es besser.

»Ciao, Conor.«

»Ciao«, sage ich und schlucke.

Táim caillte.

7. KAPITEL

Caroline

»Miss Sparkle, aus!«, rufe ich und ziehe den kleinen Hund am Geschirr vom Türrahmen des Ladens weg, dessen Holz er gerade mit seinen Zähnen bearbeitet. Von drinnen erklingt ein Lachen, und kurz darauf streckt eine junge Frau den Kopf nach draußen. Sie hat dunkelblondes Haar und muss etwa in meinem Alter sein.

»Ich fass es nicht, kriegt man euch auch mal wieder zu Gesicht!« Sie tritt komplett heraus und bückt sich, um die Hunde zu begrüßen. Dann erst sieht sie zu mir auf. »Ich bin Olivia, hi! Du musst Caro sein? Die Hilfe von Mrs Connolly?«

Überrascht nicke ich. »Ja, hat sie das erzählt?«

»Ne, ich hab Mrs Connolly seit ihrer OP nicht gesehen. Aber Catherine hat es mir erzählt. Ihr gehört der Laden hier. Und sie hat es mit Sicherheit von Molly.«

Wie von selbst wandern meine Brauen nach oben. Denn Mollys Pub haben wir vor knapp einer Stunde besucht. Und er liegt drei Querstraßen von dem Laden entfernt.

»Baile na Mara tratscht gern, hier passiert nicht so viel.« Mit einem Grinsen erhebt die Frau sich wieder und streckt mir ihre Hand entgegen. »Und bevor du fragst: Der Akzent ist australisch, nein, ich habe mich nicht hierher verlaufen, und ja, ich vermisse das gute Wetter.«

Ich schüttele ihre Hand und merke direkt, wie ich mich entspanne. Olivia hat eine so sonnige Ausstrahlung, dass diese sich gleich auf mich überträgt. Sie mag das Bild von Averys Hand auf Conors Schulter nicht komplett vertreiben, aber es ist ein Anfang. Nicht, dass mich das Ganze überhaupt stören sollte. Ich kenne Conor ja kaum.

»Freut mich, meinen Namen brauche ich dir dann ja nicht nennen.«

»Stimmt«, entgegnet sie immer noch grinsend. »Ich nehme an, du musst auch einkaufen?«

Ich linse durch die Tür in den kleinen Laden. Vermutlich sollte ich mir eine Liste anlegen und die Wocheneinkäufe erledigen – wenn Mrs Connolly überhaupt zulässt, dass ich für sie koche. »Kann ich mit den Hunden denn rein?«

»Ach klar, ich glaub nicht, dass Catherine ein Problem damit hat.«

Sie hält mir die Tür auf, und ich nehme die beiden Terrier enger an die Leine, damit sie nicht wieder auf den Gedanken kommen, Dinge anzuknabbern.

»*Dia dhuit!*«, begrüßt mich eine Frau mit kurzen, grauen Haaren.

»*Dia …*«, beginne ich, kriege die Worte, die ich jetzt schon so oft gehört habe, jedoch nicht richtig über die Lippen. Catherine scheint das nicht zu stören, denn sie lächelt mir warm entgegen.

»Ein neues Gesicht, wie schön. Wenn du Hilfe brauchst, melde dich, ja?«, sagt sie auf Englisch.

Ich nicke und kann die Erleichterung, die mich bei ihren Worten durchflutet, nicht leugnen. Zwar habe ich bisher nicht den Eindruck, dass sich, abgesehen von Mrs Connolly, jemand an mir stört, aber es ist mir trotzdem unangenehm, dass ich ihre Sprache nicht spreche. Dass ich nicht einmal darüber nachgedacht habe, dass das der Fall sein könnte.

Dabei gab es genug Hinweise. Die Durchsagen am Flughafen. Die zweisprachigen Schilder. Doch dass es Gebiete gibt, in denen ausschließlich Irisch gesprochen wird? Das haben meine Englischlehrer wohl übersprungen – oder aber Nadine und ich haben bei dem Part *Hay Day* unter dem Tisch gespielt. Das ist auch nicht ganz abwegig.

»Ich lern Gälisch auch noch«, sagt Olivia und nimmt ein Glas getrocknete Tomaten aus dem Regal. »Die Floskeln kann ich mittlerweile alle, und ich glaube, ich hab ungefähr zweihundert Vokabeln über das Wetter gelernt, aber am Schreiben hapert es noch.« Sie dreht das Glas eine Weile in ihrer Hand und legt es dann in den Korb. »Conor ist ein toller Lehrer. Er freut sich sicher, wenn du dich bei ihm für einen Kurs meldest. Er redet nicht gern drüber, aber eigentlich sucht er händeringend nach Menschen, die die Sprache lernen wollen.«

»Aber sein Kurs heute sah gut besucht aus, ich hab einige vor der Schule warten sehen«, werfe ich ein. Dass er Schwierigkeiten hat, Menschen für die Sprache zu begeistern, kann ich mir nicht vorstellen, bei der Leidenschaft, die er versprüht, wenn er darüber spricht. Ich merke, wie sich meine Finger fester um die beiden Leinen legen, als ich wieder an ihn denke. Es ist offensichtlich, dass zwischen Avery und ihm was gelaufen ist. Was okay ist. Vollkommen okay. Was nicht okay ist, ist die Tatsache, dass ich nach unserem Gespräch am Zaun viel zu lange über ihn und seine Worte nachgedacht habe. Ich habe sogar von ihm geträumt. Kein Wunder, da ich in Conors Jacke eingeschlafen bin.

Die Hitze schießt mir in die Wangen bei dem bloßen Gedanken daran. Vor Nadine habe ich es damit gerechtfertigt, dass es in dem Gästezimmer kalt ist. Das mag stimmen, doch der eigentliche Grund ist ein anderer. Conors Geruch hat mir Sicherheit gegeben. Der Geruch dieses völlig Fremden, der sich in dem Moment dennoch vertrauter angefühlt hat als das mir unbekannte Haus mit seinen Geräuschen bei Nacht.

»Ja, zweimal pro Semester kommen Studierende aus Cork und Dublin«, sagt Olivia und reißt mich aus meinen Gedanken. »Aber das sind alles Leute aus dem Ausland, davon bleibt keiner langfristig. Das reicht natürlich nicht, um die Schule am Laufen zu halten. Glaube, das nimmt ihn schon ziemlich mit. Er versucht seit einer Weile, Förderungen oder zumindest einen Kredit zu bekommen, den er nach und nach abstottern kann, wenn die Schule wieder anläuft, aber bisher klappt das null.« Sie hält inne, als sie mein Gesicht sieht. »Alles okay?«

»Ja. Du bist nur schon ganz schön gut integriert«, stelle ich fest. »Was das Plaudern über Leute angeht. Ich hab von dir mehr über Conor erfahren als von ihm in allen Gesprächen bisher.«

Olivia stößt ein lautes Lachen aus. »Oh Gott, du hast recht. Ich mag dich. Überleg dir das mit dem Sprachkurs noch mal. Die Leute hier sind superfreundlich, aber so richtig Teil des Dorfs bist du nur, wenn du dich auf die Kultur einlässt. Außerdem könnten wir gemeinsam lernen, das wär cool.« Sie wirft einige Packungen Nudeln in den Korb und schlendert dann zum Gemüse. »Du kannst mich auch jederzeit besuchen kommen, mir gehört das gelbe Haus direkt an der kleinen Bucht hinter Mr Barnetts Weide.«

Die Wegbeschreibung bringt mich zum Schmunzeln, und ich nicke. »Sehr gern«, erwidere ich und fühle mich schon ein ganzes Stück weniger allein als am Abend zuvor. Vielleicht hatte Conor recht und Baile na Mara ist wie ein Schuh, der erst eingelaufen werden muss. Bei Olivias Lächeln, den ausnahmsweise braven Hunden und der Herzlichkeit hier im Laden schöpfe ich zumindest endlich wieder Hoffnung.

Zwei Stunden später, als ich über einem Teller mit Ofengemüse und Hähnchen sitze, ist dieses Hochgefühl verflogen. Zwar habe ich es geschafft, Mrs Connolly und mich an ein und denselben Tisch zu kriegen, doch das war es dann auch. Wir essen, schweigen uns an, und ab und zu durchbricht ein Knarzen des alten Hauses die unangenehme Stille.

Ich kaue länger als nötig auf dem Hähnchenfleisch herum, einfach, um nicht in Verlegenheit zu kommen, etwas sagen zu müssen. Mrs Connolly blickt nicht einmal zu mir, sie schaut konzentriert auf ihren Teller, während Lady Sprinkles und Miss Sparkle bettelnd um sie herumspringen. Ich mache mir eine mentale Notiz, ein wenig mit den beiden zu trainieren, denn Conor hat recht: Erzogen sind sie wirklich kein Stück.

»Ich mag die Einrichtung«, sage ich, als die Stille zu drückend wird. Es ist keine Floskel, es stimmt. Wäre die Stimmung nicht so eisig, ich würde mich hier auf Anhieb wohlfühlen. Der Tisch ist aus massivem dunklem Holz, die Vitrinen ebenso. In der Ecke befindet sich ein Kamin, dessen Glut für angenehme Wärme sorgt. Durch die kleinen Fenster dringt zwar nur wenig Licht, aber es trägt zur heimeligen Atmosphäre des Cottages bei. Anscheinend habe ich dennoch etwas Falsches geäußert, denn Mrs Connolly schnaubt abfällig.

»Den alten Ramsch? Den hab ich, seit ich denken kann. Könnte alles mal 'nen neuen Anstrich gebrauchen. Und schau dir die Gardinen an.« Mit der leeren Gabel deutet sie in Richtung Fenster zu meiner Rechten. Es dauert einen Moment, bis ich erkenne, was sie meint. Sie sind zu lang, kommen auf dem Boden auf, und der Saum des hellen Stoffs ist völlig zerschlissen. »Lady Sprinkles hatte eine Phase, in der sie immer darauf herumgekaut hat. Ich wollte sie kürzen, aber …« Sie hebt die Schultern und lässt den Satz zwischen uns stehen.

»Conor hat erzählt, dass Sie früher an Turnieren mit den Hunden teilgenommen haben?«

Für einen kurzen Augenblick hebt Mrs Connolly die Mundwinkel. Ganz leicht nur, aber beinahe hat es für ein Lächeln gereicht. Ich gebe mir ein innerliches High Five und vermerke die beiden Racker auf meiner Themenliste, während ich die Einrichtung auf die Darüber-sprechen-wir-nie-wieder-Liste setze. Ich werde diese Frau schon noch knacken.

»Das waren Zeiten. Wir waren nie gut. Aber ich habe ein neues Hobby gebraucht. Brendan hat mir zu den Hunden geraten, ich konnte mit Tieren eigentlich nie allzu viel anfangen. Musste früher oft auf der Farm meines Vaters helfen. Er hat Kühe gehalten. Ich kannte immer nur Nutztiere, ins Haus durften keine. Selbst die Katzen damals hatten wir nur zum Mäusejagen.« Mrs Connolly beugt sich zur Seite und tätschelt Miss Sparkle den Kopf. »Aber die beiden haben es mir direkt angetan, also dachte ich: Warum nicht mehr draus machen?«

Ich nicke, traue mich gar nicht, etwas zu sagen und die Geschichte zu unterbrechen. Denn so viel hat Mrs Connolly noch nie mit mir gesprochen.

»Einmal haben wir nicht den letzten Platz belegt. Daraufhin hat Molly eine Party geschmissen.« Kurz denke ich, Mrs Connolly unterbricht sich, um zu husten. Aber nein. Es ist kein Husten, sie … lacht. Es hellt ihr ganzes Gesicht auf, und die Fältchen um ihre Augen machen sie gleich viel weniger furchteinflößend. »Wir waren grottig. Die beiden hören kein Stück. Aber das muss ich dir nicht sagen, du hast sie ja draußen erlebt.«

»So schlimm war es nicht!«, beeile ich mich zu sagen, doch Mrs Connolly winkt ab.

»Du brauchst mir oder den beiden nicht schmeicheln. Sie sind kleine Biester, das weiß ich.«

»Tatsächlich hab ich überlegt …« Ich bremse mich rechtzeitig, wäge ab, wie ich die Frage am besten formuliere. Ich will Mrs Connolly nicht gleich wieder vor den Kopf stoßen. »Darf ich ein wenig mit ihnen trainieren?«

»Mit Lady Sprinkles und Miss Sparkle?« Abschätzend sieht sie von mir zu den Hunden. »Tu, was du nicht lassen kannst. Aber du wirst keinen Erfolg haben. Den hatte ich damals schon nicht, und jetzt sind die beiden acht Jahre alt. Alte Hunde lernen keine neuen Tricks.«

»Ich möchte es trotzdem probieren.« Ich zucke mit den Schultern. »Ich kann ein Hobby auch noch gut gebrauchen.«

»Dann üb Irisch«, wirft mir Mrs Connolly entgegen. »Ich hab heute mehr Englisch gesprochen als im gesamten Jahr bisher. Davon kriege ich einen Knoten in die Zunge.«

Dass die Aneinanderreihung wahlloser Buchstaben im Irischen viel eher für Schmerzen in der Zunge sorgt, behalte ich für mich. Stattdessen nicke ich.

»Olivia meinte auch schon, ich soll mich für einen Kurs in Conors Schule anmelden.«

»Olivia ist ein tolles Mädchen. Aber Conor … Sei vorsichtig bei ihm.«

»Wieso?« Bei der bloßen Erwähnung seines Namens beginnt mein Herz, eine Spur schneller zu schlagen. »Mögen Sie ihn nicht?«

»Es geht nicht darum, ob ich ihn mag oder nicht. Du sollst nur aufpassen. Dieser Junge hat sich einen Ruf erarbeitet, und ich hab euch ins Dorf spazieren sehen heute Morgen.«

Obwohl ich Conor kaum kenne, steigt ihn mir das seltsame Bedürfnis auf, ihn zu verteidigen. Dabei war ich selbst es doch, die heute Mittag den Abstand zu ihm gesucht hat.

»Lass es mich so formulieren: Du bist nicht die Einzige, mit der er durch die Gegend flaniert.« Ihre erhobenen Brauen machen deutlich, dass Flanieren für etwas anderes steht. Also lag ich mit meiner Vermutung, was Avery betrifft, richtig.

Es geht dich nichts an.

Trotz meiner innerlichen Ermahnung spüre ich ein brennendes Gefühl in meiner Brust, das da nicht sein sollte. Ich zwinge mich, gelassen zu wirken, nicke und spieße ein Stück Paprika mit meiner Gabel auf. »Alles klar. Danke für die Warnung.«

Und obwohl Mrs Connolly mit Sicherheit recht hat, obwohl Averys Hand auf Conors Schulter mir noch zu gut in Erinnerung ist und obwohl ich gerade einmal einen Tag lang hier bin, gehen mir Conors braune Augen oder das Spiel seiner Muskeln am Zaun dennoch nicht aus dem Kopf. Warnung hin oder her.

8. KAPITEL

Caroline

Atmen fühlt sich hier so viel freier an, Nadine.

Ich hole so tief Luft, dass meine Lunge sich beinahe schmerzhaft ausdehnt, doch es fühlt sich gut an. Lebendig. Ein Gefühl, das ich schon sehr lange nicht mehr gespürt habe. Gischt sprüht mir ins Gesicht, das Gras ist kalt und nass unter meinen Fingern, und ich nehme einen weiteren tiefen Atemzug, bevor ich die Augen wieder öffne. Das Meer liegt vor mir, und die tief stehende Sonne bricht durch die leichte Wolkendecke und bringt das Wasser zum Glitzern.

Ich senke den Blick auf den Text, den ich Nadine bisher geschrieben habe. Ich habe ihr von Olivia erzählt, von dem Essen mit Mrs Connolly, den kleinen, bunten Häusern mit ihren ebenso bunten Türen – und von Conor. Geräuschvoll stoße ich die Luft aus, während meine Daumen über den Buchstaben auf meinem Display schweben.

Vielleicht liegt es auch daran, oder? Vielleicht beziehe ich dieses komische Gefühl auf Conor, weil er mir hier eben begegnet ist, aber in Wahrheit ist es Irland. Dieses Kribbeln, meine ich. Ich war so lange taub, was weiß ich denn noch, wie man fühlt? Ich wünschte, du wärst hier. Ich könnte deinen Rat echt gut gebrauchen. Wobei du einen Blick auf seine Oberarmmuskeln

werfen und mir sofort befehlen würdest, mich in mein bestes
Kleid zu schmeißen.

Ich drücke auf Senden und lächle in mich hinein. Mir mangelt es normalerweise nicht an Selbstbewusstsein, zumindest hat es das vor Nadines Tod nicht, seitdem weiß ich gar nicht mehr recht, wer oder wie ich bin. Dennoch war auch davor immer Nadine die Mutigere von uns beiden. Das galt auch für Jungs. Sie war es, die Manuel und mich damals verkuppelt hat. Sie war es allerdings auch, die kurz vor ihrem Tod, bei jenem folgenreichen Essengehen, infrage gestellt hat, ob da überhaupt noch Liebe zwischen uns sei.

»Liebst du ihn wirklich? Hast du Sehnsucht nach ihm, wenn er nicht da ist? Bringt er dein Innerstes zum Glühen? Oder ist es mittlerweile einfach nur bequem, und du hast Angst vor Veränderung?«, hat sie gefragt und mich mit gewohnt intensivem Blick angesehen.

Ich habe versprochen, über ihre Worte nachzudenken, sie insgeheim aber abgetan. Nadine war Künstlerin, sie musste in großen Gesten und Gefühlen denken – der Realität entsprach das meinem Empfinden nach nicht. Doch das hat sich jetzt ohnehin alles erledigt.

Wie immer starre ich eine Weile zu lang auf den einzelnen Haken, dann schließe ich die Nachrichten-App. Heute ist einer der besseren Tage. Ich kann an das Essengehen und an Nadines Tod denken, ohne dass es mich zerreißt. Mein Daumen kreist eine Weile über dem Display. Dann, kurz bevor es komplett dunkel wird, drücke ich darauf und öffne Spotify. Nadines Name steht wie immer in meinen letzten Suchanfragen, daher dauert es nicht lange, bis ich auf ihrem Profil bin. Ich ziehe die Ohrstöpsel aus der Tasche meiner Regenjacke, und noch bevor ich sie mir in die Ohren gesteckt habe, rast mein

Herz, als würde ich einen Marathon laufen. Meine Kehle wird trocken, doch ich lasse die Stöpsel drin, atme noch einmal tief durch und drücke auf Play.

Softly, carefully, I ...

Nein.

Im nächsten Moment landet mein Handy mitsamt Kopfhörern neben mir. Ich kriege es gerade noch an den weißen Kabeln zu fassen, bevor es im feuchten Gras in Richtung Klippe rutscht. Mein Herz schlägt schneller, doch das rührt nicht vom Beinahe-Sturz meines Smartphones. Es liegt an Nadines Stimme. Daran, dass ich es immer noch nicht kann.

Ein weiteres Mal schließe ich die Augen und versuche, zu atmen. Versuche, nicht an Nadine zu denken und an die Beerdigung, auf der ihre Stimme gespenstisch lebendig über den Friedhof hallte. Meine Finger zittern, und ich wünschte, ich hätte Miss Sparkle und Lady Sprinkles mitgenommen. Irgendetwas, woran ich mich festhalten kann. Denn die wenigen Worte reichen, um mir zu zeigen, dass ich vollkommen allein bin. Nicht hier am Meer mitten im Nirgendwo, sondern in mir drin. In meinem Inneren bin ich leer und einsam und verloren.

Ich öffne die Augen erst, als mein Puls sich normalisiert hat und ich wieder atmen kann, ohne das Gefühl zu haben, zu ersticken.

Nadines Musik war ihr größter Antrieb. Ich habe es geliebt, wenn sie sang, doch jetzt liegt in ihren Liedern nur noch die Erinnerung daran, wie ich zu diesen wunderschönen Zeilen Erde auf ihren Sarg schippen musste.

Seufzend verstaue ich das Handy mitsamt den Kopfhörern in meiner Jackentasche. Meine Therapeutin würde mich nun ermahnen, nicht auf das zu achten, was ich nicht geschafft habe, sondern auf die Fortschritte, die ich bereits gemacht habe. Und die sind unbestreitbar da. Der Schock der ersten Wochen ist vorüber, ich habe akzeptiert, dass Nadine tot ist. Phase eins der Trauer: abgehakt.

Doch seitdem stecke ich fest, allerdings weiß ich nicht, worin. Denn in Phase zwei der Trauer ist von Emotionen die Rede, und abgesehen von der Wut und Schuld, die mich ab und an überkommen, fühle ich nichts mehr. Ich bin eine emotionslose Hülle geworden. Dass Frau Krüger mir die Trauerphasen beigebracht hat, mag ein netter Gedanke gewesen sein, er geht jedoch leider mit einer Nebenwirkung einher: Ich weiß, dass es eine Art Checkliste gibt, die ich abzuarbeiten habe. Und ich hinke verdammt weit mit meinen To-dos hinterher.

»Ich schaff es irgendwann, Nadine«, flüstere ich in den sanften Wind.

»So kurz hier, und schon hast du einen Stammplatz, was?«

Es ist nicht der Wind, der antwortet, sondern Conor. Seine warme, klangvolle Stimme holt mich aus meinen trüben Gedanken zurück ins Hier und Jetzt. Als ich über die Schulter blicke und sein Lächeln sehe, möchte ich mir am liebsten auf den Bauch schlagen, denn es wirft meine Überlegungen von vorhin über Bord. Er ist definitiv die Quelle dieses neuartigen Kribbelns, nicht die irische Landschaft, so atemberaubend sie auch sein mag. Mist.

»Immerhin außer Reichweite deines Zauns«, gebe ich zurück, als er bei mir angekommen ist.

»Du darfst ihn jederzeit wieder zerstören.«

»Warte, hast nicht gestern du dich noch dafür entschuldigt? Warum hab ich ihn jetzt zerstört?«

»Einigen wir uns auf Teamwork.«

Mit einem leisen Lachen, bei dem es mir durch und durch geht, nimmt er neben mir Platz. Im Gegensatz zu mir setzt er sich jedoch nicht, sondern lässt sich mit einem Seufzen direkt rücklings auf das feuchte Gras fallen. Seine Augen sind gen Himmel gerichtet, während ich es nicht schaffe, meinen Blick von ihm zu lösen. Der leichte Bartschatten, die markanten Kieferknochen und die komplett gerade Nase, auf die ich etwas neidisch bin, sind mir zuvor schon aufgefallen. Jetzt erst sehe ich jedoch, wie lang die dunklen Wimpern sind, die seine Augen umrahmen. Und dass er eine klitzekleine Narbe am linken Nasenflügel hat. Mein Blick wandert hinauf zu den Falten in seiner Stirn.

»Anstrengender Tag?«, frage ich.

»Wenn ich noch einmal hören muss, dass ich spreche wie einer dieser Elfen aus *Herr der Ringe*, spring ich ins Meer.«

»Elben.«

»Was?«

»Sie heißen Elben bei Tolkien.«

»Nerd«, erwidert Conor, grinst dabei aber zu mir auf. Sein Grinsen schwindet, je länger er mich betrachtet. »Ist alles okay bei dir?«

»Klar«, erwidere ich eine Spur zu schnell.

»Sicher? Hat Mrs Connolly wieder Probleme gemacht?«

»Nein, sogar im Gegenteil. Wir haben vorhin zusammen gegessen und geredet.«

»Oh, echt? Hat sie über das Wetter geschimpft und dich vor englischen Touristen gewarnt?«

Nein, aber vor dir.

»Ich würde gern einen Klicker fürs Hundetraining bestellen«, wechsle ich das Thema.

»Du willst die kleinen Biester trainieren?« Überrascht hebt er die Brauen.

»Ja, und jetzt guck nicht so. Mrs Connolly glaubt auch nicht daran, dass es noch etwas bringt. Ich zeig ihr, dass sie falsch liegt.«

»Nur zu, tu dir keinen Zwang an. Soll ich dich schon mal bei einem dieser Hundeturniere anmelden?«

Ich rolle mit den Augen, muss aber lachen. »Nein, nicht nötig. Wir fangen erst mal mit ›Sitz‹ und ›Friss bitte nicht die Kerrygold-Verpackung‹ an. Aber kannst du mir eure Postleitzahl verraten? Ich hab sie online nicht gefunden.«

Zu meiner Überraschung hebt Conor die Schultern, wodurch ein quietschendes Geräusch auf dem langen Gras entsteht. »H91 F … irgendwas. Keine Ahnung. Ich kann die komplette Postleitzahl nicht. Ich bin mir nicht mal sicher, ob Mrs Connolly eine Hausnummer hat. Schreib einfach: das violette Eckhaus gegenüber der alten Bäckerei. Dann finden sie es schon.«

»Was?« Irritiert sehe ich ihn an. »Du kennst deine Postleitzahl nicht?«

»Wir haben die noch nicht so lang. Und auf dem Land nutzt die sowieso keiner.«

Perplex schüttle ich den Kopf.

»Was?«, fragt Conor und muss schon wieder lachen.

»Nichts, das ist nur … ungewohnt. Bei uns klingeln die Postboten die meiste Zeit nicht einmal. Mit unvollständiger Adresse würde das Päckchen sofort geschrottet werden.«

»Unser Postbote lebt in Rossaveal, das ist nur ein paar Orte weiter. Im Zweifel holen wir es bei ihm ab.«

»Hier kennt echt jeder jeden, oder?«

»Yep. Und ich liebe es.«

»Bei uns ist es das komplette Gegenteil. Klar, ich kenne meine direkten Nachbarn, aber selbst die wechseln ständig.«

»Hast du immer nur in der Stadt gelebt?«

Ich nicke. »Meine Eltern sind in einer ländlichen Region aufgewachsen, aber für den Job nach München gezogen. Ich bin dort geboren und bisher auch geblieben.«

»Und? Was sagst du zum Landleben?«

Ich lasse meinen Blick über die Landschaft schweifen. Zu dem Meer, das heute völlig anders aussieht und mir doch schon vertraut vorkommt. Zu der Linie am Horizont, wo das Wasser auf die gerade untergehende Sonne trifft. Den Weiden voll träger Schafe, die von niedrigen, grauen Steinmauern umrahmt werden. Es ist völlig anders als München. Ruhiger, klar, aber die gesamte Stimmung ist eine andere. Obwohl es mich nie aus der Stadt fortgezogen hat, muss ich zugeben, dass das Chaos in mir hier leiser ist.

»Ich mag es«, sage ich schließlich und bemerke überrascht, wie Conors Schultern sich ein Stück entspannen. So als hätte er auf diese Antwort gehofft. »Ich mag, wie schnell man hier Leute kennenlernt. Olivia hat mich direkt zu sich eingeladen, als ich sie heute getroffen hab.«

»Liv ist echt super, ich glaub, ihr würdet euch verstehen.« Er richtet sich auf und stupst mir in die Seite. Eine beiläufige Berührung bloß, und doch weckt sie in mir Sehnsucht nach mehr. Ein Grashalm hat sich in Conors welligem braunen Haar verfangen, und am liebsten würde ich die Hand ausstrecken und ihn daraus lösen. Doch ich tue es nicht. Wegen der Art, wie Avery ihn angesehen hat, und wegen dieses Kribbelns, das sonst nur noch stärker werden würde.

»Sie belegt übrigens auch einen Kurs bei mir«, fährt Conor fort. »Nur so nebenbei …«

»Nur so nebenbei, klar«, bemerke ich mit einem Lachen. »Wann wäre denn der nächste?«

»Zufällig gleich morgen.« Das Lächeln, das er mir schenkt, macht dem Sonnenglitzern auf dem Meer vor uns Konkurrenz und bringt mein Herz zum Stolpern. Ein einfaches Lächeln sollte keine solche Macht haben dürfen.

Sei vorsichtig bei ihm.

Mrs Connollys Worte klingen in meinen Ohren wider, und doch kann ich nichts gegen das warme Gefühl tun, das Conor in mir auslöst. Es macht mich süchtig. Und darf ich dieser Sucht nicht nachgeben, nachdem ich so lange nichts gefühlt habe? Mir ist klar, dass ich nur eine weitere Touristin für ihn bin. Aber selbst wenn … Wäre das so schlimm?

Es wäre fatal, dem Pochen in meiner Brust und der Hitze in meinen Wangen zu viel Bedeutung beizumessen. Immerhin bin ich nur ein halbes Semester lang hier. Meine Tage sind begrenzt. Aber sollte ich sie nicht genau deshalb nutzen?

»Dann sehen wir uns wohl morgen«, sage ich, bevor ich es mir anders überlegen kann. Ich kann Nadines Anfeuerungsrufe beinahe hören. Denn sie würde mir genau dazu raten: meine Zeit hier in vollen Zügen zu genießen. Warnungen und Gedanken ans Danach hin oder her.

»*Táim ag súil leis sin.*«

Ich habe keine Ahnung, was genau er gesagt hat. Doch das Timbre seiner Stimme gemischt mit diesem Blick … Ich räuspere mich und stehe auf.

»Ich sollte langsam zurück. Falls Mrs Connolly mich braucht.«

»Ich bring dich noch heim.«

»Die paar Meter?«, frage ich mit einem Lachen, doch Conor nickt ernst.

»Du könntest von einem Schaf angefallen werden. Als Stadtkind weißt du das nicht, aber sie sind gefährlicher, als sie aussehen.«

»Glaub ich dir aufs Wort, sie sind gruselig.«

»Bitte?«

»Ihre Augen«, erwidere ich. »Hast du ihnen mal in die Augen geschaut? Sie sehen aus, als ob sie dir die Seele aus dem Leib saugen.«

Conor bricht in lautes Gelächter aus. »Ich fass es nicht. Du fliegst allein auf eine fremde Insel, fährst in ein Gebiet, dessen Sprache du nicht beherrschst, und ziehst bei der miesgelauntesten Person des Dorfs, ach was, des ganzen Countys, ein. Aber kleine, unschuldige Schafe, die machen dir Angst?«

Ich hebe die Schultern. »Sieh ihnen in die Augen, dann reden wir weiter.«

»Was machst du am Wochenende?«

»Wieso?«

»Schon mal was von Konfrontationstherapie gehört?«

»Ich hab ja keine Angst vor ihnen«, meine ich lachend. »Ich find sie nur gruselig.«

Wir setzen uns in Bewegung, und Conor murmelt leise etwas auf Gälisch. Einige Sekunden laufen wir einfach still nebeneinanderher, nichts als das Knirschen unserer Schuhe auf dem Boden unter und das Rauschen des Meeres hinter uns. Wie schon zuvor ist es seltsam beruhigend, mit ihm zu schweigen.

»Mein Angebot steht dennoch«, sagt er, als wir beinahe an Mrs Connollys Cottage angekommen sind. »Ich hab am Wochenende Zeit, und Schafe gehören zur irischen Experience dazu. Da kommst du nicht drumherum.«

Ich will gerade fragen, ob Avery denn nichts dagegen hat, als ich innehalte, weil ich eine Stimme höre. Die Terrassenfenster zu Mrs Connollys Garten stehen offen. Vermutlich hat sie die Hunde hinausgelassen. Ihre Stimme dringt gut hörbar nach draußen. Allerdings verstehe ich kein Wort von dem, was sie sagt. Nur meinen Namen, den höre ich überdeutlich. Ich gehe einen Schritt weiter, um die Ecke des Hauses, sodass sie mich nicht sehen kann, sollte sie den Hunden in den Garten folgen. Obwohl ich ihre Worte nicht übersetzen kann, sinkt mein Magen mit jedem ein Stück tiefer. Denn der Klang des Gesagten, die Sprachmelodie – diese Dinge verstehe ich sehr wohl.

»Sie redet mit Brendan, oder?«, frage ich leise.

Conor nickt.

»Sie redet über mich, oder?«

Wieder nickt er.

»Sie hasst mich, oder?«

Jetzt schüttelt er den Kopf. »Ich hab dir doch schon mal gesagt, dass sie dich nicht hasst.«

»Aber ...«

»Psht«, macht er. »Sonst versteh ich nichts.«

Gebannt beobachte ich ihn und versuche, anhand seiner Reaktion abzulesen, was Mrs Connolly ihrem Sohn über mich erzählt. Doch seine Miene ist undurchschaubar. Es wird wirklich Zeit, dass ich ihre Sprache lerne.

»Und?«, frage ich, als Mrs Connolly aufgelegt hat. Denn dass *Slán* so viel wie Tschüss bedeutet, habe sogar ich mittlerweile verstanden.

»Das Hähnchen war gut gewürzt.«

»Was?«, frage ich perplex.

Conor hebt die Schultern. »Sie hat dein Essen gelobt. Die Hunde mögen dich, das findet sie gut. Oh, und sie muss morgen zur Physiotherapie in die Stadt.«

Ich nicke und ziehe eine Grimasse. »Ich weiß.«

»Du kannst mein Auto nehmen, wenn du magst. Oder frag Molly. Sie hat Mrs Connolly schon häufiger ihren Wagen geliehen.«

»Brendan meinte bereits, dass er das mit Molly geklärt hat«, sage ich, als mein Kopf plötzlich all seine Worte verarbeitet. Die Erleichterung verdrängt sogar die Angst, die ich beim Gedanken ans Autofahren normalerweise haben müsste.

»Sie hasst mich also nicht?«, hake ich nach.

Ein schiefes Lächeln umspielt Conors Mund. »Nein, Caro, sie hasst dich nicht. Wie könnte sie auch?«

Er betont den letzten Satz, als wäre der Gedanke wirklich abwegig. Als wäre ich nicht kaputt, sondern ein funktionierender Mensch. Und bei der Wärme in seinen Augen glaube ich ihm beinahe.

9. KAPITEL

Conor

Die Fenster sehen schlimmer aus als zuvor. Ausnahmsweise wünsche ich mir Regen, denn die Sonnenstrahlen, die in den Raum fallen, zeigen die Schlieren, die ich verursacht habe, nur umso deutlicher. Frustriert stelle ich den Glasreiniger und das Tuch zur Seite.

Ich lasse meinen Blick durch das Klassenzimmer gleiten und frage mich, wie es wohl auf jemand Neuen wirken mag. Heruntergekommen? Abrissbereit? Definitiv nicht wie der Ort, der einige meiner schönsten Erinnerungen bereithält.

Die alten Holztische wackeln, die Stühle knarzen, und die Wand könnte dringend einen neuen Anstrich gebrauchen. Die Räume ein Stockwerk höher hat es noch schlimmer erwischt, sie werden gar nicht mehr genutzt. Wieso auch, bei den ein, zwei Klassen, die ich hier pro Semester unterrichte.

Es tut weh, die alte Schule so zu sehen. Ich selbst war hier Schüler, gemeinsam mit Declan, Cian, Eoin, Cormac, Pádraig – mit allen. Es gab nur wenige Klassenzimmer und noch weniger Lehrer, doch der Unterricht war großartig, individuell und noch dazu auf Irisch. Unser Pausenhof war der riesige Garten, der die Schule umgibt. Unser Sportunterricht fand am Strand statt. Es war das Paradies. Es hätte meine Zukunft sein sollen. Doch stattdessen würde es nun ein Relikt meiner Vergangenheit bleiben. Alles, weil ich nicht kreditwürdig bin. Weil andere Schulen die Förderungen erhalten. Weil Declan, Cian, Pádraig, Sarah, einfach alle gehen und mich allein in diesem Kampf gegen Windmühlen zurücklassen.

Dabei ist alles, was ich mir erhoffe, etwas Startkapital, um die Schule zu renovieren und Lehrpersonal einzustellen. Ich habe genug mit den Leuten vor Ort und im Umland gesprochen, um zu wissen, dass sie ihre Kinder lieber hier als in Galway zur Schule schicken würden. Mein Dad könnte wieder in Baile na Mara unterrichten, Siobhán auch. Es gäbe neue Arbeitsplätze, und es wäre ein weiterer Zuzugsgrund für fremde Menschen. Doch leider ist da niemand, der diese Vision mit mir teilt.

Bevor ich mich weiter in meinen trüben Gedanken verlieren kann, zerreißt das Geräusch der sich öffnenden Eingangstür die Stille, und Olivia betritt den Raum, überpünktlich wie immer. Anstatt sich wie sonst direkt an ihren Platz zu setzen, bleibt sie eine Weile zwischen den Tischen stehen und schnuppert in der Luft herum. »Es riecht so sauber. Nach Citrus. Hast du geputzt?«

»Nein«, sage ich schnell und trete ein Stück zur Seite, um ihr die Sicht auf die Flasche mit dem Glasreiniger zu nehmen, bevor sie weitere Fragen stellen kann. Sie geht zur Seite und fährt mit dem Finger am Bücherregal entlang.

»Und wie du geputzt hast!«, meint sie lachend und streckt mir zum Beweis ihren sauberen Zeigefinger entgegen. »Sag bloß, es gibt gute Neuigkeiten? Erzähl!«

»Gute Neuigkeiten?« Caro betritt den Raum. Sie trägt ein weinrotes Cordkleid, dazu Strumpfhosen und Boots sowie eine Ledertasche. Sie sieht definitiv mehr nach Lehrpersonal aus als ich. Und wunderschön. Im Vergleich zum ersten Mal am Zaun wirkt sie mittlerweile viel ausgeglichener und lockerer.

»Unter Garantie«, reißt Liv mich aus meinen Gedanken.

»Conor hat geputzt, und er hasst putzen. Also gibt's einen Anlass.«

Ich rolle mit den Augen und fahre mir verlegen durch die Haare. Der wahre Grund für meine spontane Putzaktion hat vor wenigen Sekunden den Raum betreten. Doch das kann ich ja schwer zugeben.

»Es gibt keine guten Neuigkeiten«, entgegne ich stattdessen. »Ich wünschte.«

Olivias Lächeln verrutscht. »Tut mir leid, Conor.«

Ich hebe die Schultern. »Kein Ding.«

Dabei ist es ein Ding. Ein großes sogar. Denn wenn es so weitergeht, kann ich den Laden hier bald dichtmachen. Die paar Sprachkurse, die ich gebe, halten weder mich noch die Schule über Wasser. Selbst ein professionelles Putzteam könnte nicht über die Baufälligkeit des Gebäudes hinwegtäuschen.

Carolines Blick huscht zwischen Olivia und mir hin und her, doch bevor sie den Mund öffnen kann, um etwas zu fragen, räuspere ich mich und deute auf einen der etlichen freien Plätze. »Na, dann kann es ja losgehen.«

Ich lehne mich gegen das Pult und warte, bis Caro und Liv Platz genommen haben.

»Wir fangen heute erst mal mit ein paar Grundlagen und Phrasen an«, beginne ich. »Vorstellung, Hallo, Tschüss, wie geht's, das Wetter – so etwas eben.«

»Oh, aber du kannst doch schon viel mehr«, meint Caro an Olivia gewandt.

»Das macht gar nichts!«, wirft diese sofort ein. »Ich bin froh, endlich jemanden zum Üben zu haben. Und wahrscheinlich holst du mich innerhalb kürzester Zeit ein. Du sprichst ja bereits zwei Sprachen.«

»Drei sogar, wenn man mein Schulfranzösisch noch zählen mag.«

»Siehst du. Ich hab mal gelesen, dass es mit jeder zusätzlichen Sprache leichter wird, eine weitere zu lernen.«

»Na mal sehen … Bisher klingt alles nach Buchstabensalat«, erwidert Caro.

Ihre Worte bringen mich zum Schmunzeln. Buchstabensalat ist immerhin mal eine andere Beschreibung als süßes Elbisch.

»Also«, beginne ich und schnappe mir ein leicht feuchtes Stück Kreide von der Ablage der Tafel. »Was du jedem hier entgegenrufen kannst, sobald du ihn oder sie auf der Straße siehst, ist *Dia duit!* Das heißt Hallo. Wortwörtlich heißt es: Gott sei mit dir. Kann man von halten, was man will, aber Irland ist sehr katholisch.«

Caroline hebt die Schultern. »Ich bin aus Bayern, wir grüßen Gott beim Hallo.«

»Dann ist's ja keine so große Umstellung für dich«, erwidere ich grinsend, während Caroline die Worte abschreibt und mit dem Mund stumm die einzelnen Silben formt.

»Auf das erste Hallo antworten wir allerdings nicht mit *Dia duit* zurück, sondern mit …« Ich sehe Olivia an.

»*Dia is Muire duit*«, springt diese ein.

»Exakt. Wir Iren übertreiben gern, also ist jetzt nicht nur Gott mit dir, sondern auch noch Maria.«

Caro hebt die Augenbrauen. »Okay«, sagt sie gedehnt. »Damit habt ihr uns Bayern geschlagen.«

»Wenn du es noch ein bisschen komplizierter willst: Bei uns in der Region wird es *Dia dhuit* gesprochen, dann schreibt man es mit h. Aber wir bleiben besser mal beim Standardirisch.«

»Ihr habt auch noch Dialekte?«, fragt Caroline mit geweiteten Augen.

»Klar. Wenn du in die Gaeltacht in Cork gehst, sprechen sie schon wieder ganz anders als hier.«

»Sagt ihr deshalb manchmal Irisch und manchmal Gälisch? Ist Gälisch der Dialekt?«

»Nein, das bezeichnet beides dasselbe. Aber wir lernen hier Standardirisch, weil du damit überall durchkommst. Das ist auch das, was du auf den Schildern findest.«

»Komm ich damit auch bei Mrs Connolly durch?«

Olivia stößt ein Lachen aus. »Deshalb willst du Irisch lernen?«

»Nicht nur«, wirft Caro ein, bevor sie eine Grimasse zieht. »Aber schon auch, ja. Zumindest ein paar Floskeln, damit ich die nächsten zwei Monate überlebe.«

»Sie wird bestimmt gerührt sein, dass du es versuchst«, meint Olivia, und bei Caros skeptischer Miene muss sie wieder kichern. »Okay, gerührt vielleicht nicht, aber zumindest nicht komplett gleichgültig.«

»Muss ich euch auseinander setzen, oder können wir zur Aussprache kommen?«

»Ist ja schon gut«, winkt Olivia ab, nur um sich daraufhin zu Caroline zu beugen und gerade noch laut genug zu sprechen, dass ich es hören kann. »Er spielt den Lehrer ganz gut, oder?«

»Ja.« Caro verzieht den Mund zu einem Lächeln, und ihre grünen Augen taxieren mich und bringen mein Innerstes zum Vibrieren. »Das kann man wohl sagen.«

»*Slán Go Fóill*«, ruft Olivia eine Stunde später, umarmt Caro zum Abschied und düst aus dem Raum. Donnerstags wechselt sie direkt nach dem Kurs von der Schülerin zur Lehrerin und gibt Zeichenunterricht an einer Einrichtung wenige Orte weiter.

»*Slán!* Und *Tóg go bog é* oder so ähnlich!«, ruft Caro ihr hinterher, schließt ihre Tasche und dreht sich dann mit einem Strahlen zu mir um, das mir den Atem raubt. »Ich liebe diesen Satz. Er klingt so süß!«

Im Gegensatz zu Avery und den anderen kann ich ihr die Worte nicht einmal übel nehmen. Sie wirkt glücklich. Nicht, als hätten wir gerade eine Stunde in einem renovierungsbedürftigen Klassenzimmer verbracht, sondern vielmehr so, als hätte sie wirklich Spaß gehabt.

»War das richtig?«

Ich brauche einen Moment, um zu verstehen, worauf sie hinauswill. Dann nicke ich. »*Tá*«, erwidere ich. Ja – ein weiteres Wort, das sie heute gelernt hat. »Achte nur drauf, dass es bei *slán* fast ein o ist. Aber sonst perfekt.«

»*Slán*«, probiert sie es noch einmal, und ich nicke. »Cool. Jetzt muss nur noch das Fahren so gut klappen wie das Sprechen.« Sie lässt die Luft aus den Wangen entweichen. »Molly meint, ich kann ihr Auto nutzen. Ein Mann namens Feargal hat mir seines auch direkt angeboten. Er war der Mann mit dem Boot, von dem du erzählt hast, oder? Das ist alles total lieb, aber ich bin noch nie links gefahren. Wahrscheinlich landen Mrs Connolly und ich in einem Straßengraben.«

»Brauchst du einen Chauffeur?«

Sie schüttelt den Kopf, jedoch nicht, ohne zu zögern. Lange genug, dass klar wird, dass sie eher aus Höflichkeit ablehnt denn aus Überzeugung.

»Sicher?«, hake ich daher nach.

»Ich will nicht noch mehr deiner Zeit stehlen.«

»Tust du nicht. Ich mach das gern. Außerdem wollte ich die Tage eh noch mal nach Galway reinfahren.« Von *wollen* kann dabei zwar nicht die Rede sein, aber der Mitarbeiter der Bank hat mich ein weiteres Mal kontaktiert. Ich kann mir zwar schwer vorstellen, dass er seine Meinung geändert hat, anhören möchte ich mir aber dennoch, was er zu sagen hat.

»Wirklich?«

»Jap«, bestätige ich. »Es kommt mir also ganz gelegen. Und

du musst nicht allein warten, bis Mrs Connolly fertig ist mit allem. Ich kann dich ein wenig herumführen.«

Endlich nickt sie. »Das wäre toll. Ich besorge mir die Tage ein Auto zum Üben. Wenn ich einen Totalschaden verursache, dann lieber ohne andere Personen im Wagen.«

»Du wirst keinen Unfall bauen«, sage ich schmunzelnd. »Die Straßen hier sind so eng, die sind sowieso eher ein- als zweispurig.«

Caro murmelt etwas, das sich wie »Abwarten« anhört, dann schultert sie ihre Tasche. »Danke. Für den Unterricht und fürs Fahren. Ich würde mich auf Irisch bedanken, aber ich hab das Wort schon wieder vergessen.«

»*Go raibh maith agat.*«

»Ihr braucht dringend etwas Kürzeres.«

»Werde ich dem Komitee für irische Sprache mitteilen«, antworte ich mit einem Lachen. »Wann müssen wir los?«

»Sie soll um zwei Uhr da sein«, meint Caro. »Das konnte ich aus ihr rausquetschen. Natürlich nur mit Mühe und Not.«

»Sie will eben niemandem zur Last fallen.«

»Aber dafür bin ich doch da!«

Ich hebe die Schultern. »Vermutlich ist sie mittlerweile einfach daran gewöhnt, allein klarzukommen. Ich hol dich um eins ab, dann sind wir auf jeden Fall pünktlich.«

»Perfekt. Du hast was gut bei mir! Mindestens ein Essen!«

Ich winke ab, auch wenn der Gedanke, Zeit allein mit Caroline zu verbringen, mehr Vorfreude in mir weckt, als ich in diesem Jahr bisher gespürt habe.

Jegliche Vorfreude ist verpufft, als ich um kurz nach zwei die Bank verlasse – zum zweiten Mal innerhalb kürzester Zeit. Dieses Mal jedoch mit noch schlechterer Laune. Ich hätte bereits skeptisch werden müssen, als Mr Carroll mich noch einmal herzitiert hat. Doch naiv, wie ich bin, dachte ich allen Ernstes, er hätte mit seinen Kollegen, Beratern, irgendwem gesprochen, und sie hätten eingesehen, dass es sich lohnt, die Sprachschule zu fördern. Tja, falsch gelegen. Einen Moment lang lehne ich einfach an der grauen Steinfassade des Bankgebäudes, als hätte mir das Gespräch jegliche Kraft geraubt, noch aufrecht zu stehen. Ein wenig ist es auch so. Eigentlich sollte ich Wut empfinden, doch die ist aufgebraucht. Da ist nur noch Erschöpfung.

Ich zücke mein Handy und will Caro schreiben, dass ich mit dem Termin durch bin, als ich sehe, dass sie mir ihren Standort geschickt hat. Ein klein wenig bessert sich meine Laune beim Anblick ihres Profilbilds auf der Karte. Zum einen ihretwegen, denn diese Wirkung hat sie anscheinend auf mich. Zum anderen, weil ich genau weiß, wo sie ist.

Ich brauche nur wenige Minuten, bis ich Charlie Byrne's Bookshop erreiche, und der Laden heißt mich mit der üblichen Wärme willkommen. Das Innere gleicht einem Labyrinth aus Büchern, deren Sortierung ich auch nach all den Jahren noch nicht verstanden habe. Die Regale aus braunem Holz stehen dicht an dicht gedrängt, Teppiche zieren die Böden der verschiedenen Räume, und der Geruch nach altem Papier erinnert mich immer ein wenig an meine Kindheit und die Stunden, die ich im Büro meines Grandpas verbracht habe. Im dritten Raum finde ich Caroline. Sie stöbert nicht, wie ich dachte, in den Regalen, sondern sitzt völlig vertieft in ein Buch in einem dunkelblauen Ohrensessel. Sie hat die langen Beine in einen Schneidersitz gezogen, und während sie mit einer Hand das Buch hält, zupft sie mit der anderen an ihrer vollen Unterlippe. Sie sieht aus wie ein Gemälde.

Einen Augenblick beobachte ich, wie ihr Blick über die Seiten huscht, während sie alles um sich herum auszublenden scheint. Eine Strähne ihres langen Haars hat sich aus dem

Zopf gelöst und fällt ihr ins Gesicht, doch das scheint sie ebenso wenig zu stören wie der Trubel um sie herum.

»Hey«, sage ich, als ich sie erreicht habe. Caro zuckt so heftig zusammen, dass ihr beinahe das Buch aus der Hand fällt.

»Hast du mich erschreckt.«

»Und das nicht zum ersten Mal. Man könnte meinen, du bist ein wenig schreckhaft.«

Sie schlägt mir spielerisch mit dem Buch gegen den Unterarm, bevor sie aufsteht. »Oder aber du schleichst dich jedes Mal an. Bist du schon fertig? Ich hab gar nicht mitbekommen, wie die Zeit vergeht.«

»Ich war auch nicht so lang weg, der Termin war … kürzer als gedacht.« Kürzer und weitaus frustrierender.

Obwohl ich den letzten Part nicht ausgesprochen habe, scheint Caroline zu ahnen, dass mehr hinter meinen Worten steckt, denn sie legt fragend den Kopf schief.

»Wir haben noch gute vierzig Minuten, bis Mrs Connolly fertig ist, falls du reden magst.«

Zu meiner eigenen Überraschung nicke ich. »Lust auf einen Spaziergang?«

»Klar!«, meint Caro direkt, klappt das Buch zu und schiebt es zurück in eines der Regale. Wir verabschieden uns von den Verkäufern und verlassen den Laden. Sofort zieht Caro ihre Jacke enger. Der Wind ist prickelnd kalt an der Haut und bringt dunkle Wolken mit sich, die meine Stimmung ganz gut spiegeln.

»Sieht nach Regen aus«, meint Caro.

»Trotzdem spazieren?«

»Na klar.« Sie tippt auf die Kapuze ihrer Jacke. »Diese Mal bin ich ja ausgestattet.«

Schmunzelnd denke ich an unser erstes Aufeinandertreffen zurück. Ich bin versucht, die Sache mit meiner Jacke anzusprechen, will gleichzeitig aber nicht, dass sie ein schlechtes Gewissen deswegen hat und sie mir zurückgibt. Irgendetwas gefällt mir an dem Gedanken, dass Caro sie noch hat. Sie in ihr zu sehen ... Ich verwerfe den Gedanken direkt wieder. Solche Bilder führen zu nichts. Oder doch, sie führen zu etwas: noch mehr Frust, Herzschmerz und unnützer Zeitverschwendung. Denn wenn mich die Sache mit Sarah eines gelehrt hat, dann das.

Ich bin dankbar für die Stille, während Caro und ich von der Stadt in Richtung Meer laufen. Mein Kopf ist zu voll, und dadurch, dass ich jegliche Gedanken verdrängen will, scheint er erstaunlicherweise noch mehr zu verstopfen, als dass sich alles aufklärt. Feiner Nieselregen kommt auf und legt sich prickelnd auf unsere Gesichter. Unsere Schritte hinterlassen schmatzende Geräusche auf dem Boden, während wir die Brücke in den westlichen Teil der Stadt überqueren.

Mit einem Lächeln im Gesicht kommt Caroline zum Stehen und zückt ihr Handy. »Es ist wunderschön hier«, sagt sie beinahe flüsternd und fotografiert den unbestreitbar malerischen Blick auf den River Corrib, eingerahmt vom satten Grün der Wiesen, den kleinen Häusern Galways und der Sonne, die sich trotz des Regens ihren Weg durch die Wolken kämpft.

»Das da hinten links ist der Spanish Arch«, erkläre ich und deute auf die von zwei Gängen durchbrochene Steinmauer. »Der steht schon seit dem Mittelalter. Eigentlich sogar noch länger, weil er auf der Stadtmauer der Normannen aus dem 12. Jahrhundert basiert.«

Überrascht dreht Caro sich um. »Ich wusste nicht, dass ich schon wieder eine Führung kriege.«

»Sorry«, erwidere ich sofort. Wahrscheinlich gehe ich ihr damit langsam auf die Nerven. So wie allen. Aus dem Besuch bei der Bank gerade sollte ich eigentlich gelernt haben, dass sich niemand mehr für unsere Geschichte interessiert. Aber allem Anschein nach bin ich ein verdammt langsamer Lerner.

»Nein.« Caro schüttelt den Kopf. »Ich mag das. Ich weiß viel zu wenig über euer Land. Wie meine Kenntnisse über das Gälische dir vermutlich verraten haben.«

»In zwei, drei Unterrichtsstunden kannst du mehr *as gaeilge* sagen als die meisten Iren. Mach dir darum keinen Kopf.«

Caro hebt den linken Mundwinkel leicht, und die Sonne bricht durch die Wolken und hüllt sie in ein beinahe mystisches Licht, das ihre hellen Haare zum Strahlen bringt. Mein Magen verknotet sich, weil sie in diesem Moment so wunderschön ist, dass es wehtut. Einen Moment bin ich wie hypnotisiert, dann sehe ich weg. Konzentriere mich auf den schnell fließenden Fluss, der hoffentlich auch meine Gedanken fortspült. Denn was bei dem Anblick von Caro in meinem Kopf vorgeht, sollte ich ihr gegenüber nicht denken. Nicht, wenn sie bald wieder nach Deutschland fliegt.

»Soll ich eines von dir machen?«, frage ich also, um das Thema zu wechseln. »Ein Foto, meine ich.«

»Nein, das war nur für eine Freundin«, erwidert Caro, und ich warte, bis sie ihr das Foto geschickt hat. »Ihr würde es hier gefallen. In der Buchhandlung auch, die war echt toll.«

»Ja, eines der Highlights von Galway. Liest du viel?«

»Nein, leider nicht. Dass ich mich wie gerade mit einem Buch irgendwo hingesetzt hab, ist echt eine Weile her. Und du?«

»Aktuell auch eher weniger. Aber ich hab Bücher geliebt. Mein Grandpa hatte eine Art Bibliothek in seinem Büro, auch wenn das fast ausschließlich Fachbücher übers Irische waren.«

»Oh, daher die Liebe zur Sprache und Kultur?«

»Auch, ja. Meinem Grandpa gehörte die Sprachschule, er hat sie damals gegründet, kurz nachdem Irland aus dem Commonwealth ausgetreten ist. Irisch wurde kaum noch gesprochen. Es war ihm wichtig, das Ganze aufrechtzuerhalten. Die Sprache, die Kultur … uns, in gewisser Weise.«

»Er ist bestimmt superstolz, dass du sein Lebenswerk weiterführst.«

Ich lache auf, und es klingt verbitterter, als ich beabsichtigt habe. »Wohl kaum. Du hast die Schule heute Morgen ja besucht. Er lebt nicht mehr, und ganz ehrlich? Wenn ich mich dort so umsehe, bin ich froh, dass er das nicht mehr miterleben muss.«

Zwischen Caros Brauen bildet sich eine Furche. »Wieso?«

Wir haben fast den Pier erreicht, bis ich antworte. Weil es mir peinlich ist, mein Versagen. Dann wiederum sollte es mir bei Caro egal sein, nicht wahr? Immerhin will ich sie ja gar nicht beeindrucken.

»Du hast den Zustand des Klassenzimmers doch gesehen«, sage ich und mache eine wegwerfende Handbewegung. »Das ist einer der beliebtesten Orte Galways«, fahre ich fort und deute zu den bunten Häusern auf der anderen Seite des Wassers, die hinter den sacht schaukelnden Booten auszumachen sind. »Im Sommer ist der gesamte Pier überfüllt. Das hier ist offiziell noch der Fluss, aber nur noch ein paar Meter und wir sind direkt am Meer.« Ich setze mich wieder in Bewegung, merke jedoch, dass Caro mir nicht folgt. Erst denke ich, sie will wieder ein Foto der Aussicht machen, doch ihr Blick liegt auf mir. Ihre Brauen sind zusammengezogen und bilden eine feine Linie über ihrer Nase.

»Was meinst du?«

»Liegt vielleicht daran, dass du bei Connolly wohnst und das Haus auch nicht mehr im besten Zustand ist … Aber die Wände? Der Boden? Das Equipment, falls man es denn so nennen kann? Und bei dem Klassenzimmer handelt es sich um den besterhaltenen Raum im Gebäude. Du solltest das obere Stockwerk sehen.«

»Wird eigentlich das gesamte Haus genutzt?«

Ich seufze. Denn damit trifft sie genau meinen wunden Punkt. »Nein.«

»Zu wenig Schüler und Schülerinnen?«

»Ja, leider. Früher war es einmal eine reguläre Schule. Es gab auch Fächer wie Geschichte und Biologie auf Gälisch. Dann wurde daraus, noch während mein Dad Direktor war, eine reine Sprachschule. Irgendwann ist er an eine andere Schule gewechselt und hat normal unterrichtet. Seitdem liegt alles brach.«

»Na ja, brach liegt es doch gar nicht. Gestern war einiges los.«

»Das war eine Ausnahme. Die University Colleges in Cork und Dublin schicken ab und an ihre Erasmus-Studierenden her, aber das war es mittlerweile quasi auch schon. Nicht gerade nachhaltig. Sie lernen ein paar Wörter und hauen wieder ab in ihr Land.« Als ich registriere, was ich gerade gesagt habe, hebe ich entschuldigend die Hände. »Das ist nicht gegen euch gerichtet. Ich finde es super, dass das Interesse an der Sprache da ist, ich wünschte nur …« Ich hebe die Schultern und lasse sie wieder sinken. Denn wie soll ich all das, was ich mir für die alte Schule wünsche, in Worte packen?

»Dass das, was du tust, mehr bewirkt?«, führt Caroline meine Gedanken zögerlich weiter aus. »Ich kann mir vorstellen, wie viel Druck damit verbunden ist, wenn die Schule schon so lange in den Händen der Familie ist.« Ihr trauriges, leicht schiefes Lächeln lässt erahnen, dass ihr dieses Gefühl nicht unbekannt ist.

»Du scheinst aus Erfahrung zu sprechen?«, hake ich nach.

»Ein wenig, ja. Aber darum geht's grad nicht.« Sie stupst mir mit dem Ellbogen in die Seite, und diese neckende Berührung reicht aus, um meinen Bauch wieder zum Kribbeln zu bringen.

Das muss aufhören. Dringend.

Und dennoch sorgt das aufrichtige Interesse in ihren grünen Augen dafür, dass ich zu erzählen beginne. Von meinem Grandpa und seiner Vision, das Irische wieder zu verbreiten, nachdem es unter der britischen Besatzung beinahe ausgestorben ist. Von dem Einfluss, den er auf die Gaeltacht und darüber hinaus hatte. Von meinem Dad und den gälischen Sommerfesten, die ich als Kind besucht habe. Und davon, wie der Andrang immer geringer wurde, bis er schließlich beinahe versiegte. Wie die oberen Räume nicht länger genutzt werden mussten, bis sie mit der Zeit verkamen.

»Tja, und den heutigen Zustand kennst du ja«, beende ich meine Zusammenfassung. »Wir stecken in einem Teufelskreis. So, wie die Schule jetzt ist, kriegen wir unmöglich mehr Leute ran. Wenn wir nicht mehr Leute ranbekommen, wird die Schule immer weiter verfallen. Dabei gibt es genug Eltern, die ihren Kindern wieder Irisch beibringen möchten. Familien aus der Gaeltacht, aber auch aus anderen Dörfern. Nur müssen die ihre Kinder bislang in die Städte schicken, teils auf Internate, weil es im Umland kaum Angebote gibt.«

»Und da kämst du ins Spiel?«

Ich nicke. »Wenn es nach mir geht, zumindest. Es wäre wieder eine komplett irischsprachige Schule, also auch Mathe und Geschichte gäbe es auf Irisch. Die Sprache ist ohnehin Pflicht in allen Schulen, aber leider wird sie dadurch auch genauso behandelt: als lästige Pflicht, die eben unterrichtet werden muss. Dabei ist sie so viel mehr.« Kopfschüttelnd drehe ich mich zum Wasser und sehe hinüber zu den bunten Häusern, deren fröhliche Farben so gar nicht zu meiner trüben Stimmung passen. »Aber jetzt ist es eh egal.«

»Wieso?«

»Ich habe etliche Förderungsanträge gestellt, bin von Bank zu Bank gerannt und habe nach Krediten gefragt.« Ich drehe mich nicht wieder zu Caro, sondern halte den Blick geradeaus gerichtet. Mein Versagen wiegt zu schwer, und ich will kein Mitleid in ihren Augen sehen. Davon hab ich im Dorf schon genug. »Ich hatte die Hoffnung, dass ich alles wieder gerade-biegen kann, Geld besorge, die alte Schule renoviere, Marke-ting betreibe und alles schon wird. Aber das Interesse fehlt nicht nur bei den Leuten, auch die Banken haben keines, mir auszuhelfen.« Ich schnaube. »Aber Interesse an dem Grund-stück haben sie.« Jetzt drehe ich mich doch zu Caro um. »Ich dachte, der Typ von der Bank hat es sich vielleicht anders über-legt, als er mich heute sehen wollte. Aber er hat nur angeboten, das Stück Land zu kaufen.«

»Was will er damit?«

»Ein schickes, modernes Haus draufsetzen. Die Bank ver-treibt auch Immobilien, und die Lage ist super. Dann würde in wenigen Monaten irgendein Spanier mit zu viel Geld dort sitzen und den Blick auf die Küste genießen.«

»Shit, das tut mir leid.«

Da ist es. Das Mitleid, das ich nicht wollte. Doch selt-samerweise stört es mich nicht. Vielleicht, weil es nur in ihren Worten liegt, nicht in ihrem Blick. Denn dieser gleitet an mir vorbei, als suche er etwas, nur um dann wieder auf mir zu lan-den. »Dann musst du anders an Geld kommen«, sagt Caroline bestimmt.

Ich schmunzle. »Ach so. Na gut, wenn es weiter nichts ist.«

»Ich überleg mir was.«

Die Zuversicht in ihrer Stimme sorgt dafür, dass meine Mundwinkel sich noch ein Stück weiter heben. Etwas, was ich vor wenigen Minuten noch für unmöglich gehalten habe. Zwi-schen ihren Brauen erscheint wieder diese niedliche Falte, als zerbreche sie sich bereits den Kopf über Möglichkeiten, die alte Schule zu retten. Ich kenne den Ausdruck. Er lag auch einmal auf meinem Gesicht, bis er im Laufe der Zeit Frustration gewichen ist.

»Lach nicht«, sagt Caro und stupst mir schon wieder in die Seite. »Ich hab unfassbar viel Freizeit. Ich hab das Haus schon geputzt und abgesehen vom Hundetraining kaum noch etwas zu tun. Ich kann also nachdenken!«

»Vergiss nicht, dass wir auch noch zu den Schafen wollten. Und mit Feargal zum Leuchtturm und …« Ich stoppe mitten in meiner Aufzählung. Ich sollte das nicht erwähnen. Sollte keine Gründe schaffen, mehr Zeit mit Caro zu verbringen. Und doch tue ich es immer wieder wie automatisch. Weil Zeit mit ihr zu verbringen so einfach ist. Weil ihre Nähe beinahe magnetisch auf mich wirkt. Sie zieht mich an sich und stößt meine dunklen Gedanken von mir weg. »Was ich sagen will«, fahre ich fort, als Caro mich abwartend ansieht, »ist, dass du die Zeit hier nutzen solltest, um neue Dinge auszuprobieren, die Gegend bietet so viel.«

Nun ist es Caro, die sich zum Wasser dreht, und ich kann förmlich dabei zusehen, wie ihre Mundwinkel sich mit jeder verstreichenden Sekunde senken. »Du brennst so sehr für das, was du tust. Bei mir ist es genau andersrum. Die Flamme ist aus. Was ich vorhin übers Lesen gesagt hab – dass ich das kaum noch tue –, das gilt für alles. Ich hab kein Hobby, keine Leidenschaft. Ich mache Jura nur der Familie zuliebe. Was bringt es mir, mich jetzt in irgendwas reinzustürzen? Versteh mich nicht falsch, das mit den Schafen und dem Leuchtturm klingt toll, aber …« Sie hebt die Schultern und wirkt plötzlich so angespannt, dass ich sie am liebsten in meine Arme ziehen würde. Stattdessen verschränke ich diese vor der Brust, um den Wunsch niederzuringen. »Ich führe so ein privilegiertes Leben, kann die tollsten Urlaube haben, schöne Dinge unternehmen – es bringt mir aber langfristig nichts, verstehst du? Manchmal erlebe ich was, und alles, was ich denken kann, ist: Wieso bist du nicht glücklich? Du hingegen verfolgst ein Ziel. Deine Hobbys tragen zu etwas Größerem bei. Bei mir wäre das anders. Ich bin gerade nur Beifahrerin meines eigenen Lebens.«

Ich würde ihr gern sagen, dass ich sie verstehe. Dass ich das Gefühl kenne, wenn man zu taub ist, um das Leben noch zu spüren. Immerhin habe ich mich nach der Trennung von Sarah und Declans Wegzug selbst lang genug so gefühlt, tue es vermutlich immer noch. Ich versuche, die Leere zu füllen, indem ich mit Eoin einen über den Durst trinke oder Frauen mit nach Hause nehme, die mir alle nichts bedeuten, aber egal, was ich tue, das Loch in meinem Inneren bleibt. Doch ich spreche diese Gedanken nicht aus, denn ich will das Gespräch nicht von ihr auf mich lenken.

»Wer sagt denn, dass ein Hobby ein Ziel haben muss?«, frage ich stattdessen. »Nicht alles, was wir tun, muss ein Ziel verfolgen. Und selbst wenn: Vielleicht ist das Ziel einfach nur, sich in diesem Moment gut zu fühlen. Vielleicht kannst du einfach Dinge tun, die dafür sorgen, dass du dich ein bisschen lebendiger fühlst.«

Caro sieht mich einen Moment ernst an, dann huscht der Hauch von einem Lächeln über ihr Gesicht. »So wie Schafe streicheln?«

»Zum Beispiel«, erwidere ich schmunzelnd. »Was machst du Freitag nach dem Unterricht?«

»Ich vermute, Schafe streicheln?«, fragt Caro seufzend, und mein Grinsen wird noch breiter.

10. KAPITEL

Caroline, 7.12 am:
Er sucht nur Spaß.
Er sucht nur Spaß.
Er sucht nur Spaß!

Ich werfe das Handy mit einem Seufzen neben mich aufs Bett und richte mich im selben Zug auf. Ich hätte mehr unter Menschen gehen sollen. Hätte doch häufiger mit Vero durch die Münchner Clubs streifen sollen. Dann würde mich Conors verdammtes Lächeln jetzt nicht so aus der Fassung bringen. Mein Kopf ist bestimmt nur überfordert mit all den neuen Eindrücken und projiziert die Aufregung auf Conor. Garantiert.

Seit er Mrs Connolly und mich gestern am Haus abgesetzt hat, bombardiere ich Nadine mit Nachrichten. *Er steht nicht auf mich, er sucht nur Spaß* kam dabei genauso oft vor wie *Aber er ist echt süß, und bin ich nicht sowieso hier, um Spaß zu haben?*

Wäre Nadine noch am Leben, würde sie mir eine Kopfnuss verpassen und mir erklären, dass auch *nur Spaß ... Spaß* machen kann. Da es Nadine ist, hätte sie es wohl eher in Worte wie *Gönn dir, Süße* verpackt, aber die Message wäre dieselbe. Doch ich hatte so etwas jahrelang nicht mehr. Dieses Kribbeln, die Aufregung. Dass ich mit Manuel zusammengekommen bin, ist über vier Jahre her, und Nadine hatte recht: Die anfängliche Verliebtheit ist schnell in so etwas wie Gewohnheit umgeschlagen. Nach der Trennung hatte ich dann genug mit mir selbst zu tun, um mich nicht auf irgendwelche Typen einzulassen.

Obwohl ich weiß, dass weder der Ausflug nach Galway noch der Unterricht oder unser heute bevorstehender Trip zu irgendwelchen irischen Schafen etwas zu bedeuten hat, bin ich nervös. Ich habe viel zu lange gebraucht, um mich für die dunkle Jeans und den grünen Pullover zu entscheiden.

Ich blicke aus dem kleinen, leicht dreckigen Fenster in den morgendlichen Himmel und überlege, die Hunde zum Spazierengehen zu zwingen, doch es regnet, und das will ich weder ihnen noch mir antun. Stattdessen beschließe ich, meine Kleider, die ich eben auf dem Boden verteilt habe, endlich einzuräumen. Bislang habe ich es vermieden. Mrs Connollys Laune, die fremde Sprache und meine eigene Unsicherheit haben dafür gesorgt, dass ich sie lieber griff- und fluchtbereit an der Tür stehen hatte. Doch mittlerweile fühlt sich der Gedanke, hier noch einige Wochen zu bleiben, nicht mehr beängstigend an. Ganz im Gegenteil.

Ich stoße ein leises Grummeln aus, da ich leider ganz genau weiß, wem ich das vorrangig zu verdanken habe. Genervt reiße ich die Schranktür auf, die mit einem lauten Quietschen nachgibt. Meine wenigen Klamotten beanspruchen nur einen Bruchteil des freigeräumten Platzes. Ich bin kurz davor, die Tür wieder zu schließen, als mein Blick auf einen weißen Gegenstand ein Regal tiefer fällt.

Ich gehe in die Hocke und ziehe ihn heraus. Es ist eine Nähmaschine, das verrät mir der Aufdruck, noch bevor ich die Abdeckung vollends gehoben habe. Sie ist schwerer als erwartet, und auf der weißen Stoffabdeckung hat sich trotz des Schranks eine Schicht Staub gesammelt. Anscheinend ist sie lange nicht mehr benutzt worden.

Ich will sie gerade wieder zurückpacken, als mir eine Idee kommt. Mit einem Ächzen hebe ich das schwere Teil auf den kleinen Schreibtisch, der unter dem Gewicht ebenfalls protestierend knarzt, dann husche ich in Richtung Wohnküche. Zurück komme ich mit den zu langen und vor allem angeknabberten Gardinen – und einem Lächeln im Gesicht. Denn jetzt habe ich nicht nur Ablenkung, bis Conors Unterricht beginnt, sondern auch eine Überraschung für Mrs Connolly, sobald diese aufwacht. Nach dem Frühstück – Spiegeleier und frisches Brot aus dem Laden –, das ihr sogar ein anerkennendes Grummeln entlockt hat, hat sie sich noch einmal hingelegt. Seitdem liegt sie auf der Couch im Wohnzimmer und ist nicht einmal davon aufgewacht, dass ich die Küche gefegt und das Badezimmer geputzt habe.

Viel verstehe ich nicht vom Nähen, doch ein paar Handgriffe konnte ich mir in den wenigen Wochen meines Modedesignstudiums abgucken. Außerdem sehen die Aufdrucke auf der Nähmaschine recht selbsterklärend aus. Ein gerader Strich, einer im Zickzack-Muster, einige Drehknöpfe, um Stichlänge und all so was einzustellen. So schwer kann das bei einer Gardine wohl kaum sein. Ich wühle im Schrank nach einem Bügeleisen und Stecknadeln und finde immerhin Letztere. An der Markierung, die ich unten mit einem Kugelschreiber gemacht habe, stecke ich die Gardinen ab. Es muss ohne Bügeln gehen, aber das sollte kein Problem sein. Wenn ich die Beißspuren von Lady Sprinkles so betrachte, kann ich eh nicht mehr viel kaputt machen.

Ich stecke das Garn auf die Maschine, fädle es ein, spanne die Gardine und lege los. Die ersten Stiche sind nicht unbedingt gerade, aber nachdem ich die Angst davor verliere, mir mit der Nadel die Finger zu durchbohren, wird es langsam besser. Die Nähmaschine ist laut und überspielt so die nervigen Gedanken an Conor und unser … Treffen, das kein Date ist und definitiv nichts zu bedeuten hat.

Nach gut zehn Minuten ziehe ich den Vorhang aus der Maschine und betrachte ihn. Der Anfang ist etwas stümperhaft geworden, aber insgesamt ist es eine echte Verbesserung. Mit zufriedenem Nicken schnappe ich mir die zweite Gardine, stecke sie ab und habe gerade die ersten Stiche gesetzt, als die Tür zu meinem Zimmer so heftig aufliegt, dass ich zusammenzucke. Die Gardine entgleitet mir, und die Naht verzieht sich, bevor mein Fuß vom Pedal rutscht. Meine zum Glück unversehrte Hand fliegt zu meiner Brust, unter der mein Herz heftig pocht.

»Haben Sie mich erschreckt!«, rufe ich aus.

Lady Sprinkles und Miss Sparkle stürmen schwanzwedelnd ins Zimmer. Miss Sparkle setzt sich auf meinen Fuß, während Lady Sprinkles neugierig an der nach wie vor offenen Schranktür schnuppert. Dann landet mein Blick auf Mrs Connolly – und ich halte die Luft an. Ihre blaugrauen Augen sind weit aufgerissen, und ich kann die Wut in ihr pulsieren sehen. Wortwörtlich, denn an ihrer Schläfe steht eine Ader hervor. Obwohl sie einen halben Kopf kleiner ist als ich, wirkt sie in diesem Moment bedrohlich.

»Was machst du da?«

Ich kenne Mrs Connollys laute Stimme. Die hat mir zu Beginn Angst eingeflößt, doch nun wünsche ich sie mir zurück. Denn diese Version von ihr ist noch gruseliger. Ihr Tonfall ist leise und doch schneidend. Ruhig und doch zornerfüllt. Wie das sanfte Brodeln eines Vulkans kurz vor dem alles verzehrenden Ausbruch.

»Ich …«, setze ich an und blicke auf meine Finger, als müsse ich mich selbst noch einmal vergewissern, was ich gerade tue. »Ich wollte die Gardinen machen. Sie meinten doch, dass sie gekürzt werden müssen, und die Bissspuren und …«

Ich habe erwartet, dass Verständnis den wütenden Gesichtsausdruck ersetzt, doch das Gegenteil ist der Fall. Die Zornesfalte zwischen Mrs Connollys Brauen wird immer tiefer, und ich sehe ihre Zähne mahlen. Mein Herz beginnt wild zu pochen, während ich fieberhaft überlege, warum sie so wütend ist. Habe ich etwas Wichtiges vergessen? Etwas falsch gemacht? Die Stimmung zwischen uns ist so geladen und schwer, dass sie mir die Luft aus der Lunge drückt.

»Gib das her, sofort.«

Die gezischten Laute peitschen durch den stillen Raum, und Mrs Connolly entreißt mir das Stück Stoff, das ich gerade kürzen wollte. Das Garn, das sowohl in der Gardine als auch der Maschine steckt, rollt mit einem surrenden Laut immer weiter aus. Ansonsten ist es gespenstisch still. Nur Mrs Connollys Schnaufen und mein laut pochendes Herz sind noch zu hören. Sie knüllt die Gardine zusammen und wirft sie in die Ecke auf den alten Holzstuhl. Der Faden reißt, und das Surren verstummt.

»Hat man dir nicht beigebracht, nicht in fremden Dingen zu wühlen?«, geht Mrs Connolly mich an. Ich zucke zusammen und brauche einen Moment, um die Worte zu verstehen. Ihr Akzent ist stärker, vermutlich, weil sie sich so aufregt.

»Ich habe nicht gewühlt«, rechtfertige ich mich. Mein Puls geht immer schneller. Ist es nicht offensichtlich, dass ich nur helfen wollte? »Ich habe meine Kleider einsortiert und dabei die Nähmaschine entdeckt. Ich hab mir echt nichts dabei gedacht, die …«

»Das ist offensichtlich«, unterbricht Mrs Connolly mich und schnappt sich auch die zweite, bereits fertige Gardine, auf die ich so stolz war. Sie betrachtet sie nicht einmal, sondern schmeißt sie zur anderen, wo sie vom Stuhl auf den Boden rutscht. »Dabei würde dir ein wenig Denken nicht schaden, was?«

Meine Kehle wird eng, und ich schließe den Mund, da nun ohnehin nur ein Krächzen herauskäme. Die Genugtuung will ich der Frau nicht geben.

»Ich habe Brendan gleich gesagt, dass das ein Fehler ist.« Sie deutet zwischen uns hin und her. »Dass ich keine Hilfe brauche. Was für eine Hilfe bist du auch? Du bringst Unordnung hier rein, und zu meinen Therapiestunden muss ohnehin Conor mich fahren, richtig?«

Ich schlucke alle Erwiderungen hinunter. Was für einen Zweck hätte es auch, mit ihr zu diskutieren? Mrs Connolly will mich hassen. Es ist egal, was ich tue. Es ist egal, ob ich mich leise verhalte, ihr Essen koche, mit den Hunden spiele oder versuche, ihr Haus zu verschönern. Sie will mich hassen, also tut sie es auch. Es war naiv von mir, zu glauben, dass wir Fortschritte gemacht hätten. Warum auch? Weil sie einmal mein Essen gelobt hat? Womöglich hat Conor aus Mitleid mir gegenüber auch etwas völlig Falsches übersetzt.

Ich nicke, wende den Blick ab und beginne, die Nähmaschine vom Garn zu befreien. Irritiert merke ich, wie Tränen hinter meinen Augen brennen. Ich wollte die Reise zwar antreten, um wieder etwas zu fühlen, so habe ich mir das Ganze aber nicht vorgestellt.

11. KAPITEL

Caroline

»Ist sicher alles okay?«, fragt Conor, als hätte er dieselben Worte nicht bereits zweimal an mich gerichtet. Vermutlich hat er sich erhofft, jetzt, da Olivia gegangen ist, eine neue Antwort aus mir hervorzuholen. Tja, falsch gedacht.

Zuerst habe ich überlegt, den Unterricht sausen zu lassen. Doch die Alternative wäre gewesen, auf meinem Zimmer zu bleiben und Trübsal zu blasen. In München wäre ich vielleicht mit Vero feiern gegangen, um mich abzulenken. Hier gibt es nur das Pub voller Leute, für die ich *die Neue* bin, also kam das nicht infrage. Immerhin sind die Hunde beide bei mir geblieben, fast so, als spürten sie, dass es mir nicht gut geht. Selbst auf Mrs Connollys Rufen hin haben sie sich nicht von meinem Bett wegbewegt. Ein kleiner Sieg für mich! Auch wenn er im großen Ganzen unbedeutend ist, denn leider entscheiden nicht die Hunde, ob ich bleiben darf oder nicht. Das tut ihr Frauchen – und das ist sicher drauf und dran, ihren Sohn anzurufen und ihn zu überreden, mich zum Flughafen zu fahren. Ich selbst habe mir den Gedanken bereits mehrmals durch den Kopf gehen lassen, doch ich will nicht aufgeben. Zum ersten Mal will ich nicht einfach die Reißleine ziehen und rennen, wenn es ungemütlich wird.

»Alles prima«, sage ich, und selbst in meinen Ohren klingt

es wie die Lüge, die es ist. Auch Conor kauft es mir nicht ab, das sehe ich an seiner leicht gerunzelten Stirn. Doch zu meiner Erleichterung hakt er nicht weiter nach. Stattdessen macht er sich daran, die Tafel zu putzen. Ich schiebe den in die Jahre gekommenen Stuhl mit einem lauten Knarzen zurück an den Tisch, in den Studierende vor mir Wörter geritzt haben. Einige auf Gälisch, andere auf Englisch, und auch ein französisches *Merde* kann ich erkennen.

Vermutlich sollte ich losgehen, anstatt mich mit den Inschriften frustrierter Schüler auf dem Tisch zu beschäftigen, doch meine Beine weigern sich. Ich bin nicht erwünscht, das hat Mrs Connolly mich deutlich spüren lassen. Conor mag die Schule als baufällig erachten, doch im Moment ist sie der einzige Ort, an dem ich mich wirklich willkommen fühle.

»Hast du Gummistiefel?«, fragt er plötzlich.

»Was?«

Mein Blick schnellt nach oben, und ich sehe Conor an der Tafel lehnen. Meine Wangen werden warm. Wie lange hat er mich schon so beobachtet?

»Gummistiefel. Oder Schuhe, die dreckig werden dürfen.«

Ich blicke auf meine weißen Sneakers. »Ich hab die hier und ein paar Stiefel.«

»Die braunen Stiefel, die du letztes Mal anhattest?«

Ich nicke, perplex, dass er sich gemerkt hat, welche Schuhe ich getragen habe.

»Hm, ich glaub, die tun's nicht. Dann kriegst du welche von mir.«

»Wofür, wenn ich fragen darf?«

»Für deine flauschige Konfrontationstherapie.«

Die hatte ich nach dem Streit schon wieder völlig verdrängt. »Oh. Du musst das nicht machen, das weißt du, oder?«

Am Ende gehe ich ihm noch genauso sehr auf die Nerven

wie Mrs Connolly. Ich will nicht, dass er sich verpflichtet fühlt, mir zu helfen. Denn ganz sicher tut er das. Kein Wunder, so aufgelöst, wie er mich an seinem Zaun vorgefunden hat.

»Ich muss das nicht machen, ich möchte aber.« Er hebt die Schultern, spaziert durch den Raum und zieht sich dabei seine Jacke über. Dann dreht er sich zu mir um. »Außerdem hab ich das Gefühl, etwas Ablenkung könnte dir ganz guttun.«

Sein Blick wird weich, und mein Widerstand bröckelt. Aber da ist immer noch die Sache mit Avery. Zwar bin ich mir ziemlich sicher, dass das zwischen den beiden nichts Ernstes war, aber ich will mich auch nicht zwischen zwei Menschen drängen.

»Hat Avery damit denn kein Problem?« Die Worte sind raus, bevor ich über sie nachdenken kann, und ich hoffe, dass sie nicht eifersüchtig klingen. Reue legt sich in seinen Blick, und er beißt sich auf die Unterlippe, was meine Gedanken schon wieder in eine ganz andere Richtung führt.

»Nein. Mit Avery ist nichts.« Er hebt die Schultern. »Nicht mehr jedenfalls.«

Ich nicke langsam, während mein Herz einen freudigen Hüpfer macht. »Und du hast sicher nicht eh schon genug um die Ohren?«

»Im Gegenteil. Du würdest mir einen Gefallen tun. Ich sterbe vor Langeweile. Seit Tagen schon hat niemand mehr meinen Zaun kaputt gemacht und auch sonst …« Er greift sich an die Brust. »Ich gehe förmlich ein. Aber gut, wenn du dich meiner nicht erbarmst …«

Er seufzt so laut und kläglich, dass ich lachen muss. »Ich würde dir also einen Gefallen tun?«

»Einen großen.«

»Dann ist das etwas anderes. Wenn ich Menschen in Not sehe, muss ich natürlich helfen.«

»Du bist so gütig.« Erneut greift Conor sich an die Brust und schafft es trotz des furchtbaren Morgens, mir mit seiner Theatralik ein Lachen zu entlocken. Sofort heben sich auch seine Mundwinkel. Beinahe so, als wäre seine Stimmung von meiner abhängig. Unsere Blicke treffen sich, und da ist es wieder: dieses warme Kribbeln. Nur dass es sich dieses Mal von meinem Bauch in meine Brust ausbreitet. Mit jeder verstreichenden Sekunde, die wir einfach nur dastehen, weicht der lockere, verspielte Ton etwas Geladenerem, Intensivem. Ich erwische mich bei dem Gedanken, die Distanz zwischen uns überbrücken und ihn berühren zu wollen. Doch ich halte mich zurück, balle die Hände zu Fäusten, als könne ich mich so an Ort und Stelle verankern, und lächle ihn an.

»Na gut, dann sollten wir wohl los, was?«

»Ja.«

Er nickt und schiebt sich an mir vorbei in Richtung Tür. Doch mir ist nicht entgangen, wie rau seine Stimme klingt.

»Bally ist einfach die anglisierte Version von Baile«, erklärt Conor, während er die Wiese neben mir entlangstapft. Schon jetzt machen sich die Gummistiefel bezahlt, dabei haben wir die Weide nicht einmal erreicht. »Es heißt Stadt oder auch Zuhause. Deshalb tragen so viele Orte es im Namen.«

»Also heißt Baile na Mara einfach Stadt am Meer? Sehr originell. Da gibt es doch etliche.«

»Mag sein, aber wir sind die schönste.«

Ich rolle mit den Augen, woraufhin Conor lacht. Die kurze Fahrt über haben wir uns nur über unverfängliche Themen unterhalten. Das lag vor allem daran, dass er mich überredet hat, mich hinters Steuer zu setzen, und ich mich zu Beginn höllisch konzentrieren musste. Tatsächlich lief das Fahren aber besser als gedacht. Die meiste Zeit waren wir die Einzigen auf der

Straße, und Conor ist ein so entspannter Beifahrer, dass seine Ruhe sich schnell auf mich übertragen hat.

Ich habe jede sich bietende Gelegenheit genutzt, ihn Dinge aus dem Gälischen ins Englische übersetzen zu lassen. Und jedes Mal, wenn ich zur Gangschaltung gegriffen habe, hat mein Herz einen Moment ausgesetzt, weil meine Finger Conors Bein gestreift haben. Hauchzart nur. Kaum so, dass es sich um eine Berührung gehandelt hat, und dennoch treibt der bloße Gedanke mir die Röte in die Wangen. Was zur Hölle ist nur los mit mir? So habe ich mich nicht mehr gefühlt, seit ich damals Manuel kennengelernt habe. Und selbst bei ihm war es nicht so ... intensiv. Kribbeln bei Blickkontakten? Fehlanzeige und für mich immer eine Erfindung der Filmindustrie. Dieser drängende Wunsch, die Hand auszustrecken und ...

Bevor ich den Gedanken auch nur weiterdenken kann, stecke ich mir die Hände in die Jackentaschen.

Aufhören, sofort!, ermahne ich mich im Stillen, während Conor einen schmalen Pfad entlang einer kleinen Steinmauer einschlägt.

»Gleich sind wir da!«

Ich schirme meine Augen vor der Sonne ab und tatsächlich – dort hinten steht eine ganze Herde Schafe.

»Was macht die Angst?«

»Es ist ja nicht so, dass ich Panik vor ihnen hab. Ich find sie einfach gruselig.«

»Wetten, dass du deine Meinung gleich änderst?«

Ich zucke mit den Schultern, und er schnaubt frustriert, was unbeabsichtigt niedlich ist. Je weiter wir uns dem Feld nähern, desto glitschiger wird der Boden. Hohes Gras und Matsch wechseln sich ab, und dass es den gesamten Morgen über geregnet hat, hilft auch nicht gerade.

Wir haben die Schafe beinahe erreicht, als ich den Halt in

meinen zu großen Gummistiefeln verliere und ins Rudern gerate.

»Shit«, fluche ich und strecke die Arme aus, doch der Boden nähert sich bereits, und in all dem Schlamm habe ich keinerlei Halt, um meinen Sturz auszubalancieren. Ich schließe schon die Augen, als sich plötzlich etwas fest um meine Arme legt und mich stabilisiert.

»Du brauchst dringend passende Gummistiefel.«

Als ich die Augen aufschlage, blicke ich nicht, wie erwartet, in nasses Gras, sondern in Braun. Ich wusste, dass Conors Augen braun sind, doch jetzt, so nah an seinem Gesicht, fällt mir erst auf, wie braun. Nicht dunkel wie Schokolade oder das Holz der Dielen von Mrs Connolly, sondern hell. Innen haben sie beinahe die Farbe von Honig, nach außen hin werden sie dunkler. Haselnussbraun, wenn ich mich entscheiden müsste.

»Caro?« Die Augen, die ich gerade so intensiv begutachtet habe, verengen sich zu Schlitzen. »Ist alles okay? Hast du dir wehgetan?«

»Ähm.« Jetzt erst realisiere ich, dass ich mein Gewicht nach wie vor an Conor abstütze. Eilig bringe ich mich wieder in einen sicheren Stand. »Nein, alles bestens. Bin nur ausgerutscht.«

In deine Arme. Oh Gott. Wie peinlich.

Obwohl ich wieder aufrecht stehe, zieht Conor seine Hände noch nicht zurück. Hat ihn die Berührung ähnlich aus der Fassung gebracht wie mich? Oder – und sind wir mal ehrlich, das ist wahrscheinlicher – traut er mir nicht zu, geradeauslaufen zu können?

»Auf dem Rückweg holen wir dir passende Stiefel«, beschließt Conor, und als er die Hände nun doch von mir löst, vermisse ich seine Wärme sofort. Wie mein Körper auf ihn reagiert, verwirrt mich zu sehr, als dass ich gegen seinen Vorschlag protestieren kann, also nicke ich nur, den Blick weiter auf diese faszinierenden Augen gerichtet.

Conor ... Sei vorsichtig bei ihm, erklingt Mrs Connollys Stimme wieder in meinem Ohr. Doch wieso soll ich darauf noch etwas geben? Zum einen glaube ich Conor, was Avery anbelangt. Zum anderen hat Mrs Connolly, bis wir heute Abend zurück sind, sicherlich ganz Baile na Mara vor mir gewarnt, und ich habe wirklich nur versucht, zu helfen. Und selbst wenn sie recht hat ... in wenigen Wochen bin ich zurück in der Monotonie. Das hier ist die eine Sache, die dafür sorgt, dass ich etwas fühle. Dass mein Körper mir mitteilt, dass ich doch nicht mit Nadine gestorben bin. Wieso sollte ich mir das verbieten?

»Conor! *Dia duit!*«

Die dunkle Stimme reißt mich aus meinen Gedanken, und hinter Conor sehe ich einen rothaarigen, winkenden Mann auf uns zulaufen. Im Gegensatz zu mir hat er keine Probleme mit dem rutschigen Rasen und hat uns wenige Sekunden später erreicht.

»*Conas atá sibh?*«

»*Táim go maith!*«, antworte ich eine Spur zu laut und merke, wie mein Herz aufgeregt pocht, weil ich tatsächlich einmal etwas verstanden habe. Conor grinst mich breit an, und ich meine, Stolz in seinen Augen zu erkennen.

»Mir geht's auch gut, danke dir. Was gibt's Neues?«, fragt Conor auf Englisch.

»Nichts, nichts. Außer der übliche Trubel mit den Schafen, aber das brauche ich nicht erzählen, dafür seid ihr ja da, was?«

»Jap. Das hier ist Caro.«

»Freut mich, ich bin Graham«, erwidert Graham auf mein Winken hin. »Na, dann wollen wir mal! Ihr seid die Versuchskaninchen. Saoirse hatte die Idee, einen Streichelzoo zu eröffnen, aber damit wollten wir erst im Januar loslegen, wenn die ersten Lämmer da sind. Wenn im Frühjahr die Touristen die Insel fluten, ist das perfekt. Aber dafür seid ihr zu früh, deshalb …« Er schiebt sich durch einen schmalen Spalt im Steinzaun – ein Tor scheint es hier nicht zu geben. »… müsst ihr mit den Großen Vorlieb nehmen.«

Mit einer ausladenden Bewegung deutet er auf die Weide. Zwei Schafe trotten langsam auf ihn zu, vermutlich hoffen sie auf etwas Heu oder was auch immer sie fressen.

»Will ich wissen, wieso ihr Schafe streicheln kommt?«

»Caroline hütet Mrs Connollys Hunde. Wie die drauf sind, weißt du ja. Zu aufgedreht, um sich viel streicheln zu lassen.«

Graham lacht laut auf. »An denen ist ja auch nichts dran zum Streicheln. Na dann, viel Spaß«, sagt er an mich gewandt. »Ruft einfach, wenn ihr was braucht.«

Wir nicken, und mit einem weiteren Winken verschwindet Graham in Richtung einer kleinen Hütte. Die beiden Schafe sehen ihm nach, machen sich jedoch nicht die Mühe, ihm weiter zu folgen. Das rechte stampft ein Mal auf den nassen Rasen. Vermutlich ist es frustriert, dass es nun doch kein Futter gab.

Conor geht in die Hocke und streckt eine Hand aus, woraufhin das linke Schaf neugierig an seinen Fingern schnüffelt.

»Guck. Total brav.«

Ich gehe neben ihm in die Knie, behalte meine Hände aber bei mir. »Die Augen sind trotzdem seltsam.«

Als ob es mich verstanden hätte, stupst das Stampf-Schaf plötzlich gegen meinen Ellbogen. Beinahe bringt es mich aus der Balance, doch ich kann mich gerade noch rechtzeitig mit den Fingern am Boden abstützen. Das Schaf schnuppert an meiner Jacke und knabbert nach einiger Überlegung vorsichtig an meinem Ärmel.

»Hey«, tadele ich lachend und ziehe den Arm weg, woraufhin das Schaf nur noch näher kommt. Langsam und vorsichtig strecke ich eine Hand aus und berühre es behutsam an der Nase. Es bewegt den Kopf, und ich ziehe den Arm ruckartig zurück, doch als ich sehe, dass es nicht nach mir schnappen, sondern sich anschmiegen will, versenke ich meine Finger wieder in seiner Wolle.

»Ich fass es nicht, dass du Angst vor Schafen hast. Dem Wahrzeichen Irlands. Wusstest du, dass wir mehr Schafe als Einwohner haben? Du bist in deiner persönlichen Hölle gelandet und jetzt …«

»Psht!«, zische ich und berühre das Schaf vorsichtig am Kopf. »Es ist gar nicht so weich, wie ich dachte.«

»Ich weiß nicht, was es davon hält, wenn du es in einer Tour beleidigst«, sagt Conor trocken.

»Es spricht bestimmt nur Gälisch.«

»Dann hat es ja Glück, dass du bisher nur übers Wetter reden kannst.«

»In zwei, drei Wochen kann es sein blaues Wunder erleben«, erwidere ich grinsend. Mittlerweile habe ich beide Hände im Fell des Schafs vergraben. So übel sind sie eigentlich gar nicht – nicht, dass ich das vor Conor zugeben würde. Seine Empörung ist irgendwie niedlich. Wie er jetzt lacht, auch. Außerdem merke ich, wie es den Knoten in meiner Brust löst, der dort ist, seit ich mich heute Morgen mit Mrs Connolly gestritten habe.

Eine Weile schweigen wir, und die einzigen Geräusche sind der Wind in den hohen Feldern und das gelegentliche Blöken der Schafe. Mein Puls beruhigt sich ebenso wie mein Atem. Das Schaf hat mittlerweile zu grasen begonnen, bewegt sich jedoch keinen Millimeter weit weg, fast so, als würde es weiter gestreichelt werden wollen. Die Sonne ist jetzt vollends durch die Wolken gebrochen und legt trotz des Winds eine sachte

Wärme auf Hände und Gesicht. Die Wärme wird zu Hitze, als meine Finger inmitten der Wolle plötzlich Haut berühren.

Conor.

Mein Herz stolpert – umso mehr, als er seine Hand nicht wegzieht.

Mein Zeigefinger ruht an seinem, doch er weicht nicht zurück. Im Gegenteil, er schiebt seine Hand sogar noch ein Stück weiter in meine Richtung. Auch ich rühre mich nicht, stattdessen wandert mein Blick nach oben. Conors Ausdruck treibt mir endgültig die Hitze in die Wangen. Denn in seinen Augen lese ich, dass es ihm gerade ähnlich geht wie mir. Seine Pupillen sind geweitet, als er mich mustert. Er hält meinen Blick gefangen, und plötzlich nehme ich weder die schöne Landschaft wahr noch den Wind, der mir die Haare ins Gesicht bläst. Da sind nur noch seine Augen und der zarte Druck seiner warmen Hand, die er über meine schiebt. Die Berührung lässt mich scharf die Luft einziehen. Ohne dass ich es will, landet mein Blick auf Conors vollen Lippen. Ohne dass ich sie bewusst dorthin lenke, fragen sich meine Gedanken, wie sie sich wohl auf meinen anfühlen würden.

Ich sehe, wie Conors Adamsapfel hüpft, als er schluckt. Eine völlig natürliche Bewegung, und doch geht sie mir durch und durch.

Was dann durchgeht, ist das Schaf. Offensichtlich genervt davon, dass es nicht mehr gestreichelt wird, stampft es auf und trabt blökend von dannen. Meine Hand fällt ins feuchte Gras. Die kalte Stelle auf meinem Handrücken, wo vorher Conors Wärme war, macht nur noch deutlicher, was gerade passiert ist.

Ist überhaupt etwas passiert? Vielleicht war es nur ein Versehen. Doch es hat sich nach mehr angefühlt, das teilt mir mein heftig pochendes Herz lautstark mit.

Sich räuspernd steht Conor auf. Die Hand, die soeben noch meine berührt hat, ist zur Faust geballt. Als ich mich ebenfalls erhebe und unsere Blicke sich treffen, habe ich die Antwort auf meine stumme Frage. Er hat es definitiv auch gespürt.

12. KAPITEL

Conor

»Feckin' Hell!«

Mein frustrierter Schrei hallt in dem leeren Raum wider. Großartig. Ein Echo meiner eigenen Inkompetenz. Ich sehe dem Wasser dabei zu, wie es träge aus der Decke über mir in den blauen Eimer tropft. Wasserrohrbruch. Um das zu erkennen, muss ich kein Handwerker sein. Der Boden um mich herum ist nass, und das Holz quillt bereits auf. Wer weiß, wie lange es hier schon fröhlich vor sich hin regnet.

Dabei ist die Woche bislang so gut gelaufen. Oder besser gesagt ist sie normal gelaufen, doch seit meinem Ausflug mit Caroline letzten Freitag fühlt sich alles leichter an. Der Unterricht war super, und ich habe es sogar mehrmals mit Eoin ins Pub geschafft – sehr zu seiner Freude. Doch jetzt bekomme ich die Quittung, denn ich war nicht nur gedanklich abwesend, sondern auch körperlich.

Ich hätte den Raum früher checken sollen. Im Kopf überschlage ich, wann ich zuletzt hier war. Vor Caros erstem Unterricht habe ich den oberen Stock gefegt – für den Fall, dass sie die gesamte Schule sehen will. Das ist jetzt knapp zehn Tage her. Ich fahre mir übers Gesicht und will mich am liebsten zu dem Eimer auf den Boden fallen lassen. Ich habe keine Lust mehr. Natürlich muss das jetzt passieren. Nach einer tollen Unterrichtswoche mit der Erasmus-Gruppe. Nach Spaziergängen mit Caroline, bei denen ich am liebsten schon wieder ihre Hand ergriffen hätte.

Ob es Karma ist? Ein Warnschuss? Dass ich meine Finger lieber bei mir behalten sollte, bevor die Gefühle wieder mit einem Roundhousekick in meine Seele enden?

So oder so schafft es die alte Schule zum ersten Mal in dieser Woche erfolgreich, meine Gedanken von Caroline wegzulenken. Denn das hier ist scheiße. Große Scheiße. Und leider erfordert sie meine Aufmerksamkeit, wenn ich den Laden nicht komplett dichtmachen will. Wobei das in Anbetracht der fehlenden Kredite und Förderungen wohl bald ohnehin passieren wird.

Ich lege den Kopf in den Nacken und betrachte den nassen Fleck an der Decke, der sich bereits über knapp einen Meter erstreckt. Ich hasse alles.

Mit einem Stöhnen ziehe ich das Handy aus der Jeanstasche und wähle Eoins Nummer. Es dauert nur wenige Sekunden, bis er abhebt.

»*Dia dhuit!* What's the craic?«, fragt er in üblich fröhlichem Ton. Ich verziehe das Gesicht, als ob mir seine gute Laune Kopfschmerzen bereitet. Irgendwie tut sie das auch. Ich wünschte, ich könnte das Leben nur ein Mal so locker nehmen wie Eoin jeden Tag.

»Hey, Mann. Ich brauch deine Hilfe. Bin in der Schule. Kannst du vorbeikommen? Ich glaub, wir haben einen Wasserrohrbruch.«

»Fuck. Klar, bin sofort da! Gib mir eine Minute!«

Mit diesen Worten hat er aufgelegt. Das ist das Tolle an Eoin. Er mag seine Macken haben, wie beispielsweise die, meine Schülerinnen abzuschleppen, aber man kann sich immer auf ihn verlassen. Was ich von den meisten meiner Freunde bislang nicht sagen konnte – denn sie sind nicht länger hier. Ich schiebe die Gedanken an Pádraig, Declan und all die anderen zur Seite. Doch leider will es nicht ganz gelingen. Denn meinen Zwillingsbruder hier zu haben würde alles so viel einfacher machen. Ich müsste diesen ganzen Mist, die Verantwortung nicht allein tragen. Aber nein, er musste ja nicht nur mit meiner Ex-Freundin schlafen, sondern auch noch die Biege machen.

»Hey!«

Eoins tiefe Stimme reißt mich aus meinen Gedanken. Er ist völlig außer Puste. Kein Wunder – zwar wohnt er direkt über dem Museum neben der Schule, aber so schnell, wie er hier war, muss er gesprintet sein.

»Das sieht nicht gut aus«, spricht Eoin das Offensichtliche aus. »Hast du die Wasserzufuhr schon abgestellt?«

Ich nicke, den Blick weiter auf das Desaster über uns gerichtet.

»So, wie die Decke aussieht, tritt hier schon länger Wasser aus.«

»Ja, werden wohl ein paar Tage sein.«

»Puh.« Er sieht sich im Raum um. »Hat es, als das Wasser noch an war, auch nur getropft?«

»Ja, also es stand jetzt nichts unter Wasser oder so.«

»Lass uns mal den Strom abschalten und oben schauen.«

Ich nicke und stelle dann die Frage, vor der mir bei der Sache am meisten graut. »Denkst du, wir kriegen das behoben?«

Eoins Miene verrät die Antwort, noch bevor ein Wort über seine Lippen kommt.

»Fixen kann man das garantiert. Das Haus ist alt, ist vielleicht nur Materialermüdung oder so.«

»Aber wenn du man sagst …«, hake ich nach.

»Mein ich nicht uns.« Seine Mundwinkel sinken hinab. »Ich würde hier nicht freiwillig den Boden aufstemmen. Am Ende hast du einen größeren Schaden als ohnehin schon. Lass da lieber einen Profi ran.«

»Wenn ich ihn mir leisten kann …«, murmle ich, und am liebsten würde ich mich einfach auf den Boden setzen und eine Weile die Augen schließen. Alles in mir fühlt sich nach Aufgeben an.

»Hey«, sagt Eoin und klopft mir auf die Schulter. »Wir kriegen das schon hin. Lass uns erst mal den Schaden anschauen, sofern wir denn was sehen, und dann holen wir uns Infos zu Installateuren ein. Hast du eine Versicherung oder so? Hatte Declan das Problem nicht auch mal in seiner alten Wohnung?«

»Ja, aber da war er in Galway zur Miete.«

Nicht nur, dass wir die alte Schule nicht mieten, ich bin mir ziemlich sicher, dass mein Grandpa keine besondere Gebäudeversicherung bei der Gründung abgeschlossen hat.

Es ist Eoin zu verdanken, dass ich doch noch die Motivation aufbringe, mit ihm nach oben zu gehen. Er schiebt mich beinahe vor sich her, als wir die oberen Räume begutachten und auf meinem Handy schon einmal eine Schadensliste anlegen. Da die Zimmer größtenteils leer waren, hat es zum Glück keine Elektronik und kaum etwas an Möbeln getroffen. Die Vorstellung, dass Boden und Decke aufgerissen werden müssen, treibt mir dennoch den Schweiß ins Gesicht. Die Schule hat so schon ein finanzielles Problem. Gemeinsam mit den Reparaturkosten? Die schwarzmalerische Seite in mir sieht die Abrissbirne bereits anrücken.

»*Conchobar?*«, hallt es herauf. Eoin, der gerade an einem Stück nasser Tapete pult, hält in der Bewegung inne. Es gibt nur eine Person, die meinen Namen auf Gälisch ausspricht.

»Fuck my life.«

»Na«, tadelt Eoin. »Küsst du deine Mam mit diesem Mundwerk?«

»Nicht mehr, seit ich fünf bin«, erwidere ich leise und hebe dann die Stimme. »Hier oben.«

Ich nicke Eoin zu. »Tür zu.«

Er hebt die Brauen. »Du willst es vor deinen Eltern geheim halten?«

»Zumindest noch ein, zwei Tage?«

Mit einem Schulterzucken schließt er die Tür hinter sich, auch wenn ihm anzusehen ist, was er von meiner Heimlichtuerei hält.

»Hi, Dad!«

»*Dia duit!* Oh, Eoin, du bist auch da.«

»Jap. War gerade … in der Gegend.« Die Ausrede ist doppelt lahm, da er neben der alten Schule wohnt.

»Deine Mam meinte, hier gibt es ein Problem? Sie hat eben angerufen.«

Ich stöhne auf, und Eoin wirft mir einen entschuldigenden Blick zu. »Ich hab es ihr nicht gesagt, sie hat sicher unser Telefonat mitgehört.«

Dass meine Eltern das Ganze mitbekommen, hat mir gerade noch gefehlt. Selbst die Banktermine habe ich vor ihnen verheimlicht. Ich will nicht, dass sie sich sorgen. Weder um mich noch um die Schule. In den Augen meiner Mam sehe ich die Sorge ohnehin jedes Mal, wenn ich zu Besuch bin. Seit dem Streit mit Declan bin ich immer seltener zu Hause, dabei wohne ich gerade einmal zehn Gehminuten entfernt von ihnen. Im Gegensatz zu mir haben sie die Bilder von ihm nicht entfernt. Natürlich nicht, er ist ihr Sohn. Und obwohl ich es niemals von ihnen verlangen würde, tut es dennoch weh, dass es dort so aussieht, als ob nichts geschehen wäre.

Ich verschränke die Arme vor der Brust. »Alles gut, Dad. Eoin hat mir nur bei was geholfen.«

Doch mein Dad durchschaut meine Lüge, so wie er es früher schon immer getan hat, und geht an mir vorbei in das Zimmer. Ich halte ihn nicht auf, denn was für einen Sinn hat es auch? Eoin hat recht: Früher oder später werde ich es ihnen ohnehin sagen müssen. Wenn nicht ich, dann tut es der Buschfunk – in diesem Fall Eoins Mam.

»Hm«, macht mein Dad, und für einen kurzen Moment habe ich die kindliche Hoffnung, dass er die Sache in die Hand nimmt und alles geradebiegt. Doch seine nächsten Worte machen sie zunichte. »Da ist ganz sicher ein Rohr hinüber. Daher der Eimer unten?«

Ich nicke, als er mit dem Fuß an der nassen Stelle an der Wand entlangfährt, die Eoin eben noch betrachtet hat.

»Das müsste repariert werden, bevor der Winter so richtig hier ist«, meint Dad, und legt die Stirn in Falten, die ich dort nicht sehen möchte. Genau das ist es, was ich vermeiden wollte. »Wenn wir wieder einen Frost wie im letzten Jahr haben, ist das Rohr danach vollständig hinüber.«

»Ich kümmere mich darum«, sage ich und versuche, zuversichtlicher zu klingen, als ich mich fühle. Entweder gelingt es mir nicht, oder mein Dad ahnt, wie es um die Finanzen bestellt ist, denn in seinem Blick liegt nichts als Skepsis. Auch wenn ich weiß, dass sie nicht gegen mich gerichtet ist, trifft sie etwas in mir.

Das hier ist die eine Sache, die ich in meinem Leben schaffen will. Ich will nicht wie Pádraig in Australien erfolgreich sein, nicht wie früher im Rugby bei den Six Nations antreten. Ich will einfach nur aufrechterhalten, was mein Grandpa und mein Dad erschaffen haben. Und selbst das gelingt mir nicht.

13. KAPITEL

Caroline

Ich fühle mich, als wäre ich in ein Pinterest-Board über Cottagecore oder ein Einrichtungsmagazin gesprungen. Vor mir befinden sich bodentiefe Fenster, von denen aus man einen direkten Blick aufs Meer hat, um mich herum stehen etliche Grünpflanzen, mehrere Staffeleien, eine gemütliche helle Couch, und die Wände sind mit Holz verkleidet. Ich glaube nicht, dass ich mich jemals irgendwo auf Anhieb so wohlgefühlt habe. Miss Sparkle und Lady Sprinkles scheinen es ebenfalls zu mögen, denn beide haben sich bereits auf dem fluffigen Teppich vor dem Sofa zusammengerollt.

»Gefällt es dir?«

Die Unsicherheit in Olivias Stimme bringt mich zum Lachen. »Ob es mir gefällt? Ich würde am liebsten einziehen!«

»Ich glaube, dann würde ich ein Problem mit Mrs Connolly kriegen.«

»Das glaube ich nicht«, erwidere ich mit einem Schnauben und drehe mich zu ihr um. »Sie hasst mich. Also wirklich. Ich dachte erst, sie ist nur nicht begeistert, sich helfen zu lassen, weil es Veränderung bedeutet. Wir haben uns anfangs angeschwiegen, was mich total belastet hat. Aber jetzt wünsche ich mir das beinahe zurück.«

»Ist was passiert?«

Ich gebe Olivia eine Zusammenfassung des Streits mit Mrs Connolly. Während ich die Situation schildere, wie sie mir die Gardine entrissen hat, spüre ich zum ersten Mal Wut in mir aufflammen.

»Das ist echt daneben!« Livs entrüsteter Gesichtsausdruck sorgt dafür, dass ich mich ein klein wenig besser fühle. »Magst du einen Kaffee?«

»Ich glaube, ich habe mich soeben in dich verliebt.«

»Wieso? Weil du an dieses Cottage ranwillst? Vergiss es, es hat Ewigkeiten gedauert, es zu renovieren.«

»Nein, weil du die erste Person bist, die mir Kaffee statt Tee anbietet.«

Olivia grinst. »Ja, so gut integriert bin ich dann doch noch nicht.«

Ich folge ihr in die kleine, aber gemütliche Wohnküche. Lady Sprinkles springt sofort auf, vermutlich in der Hoffnung auf etwas zu essen. Ich bücke mich und kraule den kleinen Terrier hinter den Ohren, während Liv uns Kaffee zubereitet und von ihren aktuellen Kunstprojekten erzählt. Ihre Wohnung ist voller Bilder, in der Küche stehen Schalen, die selbst getöpfert aussehen, und überall liegen Farben und Pinsel verteilt. Dennoch wirkt es nicht unordentlich, im Gegenteil, das kreative Chaos trägt zur Atmosphäre bei.

»Also …«, beginnt sie, als wir es uns mit zwei dampfenden Tassen auf der Couch gemütlich machen. »Du und Conor.«

Die bloße Erwähnung seines Namens reicht, dass mein Herz aus dem Takt gerät. Vermutlich genügt das bereits als Antwort, denn ich gebe meinem Kopf exakt vier Sekunden, bis er rot anläuft. Tatsächlich verzieht Olivia die Lippen zu einem wissenden Lächeln. »Zwischen euch läuft also was?«

»Nein«, sage ich, zögere dann jedoch. »Vielleicht. Also, nicht wirklich.«

Wenn ich mich konzentriere, kann ich die Berührung seiner Finger an meinen noch immer spüren. Die Wärme seiner Haut, als er seine Hand über meine gelegt hat.

Olivia schiebt sich die dunkelblonden Haare hinter die Ohren, trinkt einen Schluck Kaffee und sieht mich abwartend an.

»Er ist echt toll. Aber Mrs Connolly hat mich vor ihm gewarnt.«

Obwohl es mir egal sein sollte, kann ich die Erleichterung nicht leugnen, die ich fühle, als Liv skeptisch die Brauen zusammenzieht. »Gewarnt? Wieso? Conor würde niemandem was zuleide tun.«

»Sie hält ihn für einen Player.«

»Mrs Connolly hat das Wort *Player* in den Mund genommen?«

»Nein, das war ich«, erwidere ich und muss grinsen.

»Er hat Sex, ja. Viel Sex. Aber nachdem es mit seiner Ex-Freundin so mies geendet hat, kann ihm das wohl keiner zum Vorwurf machen.« Livs Mundwinkel zucken. »Vermutlich ist Mrs Connolly nur genervt, weil sie es mit anhören oder -sehen muss.« Ihr Blick wird ernster, als sie den Kopf schief legt und mir zunickt. »Es ist die Frage, was du willst. Eine Beziehung? Ein bisschen Spaß während deiner Zeit hier?«

In diesem Moment erinnert sie mich so sehr an Nadine, dass mir die Luft wegbleibt. Denn genau das hätte sie mich auch gefragt, genau so hätte sie mich auch angesehen. Mit diesem fragenden Blick, dem leichten Lächeln auf den Lippen, weil sie den Ausgang der Unterhaltung ohnehin schon erahnt.

»Eine Beziehung steht wohl außer Frage, in etwas über einem Monat muss ich zurück. Und eigentlich bin ich ja hier, um Spaß zu haben …«

»Na dann, wenn ihr verhütet und euch testen lasst, seh ich da kein Problem. Nutz deine Zeit.«

Sie hebt die Tasse und stößt sie mit einem hörbaren Klirren gegen meine. »Cheers. Auf …« Grübelnd hält sie inne.

»Chancen, die genutzt werden wollen?«, schlage ich vor.

»Poetisch, ich hatte grandiosen Sex im Kopf. Aber deins ist auch okay.«

Mit einem Lachen hebe ich die Tasse und trinke einen Schluck. Was, wenn das Leben in Wahrheit wirklich so leicht ist, wie Nadine und Olivia es wirken lassen? Wenn all die Überlegungen und Grübeleien in meinem Kopf in Wahrheit unwichtig sind? Ich hatte bisher keine One-Night-Stands, vielleicht bin ich auch nicht der Typ dafür, aber eines weiß ich ganz sicher: Zwischen Conor und mir ist etwas. Und ich würde bereuen, dem nicht weiter nachzugehen.

»Danke«, sage ich, doch Liv winkt ab.

»Nicht dafür. Meine Couch und meine Seelsorge stehen dir jederzeit zur Verfügung. Ich schick die Rechnung dann an Mrs Connolly.«

»Oh Gott, wag es bloß nicht. Sonst muss mich Brendan mit Express zurück zum Flughafen schicken.«

Liv lacht leise und bückt sich, um Miss Sparkle zu kraulen, die sich vor Olivias Füßen zu einer Kugel zusammengerollt hat.

»Die beiden haben noch gar nichts angekaut.«

»Nope. Wir haben eine anstrengende Woche Klickertraining hinter uns.« Entgegen meiner Skepsis hat der Postbote Mrs Connolly Haus nämlich tatsächlich gefunden, und ich habe die letzten Tage damit verbracht, den beiden Terriern erste Kommandos beizubringen.

»Hätte ich gewusst, dass dir so langweilig ist, hättest du schon früher vorbeikommen können.«

»Haha«, mache ich trocken, stelle den Kaffee beiseite und nehme den Klicker aus meiner Tasche, den ich immer mit mir herumtrage. »Mittlerweile klappt es sogar ohne Leckerlis. Ich hab online gelesen, dass man nicht jedes Mal belohnen soll. Wenn du wüsstest, wie viele Stunden Hundetraining auf YouTube und TikTok ich hinter mir habe.«

»Na dann, zeigt mal, was ihr draufhabt.«

Ich schnalze einmal mit der Zunge, und sofort kommen beide Hunde auf mich zugeschossen. Als Miss Sparkle den Klicker in meiner Hand sieht, ist jegliche Müdigkeit aus ihrem Blick verschwunden.

»Sitz«, sage ich und beide senken ihren Hintern auf den Teppich. »Platz!«

Miss Sparkle legt sich sofort hin, während Lady Sprinkles' Körper für eine Sekunde den Boden berührt, bevor sie sich wieder setzt, dann legt und dann einmal im Kreis dreht. Liv bricht in schallendes Gelächter aus.

»Irgendwie spult Lady Sprinkles immer alle Befehle ab, die sie kennt.«

»Miss Sparkle war schon immer etwas intelligenter als ihre Schwester, mach dir nichts draus.«

Ich wuschle beiden über die Köpfe, wobei Lady Sprinkles sich wegduckt und offensichtlich beleidigt ist, dass sie keine richtige Belohnung für ihre Tricks erhält.

»Na ja, wir üben noch. Bis ich hier weg bin, haben sie den Dreh raus.«

»Schade, dass du wieder gehen musst.«

»Ja«, sage ich und meine es so. Es sind gerade einmal zwei Wochen vergangen, seit ich gelandet bin. Ein Ort sollte sich nach so kurzer Zeit noch nicht so vertraut anfühlen, doch er tut es. Ich könnte mich daran gewöhnen. Daran, mit Olivia hier zu sitzen und aufs Meer zu schauen. An die beiden Hunde, die genauso liebenswert wie nervtötend sind. Daran, mit Conor Dinge zu unternehmen, mein Herz wieder klopfen zu fühlen.

Liv und ich verfallen für eine Weile in angenehmes Schweigen, bis ich mich schließlich räuspere. »Gibt es bei dir jemanden?«

Mit einem Stöhnen lässt Liv den Kopf nach hinten gegen die Wand fallen. »Ja. Eoin. Und *er* ist ein Player!«

»Und das ist ein Problem?«

»Nein. Also sollte es nicht sein, aber leider finde ich ihn gut.«

»Darf ich dir deinen Tipp zurückgeben?«

»Den, Spaß zu haben?« Sie hebt den Kopf wieder und seufzt in ihre Tasse. »Daran hab ich auch gedacht, aber manchmal tut es so schon weh, ihn mit jemand anderem zu sehen. So albern es sein mag.« Sie hebt die Schultern. »Er ist ein guter Freund. Er hat mir dabei geholfen, das Cottage schick zu machen, ist immer für mich da, wenn ich ihn brauche. Ich glaube, mit ihm zu schlafen würde das Ganze unangenehm machen. Im besten Fall. Im schlimmsten verliere ich mein Herz komplett an ihn, und es wird eine Vollkatastrophe, und ich muss schon wieder auswandern, und hey, dann könntest du das Cottage doch beziehen.«

»Oh, wenn das so ist …« Ich sehe mich in dem Raum um, und Liv lacht auf.

»Vergiss es.«

»Tut mir leid mit Eoin«, schiebe ich ernster hinterher. »Und danke, dass du es mir erzählt hast.«

»Es ist, was es ist.« Sie zuckt mit den Schultern, leert ihre Tasse und steht dann auf. »Weißt du was? Wir sollten ins Pub. Bevor wir hier nur noch Trübsal blasen.«

»In Mollys? Ich war noch nie da.«

Livs Augen werden groß. »Du warst noch nie im Pub?«

»Ich war mehrmals vorm Pub, um ihre Autoschlüssel zu holen, falls das zählt.«

Dafür, dass Olivias Wohnung so eine gemütliche Atmosphäre versprüht, ist sie mit ihrer übersprudelnden Energie das genaue Gegenteil, denn sie scheucht mich beinahe vom Sofa auf. »Tut es nicht. Los, trink aus, wir bringen die Hunde zu Mrs Connolly, und dann gehen wir trinken!«

Und da Ablenkung nach dem heutigen Tag und meinem Kopf voll Conor-Gedanken genau das ist, was ich gebrauchen kann, leiste ich ihrem Befehl Folge.

14. KAPITEL

Conor

»Noch ein Guinness bitte.«

Ich stelle Molly das leere Glas hin, und sie nimmt es mir ab, um es neu zu befüllen. Dabei entgeht mir ihr mitleidiger Blick nicht. Mit einem Seufzen drehe ich mich um und beobachte lieber das Treiben im Pub. Natürlich wissen längst alle Bescheid. So sehr ich Baile na Mara liebe – etwas mehr Privatsphäre würde uns ab und an nicht schaden. Denn wenn ich heute noch einen dieser mitleidigen Blicke zugeworfen bekomme, trinke ich mein Guinness nicht, sondern *ertränke* mich darin. Leider wissen nicht nur alle von dem Wasserschaden, sondern auch davon, wie es finanziell um die Schule steht. Kein Wunder, so großspurig wie ich vor wenigen Monaten noch von Förderungen und Krediten gesprochen habe. Mit Sicherheit wissen es auch meine Eltern, ganz egal, wie oft ich heute betont habe, dass ich das alles hinkriege. Mein Dad hat mir zuversichtlich auf die Schulter geklopft, doch meiner Mam konnte ich noch nie was vormachen. Und natürlich wusste auch sie bereits Bescheid und konnte es nicht unterlassen, bei mir auf der Fußmatte zu stehen, um zu sehen, ob ich etwas brauche.

Zehntausende Euro, eine renovierte Schule, einen Bruder, der kein verdammtes Arschloch ist ...

Ich schlucke den Frust hinunter und schüttle die Hand aus, deren Finger ich zu fest in meine Haut gegraben habe.

Im Gegensatz zu mir ist Eoin wieder bester Laune. Er hat die Arme auf der Rückenlehne der dunklen Holzbank abgelegt und plaudert mit den Auslandsstudentinnen. Serena beobachtet ihn amüsiert dabei und scheint die Einzige zu sein, die nicht an seinen Lippen klebt. Seine Fingerspitzen streifen wie zufällig Averys Schultern. Ich habe sie bereits am Montag im Pub getroffen und sie beiseitegenommen, um mich bei ihr zu entschuldigen. Dafür, dass ich mich überhaupt zu mehr habe hinreißen lassen, und dafür, dass es nicht wieder vorkommen darf. Zu meiner Erleichterung war die Sache für mich wesentlich größer als für sie. Sie will ihr Auslandssemester genießen, bevor sie nach Amerika zurückkehrt. Und allem Anschein nach ist es ihr ziemlich gleich, ob sie das mit mir tut oder mit Eoin, denn gerade lehnt sie sich in seine Berührung und sieht mit verführerischem Lächeln zu ihm auf. Das ist immerhin eine Sache auf meiner Problemliste, die sich in Wohlgefallen auflöst.

Ich lasse den Blick weiterwandern. Die Stimmung im Pub ist ausgelassen, so wie jeden Freitag. Die Lichterketten sorgen für eine gemütliche Atmosphäre an den mit etlichen Bildern bestückten Wänden. Das Bier fließt in rauen Mengen und malt allen in Kombination mit dem kalten Wind draußen rote Wangen ins Gesicht. Feargal hat bereits seine Geige ausgepackt, und in spätestens einer Stunde wird Musik die lauten Gespräche untermalen. Es ist ein ungeschriebenes Gesetz, dass zum Ende der Woche alle hier zusammenkommen, trinken, reden und musizieren. Es ist ein Ritual, das mir heilig geworden ist – auch wenn ich leider keinerlei musikalische Begabung habe.

Heute jedoch führt mir diese Tradition nur noch stärker vor Augen, was ich zu verlieren drohe. Nicht das Pub mit seinen feuchtfröhlichen Abenden natürlich, aber eben doch ein Stück meiner Kultur.

»Conor?« Mollys Tonfall macht deutlich, dass sie meinen Namen nicht zum ersten Mal ausspricht.

»Oh, entschuldige.« Ich reiche ihr einen Fünf-Euro-Schein, um zu zahlen, doch sie winkt ab.

»Geht aufs Haus.«

Eine Geste, die ich an jedem anderen Tag zu schätzen gewusst hätte – nicht so heute. Doch ich weiß es auch besser, als mit Molly zu diskutieren. Sie gewinnt ohnehin immer.

Also nuschele ich ein *Go raibh maith agat* und schleppe mich und mein Bier zurück zu unserem Tisch. Serena, die dunkelhaarige Erasmus-Studentin aus Deutschland, rückt zur Seite, um mir Platz zu machen. Immerhin ihr Lächeln ist nicht von Mitleid gezeichnet.

»Danke«, sage ich – diesmal auf Englisch.

»Kein Thema. *Sláinte*«, sagt sie sichtlich stolz und deutet auf mein Bier.

»*Sláinte mhaith!*«, erwidere ich. »Morgen fahrt ihr schon heim, oder?«

»Übermorgen. Danke noch mal für den tollen Unterricht. Ich werd einen Kurs in Cork belegen und weiterlernen. Hab mich schon angemeldet.«

Ich lächle, doch Serenas Worte sorgen auch für ein Ziehen in meiner Brust. Ich kann das hier. Anderen Dinge beibringen, sie für uns und unsere Sprache und Kultur begeistern. Wenn ich nur eine einzige Chance hätte, es richtig zu machen.

»Das klingt toll«, sage ich, bemüht, meinen Gedanken nicht nachzugeben. »Aber endet euer Semester nicht bald und ihr müsst zurück?«

Sie wiegt den Kopf hin und her. »Eigentlich schon. Ich bin ja mit dem Erasmus-Stipendium hergekommen. Aber ich überlege echt, ob ich nicht verlängere und außerhalb des Auslandssemesters bleibe. Ich liebe es hier. Ich hab meiner Uni in Deutschland schon geschrieben, mal sehen, wie das mit den Leistungspunkten ist. Es gibt ein paar Stipendien, auf die ich mich bewerben will.«

»Ich drück die Daumen. Die Wohnungssuche in Cork soll noch schlimmer als in Galway sein. Hoffentlich findest du schnell was«, sage ich, als mich plötzlich etwas am Fuß trifft.

Ich blicke auf und sehe geradewegs in Eoins grinsendes Gesicht. Erst denke ich, er will eine Anspielung hinsichtlich Serena und mir machen, doch dann nickt er an mir vorbei in Richtung Tür und beugt sich über den Tisch.

»Na, da hättest du deine Flamme ja doch einladen können.«

Meine Muskeln verkrampfen sich, noch bevor ich mich umdrehe und Caro entdecke, die gerade mit Olivia das Pub betritt. Zum einen, weil Eoin es unterlassen sollte, sie vor allen meine Flamme zu nennen – ich hätte es besser wissen müssen, als ihm von der Schafaktion zu berichten. Zum anderen, weil ich mit dem Gedanken gespielt habe, Caro einzuladen, und es dann doch gelassen habe. Weil ich nicht will, dass sie mich so niedergeschlagen sieht.

Nun, zu spät. Es sei denn, ich reiße mich endlich zusammen.

Als ihr Blick meinen streift, fällt mir das wesentlich leichter. Denn ihre Mundwinkel heben sich zu einem strahlenden Lächeln, und der bloße Anblick sorgt dafür, dass sich meine Laune langsam bessert. Diese Frau ist wie ein Sonnenstrahl. Sie färbt das Grau des Tages bunt, so zumindest geht es mir, seit sie hier ist.

Auch Olivia hat mich entdeckt und läuft mit einem Winken auf den Tisch zu.

»Hi!«

Schmunzelnd bemerke ich, wie Eoin die Hand, die bislang

auf Averys Schulter lag, sinken lässt. Livs Blick nach zu urteilen, hat sie sie jedoch bereits bemerkt. Auch wenn Eoin es immer abstreitet: Ich bin mir ziemlich sicher, dass er insgeheim auf Liv steht. Nicht, dass er das jemals zugeben würde, denn dann müsste er mit mir über Gefühle reden, und das ist bei ihm Fehlanzeige.

»Wollt ihr euch dazusetzen?«, fragt Serena und rückt bereits zur Seite, bevor die beiden antworten können.

»Gern!«, sagt Liv und zieht sich einen Stuhl heran. Ich tue es Serena gleich und rutsche ebenfalls auf, sodass Caro der nun freie Platz neben mir zuteilwird.

Unsere Oberschenkel berühren sich, kaum dass sie sich gesetzt hat. Plötzlich ist es gar nicht mehr so schwer, die Gedanken an heute zur Seite zu schieben. Ihre bloße Berührung, so zufällig sie auch sein mag, vertreibt alles andere.

»Hi.«

Ihre Stimme durchdringt die laute Umgebung und weckt in mir den Wunsch, mich noch näher zu ihr zu lehnen.

»Hey. Kann ich dir was zu trinken bringen?«

»Oh, sorry. Ich wusste nicht, dass man zum Bestellen an den Tresen muss.«

»Kein Ding. Was magst du? Und Liv?«

»Ich nehm ein Guinness«, antwortet diese direkt. »Aber nur, wenn die nächste Runde auf mich geht.«

Caro lässt den Blick von links nach rechts schweifen. »Guinness kenn ich schon, ich will irgendwas Neues probieren.« Sie steht wieder auf. »Ich komm mit und schau mal, was es gibt.«

Mit einem Nicken tue ich es ihr gleich und folge ihr in Richtung Theke. Mittlerweile ist es richtig voll geworden, und die Ersten packen ihre Instrumente aus und platzieren sich an der Eckbank neben der Eingangstür. Ihr Stammplatz. Eigentlich ist alles hier wie eine gut einstudierte Choreografie. Abgesehen von der Frau vor mir, die gerade neugierig an den Zapfhähnen entlangläuft und amüsierte Blicke der anderen Gäste erntet. Ich kann meinen Blick ebenfalls nicht von ihr lösen, so sehr ich es auch versuche.

Eine knappe halbe Stunde später stehen Caro und ich schon wieder am Tresen.

»Noch mal das Gleiche?«, fragt Molly und deutet auf das Connemara Pale Ale, doch Caro schüttelt den Kopf, sodass die blonden welligen Haare hin und her wippen. »Irgendwas anderes, was du empfehlen kannst. Ich probier mich durch.«

»Du gefällst mir«, erwidert Molly mit einem Lachen, und das Gespräch der beiden sorgt für ein warmes Gefühl in meiner Brust. Caro passt hierher, auch wenn es ihr anfangs anders vorgekommen sein mag.

»Es hassen mich doch nicht alle!«, sagt sie und dreht sich grinsend zu mir um.

»Hab ich doch gesagt.«

»Nein, eigentlich hast du gesagt, dass Mrs Connolly mich nicht hasst. Und was soll ich sagen?« Caro pikt mir gegen die Brust. »Du hattest recht. Sie hasst mich nicht nur, sie verachtet mich.«

Mein Blick folgt ihrem Finger, den sie hastig zurückzieht, als hätte sie in diesem Moment erst bemerkt, was sie da tut. Die Musik kommt zum Erliegen, und mein Herz pocht bei ihrem durchdringenden Blick plötzlich so laut, dass man es sicherlich hört.

»Ich …« Ich räuspere mich trocken. »Ich bin mir sicher, das renkt sich wieder ein.«

Caro stößt ein Schnauben aus, kurz darauf verzieht sie ihren Mund aber wieder zu einem Lächeln.

»Sie sind großartig!«, ruft sie an mir vorbei.

Ich drehe mich um, und eine Sekunde später hat Feargal uns erreicht.

»Danke, junge Dame! Das ist nur jahrelange Übung. Meine Frau war das wahre Talent von uns beiden. Und nenn mich Feargal.« Er legt den Kopf schief. »Moment, bist du das Mädchen, das bei Mrs Connolly eingezogen ist? Caroline?«

»Jap.« Caros Lächeln wird etwas angespannter.

»Seit …« Er zählt an den Fingern ab. »Zwei Wochen? Drei?«

»Am Montag sind es zwei«, erwidert Caro, und Feargal lacht auf.

»Dann bist du es, die großartig ist. Du scheinst es ja ganz gut überstanden zu haben.« Er beäugt das Glas, das Molly Caro reicht – nicht ohne in Richtung Feargal mit der Zunge zu schnalzen.

»So furchtbar ist Roisin nun auch nicht«, wirft sie ein, während sie schon das nächste Bier zapft. »Sie braucht nur ein wenig, bis sie auftaut. Wir hatten schon die ein oder andere lustige Stunde hier.«

»So lustig kann es nicht sein, wenn unser Gast dazu übergeht, seinen Frust in Alkohol zu ertränken.«

Caro lacht auf. »Keine Sorge, das ist tatsächlich mein erster Besuch im Pub.«

»Skandalös. Ich habe mehr von dir erwartet, Conor.«

Bevor ich mich rechtfertigen kann, redet Feargal weiter.

»Da man sich auf den Burschen ja scheinbar nicht verlassen kann: Ich kümmere mich um den Leuchtturm direkt an der Küste. Morgen fahr ich wieder raus, falls du mal was anderes als die fünf Häuschen hier sehen willst.«

»Oh, das wäre großartig! Conor hat bereits erwähnt, dass du ab und an hinfährst.«

»Na, immerhin das hat er geschafft.«

Ich rolle mit den Augen, muss aber schmunzeln. Feargal kennt mich schon seit meiner Geburt, und das kommt mit gelegentlichen Seitenhieben und Erinnerungen an Peinlichkeiten aus meiner Kindheit.

»Hier, bitte.« Molly reicht ihm sein Galway Hooker, ohne dass er es hätte bestellen müssen. Einstudierte Choreografie, wie gesagt.

»Magst du dich mit zu uns an den Tisch setzen? Ich kann dir die anderen vorstellen«, bietet Feargal an, bevor er mir zunickt. »Du bist natürlich auch herzlich eingeladen. Kannst die Ausrede sicher gebrauchen, von Eoins Schürzenjagd wegzukommen.«

Noch lieber möchte ich verhindern, dass er Caro gegenüber einen weiteren Flamme-Kommentar raushaut.

Trotzdem warte ich ab, was Caro sagt – immerhin ist sie mit Olivia hier. Doch zu meiner Erleichterung nickt sie. »Gern! Ich liebe Musik.«

Feargal bahnt uns einen Weg zu seinem Tisch, und alle begrüßen Caroline begeistert.

»Ich bin Siobhán«, stellt Pádraigs Mutter sich als Letzte vor. »Mollys Frau. Wie schön, dass du es mal hergeschafft hast! Wir waren schon neugierig, wer es so lang mit Roisin aushält.«

Caros Blick schnellt zu mir. »Mir fällt gerade auf, dass sie mir bis heute nicht ihren Vornamen genannt hat. Den kenn ich nur aus der Anzeige«, flüstert sie, doch anscheinend nicht leise genug, denn Aisling lacht auf.

»Ja, das wundert mich nicht. Sie ist eigentlich ein herzensguter Mensch. Ist sie wirklich«, sagt sie mit Nachdruck, als sie Caros skeptischen Ausdruck bemerkt. »Wir waren damals in derselben Klasse. Äußerlich ist sie ein Eisblock. Es dauert, bis in dem die ersten Risse erscheinen und man zu ihr durchdringt – aber das wirst du früher oder später. Vertrau mir.«

»Eher später«, meint Caro, und die Truppe am Tisch lacht.

»Hast du Musikwünsche?«, fragt Siobhán und rutscht zur Seite, um Caro und mir Platz zu machen.

»Ich fürchte, ich kenne keine irischen Songs. Aber bisher hat mir alles gefallen.«

»Dann sollten wir einen Klassiker spielen«, beschließt Feargal und sieht in die Runde. »Long way to Dublin?«

»Whiskey in the Jar!«, rufe ich zeitgleich.

Aisling, die ihre keltische Harfe mitgebracht hat, seufzt. »Das wünscht er sich schon, seit ich denken kann.«

»Und seit er noch viel zu jung für Whiskey war«, fügt Feargal hinzu und streicht ein paarmal über seine Geige.

Doch allem Anschein nach wiegt mein Wort mehr, denn alle machen sich bereit, und kurz darauf erklingen die ersten Töne. Es dauert bloß Sekunden, bis Caroline sich in der Musik verliert. Ich sehe es an ihrem Blick, dem beeindruckten Klatschen, dem verträumten Lächeln.

Begeisterte Rufe dringen aus der Menge zu uns, als Feargal mit dem Gesang einsetzt. Er hat eine tiefe, rauchige Stimme, die von zu vielen Zigaretten und zu viel Whiskey zeugt und somit perfekt zum Song passt. Als das Lied endet, muss Siobhán nicht nach Wünschen fragen, denn diese werden auch ohne Aufforderung vorgetragen. Die Stimmung wird immer ausgelassener, ein Lied jagt das nächste, und die Bierkrüge vor uns füllen sich wie von selbst. Gewöhnlich kriegen die Musizierenden ihre Getränke aufs Haus, und die Gäste sorgen dafür, dass die Gläser nie leer werden.

Allem Anschein nach genügt es, mit ihnen am Tisch zu sitzen, denn auch vor uns türmen sich langsam die Getränke. Caro ist mittlerweile zum Cider übergegangen und will gerade einen Schluck trinken, als sie mitten in der Bewegung innehält.

»Oh, das kenne ich sogar!« Sie macht einen aufgeregten Hüpfer und verschüttet ein wenig auf den Tisch – nicht, dass das bei der klebrigen Holzplatte groß ins Gewicht fällt. »The Parting Glass, richtig?«

»Ja. Sing gern mit!«, ermutigt Siobhán sie, nachdem sie die ersten Verse gesungen hat. Alle Blicke richten sich auf Caro, und ich überlege schon, ob ich ihr zu Hilfe kommen soll, als sie zögerlich nickt.

»Soll ich dir den Text raussuchen?«

»Nein. Ich kann ihn.«

Ihre Stimme zittert leicht, und ihre Aufregung überträgt sich sofort auf mich. Doch dann setzt die Band die Strophe erneut an. Siobhán nickt Caroline noch einmal aufmunternd zu – bevor die beiden gemeinsam singen.

Mein Atem stockt, nur um dann zu schnell zu gehen. Caros Stimme zieht mich völlig in ihren Bann. Sie ist zart und melodisch wie leichter Regen. Sie klingt anders, wenn sie singt. Ruhiger, beinahe andächtig. Carolines Blick ist nach unten gerichtet, auf ihre Hände, als müsse sie sich konzentrieren. Ihre Stimme malt Gänsehaut auf meine Arme, und ich will, dass es niemals endet. Nicht, weil es perfekt ist oder sie die Töne genauso gut halten kann wie Siobhán – denn nichts davon trifft zu. Es ist schön, weil es echt ist. In dieser Welt voller Täuschungen und Enttäuschungen schafft Caroline mit ihrer Stimme etwas Wahrhaftiges. Das, oder ich habe einfach zu viel Bier getrunken.

Fakt ist, dass ich den Blick nicht von ihr abwenden kann. Dass ich mehr will – von Abenden wie diesem und von ihr. Denn nicht nur ihr Gesang ist wunderschön und echt, sie ist es auch.

Als sie zum zweiten Mal den Refrain anstimmen, versiegt Carolines Stimme plötzlich. Sie sieht auf. Ihr Mund ist nach wie vor geöffnet, so als wolle sie singen, doch es kommt kein Ton über ihre Lippen. Ihre Augen sind geweitet, und unsere Blicke treffen sich für eine Sekunde, bis sie ihren schnell wieder abwendet.

»Entschuldigt«, murmelte sie, erhebt sich und schiebt sich an den anderen vorbei, die den Song fortsetzen. Vermutlich denken sie, sie muss nur auf Toilette, doch ich habe ihr Gesicht gesehen. Den Ausdruck in ihren unter Tränen schimmernden Augen. Er ist voller Angst und Schmerz. Kurz senkt sie die Lider, ihre Brust hebt sich, als sie tief einatmet, als versuche sie, sich zu sammeln. Dann rennt sie los.

15. KAPITEL

Caroline

Alles tut weh. Mein Bein, weil ich gegen die Tischkante gestoßen bin. Meine Lunge, weil ich keine Luft mehr kriege. Mein Herz, weil ich nicht lerne. Weil ich mich selbst quäle. Immer wieder auf die unterschiedlichsten Arten und Weisen. Wieso habe ich nicht einfach zuhören können? Wieso musste ich singen? Wieso dachte ich, dass der Schmerz hier besser sein wird? Und ausgerechnet dieses Lied. Das letzte Mal, dass ich es gehört habe, war auf dem Ed-Sheeran-Konzert, das ich mit Nadine besucht habe.

Dann wiederum hätte es genauso gut jedes andere sein können. Nadine war von Musik umgeben, ich hätte Taylor Swift genauso mit ihr verbunden wie Fleetwood Mac. Ich schniefe und wische mir über die Nase, die läuft, obwohl ich meine Tränen zurückhalten kann. Sie verschleiern mir die Sicht, doch die Straße ist ohnehin wie leer gefegt. Der Bordstein wird nur spärlich beleuchtet, aber zum Glück muss ich nur geradeaus.

»Wieso hab ich das getan? Wieso, wieso, wieso?«, murmle ich mit jedem schnellen Schritt vor mich hin. Ich habe nicht mehr gesungen. Seit über einem Jahr nicht. Beim Putzen nicht, beim Duschen nicht, auf keiner Autofahrt. Singen war Nadines Sprache. Ich hatte nicht das Recht, sie zu sprechen, ich …

»Caroline!«

Mist.

Für einen Moment spiele ich mit dem Gedanken, wieder zu rennen. Nicht, dass ich glaube, vor Conor davonlaufen zu können, er wirkt wesentlich sportlicher als ich. Aber vielleicht wäre er zu faul, mir nachzulaufen. Doch selbst in meinem angetrunkenen Zustand weiß ich, dass das nicht fair wäre. Conor war nichts als nett zu mir in den letzten Wochen. Entgegen Mrs Connollys Warnung. Also bleibe ich stehen, nehme einen zitternden Atemzug und wische mir ein letztes Mal über das Gesicht, als könne ich auf diese Weise den Schmerz abstreifen.

»Hey.« Seine Stimme ist so sanft, dass der Knoten in meiner Brust noch enger wird. Der Druck ist dermaßen stark, dass ich mit der Hand an die Stelle fasse, doch natürlich fühle ich nichts außer meinem heftig pochenden Herzen.

»Was ist los?« In seinen Augen liegt Sorge. Sorge, die ich nicht verdient habe. Immerhin bin ich am Leben. Wenn ich meines schon nicht gegen Nadines tauschen kann, wieso kann ich mich dann nicht endlich zusammenreißen?

Ich schüttle den Kopf. Weil ich keine Antwort habe. Keine Ahnung, wie ich all das, was in mir vorgeht, in Worte verpacken soll. Und weil ich genau weiß, dass meine Stimme bricht und die Tränen doch fließen, wenn ich es versuche.

Conor nickt, als würde das, was ich hier tue, irgendeinen Sinn ergeben. »Was kann ich für dich tun? Brauchst du etwas?«

Jetzt kann ich nicht einmal mehr den Kopf schütteln. Brauche ich etwas? Meine beste Freundin. Oder zumindest das Gefühl, dass all das nicht umsonst ist. Irland, mein Leben, das Überleben. Wäre Nadine hier, würde sie jede Sekunde nutzen. Sie hätte ihre Lieder vorgetragen, die Wanderwege längst erkundet, Mrs Connolly um den Finger gewickelt, die Jungs aus dem Erasmus-Kurs aufgerissen – sie hätte gelebt. Nun drohen die Tränen doch, über meine Wangen zu rollen. Denn nicht nur, dass ich unfairerweise mein Leben behalten durfte, während sie ihres verloren hat, ich nutze es nicht einmal richtig.

»Komm her«, murmelt Conor leise, und einen Wimpernschlag später hat er mich in seine Arme gezogen. Ich lasse es geschehen. Seine Hand liegt an meinem Rücken und streicht beruhigend darüber, die andere verweilt regungslos auf meinem Haar. Mein Ohr ruht an seiner Brust, und ich schließe die Augen, weil sein Herzschlag sich so verdammt gut anhört. Lebendig und gleichzeitig beruhigend. Ich schlucke, doch es tut weh, weil der Kloß in meinem Hals mittlerweile dick und schwer geworden ist.

»Alles wird gut.« Conors Stimme vibriert in seiner Brust, und ich würde seinen Worten gern Glauben schenken, aber ich habe sie bereits zu oft gehört. Von Manuel, meinen Eltern, meiner Schwester, Vero, Ärzten, allen.

»Das …«, beginne ich, und meine Stimme klingt furchtbar krächzend. »Das ist eine Lüge.«

»Was ist eine Lüge?«

»Alles. Dass es besser wird. Oder gut. Dass Dinge, die dich nicht umbringen, dich stärker machen. Ich bin noch am Leben, aber ich hab mich nie so schwach gefühlt. Alles Lügen.«

Conor schweigt eine Weile, und ich befürchte, ihn vor den Kopf gestoßen zu haben. Doch er schiebt mich nicht weg, versucht nicht, mir meine Gedanken auszureden. Im Gegenteil. Er hält mich fester. Stellt keine Fragen. Ist einfach da und gibt mir somit Halt inmitten des Gefühls, zu fallen.

Ich verliere mich in seiner Umarmung, seinem Geruch, der mir schon bei unserem ersten Treffen Wärme gespendet hat – wortwörtlich in Form seiner Jacke, aber auch im übertragenen Sinn. Irgendwie schafft Conor es jedes Mal aufs Neue, dass ich mich weniger allein fühle. So auch jetzt.

Ich schließe die Augen, blende alles um mich herum aus und genieße das Gefühl, einfach nur gehalten zu werden. Ohne Erwartungen. Ohne Worte.

Conor streicht mir sanft über den Rücken, und ich bin mir nicht sicher, wie lange wir so dastehen, bis ich mich schließlich aus seiner Umarmung löse. Es geht mir nicht gut, aber ich fühle mich auch nicht länger, als ob ich zerbreche.

»Danke«, flüstere ich und stelle erleichtert fest, dass ich meine Stimme ebenfalls wieder im Griff habe.

»Bringen wir dich nach Hause?«

Ich will ihm keine Umstände machen, aber der Gedanke, jetzt nicht allein sein zu müssen, ist zu verlockend, um zu protestieren. Also nicke ich bloß, und gemeinsam gehen wir die dunkle Straße entlang, die schon ein bisschen weniger aussichtslos auf mich wirkt.

16. KAPITEL

Caroline

Ich trage Conors Jacke.

Es ist dieser Gedanke, der mich am nächsten Morgen aufweckt. Ich merke es an dem weichen Innenfutter, an dem Geruch nach Meersalz, frischer Luft und diesem unverkennbaren Duft von Conor. Daran, wie erholt ich bin, obwohl ich fest damit gerechnet habe, die Nacht am Handy zu verbringen, mich hin und her zu wälzen oder von Albträumen geplagt zu werden – doch nichts davon war der Fall.

Verschwommen dringt die Erinnerung daran zurück, wie er mich im Arm gehalten hat, wie sicher ich mich in diesem Moment gefühlt habe, und dass ich dieses Gefühl nicht gehen lassen wollte. Dass seine Jacke seiner Umarmung am nächsten kam. Wie ich sie über meinen Schlafanzug gezogen und mich direkt entspannt habe. Es ist nicht nur, dass ich mich bei Conor wohlfühle. Es ist die Tatsache, *dass* ich fühle.

Zwar lege ich es nicht gerade darauf an, noch einmal so zu empfinden wie gestern Abend, aber es hat mir auch gezeigt, dass ich es überstehen kann. Mein abrupter Aufbruch ist mir unangenehm. Was Siobhán, Feargal und die anderen wohl von mir denken? Selbst Olivia habe ich nicht Tschüss gesagt. Nur Conor …

In München hätte ich mich jetzt in meinem Zimmer verkrochen. Hier ist das keine Alternative – so gesehen, hat der vollgestellte, kleine Raum doch sein Gutes. Und im Gegensatz zu München war ich gestern nicht allein. Zum ersten Mal seit Nadines Tod habe ich es zugelassen, dass mich jemand in diesem Schmerz sieht.

Obwohl es mir vermutlich schon peinlich genug sein sollte, in einer übergroßen Rugby-Jacke im Bett zu sitzen, versenke ich die Nase hinter dem Reißverschluss, schließe die Augen und atme einmal tief ein. Conors Geruch haftet immer noch an dem Stoff, und sofort ist dieses Kribbeln wieder da. Mit einem frustrierten Stöhnen lasse ich mich zurück aufs Bett fallen und greife nach dem Handy, das daneben am Ladekabel hängt.

Caroline, 8.02 am:
Jap, ich bin verloren. Wo auch immer du bist, ich kann dich bis hierhin lachen hören. Spar es dir.

Caroline, 8.03 am:
Aber er riecht wirklich verboten gut. Er riecht so, wie Irland sich anfühlt. Frei, nach Meer, nach Abenteuer.

Caroline, 8.04 am:
Wehe, du baust das in einen deiner Songs ein!

Ich starre auf das Display, kaue auf der Innenseite meiner Wange und versuche, mir vorzustellen, was Nadine mir raten würde. Dabei weiß ich es eigentlich längst. Sie würde mir raten zu leben. Und war es nicht genau das, was ich wollte?

Ich springe auf und ziehe wahllos ein paar Kleider aus dem Schrank. Als mein Blick dabei auf die Nähmaschine fällt, stoße ich ein lautes Seufzen aus. Auch das sollte ich vermutlich klären. Zwar habe ich nach wie vor nicht das Gefühl, etwas falsch gemacht zu haben, aber ich habe auch keine Lust mehr auf das eisige Schweigen, das hier herrscht.

Nachdem ich mich gewaschen und angezogen habe, schnappe ich mir den Klicker von meinem Tisch und laufe nach unten. Sitz beherrschen sie dank einiger Motivations-Leckerlis nun beide. Miss Sparkle hört außerdem auf Platz, Pfötchen und Bleib, während Lady Sprinkles sich, wie schon bei Olivia, nach wie vor in Ignoranz übt und stattdessen versucht, Miss Sparkle die Leckerchen wegzufressen. Mit hoher Erfolgsquote.

Die beiden begrüßen mich schwanzwedelnd, als ich am Fuß der Treppe angelangt bin, und folgen mir in die aufgeräumte Küche. Überrascht bemerke ich, dass die Gardinen wieder an den Fenstern im Essbereich hängen. Mein Blick gleitet zum Saum. Immerhin einer der Vorhänge hat nun die korrekte Länge, den anderen hat Mrs Connolly im alten Zustand aufgehängt. Mein leises Seufzen ist das einzige Geräusch im Haus, vermutlich schläft Mrs Connolly noch. Bei dem wolkenverhangenen Himmel draußen, der kaum Licht ins Haus lässt, würde es mich nicht wundern.

»Na, ihr Racker?« Ich gehe in die Hocke, um die beiden Terrier zu streicheln, die aufgeregt um mich herumhüpfen, und stoße ein Lachen aus, als Miss Sparkle sofort jegliche Befehle abspult, sobald sie den Klicker in meiner Hand erblickt.

»Ich hab doch noch gar nichts gesagt«, tadle ich sie, als sie zum zweiten Mal Platz macht.

Ich hole die Leckerlis aus dem Schrank unter der Spüle und verbringe die nächsten Minuten damit, mit den beiden verschiedene Kommandos zu üben. Lady Sprinkles gibt sich gewohnt unbeeindruckt und rollt sich irgendwann auf den Rücken, von wo aus sie ihrer Schwester dabei zusieht, wie sie einen Befehl nach dem anderen ausführt.

»Das ist Arbeitsverweigerung, du kleines Monster.« Ich beuge mich zu Lady Sprinkles und kraule ihren Bauch, woraufhin sie wie wild mit dem Schwanz wedelt. Die beiden sind mir mehr ans Herz gewachsen, als ich zugeben möchte.

»Morgen«, erklingt es plötzlich, und als ich aufblicke, steht Mrs Connolly in der Tür und beobachtet uns mit verschränkten Armen. Sie redet wieder mit mir. Ein Anfang.

Jetzt oder nie.

Bevor ich es mir anders überlegen kann, richte ich mich auf und hole tief Luft. »Es tut mir leid, dass ich Ihre Nähmaschine einfach benutzt habe. Ich hätte fragen sollen.« Ich zögere, spreche dann aber doch weiter, da ich nicht alles auf mich nehmen möchte. »Aber ich habe es wirklich nur gut gemeint und wollte Ihnen eine Freude machen. Es wird nicht wieder vorkommen, und ich fände es schön, wenn wir das hinter uns lassen könnten. Mir gefällt es hier wirklich und …« Mein Herz schlägt eine Spur zu schnell. Ich hasse Konfrontationen. »Ich fahre Sie zweimal die Woche zur Therapie, und ich koche und putze, so gut ich kann – und so sehr Sie es dulden. Ich würde gern mehr Tätigkeiten übernehmen, Ihnen mehr helfen. Aber dafür müssen Sie es zulassen. Und das tun Sie nicht.«

Mrs Connolly steht einfach nur da, und kurz frage ich mich, ob ich meinen Monolog aus Versehen auf Deutsch gehalten habe, dann jedoch nickt sie.

»Okay.«

Ein Wort. Mehr nicht. Ansonsten regt sie sich nicht. Ich bin kurz davor, mich wieder zu den Hunden zu setzen, als sie schließlich die Arme sinken lässt und zum Tisch deutet. »Setz dich, ich mach uns Tee.«

Verblüfft beobachte ich sie dabei, wie sie tatsächlich auf ihre Krücken gestützt zum Wasserkocher geht, diesen füllt und zwei Beutel Schwarztee aus der Schublade zieht. Ich lasse mich auf einem der knarzenden Stühle nieder, und sofort versucht Miss Sparkle auf meinen Schoß zu springen. Ich hebe sie hoch, und sie rollt sich auf meinen Beinen ein, während Lady Sprinkles um Mrs Connolly herumläuft und mit Sicherheit hofft, dass ein paar Krümel von der Theke fallen.

»Mir tut es auch leid«, sagt Mrs Connolly, als sie die Tasse Tee kurz darauf vor mir abstellt und Milch hinzugibt. »Du konntest nicht wissen, was die Nähmaschine mir bedeutet.«

»Ich war auch ganz vorsichtig, sie sieht genauso aus wie vorher und …«, werfe ich schnell ein, verdutzt, dass Mrs Connolly tatsächlich eine Entschuldigung über die Lippen gekommen ist.

Sie bringt mich mit einem Kopfschütteln zum Schweigen. »Das ist es nicht.« Ihre Finger klopfen leise auf die heiße Tasse. Ist sie nervös? Es wirkt beinahe so.

»Ich habe die Maschine früher täglich am Laufen gehabt. Sie ist uralt. Sie gehörte mir schon, da war ich etwa in deinem Alter.« Ein leichtes Lächeln legt sich auf ihre Lippen, doch es ist eines der traurigen Sorte. »Ich wollte immer nähen. Eigene Kleider kreieren oder zumindest eine kleine Änderungsschneiderei in Galway eröffnen. Mein großer Traum war ein eigenes Atelier. Vielleicht sogar im Ausland.«

»Aber daraus wurde nichts?«, frage ich überflüssigerweise. Denn ganz offensichtlich sitzen wir in Baile na Mara, und ich habe weit und breit noch keine Schneiderei gesehen.

Mrs Connolly schüttelt den Kopf.

»Nein«, sagt sie seufzend. »Die Bäckerei gegenüber? Die gehörte einmal mir.«

Überrascht hebe ich die Brauen. Das hat Conor auf seiner Tour gar nicht erwähnt, und auch Mrs Connolly hat nie davon erzählt – wobei Letzteres nicht gerade verwunderlich ist.

»Sie hat meiner Mutter gehört. Und davor meiner Großmutter. Familientradition.«

»Aber Brendan hat sie nicht fortgeführt«, stelle ich fest.

»Nein. Seine große Schwester auch nicht. Das wollte ich für sie nie. Ich wollte, dass sie ihren Weg selbst wählen können. Nicht so wie ich. Und das haben sie getan. Meine Tochter lebt in Schottland und arbeitet dort als Maskenbildnerin an einem kleinen Theater, mein Sohn ist, wie du ja weißt, in Irland geblieben. Aber ich wollte, dass sie frei von diesen Zwängen aufwachsen.«

»Wollten Ihre Eltern, dass Sie die Bäckerei übernehmen?«

Mrs Connolly nickt. »Ja. Damals war es noch nicht so einfach, seine Träume zu verfolgen, wie heute. Insbesondere in Irland nicht. Dem Land ging es finanziell schlecht und meinen Eltern zeitweise auch. Es war Nachkriegszeit. Unsere Bäckerei hat sich halten können und dann recht gut erholt. Sie bot Sicherheit. Die einzige Tochter an so etwas Unsicheres wie die Modebranche zu verlieren kam da natürlich nicht infrage. Tja, und dann hatte sich die Sache ohnehin erledigt.«

Auf meinen fragenden Blick hin erschien wieder dieses Lächeln in Mrs Connollys Gesicht. »Ich wurde schwanger mit meiner Tochter. Mein Mann und ich mussten heiraten, denn ein uneheliches Kind kam noch sehr viel weniger infrage. Wir haben uns nicht unbedingt geliebt, aber wir mochten einander, und das ist schon mehr, als die meisten damals von sich behaupten konnten.«

Ich nicke, als würde ich sie verstehen, doch wie könnte ich? Mrs Connolly hat recht: All diese Hürden habe ich heute nicht mehr. Mit den Fingern fahre ich sacht durch Miss Sparkles Fell und überlege, was ich auf diese Offenbarung hin antworten könnte. Ich hatte keine Ahnung, und mein Herz bricht für Mrs Connolly. Kein Wunder, dass sie meist so schlecht gelaunt ist. All die Jahre lebte sie ein Leben, auf das sie eigentlich keine Lust hat. Bis heute wohnt sie gegenüber der mittlerweile geschlossenen Bäckerei ihrer Eltern und wird tagein, tagaus an ihren geplatzten Traum erinnert.

»Das tut mir sehr leid«, sage ich schließlich, auch wenn es sich nicht annähernd nach genug anfühlt. »Ich kann mir nicht vorstellen, wie es ist, wenn der eigene Weg so vorgegeben ist.«

»Einengend«, erwidert sie sachlich. »Ich liebe meine Kinder, aber könnte ich mein Leben heute noch einmal von vorn starten – ich würde es so nicht wählen. Hier in der Gaeltacht reden alle immer von Traditionen. Aber Traditionen sind nicht alles. Veränderung ist gut und wichtig. Ich habe damals sogar heimlich Englisch gelernt. Immer morgens, wenn die Dinge in der Bäckerei erledigt waren, bevor wir öffneten. Es war naiv, denn natürlich wusste ich schon, dass mein Leben hier stattfinden würde. Aber geübt habe ich trotzdem. Für den Fall, dass ich es doch einmal ins Ausland an eine Schule schaffe.«

Bei ihren Worten wallen Tränen in meinen Augen auf. Schon wieder. Ich bin mittlerweile näher am Wasser gebaut als Mrs Connollys altes Haus. Ich blinzle schnell, doch zu spät. Die alte Frau hat es bereits gesehen und schnalzt missbilligend mit der Zunge.

»Kein Grund für Trübsal«, sagt sie, und kurz streckt sie die Hand aus, als wolle sie meine tätscheln, zieht sie jedoch ebenso eilig wieder zurück. »Bin drüber hinweg.«

Ich nicke, doch es ist unfair. Ich scheine unentwegt auf Menschen zu treffen, die Ziele und Visionen haben und diese trotz allem Feuer nicht umsetzen können. Und dann bin da ich. Mit all den Möglichkeiten und all der Visionslosigkeit. Mit einem Modestudium, das ich nach wenigen Wochen weggeworfen habe, während es alles ist, was sich diese Frau vor mir jemals erhofft hat.

»Würden Sie …« Ich schlucke, unsicher, ob ich die Frage stellen kann oder wieder einen Streit vom Zaun breche. »Hätten Sie Lust, mir ein bisschen was an der Nähmaschine beizubringen?«

Mrs Connollys Blick gleitet ins Leere, dann jedoch nickt sie, und mein Herz macht einen Hüpfer. »Ich habe ewig nicht genäht. Wahrscheinlich kann ich es nicht einmal mehr. In meinen späten Dreißigern habe ich noch einmal einen Versuch gewagt, aber jetzt verstaubt das alte Ding da oben. Ich müsste erst einmal Stoffe besorgen. Und Garn. Und ich muss sichergehen, dass ich die Handgriffe noch beherrsche, bevor ich dir was zeigen kann.«

»Wir könnten die Tage in die Stadt fahren und Stoffe kaufen«, schlage ich vor, und als Mrs Connolly wieder lächelt – aufrichtig diesmal –, spannt sich mein Körper vor Aufregung an. Ich bin zu ihr durchgedrungen, endlich!

»Am Dienstag müssen wir wieder zum Physiotherapeuten. Wir könnten danach in einen Laden.«

»Absolut!«, stimme ich schnell zu.

»Gut«, sagt Mrs Connolly, und damit scheint das Gespräch für sie beendet, denn sie steht auf. »Ich bin heute bei Molly und Siobhán zum Essen. Du brauchst also nicht kochen.«

Ich nicke, und wieder schießt Aufregung durch mich hindurch. Denn das bedeutet, dass ich früher zu Conor könnte … Feargal hat mehrmals betont, dass er auf uns wartet, aber je früher, desto besser, denn am Abend muss er zurück in Baile na Mara sein. Ich setze Miss Sparkle wieder auf den Boden und räume unsere Tassen ab.

»Lady Sprinkles!«, ruft Mrs Connolly plötzlich, und ich zucke so heftig zusammen, dass ich das Porzellan beinahe fallen lasse. So wie Lady Sprinkles sich an der frisch geflickten Gardine verausgabt, können wir gleich noch mehr Stoff auf unsere Einkaufsliste schreiben. »*Fág é!*«, ruft Mrs Connolly hinterher, doch Lady Sprinkles ignoriert sie komplett.

»Aus!«, wiederhole ich auf Englisch, was Mrs Connolly vermutlich gerade auf Irisch gesagt hat. Lady Sprinkles lässt die Gardine aus dem Maul gleiten und sieht mich mit schief gelegtem Kopf an.

»Braves Mädchen!«, rufe ich begeistert. »Sitz!«

Ohne zu zögern lässt der kleine Hund sich auf den Hintern plumpsen und sieht abwechselnd von Mrs Connolly zu mir. Kein Wunder, bisher gab es dafür meistens etwas zu fressen.

Mrs Connolly dreht sich um, eine feine Falte zwischen den Brauen. »Du hast ihnen wirklich Kommandos beigebracht?«

»Ja, aber ich hab nicht bedacht, dass gälische besser gewesen wären«, gebe ich zähneknirschend zu und mache mir eine mentale Notiz, Conor später nach den entsprechenden Vokabeln zu fragen.

»Na, immerhin keine deutschen. Dann hätte ich jetzt ein Problem«, meint Mrs Connolly in üblich grummelndem Tonfall, doch ich sehe die Anerkennung in ihren Augen. »Sitz!«, sagt sie nun zu Miss Sparkle, und auch diese lässt sich sofort auf den Boden fallen. »*Maith an cailín!*«, ruft Mrs Connolly und wuschelt dem kleinen Hund wie wild über den Kopf. »Wer hätte das gedacht!«

Ich habe keine Ahnung, was diese Worte bedeuten, doch das Strahlen in Mrs Connollys Augen spricht Bände.

»Alte Hunde lernen wohl doch noch neue Tricks«, greife ich ihre Worte von letztens auf, und Mrs Connolly betrachtet mich mit einem seltsamen Ausdruck in den Augen.

»Wer weiß, vielleicht hast du recht«, sagt sie leise, und ich habe das Gefühl, dass es nicht länger bloß um die beiden Hunde geht.

»Wie schön, dass ihr es geschafft habt!«, begrüßt uns Feargal eine knappe Stunde später, als Conor und ich die Bucht erreichen. Das Wasser peitscht gegen die Felsen, die vereinzelt aus dem Meer ragen, dabei ist es gar nicht sonderlich windig. Als die Wellen sich zurückziehen, hört man die kleinen Steinchen klackern, die sie mit sich reißen. Gischt schlägt mir ins Gesicht, und ich schließe kurz die Augen und atme tief ein. Die salzige, frische Luft hier begeistert mich immer noch genauso sehr wie am ersten Tag.

Ich öffne die Augen wieder, und mein Blick landet direkt in Conors, der mich mit einem undefinierbaren Ausdruck ansieht. Ich habe mich auf dem Weg hierher bereits zweimal für letzte Nacht entschuldigt, doch obwohl er betont hat, dass alles okay sei, habe ich das Gefühl, dass sich etwas zwischen uns geändert hat. Nicht ins Negative, es ist bloß … anders. Alles scheint mehr Gewicht zu haben.

»Alles gut, mein Mädchen?« Feargal klopft mir beinahe väterlich auf die Schulter. »Du warst so schnell weg, dabei waren alle restlos begeistert von deinem Gesang!«

»Ja, alles gut«, erwidere ich und bin froh, dass Feargal nicht weiter nachhakt, sondern bloß nickt. »Es ist wunderschön hier«, füge ich hinzu – um das Thema zu wechseln und weil es stimmt. Es ist atemberaubend. »Ich hab den Platz immer nur von oben gesehen, wenn ich beim Gassigehen an den Feldern vorbei bin.

»Ja, traumhaft, oder? Ich komm oft her, selbst wenn ich nicht rausfahre.« Er nickt hinter sich, wo eine kleine Hütte am Ende des schmalen Strands direkt an der Klippe steht. Weit genug weg, um nicht von den Wellen erreicht zu werden, aber doch nah genug, dass ich dort nicht bei Unwetter sein wollte. »Wohnen kannst du dadrin aber knicken«, sagt er, als hätte er meine Gedanken gelesen. »Das hältst du nicht länger als eine Nacht durch. Steht auch nicht viel drin, aber vom Steg aus kommt man am schnellsten zur Insel drüben, deshalb hab ich ein paar Dinge hier geparkt.«

Mein Blick gleitet von der Hütte zurück zum Meer, und ich stutze ein zweites Mal. »Das ist das Boot?«

Feargal nickt mit sichtlichem Stolz und folgt meinem Blick zu dem schicken weißen Motorboot. »Nicht schlecht, oder? Ich wollte unbedingt eines mit offenem Deck, also stellt euch drauf ein, ein bisschen nass zu werden. Kommt mit, ich hab eure Westen schon rausgeholt.«

Er schreitet voraus, und Conor und ich folgen ihm mit etwas Abstand.

»Verrat es ihm nicht, aber ich hätte gewettet, dass er uns in einem kleinen Holzboot rüberpaddelt.«

Conor bricht in schallendes Gelächter aus. »Dein Ernst? Wir haben hier Strom, Motoren und mittlerweile sogar Internet. Wenn ich Eoin Glauben schenken darf, sogar besseres als bei euch drüben.«

»Ich hatte einfach eine romantisierte Vorstellung!«

»Wohl eher steinzeitlich«, erwidert Conor nach wie vor grinsend. »Entschuldige bitte, dass ich dich mit einem Auto nach Galway gefahren hab und nicht mit der Kutsche.«

Ich boxe ihn leicht gegen den Oberarm. »Okay, okay, ich hab's kapiert.«

»So, ihr beiden Turteltauben«, brummt Feargal und wirft jedem von uns eine neongelbe Schwimmweste zu. »Einmal überstülpen bitte.«

Ich brauche drei Anläufe, bis ich den Verschluss der Weste geöffnet bekomme, so sehr bringen mich Feargals Worte aus der Fassung. Vorsichtig werfe ich einen Blick zu Conor, um zu sehen, ob er sich daran stört. Doch seine Arme stecken bereits in der Weste, und er scheint den Spruch entweder nicht bemerkt zu haben oder, was wahrscheinlicher ist, er ist ihm völlig egal, weil er ihn als den Witz versteht, als der er sicher gemeint war.

Das Flattern in meinem Bauch erhält einen kleinen Dämpfer. Hoffentlich habe ich gestern nicht alles kaputt gemacht. Wenn Mrs Connolly recht hat und Conor nur Spaß sucht, dann habe ich das ganz sicher. Denn heulend auf der Straße stehen, wenn im Pub eine Party im Gange ist, ist nicht gerade die Definition von Spaß.

Endlich schaffe auch ich es, in meine Schwimmweste zu schlüpfen. Ich ziehe den Gurt enger, schließe die Schnalle und versuche, die Grübeleien beiseitezuschieben. So etwas sieht mir gar nicht ähnlich. Erst recht nicht in der letzten Zeit. Doch auch jetzt, als Conor mir die Hand reicht und aufs Boot hilft, als etliche kleine Stromstöße durch mich hindurchzucken, kann ich das Gefühl nicht abstreifen, dass sich etwas zwischen uns geändert hat. Und ich wüsste nur zu gern, was.

17. KAPITEL

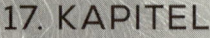

Ihr Lachen ist das schönste Geräusch, das ich jemals gehört habe.

Schöner als das Rauschen der Wellen um uns.

Melodischer als die Musik im Pub.

Durchdringender als die kalten Winde am Morgen.

Es ist das zweite Mal innerhalb kürzester Zeit, dass ich sie so rau und unverfälscht erlebe. Jedoch könnten die Kontraste nicht stärker sein, denn gerade wirkt sie wie das genaue Gegenteil von gestern. Nicht traurig und verschlossen, sondern lebensfroh, wach und glücklich. Und ihr Glück überträgt sich unweigerlich auf mich.

»Das ist unglaublich!«, ruft sie gegen den Wind an, als eine weitere Welle gegen das Boot peitscht und die salzigen Tropfen sich wie Nebel auf unsere Gesichter legen. Caroline streckt die linke Hand aus und schließt sie in dem Moment, in dem eine weitere Welle bricht, fast so, als versuche sie, das Wasser zu fangen.

Es ist nicht bloß ihr Lachen. Auch sie ist das Schönste, was ich jemals gesehen habe. Das Strahlen in ihren Augen, als sie zu mir blickt, bringt mein Herz zum Stolpern. Sie verwirrt mich. Gestern noch wirkte sie so verletzlich, jetzt gerade hingegen kraftvoller als das Meer, das uns umgibt.

I contain multitudes, kommt mir der Titel eines Songs in den Kopf, den mein Grandpa häufig gehört hat, basierend auf einem Gedicht von Walt Whitman, das er ebenso geliebt hat. Ich habe seine Bedeutung nie recht verstanden, doch vielleicht tue ich es jetzt.

»Alles in Ordnung?«, ruft Caroline, die Hand am Mund, damit der Wind ihre Worte nicht verweht. Ein fragender Ausdruck liegt auf ihrem Gesicht. Kein Wunder, ich starre sie seit einer guten Minute an. Eilig nicke ich, dann endlich wende ich den Blick ab und sehe nach vorn, wo die Küste der kleinen Insel stetig näher rückt. *Reiß dich zusammen*, ermahne ich mich nicht zum ersten Mal in den letzten Wochen. Doch so langsam habe ich das Gefühl, dass diese Warnung vergebens ist.

Die restliche Fahrt zwinge ich mich, nicht wieder zu ihr hinüberzusehen. An der kleinen Insel angelangt, reicht Feargal Caroline die Hand, damit sie es unbeschadet an Land schafft, und ich folge mit etwas Abstand.

»Ich hab Handtücher im Leuchtturm. Aber keinen Föhn«, sagt er und nickt in Richtung ihres hohen Pferdeschwanzes, doch Caroline winkt ab.

»Nicht nötig, so langsam gewöhne ich mich daran, hier nie ganz trocken zu sein.«

»Hey, immerhin hat es heute noch nicht geregnet«, gebe ich zu bedenken.

»Das ändert sich bald«, grummelt Feargal und deutet in Richtung der grauen Wolken, die in der Ferne aufziehen. »Ich schau dann mal, dass die alte Dame noch in Schuss ist. Wollt ihr mit rauf oder bleibt ihr am Strand?«

Ich sehe zu Caro, immerhin ist sie zum ersten Mal hier.

»Ich würd erst mal unten bleiben.«

Feargal nickt. »Da oben wäre es zu dritt eh etwas zu kuschlig. Du kannst sonst auch nachher noch rauf.«

»Was genau musst du eigentlich hier machen?«

»Schauen, dass die Feuer und Radargeräte tun, was sie sollen. Mein Vater hat damals noch hier auf der Insel gewohnt.« Er deutet in Richtung der kleinen Steinhütte am Fuß des Leuchtturms. »Heute reicht es, ab und an zur Wartung herzukommen. Das meiste wird sowieso per Computer vom Festland aus gesteuert.«

Caros Blick bleibt an der kleinen Hütte hängen, und Feargal lacht. »Ja, das war kein Luxus. Er hat immer geschimpft, aber es auch sehr geliebt. Meine Mam und ich standen oft an der Küste in Baile na Mara, und bei gutem Wetter konnten wir ihn winken sehen.«

»Und als wir noch kleiner waren, haben wir dir immer gewunken, wenn du rausgefahren bist«, werfe ich ein. In einem Dorf wie Baile na Mara war es für Declan, Cian, Pádraig, Cormac, Eoin und mich immer ein Event, wenn Feargal mit seinem damals noch älteren Boot losgezogen ist.

Bei der Erinnerung hellt sich Feargals Miene auf, und ich sehe, wie auch Carolines Lippen ein Lächeln umspielt.

»Das klingt schön«, sagt sie.

»Das war es. War auch ein angesehener und wichtiger Beruf«, meint Feargal mit Stolz in der Stimme. »So, ich kraxle mal besser die Treppen rauf, bei meinen Knien dauert das etwas länger als früher.«

»Wenn du Hilfe brauchst …«, setze ich an, doch Feargal schnalzt und winkt ab.

»So weit kommt es noch.« Er wirft mir einen tadelnden Blick zu und schließt die Tür zum Leuchtturm auf. Als ich mich zu Caroline drehe, trägt sie immer noch das Lächeln auf den Lippen.

»Ich mag ihn. Er wirkt wie der typische alte Seemann in den Filmen.«

»Ja, das beschreibt ihn ganz gut. Würde mich nicht überraschen, wenn er sich da oben eine Pfeife anzündet.«

Caro grinst und schlendert am Leuchtturm vorbei in Richtung Rückseite der Insel. Besonders groß ist sie nicht, aber dafür umso schöner. Kein Wunder, so unberührt, wie sie ist. Der Sprühnebel des Wassers erreicht die gesamte Insel, sodass an den Felsen kleine Muscheln kleben, und das lange Gras wirkt noch satter als auf dem Festland.

»Diese Sträucher sieht man echt überall«, meint Caro und deutet auf die Pflanzen hinter dem Leuchtturm, an denen vereinzelt gelbe Blüten noch der Kälte trotzen.

»Ja, Stechginster. Das eigentliche Wahrzeichen Irlands. Im Frühjahr blühen sie richtig schön, aber eigentlich sind sie eine echte Plage, weil sie kaum kleinzukriegen sind. Deshalb sieht man sie auch überall.«

»Ich hab fest damit gerechnet, dass du jetzt einen Vergleich zu euch Iren ziehst und zur Geschichte. Den Widrigkeiten trotzend und so was.«

»Ich bin nicht *so* schlimm, oder?«, frage ich und hebe die Brauen, woraufhin Caroline lacht.

»Nein, aber ich hab in deinem Unterricht mittlerweile genauso viel zur irischen Geschichte gelernt wie Vokabeln.«

»*Tá fáilte romhat*«, erwidere ich, woraufhin Caro aufgeregt mit den Fingern schnipst.

»Und das hab ich verstanden: Gern geschehen. Noch ein, zwei Stunden, und Mrs Connolly und ich plaudern Gälisch beim Tee.«

»Dafür müsste Mrs Connolly beim Tee erst mal plaudern.«

»Das stimmt leider«, gibt Caro zu, doch in ihrer Stimme liegt nichts von dem Frust der vergangenen Wochen.

Wir klettern über eine kleine Gruppe an Felsen und erreichen dann den flachen Strand, der den Namen nicht recht verdient hat, so steinig, wie er ist. Caroline lässt sich auf einen der Felsen fallen, das Gewicht auf die Handballen gestützt. Ich setze mich mit etwas Abstand daneben und bin mir ihrer Nähe dennoch nur zu bewusst.

Vor uns ist nichts als das Meer, und obwohl ich den Anblick mittlerweile gewöhnt sein müsste, verschlägt es mir bei der Weite des graublauen Wassers kurz die Sprache.

»Wow«, sagt Caroline in genau diesem Moment, und ich kann nur nicken.

Die Wellen brechen an den hohen Felsen, die den Strand säumen, und das Rauschen schafft es wie immer, mich zu erden.

Caroline dreht den Kopf zu mir, ihr Blick streift kurz meinen und gleitet dann an mir vorbei.

»Wie klein Baile na Mara von hier aussieht.«

»Na ja, es ist auch ziemlich klein«, gebe ich zu bedenken.

»Schon. Aber irgendwie auch nicht.«

Fragend sehe ich sie an, und es dauert einen Moment, bis sie ihre Worte ausführt.

»Es wohnen kaum Leute da, definitiv weniger als bei mir daheim, aber trotzdem verbergen sich so viele Geschichten in dem Ort.« Sie dreht den Kopf und kneift die Augen leicht zusammen. »Ich hab mich mit Mrs Connolly ausgesprochen. Sie hat sich sogar entschuldigt.«

»Oha, sie liebt dich. Vielleicht wird das mit dem Plaudern ja doch noch was.«

Caro lacht leise. »Wir sind auf gutem Weg dahin, jap. Es steckt mehr hinter ihrer kühlen Fassade, als ich dachte. Olivia hat mir gestern auf dem Weg zum Pub auch ein bisschen mehr über sich erzählt. Dass sie die Uni abgebrochen hat und jetzt hier ihre Kunst lebt. Baile na Mara mag winzig sein, aber irgendwie vereint es trotzdem alles, was ich auch in einer großen Stadt finden würde.« Caro verzieht die Lippen zu einem Schmunzeln. »Außer Döner.«

»Was?«, frage ich lachend.

»Kulinarisch seid ihr echt nicht auf dem neusten Stand. Wie kann man nur jeden Tag Fish 'n' Chips essen?«

»Jetzt werd nicht frech, das ist eine Lüge.«

»Bei Molly steht es seit zwei Wochen jeden Tag als Empfehlung außen auf der Karte.«

»Feargal angelt halt viel.«

»Das überrascht mich jetzt nicht«, meint sie, und wir müssen beide lachen. Es ist das zweite aufrichtige Lachen, das sie mir an diesem Tag schenkt, und ich möchte mehr davon, brauche mehr davon. Ich bilde mir nicht ein, dass ihre Laune heute mit mir zu tun hat, dafür kenne ich den Effekt zu gut, den diese Insel und das Meer auf einen haben. Aber dass ich meinen kleinen Teil dazu beitragen konnte, dass es ihr besser geht als gestern, ist mehr als genug.

»Ich mag es hier wirklich.«

Bei ihren Worten fällt mir ein Stein vom Herzen, von dem ich nicht gewusst habe, dass er da war.

»Also hatte gestern nichts mit dem Pub und den Leuten zu tun?«

»Nein.« Caro beißt sich auf die Lippe, sichtlich unsicher, ob sie weitersprechen soll. Ich überlege nachzufragen, doch ich will sie auch nicht drängen. So aufgelöst, wie sie gestern war, möchte ich nichts wachrütteln.

»Das Singen, die Musik … Es hat mich an jemanden erinnert, den ich sehr vermisse.«

»Jemanden von daheim?«

Sie nickt. Dann schüttelt sie den Kopf. »Nein, eigentlich nicht von daheim. Nicht mehr. Meine beste Freundin. Sie ist letztes Jahr gestorben.«

»Scheiße. Das tut mir leid.«

»Mir auch«, sagt sie so leise, dass ich es über die Wellen kaum höre. »Wir waren essen, hatten beide eine Lebensmittelvergiftung.« Erneut schüttelt sie den Kopf. »So ein banaler, sinnloser Grund. Mir ging es ein paar Tage lang schlecht, dann war alles wieder okay. Bei mir. Bei ihr nicht. Bei ihr folgten ein Krankenhausaufenthalt, eine Entzündung des Herzmuskels, und dann ging plötzlich alles ganz schnell.«

Vorsichtig strecke ich die Hand nach ihr aus. Will ihr nah sein, sie zurückholen ins Hier und Jetzt und weg von dieser Erinnerung, da in ihren Augen zu erkennen ist, wie weh es ihr tut. Doch ich weiß, dass es nicht so einfach ist. Dass man in diesen Erinnerungen lebt – und dabei ist mein Schmerz nicht einmal ansatzweise mit Carolines zu vergleichen. Ich habe niemanden verloren, nicht wirklich jedenfalls. Erst recht nicht so jung und auf so unfaire Art und Weise. Vorsichtig berühre ich den kalten Stoff ihrer Regenjacke in der Hoffnung, wenigstens ein bisschen Wärme in dieses Dunkel zu bringen.

Caros Blick findet meinen, und für einen Moment sagen wir beide nichts. Sitzen einfach nur da. Wir beide und mein Herz, das mir beinahe aus der Brust springt. Kann ein Mensch jemanden berühren, ohne ihn zu berühren? Denn ich bin mir ziemlich sicher, dass Caroline genau das gerade mit mir tut.

Sie räuspert sich, und daran, wie ihr Blick über mein Gesicht huscht, wie sie sich übers Haar fährt, obwohl sich keine der Strähnen aus ihrem Zopf gelöst hat, sehe ich, dass es auch sie nicht kalt lässt. Was auch immer dieses Es zwischen uns ist.

»Sollen wir das Thema wechseln?«

Zögerlich schüttelt sie den Kopf. »Nein. Eigentlich rede ich nicht gern darüber, aber gerade ist es okay. Sie ist der Grund, warum ich hier bin.«

»Hast du die Reise mit ihr geplant?«

»Nein, auch wenn sie es hier geliebt hätte.« Ein Lächeln legt sich auf ihr Gesicht. »Ihr Name war Nadine.«

Die nächsten Minuten verbringen wir damit, dass sie erzählt und ich ihren Geschichten lausche. Schönen wie traurigen. Doch das Lächeln auf Carolines Gesicht bleibt die gesamte Zeit über erhalten.

»… und deshalb war es gestern zu viel. Singen war ihr Ding. Sie hat mich immer angestiftet, irgendwelche Hintergrundgesänge zu machen oder mit ihr zu üben. Sie war wirklich gut.« Caroline zieht die Beine auf den Felsen und umarmt ihre Knie. »Ich höre kaum noch Musik seit ihrem Tod. Wenn sie im Hintergrund läuft, so wie bei der Autofahrt oder beim Einkaufen, ist es okay. Wenn ich bewusst zuhöre – nope. Alles erinnert mich an sie, und das tut zu sehr weh.« Jetzt wird ihr Lächeln doch traurig, als sie zu mir sieht. »Dabei fühle ich sonst eigentlich gar nichts mehr.«

»Wie meinst du das?«

»Schwer zu erklären, aber es ist, als wäre dieser Teil von mir mit ihr gestorben. Der, der für die Gefühle verantwortlich ist. Die meisten Dinge sind mir einfach nur egal. Und das ist ehrlich gesagt schlimmer als der Schmerz gestern. Gute Noten sind mir genauso gleichgültig wie schlechte. Mit meiner Mitbewohnerin Vero feiern gehen? Egal. Ein Streit mit meiner Schwester? Egal. Ein schöner Sonnenuntergang an der Hackerbrücke? Nichts.«

»Und es gibt rein gar nichts, was dich etwas fühlen lässt?«

Sie wiegt den Kopf hin und her. »Hier ist es besser geworden. Die Fahrt hierher oder auch der Tag bei den Schafen, die Gassigänge … da habe ich Dinge gefühlt. Aber gleichzeitig habe ich ein schlechtes Gewissen deswegen.«

»Warum?«

»Weil es nichts bringt?« Ihre Worte klingen wie eine Frage, deren Antwort sie selbst noch sucht. »Ich darf weiterleben, dabei war sie diejenige mit all den Zielen und Plänen. Das hier gerade …« Sie blickt aufs Meer. »Das ist atemberaubend. Aber immer, wenn ich mich wieder lebendig fühle, so wie heute, dann frag ich mich, wieso. Was bringen mir all die kleinen Momente, wenn das große Ganze sich nicht ändert? Wenn ich trotzdem von einem Tag in den nächsten lebe und keine Ahnung habe, was ich mit meiner Zeit anfangen will. Ich hab zwei Ausbildungen abgebrochen, ein Studium geschmissen, mein jetziges würde ich am liebsten auch aufgeben – noch bevor ich eine einzige Vorlesung besucht habe. Mein Leben ist ein einziges Hin und Her … Warum darf ich dann leben und sie nicht?«

In meiner Brust zieht es, so sehr schmerzt mein Herz für Caroline.

»Du bist ganz schön hart mit dir selbst.«

Sie lacht leise. »Und das von dir.«

»Hey, du wolltest das Thema nicht wechseln, also geht es jetzt um dich.« Ich stupse sie leicht mit dem Ellbogen. »Stell dir vor, Nadine hätte noch keinen großen Plan für ihr Leben gehabt. Hätte sich ein bisschen in der Musik ausprobiert, dann eine Karriere als, keine Ahnung, Bodybuilderin angestrebt, gekündigt und in einem Café gearbeitet, das Singen vielleicht komplett an den Nagel gehängt.«

Caroline zieht die Brauen zusammen, als sei sie nicht ganz sicher, worauf ich hinauswill.

»Hätte das irgendwas an deiner Freundschaft zu ihr geändert?«

»Natürlich nicht.«

»Wärst du jetzt weniger traurig, dass sie nicht mehr da ist, weil sie keinen …« Ich forme Anführungszeichen in der Luft. »… großen Plan hatte?«

Sie schüttelt den Kopf, zieht die Beine noch etwas enger an den Körper. »Nein.«

»Eben. Du vermisst doch nicht ihre Ziele im Leben, sondern sie. Ich hab es dir schon einmal gesagt: Nicht alles, was wir tun, muss ein Ziel haben. Dann probierst du dich eben gern aus. Wieso sollte das schlechter sein, als auf eine einzelne Sache hinzuarbeiten? Du kannst dein Leben nicht unter das anderer stellen. Sie war deine beste Freundin. Sie klingt großartig, und wenn sie mit dir befreundet war, ist die logische Schlussfolgerung, dass du das auch bist.«

Caroline streckt die Beine aus und seufzt. »Survivor's Guilt. Das hat meine Therapeutin mir damals diagnostiziert: Ich habe ein schlechtes Gewissen, überlebt zu haben. Und dann hat sie all diese Dinge gesagt, die du mir gerade erzählt hast. Falls du also auch ein neues Hobby brauchst, wäre Therapeut ein guter Anfang.«

Bei ihrem Augenrollen muss ich lachen, und einen kurzen Moment später steigt sie mit ein.

»Danke«, sagt sie dann. »Und entschuldige. Ich weiß gar nicht, warum ich dir das alles erzähle. Zum zweiten Mal schon. Normalerweise rede ich gar nicht darüber.«

»Oh, das liegt daran, dass ich so ein hervorragender Zuhörer bin«, erwidere ich mit einem Schmunzeln, bevor ich wieder ernster werde. »Aber du brauchst dich nicht zu entschuldigen. Ich kann es nur wiederholen: Mein Zaun steht dir stets zur Verfügung. Auch wenn ich glaube, dass ich dir nichts Neues erzähle. Du musst das nur verinnerlichen und akzeptieren.«

»Und wie?«

»Keine Ahnung. So weit war ich in meiner Hobby-Therapeuten-Ausbildung noch nicht.«

»Oh, haha«, sagt Caro, doch auf ihren Lippen liegt wirklich

ein Lächeln. Ein echtes. Sie dreht sich auf dem Stein herum, sodass sie nicht länger das Meer ansieht, sondern mich. »Okay, du bist dran.«

»Hm?«

»Ich bin auch ziemlich gut im Zuhören.«

»Ja, aber nach deiner Story fühlen sich meine Problemchen echt banal an.«

»Jap, ich gewinne das Mitleids-Roulette. Wobei dieser Wasserrohrbruch schon echt beschissen war.« Ihre Mundwinkel zucken.

»Wow. Ich wusste nicht, dass dich das Leid anderer Menschen freut.«

»Da fühle ich mich selbst gleich besser.«

Das Funkeln in ihren Augen und ihr scheinbar gleichgültiges Schulterzucken bringen mich zum Lachen. Trotz der Schwere des Themas ist die Stimmung nicht bedrückt, sondern vielmehr … ruhig und echt.

»Na ja, du weißt, dass die Schule einen Neustart gebrauchen könnte und dass die Banken das leider anders sehen.« Ich hebe die Schultern. »Ende der Geschichte.«

»Dafür, dass du so auf Traditionen pochst und ihr Iren das Geschichtenerzählen liebt, war das ziemlich mau.«

Meine Mundwinkel heben sich, aber das Lächeln fühlt sich falsch auf meinen Lippen an. Es ist wirklich nicht so, als hätte ich noch viel mehr zu erzählen. Ich habe alles versucht, und nichts hat geholfen.

»Gibt es nicht irgendwelche Förderungen?«

»Ja, aber ich hab bislang nichts erhalten.«

»Und Spenden?«

»Instagram, Patreon und so haben wir durch. Es gibt auch Unterstützer, aber nicht so viele, dass es reichen würde, neue Leute einzustellen oder zu renovieren. Und Marketing zu machen, denn auch wenn es Interessenten gibt, wir müssten genug finden, um die Schule zu füllen.«

Caros Blick gleitet über das Meer, als würden darin die Lösungen schwimmen, nach denen ich schon so lang suche.

»Wir müssten eine Möglichkeit finden, mehr Aufmerksamkeit auf die Schule zu lenken. Galway ist quasi nebenan, es muss doch machbar sein, die Leute nach Baile na Mara zu kriegen. Olivia meinte, an der Uni dort unterrichten sie auch Gälisch.«

Ich nicke. Dass Caroline »wir« gesagt hat, so als wäre ich mit einem Mal nicht mehr allein in diesem aussichtslosen Kampf, sorgt für ein warmes Gefühl in meinem Bauch.

»Kann man da nicht kooperieren?«

»Ein Mal im Semester kommen Studierende bereits hierher.« Dass ich nicht sicher bin, wie lang sie das bei dem Zustand der Schule noch tun, verschweige ich.

»Ja, aber etwas Langfristiges wäre doch besser.« Sie runzelt die Stirn, dann dreht sie sich wieder zu mir, und ich sehe, wie sich die Idee hinter ihren Augen formt.

»Die alte Schule ist dir ja nicht nur wegen der Sprache wichtig, sondern auch wegen der Kultur und allem, was euch ausmacht.«

Ich nicke, unsicher, worauf sie hinauswill.

»Vielleicht ist genau das die Lösung!«

»Ich würde supergern Ja schreien, aber ich habe keine Ahnung, was du meinst.«

Caroline springt auf, und ihre plötzliche Energie bringt mich zum Schmunzeln. »Du musst zeigen, dass es eben nicht nur um Sprache geht, sondern um viel mehr. Olivia gibt doch beispielsweise Malkurse. Gut, sie ist recht neu in Baile na Mara, aber sie ist Teil des Dorfs. Es gibt sicher genug, was man in der Schule unterrichten könnte. Es muss ja kein dauerhafter Kurs sein, vielleicht können die Angebote immer mal wechseln oder etwas in die Richtung?« Sie beißt sich auf die Lippe. »Wusstest du, dass Mrs Connolly nähen kann?«

»Echt?«

»Ja. Sie hat angeboten, mir ein, zwei Dinge beizubringen. Das heißt natürlich nicht, dass sie einen Kurs geben würde, aber ich bin sicher, es gibt total viele Talente in dem Ort. Feargal mit seiner Geige zum Beispiel!«

»Feargal kann ich mir auch besser als Kursleiter vorstellen. Bei Mrs Connolly sehe ich die Schmerzensgeldforderungen schon auf mich zurollen.«

Caroline lacht und schnippt mir gegen die Schulter. »Hey, ich glaube, eigentlich ist sie gar nicht so schlimm.«

»Wir bräuchten ein richtig gutes Konzept, damit ich es vorstellen kann.« Ich gehe die einzelnen Bewohner des Dorfs durch. Was, wenn es sich gar nicht nur auf Baile na Mara beschränken muss? »Vielleicht …«, formuliere ich den Gedanken aus, »… vielleicht können wir auch in den Nachbardörfern fragen. Die meisten der Leute dort sind früher auch auf die Schule gegangen. Graham, der mit den Schafen, zum Beispiel. In Inverin wohnt Finn, der Kitesurfing anbietet. Er arbeitet auch mit der Uni Galway zusammen.«

»Gute Idee!«

Mein Herz schlägt schneller, und ich merke, wie mein Pessimismus in etwas umschlägt, was sich zwar nicht wie Optimismus anfühlt, aber doch wie ein Funken Hoffnung. Wie eine Möglichkeit, die ich vorher nicht gesehen habe.

»Was, wenn wir das Ganze nicht nur auf dem Papier planen?«, schlage ich vor.

»Was genau meinst du?«

»Wir könnten ein Kulturwochenende organisieren. Einen Testlauf sozusagen. Mit Sicherheit kriegen wir einige Studierende, Leute aus den umliegenden Orten und vielleicht auch ein paar Kulturvertreter eingeladen. Womöglich wollen die Leute im Umland ja auch was vorstellen. Cormac, ein Freund von mir, bietet Bogenschießen an. Ich könnte ein paar Jungs vom Rugby zusammentrommeln. Hurling darf auch nicht fehlen.«

»Und auf dem Event könnten Spenden gesammelt werden!«, schlägt Caro begeistert vor. »Wir könnten eine Tombola machen. Oder Essen verkaufen und einen Teil des Geldes als Spende sammeln. Ich bin sicher, Feargal angelt dir noch ein paar Fische, wenn du fragst.«

Bei der Vorstellung muss ich lachen, und auch auf Caros Gesicht erscheint ein Grinsen. Zum ersten Mal seit Wochen fühle ich mich nicht mehr besiegt, sondern als könnte ich das Ruder herumreißen. Und selbst wenn nicht, selbst wenn die Bemühungen nicht zum gewünschten Ergebnis führen – die Vorstellung, dieses Wochenende mit Caroline zu planen, allen zu zeigen, was wirklich in dem Ort steckt, der mir so viel bedeutet, für sie allein lohnt sich das Kämpfen schon.

Als ich nicke, wird das Grinsen in Caros Gesicht noch breiter. »Was machst du die nächsten Tage? Lust auf Brainstorming im Pub? Ich lad dich auf das Fish ’n’ Chips ein, über das du so gern lästerst.«

»Ich hab gar nicht gelästert!«, ruft Caroline empört. »Und sag das nicht so laut, nachher hört Feargal es und lässt mich hier.«

»Tja, ich hoffe, du bist eine gute Schwimmerin.«

»Du würdest es nicht wagen!«, sagt Caroline drohend, muss aber lachen. Wie auch schon auf der Fahrt hierher geht mir das Geräusch durch und durch. Ebenfalls wie schon auf dem Boot landen feine Tropfen auf meinem Gesicht, und ich brauche einen Moment, um zu verstehen, dass sie nicht vom Meer herrühren, sondern von den Regenwolken, die es nun über die kleine Insel geschafft haben. Auch Caroline hat sie bemerkt und sieht nach oben.

Der Regen wird stärker, und die Tropfen fallen immer dicker auf uns und die Steine um uns herum. Ich sehe zu Caro, um zu schauen, ob sie zurück zum Leuchtturm will, doch auf ihrem Gesicht liegt ein Lächeln.

»Warst du hier schon mal im Meer?«

»Bitte was?«, frage ich lachend.

»Ich mein ja nur … rein theoretisch werden wir jetzt sowieso nass.«

»Caroline, es ist November.«

»Die November in Deutschland sind viel kälter. Stell dich nicht so an.«

Ich hebe die Brauen, als Caro tatsächlich ihre Stiefel und Strümpfe auszieht und vorsichtig in Richtung Wasser watet.

»Du hast sie nicht mehr alle. Und ich auch nicht«, füge ich murmelnd hinzu, als ich mich bücke, die Sneakers von meinen Füßen streife und ihr nachgehe.

»Ha! Ich wusste, dass dein Ego dich hierherführen würde«, meint sie und stößt zischend die Luft aus, als ihr Zeh das Wasser berührt.

Ich lache leise. »Sag ich doch. Und? Lässt dein Ego zu, dass du einen Rückzieher machst?«

»Niemals.« Caroline formt die Hände zu Fäusten, atmet einmal tief ein und wieder aus und springt dann zwei Schritte in Richtung des Wassers. Das Meer umspült ihre Knöchel, und als die erste Welle sich an ihr bricht und ihre Jeans bis zu den Knien mit Wasser tränkt, schreit sie auf.

»Holy shit, ist das kalt!«

»Hab dich gewarnt«, sage ich schulterzuckend und wate auf sie zu. Leider hat sie recht, das Wasser ist wirklich eisig, und die kalten Steine am Grund tun ihr Übriges. Ich beiße die Zähne zusammen und bleibe kopfschüttelnd vor ihr stehen. Der Regen ist stärker geworden, und die feinen Haare an Carolines Stirn, die es nicht in den Zopf geschafft haben, beginnen, sich zu kräuseln.

»Ich glaub, das war keine gute Idee«, murmelt Caroline, und als ihre Zähne klappern, kann ich mir das Lachen nicht verkneifen. »Hey, jetzt bist du es, der sich am Leid anderer erfreut. Erinnerst du dich, als ich eben meinte, ich fühle nichts? Gerade fühle ich wirklich nichts mehr. Meine Zehen sind tot.«

Sie reibt die Hände aneinander, macht jedoch keine Anstalten, das Meer wieder zu verlassen. Trotz der Kälte, die ihre Wangen rosig färbt, liegt ein Lächeln auf ihrem Gesicht. Ohne es zu merken oder meinem Körper den Befehl zu geben, umfasse ich ihre Hände. Sie sind eiskalt, doch als Caros Blick meinen trifft, kann ich das von mir nicht behaupten. Hitze schießt durch mich hindurch, und ich will die Hände zurückziehen und mich entschuldigen – doch ich tue es nicht. Ich sehe, wie Caro schluckt.

»Besser?«, frage ich. Meine Stimme ist rau, und das liegt mit ziemlicher Sicherheit nicht an den Temperaturen.

»Ja«, sagt sie und macht einen kleinen Schritt auf mich zu. »Das hier«, fährt sie fort, und ihr Blick wandert kurz zu unseren Händen, »das fühl ich.«

Mein Herz pocht viel zu schnell in meiner Brust, und bei Carolines Blick ist die Kälte, die mit jeder Welle an unsere Beine schlägt, plötzlich vergessen. Alles ist vergessen. Der Regen. Die Zweifel, die ich eigentlich haben sollte, weil das zwischen uns nur flüchtig sein kann. Die Sorgen wegen der alten Schule. Da ist nur noch sie. Sie, die mein Herz zum Schlagen bringt, als wäre es mir nicht bereits etliche Male aus der Brust gerissen worden. Als wäre es noch intakt und ich nicht vollkommen hinüber.

Ich überbrücke die letzte Distanz zwischen uns, trete nach vorn, senke meinen Kopf – und dann finden meine Lippen ihre. Und ich kann Caroline nur zustimmen, denn es ist mehr, als ich jemals gefühlt habe.

18. KAPITEL

Caroline

Ich fühle unseren Kuss nicht bloß, vielmehr ergreift er Besitz von meinem Körper und erschüttert alles, was ich bis zu diesem Moment zu wissen glaubte. Ich schließe die Augen und habe für einen Moment das Gefühl zu fallen, doch dann spüre ich Conors warme Finger an meinem Gesicht, die mir Sicherheit geben. Schon wieder. Wann immer ich drohe zu fallen, ist da Conor. Am Zaun. In Galway. Letzte Nacht vor dem Pub. Jetzt.

In meiner Brust zieht es sehnsuchtsvoll, obwohl ich ihm noch nie so nah war wie jetzt. Seine Lippen sind überraschend weich, und als ich meinen Mund öffne und seine Zunge über meine streicht, vergesse ich alles um mich herum, höre auf zu denken. Mein Herz teilt mir stolpernd mit, dass es mehr will, mehr braucht, und ich lege die Hände an seinen Rücken und ziehe ihn noch enger an mich. Sein Geruch vermischt sich mit dem des Meeres und umhüllt mich, schottet uns ab von der gesamten Welt. Ich vertiefe den Kuss, schiebe mich ihm noch weiter entgegen, und als er seine Finger von meiner Wange in meinen Nacken gleiten lässt, verwandelt er meinen ganzen Körper zu glühender Lava und bringt meine Beine zum Zittern. Ein leises Wimmern dringt aus meinem Mund, für das ich mich normalerweise geschämt hätte. Doch sein Lächeln an meinen Lippen zu spüren nimmt mir jegliche Sorgen, mich zu blamieren.

Stattdessen gebe ich mich ihm noch mehr hin. Der Regen hat mich mittlerweile völlig durchnässt, meine Jeans klebt an meinen Beinen – doch die kleinste Bewegung seiner Zunge lässt mich all das vergessen. Ich glaube nicht, dass ich mich jemals so gefühlt habe. So schwerelos, so frei.

Es können Minuten oder Stunden vergangen sein, als wir uns schließlich atemlos voneinander lösen. Conors Pupillen sind geweitet, und sein Blick huscht über mein Gesicht, als suche er etwas darin. Was auch immer es war, er scheint es gefunden zu haben, denn seine Lippen formen ein Lächeln, und bei dem Ausdruck in seinen Augen will ich ihn schon wieder küssen – und mehr. Leider habe ich die Option nicht, denn noch während ich darüber nachdenke, erklingt ein Rufen.

»Ja, geht es euch zu gut? Raus aus dem Wasser! Ihr holt euch den Tod bei den Temperaturen!«

Wir zucken beide zusammen, und als ich zum Leuchtturm schaue, steht Feargal kopfschüttelnd dort, die Hand an der Stirn abgestützt, um sich vor dem Regen zu schützen. Ich gehe eilig einen Schritt zurück, wobei meine Füße unangenehm prickeln, als meine gefrorenen Fußsohlen auf die kleinen Steine treffen. Erst jetzt spüre ich die Kälte wieder und die Nässe an meiner Kleidung, denn der Regen peitscht mittlerweile gegen uns.

»Ich glaube, wir sollten …«, sagt Conor, die Stimme immer noch rau, und als mein Blick wieder seinen findet, muss ich mich konzentrieren, um auch nur einen klaren Gedanken fassen zu können.

»Ja«, antworte ich bloß und setze mich langsam in Bewegung.

»Kinder«, ruft Feargal und schüttelt tadelnd den Kopf, als wären wir wirklich noch welche. »Ich fahr euch zu Molly und setz euch vor den Kamin!«

Keine schlechte Idee, denn ich bin vollkommen durchgefroren. Dennoch ist da diese Wärme in mir, die ich viel zu lange nicht gespürt habe. Die und noch etliches mehr, was ich seit Ewigkeiten nicht empfunden habe. Aufregung, Freude und immer wieder diese Spannung, die dafür sorgt, dass ich Conor schon wieder küssen möchte.

Am nächsten Morgen plagt mich überraschenderweise keine Erkältung. Im Gegenteil: Ich bin noch früher wach als sonst, drücke kein einziges Mal auf Snooze, sondern springe mit ungewohnt guter Laune aus dem Bett und laufe hinunter in die Küche, um Tee aufzusetzen.

Kaum dass das Rauschen des Wasserhahns die Stille durchbricht, vermischt es sich mit kleinen Tapsern auf dem alten Holzboden. Keine fünf Sekunden später kommen Miss Sparkle und Lady Sprinkles in die Küche gerannt und hüpfen an meinen Beinen hoch. Ich schalte den Wasserkocher ein und widme mich dann den beiden Terriern, die sich schwanzwedelnd in meine Streicheleinheiten lehnen. Ich weiß, dass nur etwa zwanzig Prozent davon echte Zuneigung sind, der Rest ist Betteln nach Futter, das sie jedoch erst nach dem Gassigehen erhalten – sehr zu ihrem Leidwesen. Aber so stolz wie Mrs Connolly auf die Fortschritte der beiden ist, will ich mich noch mehr reinhängen.

Die neuen Aufgaben geben mir eine Energie, wie ich sie seit einem Jahr nicht mehr gespürt habe. Das Training mit den Hunden macht unerwartet viel Spaß, heute Mittag werde ich Mrs Connolly zur Physiotherapie fahren – was mittlerweile wirklich gut klappt –, und im Anschluss wollen Conor und ich weiter an unserer Idee des Kulturwochenendes tüfteln.

Der bloße Gedanke an Conor genügt, um Bilder des gestrigen Tags vor mein inneres Auge zu rufen, und sofort wird mir wieder warm. Die Rückfahrt im Boot war dank der nassen Kleidung zwar alles andere als angenehm, aber Conors Hände auf meinen Armen, als er mein Zittern bemerkte, waren es dafür umso mehr. In meinem Magen flattert es, und ich kann es jetzt schon kaum erwarten, aus Galway zurückzukommen und ihn wiederzusehen. Ich mache mir nichts vor: Dieses Gefühl, das er in mir auslöst, ist mehr als bloße Attraktivität. Ich mag ihn. Mehr als ich sollte vermutlich, wenn man bedenkt, dass ich nur noch wenige Wochen hier habe, aber in diesem Moment ist es mir egal. Es fühlt sich gut an, zu fühlen. Es fühlt sich ebenso gut an, gebraucht zu werden. Ich selbst mag keine Leidenschaft haben, aber Conor hat sie. Und wenn ich Nadine schon ihrer Träume beraubt habe, so kann ich wenigstens ihm helfen, seine zu verwirklichen.

Die zweite Person, der ich gern helfen möchte, betritt genau in dem Moment die Küche, in dem der Wasserkocher mit leisem Klicken signalisiert, dass er fertig ist. Sie trägt nicht wie sonst um diese Uhrzeit ihren Bademantel, sondern ist bereits angezogen, und in der Hand hält sie eine flache hellblaue Mappe.

»*Maidin mhaith*«, murmelt Mrs Connolly.

»*Maidin mhaith*«, grüße ich zurück und bin ein bisschen stolz, dass ich die Aussprache so langsam raushabe. Auch Mrs Connolly lächelt anerkennend, und die kleine Regung lässt ihre Züge weicher, beinahe freundlich wirken.

Ich gieße uns zwei Tassen Barry's Tea auf – der einzige in Irland akzeptierte Schwarztee, wie ich mittlerweile weiß – und setze mich mit Mrs Connolly an den Tisch, wobei Miss Sparkle so lang an meinem Schienbein kratzt, bis ich sie auf meinen Schoß nehme. So viel zu Erziehung.

»Molly meinte, ihr wart gestern am Leuchtturm«, sagt Mrs Connolly, und ich versuche, meine Freude über den Small Talk nicht zu deutlich zu zeigen.

»Ja, Feargal hat uns mitgenommen. Es ist wunderschön dort.«

Ich erzähle vom gestrigen Tag, wobei ich aus offensichtlichen Gründen den Teil mit dem Meer und dem Kuss auslasse. Als ich fertig bin, liegt schon wieder ein Lächeln auf Mrs Connollys Gesicht.

»Ich war früher auch gern dort. Damals war Feargal noch auf der Insel, aber ab und an konnten wir rüberfahren.« Sie trinkt einen Schluck Tee, stellt die Tasse ab und nestelt an ihren Fingern, als wäre sie plötzlich nervös. »Wegen heute Mittag …«

Mir rutscht das Herz in die Hose. Mit Sicherheit will sie doch nicht länger in den Stoffladen. Was okay ist. Es ist bestimmt nicht leicht für sie, diesen Teil der Vergangenheit wieder an die Oberfläche zu lassen. Aber ich hatte endlich das Gefühl, zu ihr durchgedrungen zu sein, unser Verhältnis damit auf eine neue Stufe zu heben. Dennoch nicke ich, bemüht, mir nichts anmerken zu lassen.

»Ich weiß nicht, was du nähen willst, aber ich habe ein paar alte Schnittmuster. Nichts Besonderes, aber zum Üben …« Sie hebt die Schultern.

»Ja! Absolut!« Ich nicke heftig und schaffe es kaum, meine Überraschung zu verbergen. Ich habe fest damit gerechnet, dass Mrs Connolly sich mehr Zeit lässt. Dass sie sich ebenso zu freuen scheint wie ich, gibt mir noch mehr Aufschwung, als ich heute ohnehin schon verspüre. Vermutlich ist dieser Schuld an meinen nächsten Sätzen.

»Wenn wir die Stoffe geholt haben und ich mich nicht allzu unbeholfen anstelle … Hätten Sie Lust, es noch ein paar mehr Leuten beizubringen?«

Mrs Connolly legt den Kopf schief und schaut mich fragend an. »Wem denn?«

»Conor und ich planen gerade ein Kulturwochenende. Wir wollen die alte Schule wieder zum Laufen bringen und dafür verschiedene Künste und Leute aus dem Ort vorstellen.«

Noch bevor sie den Mund öffnet, sehe ich Zweifel in Mrs Connollys Gesicht. Nein, mehr noch. Es ist Angst.

»Ich weiß nicht. Ich bin ziemlich eingerostet. Bevor du die Maschine entdeckt hast, stand sie Ewigkeiten herum.«

»Sie können es sich ja überlegen. Noch haben wir nicht einmal ein Datum für das Fest, es ist mehr eine Idee – aber ich wollte Sie fragen.«

»Das … Ja, ich überlege es mir«, druckst sie herum und wirkt plötzlich gar nicht mehr wie die alte, grummelige Mrs Connolly, die mir hier zuerst begegnet ist. Für einen Moment wirkt sie beinahe schüchtern, als sie mir zaghaft den blauen Ordner entgegenschiebt. »Das wären einige Schnittmuster. Ein paar davon sind natürlich zu aufwendig, vielleicht fangen wir lieber mit etwas Einfacherem wie einem Rock an.«

Ich schiebe den Gummi zur Seite, der die Mappe zusammengehalten hat. Als ich sie öffne, klappt meine Kinnlade herunter. Vor mir liegt die Skizze eines wunderschönen Kleids. Ein Petticoat-Kleid, wenn ich mich nicht täusche. Auf der linken Seite des Blatts befindet sich eine Bleistiftzeichnung des Stücks an einem skizzenhaften Körper, rechts ist es in einzelne Bestandteile zerlegt – die Stoffstücke, die man dafür ausschneiden müsste. Ich blättere weiter, finde Röcke, weit ausgestellte Hosen, Tops, die im Nacken gebunden werden, weitere Kleider – eines schöner als das andere.

Ich lasse die Papiere in meiner Hand sinken und sehe zu Mrs Connolly. »Das haben Sie gezeichnet?«

Sie nickt. Ihre Finger umklammern die Tasse so fest, dass das Weiß unter ihren Nägeln zu sehen ist.

»Die sind der Hammer!« Nicht nur das: Die Zeichnungen haben Stil. Ich weiß nicht, warum es mich überrascht, denn so schlecht gelaunt Mrs Connolly sich meist gibt, ihre Kleidung ist das komplette Gegenteil. Ich sehe sie nie in gedeckten Farben, sondern stets in kräftigen Mustern, die perfekt zu ihr passen und ihr etwas Elegantes verleihen.

»Es ist lange her«, sagt sie und zuckt mit den Schultern, doch entspannt sich, als ich weiter begeistert durch die Zeichnungen blättere und mir immer wieder ein anerkennender Laut entfährt.

»Es tut mir leid, dass Sie damit aufhören mussten.«

»So ist das Leben«, sagt Mrs Connolly einfach, als wäre es eine unumstößliche Tatsache. Und vielleicht war das damals auch so.

»Dann lassen Sie uns mal etwas aussuchen. Den Rock hier finde ich klasse! Und dazu vielleicht das Top? Ich könnte es direkt auf dem Event tragen! Und Ihnen nähen wir auch was!«

Es mag noch nicht die pure Begeisterung sein, die Mrs Connollys Gesicht zeigt, aber es ist auch nicht mehr die tiefe Abneigung gegen alles und jeden, die ich sonst darin gelesen habe. Mit vorsichtigen Fingern sammelt sie die Schnittmuster zusammen und schreibt in fein säuberlicher Handschrift eine Liste an Dingen, die wir benötigen. Die Lachfältchen um ihre Augen erscheinen wieder, und auf ihre Lippen legt sich der Hauch eines Lächelns, das von längst vergangenen Zeiten erzählt.

»Na also!«, begrüßt Molly mich, als ich das Pub betrete. »Ich hab Roisin doch gesagt, sie wird die Fahrt überleben.«

Zwei Männer, die an der Theke sitzen, lachen leise, aus einer der Sitzecken ertönt jedoch ein noch lauteres Prusten. Conor, natürlich.

»Hatte sie Bedenken?«, frage ich empört, obwohl ich die zu Beginn zugegebenermaßen selbst hatte. »Ich hab sie doch schon mehrmals gefahren.«

»Ja, aber sie meinte, du nimmst die Ecken sehr scharf. Und

nun ja, sie hat sich gestern zumindest ausführlicher verabschiedet als sonst«, erwidert Molly und zwinkert mir zu. »Bier, oder ist es dir zu früh?«

Ich schaue auf die Uhr. Es ist gerade einmal halb drei. Keine Zeit, zu der ich in Deutschland Bier trinken würde, aber jetzt, da ich schon dabei bin, mich zu integrieren …

»Ich nehme ein Guinness. Ich setze mich heute auch definitiv in kein Auto mehr.«

»Gutes Mädchen. Bring ich dir gleich, ist ja nichts los.«

Ich bedanke mich, dann gehe ich auf die Ecke zu, in der Conor sitzt. Durch die Nische sehe ich ihn nicht direkt, doch mit jedem Schritt schlägt mein Herz ein wenig lauter. Unser Kuss lief vor dem Einschlafen in Dauerschleife, und ich habe mit Sicherheit zwanzig Nachrichten an Nadine geschrieben und alles immer und immer wieder in meinem Kopf durchgespielt. Und dennoch bin ich nervös – denn was, wenn es eine Ausnahme war? Ein Produkt des Moments dort im Meer? Wenn wir heute einfach nur Freunde sind, die ein gemeinsames Projekt planen? Oder wenn Mrs Connolly doch recht behält und ich mit viel zu wenig Vorsicht bei all dem vorgehe?

Noch bevor ich die Sitznische erreicht habe, verflüchtigen sich all meine Bedenken, denn Conor wartet gar nicht, bis ich bei ihm bin. Er steht auf, kommt auf mich zu, umfasst meine Hände und zieht mich dann zu sich, wo seine Lippen meine sanft berühren. Es ist ein vorsichtiger Kuss, ganz anders als der, den wir gestern geteilt haben. Dennoch bringt er meine Beine zum Zittern und meinen Magen zum Flattern.

»Hey«, sagt er leise, und sein Lächeln lässt mich vergessen, dass wir nicht am Meer, sondern mitten im Pub sind.

»Hi«, erwidere ich und zwinge mich, den Blick nicht schon wieder auf seine Lippen zu senken.

»Und, wie viele Schafe mussten ihr Leben lassen?«

»Nur drei, und die haben es drauf angelegt«, gebe ich zurück, und Conor lacht auf.

»Ich wusste, dass du sie nicht magst, aber das geht zu weit. Nein, ernsthaft: War die Fahrt okay?«

»Total.«

»Und Mrs Connolly?«

»Meint, ich fahre sicherer als du und dass ich dir das ruhig unter die Nase reiben kann.«

»Autsch«, sagt Conor und schlägt theatralisch die Hand auf seine Brust.

Wir setzen uns, und als Molly mein Bier gebracht hat, fasse ich für Conor kurz unseren Shoppingtrip zusammen. Wirklich überzeugt wirkt er nicht, als ich berichte, dass ich Mrs Connolly gern bei dem Event dabeihätte – aber die Antipathie beruht auf Gegenseitigkeit, daran lassen Mrs Connollys Worte über Conor zumindest keinen Zweifel.

»Ich freu mich, dass ihr endlich miteinander warm geworden seid«, sagt Conor, als ich fertig bin, und sein Lächeln ist aufrichtig. »Ich hab mir in der Zwischenzeit schon mal überlegt, wen wir alles einladen können.«

Er holt einen Laptop aus seinem Rucksack und dreht ihn so, dass ich sein Display im Blick habe. Keiner der Namen sagt mir etwas, doch dank der zweiten Tabellenspalte erhalte ich einen ganz guten Überblick: Von Politikern über Presse bis hin zu Rugby-Spielern ist alles dabei.

Ich ziehe meine Handtasche auf den Schoß und hole mein iPad daraus hervor. Die Mail-App ist noch geöffnet und zeigt Benachrichtigungen aus der Uni an, die ich schnell wegwische. Die Gedanken an daheim habe ich in letzter Zeit gut verdrängt, und ich würde es gern dabei belassen.

»Also …«, beginne ich stattdessen und fange meine eigene Liste an. »Ich würde gern Olivia fragen, ob sie Zeichenunterricht gibt. Oder Kindergesichter bemalt oder irgendwas. Ich glaube, sie würde mitmachen. Außerdem lernt sie gerade Gälisch und kann dazu sicher auch ein paar Fragen beantworten.«

»Klingt gut. Kitesurfing wird auch klargehen, allerdings zu festen Uhrzeiten und mit Vorabanmeldung, meinte Finn. Aber das sollte kein Thema sein. Er bringt das Equipment und alles mit.«

»Das ist super! Das würde ich auch gern testen.«

»Mit dem kalten Wasser hast du dich ja schon vertraut gemacht.« Seine Augen funkeln bei der Erinnerung, und als sein Knie leicht an meines stößt, bin ich mir sicher, dass es kein Versehen ist. Die Intensität, mit der ich auf ihn reagiere, erschreckt mich selbst, denn die bloße Berührung an meinem Bein genügt, um einen warmen Schauer durch meinen gesamten Körper zu jagen.

»Kann ich dir noch was bringen, Conor?« Molly, die gerade die Tische gewischt hat, steht plötzlich vor uns, und ich zucke so heftig zusammen, dass mir der Stift des Tablets aus der Hand fliegt.

»Entschuldige«, meint Molly lachend und reicht mir den Stift, bevor er über die Tischkante fallen kann. »Paukt ihr Vokabeln?«

»Nein, wir planen ein Kulturwochenende für die alte Schule. Mit Musik, Dingen zum Ausprobieren, kleinen Gälischkursen … Dass das mit den Krediten nicht geklappt hat, hat sich ja offenbar schon rumgesprochen.« Conor lächelt gequält, doch Mollys Gesicht leuchtet förmlich auf.

»Das ist eine großartige Idee! Braucht ihr Unterstützung? Wir könnten bestimmt beim Getränkeausschank helfen.«

»Ihr müsst am Wochenende doch selbst arbeiten.«

»Na, eine von uns werden wir schon entbehren können.« Sie

stemmt die Hände in die Hüfte und sieht nachdenklich an die Decke. »Musik habt ihr ja schon erwähnt. Hm. Wie wär's mit einem Brown-Bread-Backwettbewerb?«

»Brown Bread ist das, was es hier immer zur Suppe gibt?«

»Nicht bloß zur Suppe! Zu allem.«

Ich nicke und verschweige sicherheitshalber, dass, Brown Bread hin oder her, gutes Brot die eine Sache ist, die ich aus Deutschland vermisse.

»Gute Idee!«, sagt Conor. »Das haben meine Mam und ich früher häufig gebacken.«

»Wenn du im Laden nachfragst, sponsern sie euch bestimmt die Zutaten«, meint Molly. »Du kannst hier auch gern einen Aushang machen. Ich bin sicher, es melden sich einige mit Ideen. Die Leute sind ja immer froh, wenn was los ist.«

Conor nickt. »Hab ich gemerkt. Feargal wollte heute eine Abschlussparty für die Erasmus-Gruppe schmeißen und hat nicht eingesehen, dass sie nachmittags schon fahren müssen.«

»Ja, ich glaube wirklich, das ist seine liebste Zeit des Jahres«, meint Molly lachend.

Das Gespräch wird vom Klingeln meines Handys unterbrochen. »Sorry«, murmle ich und brauche einen Moment, bis ich es aus meiner Tasche gezogen habe. Es ist ewig her, seit jemand angerufen hat. Kein Wunder – Anrufe oder Nachrichten von Freundinnen gab es zu lang nicht mehr. Irritiert ziehe ich die Brauen zusammen, als ich Veros Namen auf dem Display lese. Ich lächle Molly und Conor entschuldigend zu, schiebe mich aus der Sitznische und nehme den Anruf entgegen.

»Hi!«

»Hey, na?«, fragt Vero. Im Hintergrund sind Gespräche zu hören, und eine Straßenbahn klingelt. Die Geräuschkulisse unterscheidet sich so stark von der hier, dass ich lächeln muss. »Wie ist Irland?«

»Anders als gedacht. Aber auf positive Weise«, erwidere ich ehrlich und lasse meinen Blick durch das Pub schweifen, der mir mittlerweile schon so vertraut ist wie mein Stammcafé in München.

»Das freut mich«, meint Vero, und ich kann das Lächeln in ihrer Stimme hören. »Du klingst auch anders. Besser. Weshalb ich mich melde …« Jetzt wird ihre Stimme ernster. »Deine Mutter stand eben vor der Tür. Ich hatte nicht viel Zeit, weil ich verabredet bin, aber sie meinte, sie erreicht dich nicht? Sie wollte nur wissen, ob alles läuft und ich zufällig weiß, ob du dich schon bei einer Frau namens Annalena gemeldet hast wegen des Praktikums. Huch … Ich hatte Grün, du Penner!«, ruft sie, und würde sich nicht plötzlich diese Schwere auf meine Brust legen, hätte ich mit Sicherheit gelacht. Doch in meinem Kopf wirbeln die Gedanken. Meine Mutter hat gestern versucht anzurufen, doch nach dem Tag am Leuchtturm war ich zu erschöpft, mich zurückzumelden, und auf die gelegentlichen Nachrichten in der Familiengruppe habe ich nur spärlich bis gar nicht reagiert.

»Sie klang nicht so, als ob sie weiß, dass du weg bist. Hast du ihr nichts gesagt?«

»Nein.«

Vero lacht. »Krass! Hätte ich nicht gedacht. Aber find ich cool! Na ja, jedenfalls hab ich behauptet, dass du gerade in der Bibliothek bist und lernst, weil ich nicht sicher war, was ich sagen soll. Wollte dich nur vorwarnen, sie ruft heute sicher noch mal bei dir an.«

»Danke.«

»Kein Ding! Schick mal ein paar Fotos, wenn du magst.«

»Mach ich«, antworte ich, als mir eine Idee kommt. »Sag mal … du bist die Tage doch sicher in der Bib. Kannst du auch ein paar Fotos machen?«

Vero lacht schon wieder. »Klar. Auch vom Hörsaal, wenn du willst. Ich deck dich. Krass, dass du zu Beginn des Semesters erst mal Urlaub machst.«

»Du hast was gut bei mir.«

»Ach was. Macht mir doch gar keine Umstände. Ich sende dir die Tage Alibis! Muss jetzt aber los, bin am Café, bis dann!«

»Tschüss«, sage ich, lege auf und ignoriere das schlechte Gewissen, das sich bei dem Gedanken, meine Eltern zu belügen, in meiner Brust ausbreitet. Schnell schreibe ich ein paar Zeilen in den Familienchat. Wenn ich proaktiv bin, bin ich vielleicht weniger verdächtig. Das Praktikumsangebot habe ich ebenso vergessen wie die Uni selbst. Da wir keine Anwesenheitspflicht haben und es zu früh im Semester für irgendwelche Klausuren ist, wird bei der Menge der Studierenden auch kaum aufgefallen sein, dass ich fehle.

Außerdem lüge ich meine Eltern nicht direkt an, ich lerne wirklich – wenn auch Gälisch statt Gesetzestexte. Als meine Mutter mit einem *Alles gut, lass uns die Tage quatschen* antwortet, seufze ich erleichtert auf und drehe mich wieder zu Conor um. Vor ihm haben sich mittlerweile einige aus der Gruppe der Auslandsstudierenden versammelt, um sich zu verabschieden. Avery und er umarmen sich kurz, doch selbst die Verabschiedung von Serena oder Maxence ist herzlicher. So wie Avery und Eoin neulich im Pub aufeinandergegangen haben, sollte mich das Ganze zwar nicht wundern, aber es tut trotzdem gut zu sehen, dass zwischen den beiden nichts mehr läuft.

Dennoch sorgt der Anblick dafür, dass sich der Druck auf meiner Brust wieder auflöst. Denn während ich in den ersten Tagen drauf und dran war, Brendan anzurufen und mich zurück zum Flughafen bringen zu lassen, kann ich mir nun nicht mehr vorstellen, mich bei den Studierenden einzureihen und

Baile na Mara zu verlassen. Obwohl ich so offensichtlich nicht dazugehöre mit meinen wenigen Brocken Gälisch, habe ich mich lange nicht mehr so akzeptiert gefühlt wie hier.

19. KAPITEL

Conor

»Vorbereitet für die Schneepokalypse?«, murmle ich die Worte vor mich hin, die Catherine draußen auf das Schild geschrieben hat. Ein Scherz, aber irgendwie wohl auch nicht, wenn ich an das letzte Mal denke, dass Irland unter einer Schneedecke begraben war. Vom Hamstern unverderblicher Nahrungsmittel bis hin zu Plündereien bei LIDL war alles dabei – allerdings hat es für mich auch bedeutet, dass meine Klausuren verschoben wurden, worüber ich mich wiederum nicht beschwert habe.

»Na, auch am Aufstocken?«, fragt Olivia, als ich den Laden betrete. In ihrer Hand trägt sie einen Korb, randvoll gefüllt mit Konserven, Brot und Süßigkeiten. »Beeil dich besser, es sind nur noch zwei Brote da.«

Nun muss ich doch lachen. »Herzlichen Glückwunsch, du bist somit vollkommen integriert.«

»Siobhán meinte, ich soll lieber jetzt schon gehen, bevor alle von der Arbeit zurück sind. Ich war vorhin zum Frühstücken im Pub, und das Dorf ist in hellem Aufruhr.«

»Ja, das waren sie letztes Mal auch, und wir alle haben überlebt.«

»War es echt so schlimm vor vier Jahren?«

»Nein. Wir sind nur keinen Schnee gewöhnt.«

Sie hebt die Schultern. »Ich auch nicht. Der Unterricht morgen findet aber statt, oder?«

»Jap. Und wenn ich euch mit dem Schlitten abholen muss, den ich nicht besitze.«

Olivias Lachen wird von der Klingel unterbrochen, als jemand den Laden betritt.

»Hi!«, ruft Catherine, die gerade aus dem Lager kommt, und winkt an mir vorbei. Ich weiß, wer hinter mir steht, noch bevor ich mich umdrehe. Es ist, als wäre in meinen Körper ein Frühwarnsystem integriert, so wie er auf Caroline reagiert. Sofort erhöht sich mein Puls, und mir ist trotz der eisigen Luft draußen plötzlich warm.

»Hey«, erwidert sie, und als ich mich umdrehe, wird ihr Lächeln eine ganze Spur breiter. Die letzten paar Tage waren von Planungen, Abenden im Pub und Spaziergängen entlang der Küste gezeichnet. Von Küssen am Strand und im Pub – und wenn jeder weitere Tag meines Lebens so abliefe, ich würde mich nicht beschweren. Alles ist leichter mit ihr. Bunter. Hindernisse fühlen sich auf einmal überwindbar an, und meine Probleme scheinen lösbar. Vermutlich waren sie es immer, doch Caroline ist diejenige, die Licht in das Dunkel gebracht hat.

Seit unserem Kuss am Leuchtturm ist der letzte Rest Befangenheit zwischen uns verschwunden, auch wenn wir bisher vermieden haben, darüber zu sprechen, was genau sich da zwischen uns entwickelt. Vermutlich, weil uns beiden klar ist, dass es schon mit einem Enddatum startet. Und das ist okay. Über ein Jahr lang war ich derjenige, der die Dinge beendet hat, bevor sie sich in eine ernste Richtung entwickeln konnten. Es ist okay. Doch warum fühlt es sich dann gar nicht okay an?

Caro nimmt sich einen Korb und stapft ohne weitere Worte an mir vorbei zu Catherine. »Ich hätte gern die beiden Brote.«

»Na klar.«

»Hey«, rufe ich, plötzlich wieder im Hier und Jetzt angelangt, und sie wirft grinsend einen Blick zurück.

»Wer zuerst kommt … Ich will es mir mit Mrs Connolly nicht verscherzen. Sie hat schon den ganzen Tag Sorge, dass wir einschneien.«

»Ja, aber Teilen macht glücklich, schon mal davon gehört?«, frage ich und trete an die Theke.

Caro sieht nachdenklich nach oben, dann schüttelt sie den Kopf. »Nein. Nein, hab ich nicht. Und schau mal: Du solltest sicher eh für den Backwettbewerb üben, du willst dich doch nicht vor deinen Landsleuten blamieren.«

»Backwettbewerb?«, fragt Catherine, die unseren Schlagabtausch schmunzelnd verfolgt.

Wir weihen sie in den Plan rund um das Kulturfest ein, und als wir enden, strahlt sie über das ganze Gesicht.

»Das ist ja großartig! Deine Eltern sind sicher so stolz. Hast du Declan auch eingeladen?«

Die bloße Erwähnung seines Namens genügt, damit ich verkrampfe. »Nein«, antworte ich bloß, und Caro wirft mir einen neugierigen Blick zu, fragt jedoch nichts.

»Wenn ich euch bei etwas unterstützen kann – bei der Tombola zum Beispiel –, dann sagt einfach Bescheid! Ich könnte meinen Mann auch mal fragen, ob er einen Kurs zum Bierbrauen gibt. Gut, brauen kann man in der Zeit zwar kein Bier, aber vielleicht fällt ihm was ein.«

»Das wäre toll!«, sagt Caro begeistert, und die Erwähnung von Declan scheint vergessen. Nur bei mir nicht, denn meine Gedanken driften in letzter Zeit immer häufiger zu ihm. Kein Wunder, immerhin war es stets unser gemeinsamer Plan gewesen, die Schule zu retten. Doch ich brauche ihn nicht. Er ist kein Teil meines Lebens mehr, und er war nie der Mensch, für den ich ihn gehalten habe. Damit muss ich mich abfinden. Blut ist eben doch nicht immer dicker als Wasser.

»So. Einmal das alles hier«, meint Olivia, taucht neben uns auf und hievt einen prall gefüllten Korb auf die Theke. Kritisch begutachtet sie ihn. »Das reicht, oder?«

»Liv, Liebes, du wirst nicht verhungern. Molly und Siobhán werden sowieso geöffnet haben.«

»Wird der Schnee wirklich so schlimm?«, fragt Caro. »Sogar Brendan hat mir geschrieben und meinte, ich soll mich eindecken und auf keinen Fall das Auto nach Galway nehmen, solange Chaos herrscht.«

»Mach dir keine Sorgen. Sie empfehlen nur, das Haus nicht zu verlassen, wenn es nicht unbedingt nötig ist.«

»Aber ins Pub gehen trotzdem alle«, füge ich schmunzelnd hinzu.

»Wem von euch beiden darf ich das zweite Brot denn jetzt geben?«

»Mir«, kommt es gleichzeitig aus Caros und meinem Mund, und bevor Caroline es sich nehmen kann, schnappe ich es aus Catherines Hand. Caro versucht danach zu greifen, doch ich halte es höher, sodass sie nicht rankommt.

»*Póg mo thóin*«, flucht Caro, und für einen Moment bin ich so perplex, dass sie das Brot beinahe erwischt. Olivia hingegen bricht in Gelächter aus.

»Das hast du aber nicht bei mir im Unterricht gelernt«, erwidere ich grinsend.

»Nein, ein bisschen was schnappe ich auch bei Mrs Connolly auf. Überwiegend Schimpfwörter.«

»Okay, Deal«, lenke ich ein und sehe Caro mit erhobenen Brauen an. »Du lässt mich nicht an Glutenmangel draufgehen und kriegst dafür eine Überraschung.«

»Es ist kein Handel, wenn ich die Bezahlung nicht kenne.«

»Es ist aber auch keine Überraschung mehr, wenn ich dir sage, was dich erwartet.«

Caroline streckt die Hand aus, die andere stemmt sie in die Hüfte, dann sieht sie mich abwartend an. Mittlerweile muss auch Catherine sich das Lachen verkneifen.

»Na gut«, sage ich mit einem Seufzen. »Brot gegen Bogenschießen.«

»Wirklich?« Caros Augen werden groß.

»Ja. Cormac, der Freund, von dem ich dir mal erzählt hab, wohnt mit seinem Verlobten einen Ort weiter und bietet Kurse an. Den Abstecher schaffen wir vor dem Schnee auf jeden Fall noch.«

»Wie cool! Das wollte ich schon seit *Hunger Games* mal machen.«

»Spannend. *Hunger-Games*-Fan also. Erinnerst du dich noch, was Katniss und Peeta so verbunden hat?« Ich senke die Hand und sehe auf den Laib Brot. »Ah richtig, er hat sein Brot mit ihr geteilt.«

»Ich war immer Team Gale«, erwidert Caro schulterzuckend, doch ihre Mundwinkel heben sich. »Aber gut. Behalt das Brot, dafür fährst du aber! Ich hab genug Linksverkehr für diese Woche gehabt.«

»Deal.«

Ich halte ihr die freie Hand hin, und als sie einschlägt, ziehe ich sie an mich.

Unsere Lippen berühren sich nicht, immerhin stehen wir nach wie vor in Catherines Laden, doch es genügt, um meinen Puls zum Rasen zu bringen. Ich hätte nie für möglich gehalten, dass die bloße Berührung eines Menschen mich so außer Kontrolle bringt.

Cormacs Haus ist nur knappe zehn Minuten Fahrt entfernt und liegt inmitten grüner Felder. Seit meinem letzten Besuch hat er ihm einen neuen Anstrich verpasst, und das sanfte Blau mit den gelben Fensterläden und den zahlreichen Blumenkästen lässt es noch gemütlicher wirken als zuvor. Zur Rechten des Hauses liegen etliche Gemüsebeete, und links steht eine große Schaukel, ein Überbleibsel der alten Bewohner. Als ich angeboten habe, ihm beim Abriss zu helfen, hat Cormac nur rumgedruckst, dass er sie lieber stehen lässt. Mam, die den Umzug mit Snacks versorgt hat, hat unser Gespräch belauscht, und seitdem fragt sie jedes Mal, wenn ich ihn und Ed besuche, ob es schon so weit ist. Mir graut vor dem Tag, an dem sie bei mir damit anfängt, aber als Single hatte ich die ganze Zeit über Schonfrist.

»Ist das schön hier«, meint Caro, während sie den Kiesweg zum Haus neben mir entlangstapft.

»Ist es wirklich. Aber sag Cormac nicht, dass ich das zugegeben habe. Offiziell hasse ich ihn dafür, dass er aus Baile na Mara weggezogen ist.«

Grinsend schüttelt Caro den Kopf. »Du hast einen Knall.«

Noch bevor wir das Haus erreicht haben, fliegt die Tür auf, und ein kleiner Jack Russell Terrier springt uns entgegen. Caroline geht sofort in die Knie, um den Hund zu begrüßen, während ich erst einmal Cormac umarme.

»*Dia dhuit!* Kriegt man dich auch mal wieder zu Gesicht!«, meint Cormac. Die Sommersprossen auf seiner Nase tanzen, als er mich angrinst.

»Ich würde ja sagen, es war viel zu tun, aber ich ertrag deine Gesellschaft einfach nicht so oft.«

»Klar, deshalb hast du bei meinem Umzug auch geheult wie ein Baby.«

»Hab ich nicht«, sage ich an Caro gewandt, die gerade wieder aufsteht.

»Er hat heute fast wegen eines Brots geweint, von daher …«
Sie zuckt mit den Schultern. »Ich bin ziemlich sicher, er braucht
gleich auch Taschentücher, wenn ich ihn beim Bogenschießen
besiege.«

Ich sehe Caro mit erhobenen Brauen an. »Ich wusste nicht,
dass es ein Wettbewerb ist.«

»Hast du Angst?«, feixt sie, und ihr neckender Tonfall bringt
mich zum Schmunzeln. Wenn ich diese Caroline vor mir mit
der von vor drei Wochen vergleiche, dann liegen Welten dazwischen.

»Ich mag dich«, sagt Cormac und hält Caro die Hand hin.
»Hi, Cormac, einer der ältesten Freunde von diesem Kerl da,
ich weiß also, was du mitmachst. Der kleine Rabauke, der dich
gerade nicht in Ruhe lässt, ist Jack.« Wie auf Kommando bellt
Jack und setzt sich neben Caroline ins nasse Gras.

»Caro, freut mich! Ihr habt euren Jack Russell Jack genannt?«

»Schien naheliegend. Ed und ich sind nicht so kreativ.« Cormacs hellblaue Augen funkeln amüsiert. »Na dann, kommt mit.
Ich hab hinten schon alles vorbereitet.«

Cormac geht voraus, und wir folgen ihm einmal um das
Haus herum, wobei Jack nun doch beschließt, durch die kleine Klappe nach drinnen zu gehen – vermutlich ist ihm zu kalt.

»Schon mal einen Bogen in der Hand gehabt?«, fragt Cormac und hält einen aus hellem Holz in die Höhe.

»Nein, noch nie«, meint Caro. »Der sieht mehr nach *Herr
der Ringe* als nach *Hunger Games* aus«, wispert sie mir dann zu,
doch nicht leise genug, als dass Cormac es nicht gehört hätte,
denn er lacht auf.

»Ja, das ist ein Blankbogen. Der ist um einiges simpler als
ein Compound- oder Recurvebogen. Aber ich mag ihn gerade
deshalb: keine Pfeilauflage, kein Visier. Wenn du was treffen

willst, musst du dich konzentrieren. Das ist zum Üben perfekt.«

Er reicht Caro den Bogen, die ihn so vorsichtig entgegennimmt, als könnte er bei der kleinsten Berührung zerbersten. Auch mir reicht er einen, dann gibt er jedem von uns drei Pfeile, einen Köcher und einen Lederschutz für den Arm. Er deutet auf die Zielscheiben. »Die Pfeile holt ihr erst raus, wenn ihr beide alle drei verschossen habt. Keiner rennt mir hier in die Schussbahn, ist das klar?«

Caroline nickt sofort, während ich ein »Jawohl, Sir«, rufe, für das Cormac mir gegen die Schulter boxt.

»Beim Schießen stellt ihr euch in etwa so hin. Probiert am besten einmal aus, welcher Arm und welches Bein für euch eher funktionieren. Meist ist es die stärkere Hand, aber man weiß ja nie. Wichtig beim Spannen der Sehne ist, dass ihr sie bis zu eurer Wange zieht, in etwa so. Dann habt ihr einen guten Blick auf das Ziel. Den Arm haltet ihr parallel zum Boden.« Cormac macht den Stand und die Bewegung mit seinem Bogen vor. »Den anderen streckt ihr durch, aber nicht zu sehr, sonst passiert das hier.« Er lässt die Sehne einmal schnellen, und sie trifft mit einem knallenden Geräusch auf den Lederschutz. »Tut weh, ist unangenehm, deshalb nicht komplett durchdrücken, okay?«

Caro ahmt die Bewegung nach und nickt.

»Verstanden«, stimme ich zu, als Cormacs Blick auf mir landet. Er wirkt so viel erwachsener als noch vor einem Jahr. Vielleicht liegt es daran, dass er mit nur Mitte zwanzig ein Haus, einen Verlobten und einen Hund hat, vielleicht sind wir beide auch wirklich erwachsen geworden.

»Cool. Dann kommen wir zum Pfeil.« Er schnippt einen seiner Pfeile nach oben und hält ihn Caro vor die Nase. »Siehst du diese kleine Einbuchtung am Ende hier? Da kommt die

Sehne rein. Die Hand, mit der du spannst, hält auch das Ende des Pfeils. Die vordere Seite ruht hier auf deinen Fingern.«

Er übergibt den Pfeil an Caro. Ihre Brauen sind vor Konzentration zusammengezogen, und sie flucht laut, als er hinunterfällt.

»Passiert fast jedem«, beruhigt Cormac sie, und Caro hat sich bereits gebückt, um es noch einmal zu probieren. Diesmal gelingt es, und unter Anleitung von Cormac geht sie den Bewegungsablauf ein weiteres Mal durch. Er macht die Ausführungen parallel mit und gibt hier und da ein paar Tipps.

»Schultern nicht so hochziehen, jap, genau so.«

»Das ist anstrengender, als ich dachte.«

»Wenn du morgen keinen Muskelkater hast, wäre ich enttäuscht!«

Caro dreht den Kopf zu mir. »Sicher, dass wir das anbieten können, bei den ganzen Kindern?«

»Du sagst das, als stünde schon fest, dass wir von Publikum überrannt werden.«

Sie sieht wieder nach vorn, auf ihren Lippen liegt ein Lächeln. »Das wird schon, glaub mir.«

Zu meiner Überraschung merke ich, dass ich es tue. Ich glaube ihr. Mehr noch, sie vertreibt die Zweifel, die mich sonst umgeben. Die der etlichen Absagen, aber auch die, die mich seit der Sache mit Sarah und Declan begleiten. Eine Person nach der anderen ist aus meinem Leben verschwunden – entgegen ihren Versprechen. Eigentlich sollte ich genau aus diesem Grund vorsichtiger sein, immerhin weiß ich, dass Caroline Baile na Mara ebenfalls verlassen wird. Ich weiß nicht, wann, will es auch gar nicht, aber wie lang kann Mrs Connollys Therapie schon dauern? Zwei Monate? Drei?

Mich in Caroline zu verlieben wäre das Dümmste, was ich seit Langem getan habe. Und doch merke ich, dass es mit jedem weiteren Tag geschieht. Mit jedem Wort aus ihrem Mund, jedem Lachen, das ihr über die Lippen kommt, aber auch mit jedem nachdenklichen Moment, in dem ich mehr über sie erfahren darf. Es mag unklug sein, aber es geschieht doch unausweichlich. Caroline hat erzählt, dass sie lange nichts gefühlt hat – was, wenn es mir genauso ging? Nach allem, was passiert ist, habe ich es mir schlicht und ergreifend verboten. Bis sie kam …

Meine Gedanken werden von einem zischenden Laut unterbrochen, als Caroline den Pfeil loslässt und er die Luft durchschneidet.

»Oh mein Gott!«

»Sauber!« Cormac nickt und hebt anerkennend die rotblonden Brauen.

»Ich hab getroffen!« Caros Lächeln bringt ihre Augen zum Strahlen, als sie von der Zielscheibe zu mir sieht. »Also … so halbwegs zumindest.«

Der Pfeil ist im Stroh neben der Zielscheibe stecken geblieben, jedoch nur wenige Zentimeter entfernt.

»Mein erster Schuss ging in die Sträucher dort hinten«, sage ich und deute zu dem Stechginster, der mich an unseren Ausflug zum Leuchtturm erinnert.

»Dein zweiter auch. Und dein dritter«, meint Cormac trocken, und Caro lacht. »Im Gegensatz zu dir ist Caro ein Naturtalent.«

»Blamier mich nicht!«

Cormac will gerade etwas erwidern, als von drinnen lautes Bellen ertönt.

»Schätze, da ist jemand an der Tür. Bin gleich zurück. Macht ruhig schon mal weiter!«

Ohne eine Antwort abzuwarten, läuft Cormac ums Haus herum nach vorn.

»Du bist dran«, meint Caro und tritt einen Schritt zurück, damit ich freie Bahn habe. »Versuch, die Hecke nicht zu treffen.«

»Ganz schön hochmütig für einen Glückstreffer«, erwidere ich, lege den Pfeil an, spanne die Sehne, visiere den gelben Punkt in der Mitte an – und treffe. Nicht das gelbe Feld, aber immerhin das blaue.

»Okay, ich wieder.« Caro springt so schnell vor, dass sie mich beinahe zur Seite schubst. So geht es eine Weile, wobei Caroline zwei der Pfeile auch aus den Sträuchern fischen muss. An der Falte zwischen ihren Brauen merke ich, wie sie immer frustrierter wird.

»Darf ich … Kann ich dir was zeigen?«, fragte ich, unsicher, ob sie Hilfe will.

»Gern, wenn ich dann wieder treffe.«

»Hey, du bist tausendmal besser als ich am Anfang.«

Caro nimmt einen der Pfeile, den sie gerade aus den Sträuchern gerettet hat, legt ihn an die Sehne und sieht mich dann abwartend an. Ich trete hinter sie und berühre sanft ihren Rücken an der Stelle zwischen ihren Schulterblättern. Ich meine zu hören, wie Carolines Atem stockt, doch vielleicht bilde ich mir das bloß ein.

»Du musst mehr mit den Schulterblättern und der Rückenmuskulatur arbeiten als mit den Fingern. Deine Haltung ist super, aber konzentrier dich mehr auf die Spannung hier.« Obwohl ich nur den Stoff ihrer Regenjacke berühre, kribbeln meine Finger bei dem Kontakt, und ich schlucke gegen die plötzliche Trockenheit in meiner Kehle an. Sie ist mir so nah, dass ich ihren zarten, frischen Duft rieche. Vielleicht ist es ihr Shampoo, aber der Geruch nach Vanille, Orange und etwas, das unverkennbar sie selbst ist, lässt mich jedes Mal vergessen, wo ich bin.

»Genau«, sage ich, als ich spüre, wie Caro die Muskeln anspannt. Eine so unschuldige Bewegung sollte nicht die Gedanken in mir hervorrufen, die ich dabei habe. Und doch führen sie dazu, dass meine Hand langsam tiefer streicht, ihre Wirbelsäule hinab, und sich dann auf ihre Hüfte legt. Ohne meinen Füßen den bewussten Befehl zu geben, trete ich näher an Caro heran, sodass meine Brust ihren Rücken berührt.

»Jetzt anvisieren über die Finger deiner Bogenhand, so wie Cormac es vorgemacht hat.«

Ein, zwei Sekunden vergehen. Dann lässt Caroline den Pfeil nach vorn schnellen – und trifft genau in die Mitte.

»Ich hab's geschafft!« Aufgeregt springt sie auf und ab, sodass ich lachend ausweichen muss, um den Bogen nicht in die Rippen gerammt zu bekommen.

»Ups, sorry.« Sie lässt ihn auf den Rasen fallen und rennt zur Zielscheibe, um ein Foto zu schießen, mit Sicherheit für ihre Freundin daheim. Dann wirft sie die Arme um meinen Hals. »Ich bin so gut! Okay, Bogenschießen check. Das könnten wir als Wettbewerb anbieten. Ich werde gewinnen. Wir brauchen also einen guten Hauptgewinn.«

»Notiert«, sage ich lachend. Ihr Blick wird ernster, ihre Mundwinkel bleiben jedoch erhoben, als sie mit den Fingern über mein Haar streicht.

»Es schneit.« Wie zum Beweis hält sie mir den Zeigefinger entgegen, auf dem tatsächlich eine kleine, schmelzende Flocke zu sehen ist. Wir blicken nach oben in den hellen Himmel, aus dem immer mehr und mehr kleine Flocken rieseln. »Denkst du, in Baile na Mara bricht schon der Notstand aus?«

Ich nicke ernst. »Bestimmt. Catherine wird überrannt, und bei Molly verriegeln sie die Fenster des Pubs.«

»Oh, so ernst also. Dann sollten wir wohl langsam heim? Cormac scheint eh beschäftigt.«

»Sofort«, stimme ich zu. »Aber erst muss ich noch was machen.«

Caros Schmunzeln verrät, dass sie genau weiß, worauf ich hinauswill. Sie stellt sich auf die Zehenspitzen, kommt mir entgegen, und einen Wimpernschlag später berühren ihre Lippen meine. Ich unterdrücke ein Seufzen. Caros Geruch vermischt sich mit dem des frischen Schnees, der prickelnd auf mein Gesicht und meine Hände fällt. Sie öffnet ihren Mund, streicht mit der Zunge über meine, während ich die Hände wieder um ihre Hüfte lege und sie enger an mich ziehe. Es ist ganz egal, wie nah Caro und ich uns sind, es ist nie genug. Das gesamte letzte Jahr habe ich verbissen für unsere Traditionen gekämpft. Wer hätte gedacht, dass all das Neue, das Caroline mit sich bringt, das ist, was mein Herz in Wahrheit schneller schlagen lässt?

20. KAPITEL

Caroline

»Krass, du bist also auch eine Künstlerin.«

Ich mache eine wegwerfende Handbewegung, bevor meine Finger wieder über das Trackpad meines silbernen Laptops gleiten. »Bin ich nicht. Das ist nur das bisschen, was von meiner Ausbildung hängen geblieben ist, bevor ich sie geschmissen hab.«

»Mach dich nicht so runter, ich find es gut!«

»Es sieht wirklich schön aus«, meint nun auch Mrs Connolly. Sie steht in meinem Rücken, hat die Hände an der Stuhllehne abgestützt und betrachtet den Flyer, den ich gerade mit InDesign gestalte. Der Tisch vor uns ist das reinste Chaos: mehrere Tassen Tee, Kekse, Papiere, Hundeleckerlis, weil auch Olivia sich am Klickertraining probieren wollte, und Mrs Connollys Nähmaschine. Als ich Liv gefragt habe, ob sie mich heute bei der Vorbereitung für das Kulturfestival unterstützen möchte, hat sie keine Sekunde gezögert und stand wenige Minuten später bereits auf der Matte.

Obwohl ich erst unsicher war, ob es Mrs Connolly recht ist, wenn wir ihre Ruhe und Ordnung stören, scheint die Frau in der Rolle der Gastgeberin nun vollkommen aufzugehen. Ich frage mich, wieso sie nicht häufiger Leute einlädt – Molly und Siobhán zum Beispiel.

»Ich leg noch etwas Holz auf«, meint Mrs Connolly hinter mir und macht Anstalten, sich in Bewegung zu setzen, doch Olivia kommt ihr zuvor.

»Kommt nicht in die Tüte. Sie setzen sich, ich mach das schon.«

Mrs Connolly schnalzt mit der Zunge, doch Olivia kniet bereits vor dem Kamin und stochert in der kleinen Flamme herum. Das warme Licht erhellt ihr Gesicht, auf dem, genau wie auf meinem, ein Lächeln liegt. Draußen schneit es immer noch, doch in der großen Küche ist es gemütlich warm. Mrs Connolly hat den beiden Hunden eine Decke vor den Kamin gelegt, auf der die zwei mittlerweile schlafen. Miss Sparkle gibt leise schnarchende Laute von sich, die uns regelmäßig zum Lachen bringen.

»Dann mach ich wohl auch mal weiter«, meint Mrs Connolly und setzt sich wieder vor die Nähmaschine. Während Olivia und ich ein Moodboard für das Event erstellt und nach ersten Dekoartikeln recherchiert haben, hat Mrs Connolly weiter nähen geübt. Zu sehen, wie sie darin aufgeht, wärmt mich ebenso sehr wie der Kamin. Es liegen Welten zwischen der Frau mir gegenüber und der, die mir zu Beginn nur widerwillig die Tür geöffnet hat. In ihr brennt wieder ein Feuer. Und dass ich meinen kleinen Teil dazu beitragen konnte, es zu entfachen, erfüllt mich mit mehr Stolz, als ich zugeben möchte.

Vielleicht ist es mir deshalb auch so wichtig, dass die Flyer perfekt werden. Ich ändere die Schriftart ein weiteres Mal und rücke dann ein Stück zurück, um das Ganze besser betrachten zu können.

»Ich glaube, ich hab's. Es sind nicht alle Programmpunkte drauf, aber ich hab die Website unten für das restliche Programm gelistet. Es kommen sicher noch ein paar Dinge dazu oder irgendwas verschiebt sich, dann kann ich da alles aktuell halten.«

»Klingt gut«, meint Liv, schiebt ein weiteres Holzscheit nach und kommt dann zurück zum Tisch. »Gratis Sprachkurs, Bogenschießen, Schafstreichelzoo«, liest sie mit einem Schmunzeln in der Stimme vor. »Das wird super. Falls genug Platz ist, füg vielleicht noch die Tombola hinzu, die du erwähnt hast. Wenn's was zu gewinnen gibt, kommen sicher noch mehr Leute.«

»Ja, aber nicht die Art, die spendet«, murmle ich, setze ihren Vorschlag jedoch direkt in die Tat um.

»Sehr gut! Wenn du magst, kann ich daheim ein paar drucken. Ich hab dickes Papier und all so was. Dann kannst du im Pub gleich welche verteilen, heute ist sicher die Hölle los.«

»Wieso überrascht es mich nicht, dass du ins Pub willst?«

»Es ist Schneetag, jeder will ins Pub«, pflichtet nun auch Mrs Connolly ihr bei.

»Kommen Sie mit?«, frage ich begeistert, doch Mrs Connolly schüttelt direkt den Kopf.

»Auf keinen Fall. Aber ihr Mädchen geht nur!«

»Ich kann auch mit Ihnen hierbleiben, und wir schauen einen Film oder …«

Weiter komme ich nicht, da Mrs Connolly ihr mir mittlerweile vertrautes Zungenschnalzen von sich gibt. »Papperlapapp. Wenn Miss Sparkle und Lady Sprinkles sich breitmachen, passt du ohnehin nicht mit aufs Sofa.«

»Na gut. Aber Sie schreiben, wenn Sie mich brauchen.«

»Tu ich nicht«, sagt Mrs Connolly, doch es klingt längst nicht mehr so ruppig wie früher, stattdessen ziert ein Lächeln ihr Gesicht.

»Cool!«, sagt Olivia. »Dann schick mir den Flyer, und ich druck ein paar und bring sie mit ins Pub.«

»Ich kann auf dich warten, und wir gehen gemeinsam.«

»Sicher uns lieber schon mal Plätze, es wird höllisch voll

heute.« In ihrem Gesicht bildet sich ein breites Grinsen. »Aber ich weiß, wer dich liebend gern begleitet.«

Erneut ertönt Mrs Connollys Schnalzen, während mein Herz aufgeregt stolpert. Es ist nur wenige Stunden her, dass ich Conor zuletzt gesehen habe und dennoch fehlt mir seine Anwesenheit. Olivia hat mir zu Spaß geraten, und den habe ich unbestreitbar. Doch ist es nur Spaß, wenn der bloße Gedanke an Conor diese Dinge mit mir tut?

Das *Tigh Mholly* empfängt uns wie eine warme Umarmung. Ein Mann stolpert an mir vorbei in Richtung Theke, und sofort legt Conor seine Hand in meinen Rücken, um mich zu halten. Was die anderen gesagt haben, stimmt: Das gesamte Dorf hat sich hier versammelt, während es draußen immer heftiger schneit. Die Scheiben sind beschlagen, so warm ist es drinnen, und die Luft riecht nach Bier, Whiskey und Pommesfett – eine Mischung, bei der ich vor einigen Wochen sicher die Nase gerümpft hätte, die mich jetzt aber zum Lächeln bringt. Obwohl es draußen noch gar nicht dunkel ist, sind die Lichterketten erleuchtet und zaubern eine beinahe weihnachtliche Atmosphäre. Mit tauben Händen schiebe ich meine Kapuze vom Kopf und zupfe die durchnässten Wollhandschuhe von meinen Fingern, die sofort zu prickeln beginnen.

»Na, ihr beiden?« Siobhán winkt uns von der Theke aus zu, wo sie gerade ein Cider zapft. »Wollt ihr einen Shot? Geht aufs Haus, zum Aufwärmen.«

Conor sieht mich fragend an, als wäre seine Entscheidung von meiner Antwort abhängig. Zu meiner Überraschung nicke ich und laufe auf die Bar zu. »Klar, wieso nicht?«

Siobhán reicht den Cider an eine Frau an der Theke weiter und holt zwei kleine Gläser aus dem Regal hinter ihr. »Was haltet ihr von Baby Guinness?«

Ich blicke Conor fragend an.

»Sieht aus wie ein kleines Guinness, deshalb der Name. Ist ein Mix aus Sahne- und Kaffeelikör.«

»Dann halte ich sehr viel davon!«

»Kommt sofort«, erwidert Siobhán lachend.

»Magst du dich schon mal setzen?«, fragt Conor und lässt den Blick durch den Raum streifen. »Sonst wird es hier langsam eng.«

»Mach ich. Plätze reservieren ist quasi eine deutsche Disziplin. Hab mein Handtuch im Rucksack.«

Conor sieht mich irritiert an. »Anspielung auf Douglas Adams?«

»Wer? Nein. Du warst nie auf Mallorca, oder?«

»Nope.«

»Okay, dann überzeug dich gleich einfach selbst.«

»Was darf ich dir denn sonst noch bringen?«

»Ich nehm noch ein ausgewachsenes Guinness.«

»Kommt sofort!« Conor zwinkert mir zu und stützt sich auf die Theke, hinter der Siobhán und Molly gerade ordentlich zu tun haben. Schmunzelnd beobachte ich ihn noch einen Augenblick. Wegen des Handtuch-Missverständnisses, aber auch, weil es dieses gebraucht hat, um mir ins Bewusstsein zu rufen, dass es diese kulturelle Kluft zwischen uns gibt. Während sie mir am Anfang noch zu bewusst war, fühle ich mich mittlerweile schon fast daheim. Und dieses Gefühl bringt mich zum Lächeln – das und die Tatsache, dass dieser Mann mit den zerzausten, nassen Haaren und den braunen Augen, hinter denen unendlich viel Leidenschaft steckt, mein Herz so zum Schlagen bringt.

Als ich mich durch die Menge schiebe, begegnen mir lächelnde Gesichter, gelegentliches Nicken und das ein oder andere *Dia duit*. Die neugierigen Blicke, die mich nach meiner Ankunft gestreift haben, sind Geschichte. Meinen abrup-

ten Abgang letzte Woche scheint mir auch niemand krumm-
zunehmen, denn Aisling winkt mir lächelnd zu.

»Na, alles gut?«, ruft sie mir auf Englisch zu, und ich strecke
den Daumen nach oben.

»Sie hatten recht mit Mrs Connolly!«, rufe ich. Hier hinten
ist es so laut, dass man sich beinahe anbrüllen muss, um sich
zu verstehen, doch die Atmosphäre ist ausgelassen. Gälische
Worte fliegen umher, und mein Bauch macht jedes Mal einen
aufgeregten Salto, wenn ich eines verstehe. Da ich mit Olivia
im Unterricht gerade erst das Wetter geübt habe, bin ich in der
Lage, *sneachta* mehr als ein Mal aufzuschnappen. Der Schnee
ist also auch hier Thema Nummer eins.

Ich schiebe mich auf die lange Bank an einen der noch frei-
en Tische. Die beiden Männer, die am Tisch daneben sitzen,
rutschen zur Seite, damit ich mehr Platz habe, und ich lächle
ihnen dankbar zu. Ich nutze die Zeit, die Conor braucht, um
die Getränke zu bringen, um Nadine schnell das Foto vom Bogenschießen heute Morgen zu schicken.

Caroline, 6.12 pm:
Nenn mich Katniss Everdeen!!!
Es gibt so viel Neues, von dem ich dir noch erzählen muss. Du
fehlst. 🖤

Weiter komme ich nicht, denn ein Glas voll dunklem Bier
wird in mein Sichtfeld geschoben. Kurz durchzuckt mich das
schlechte Gewissen, weil meine Berichte an Nadine – abgesehen von denen zu Conor – immer kürzer werden, ich sie
immer häufiger vertrösten muss, doch dann blicke ich auf und
sehe nicht nur Conor vor mir, sondern auch Olivia und Eoin.

»Hey!« Olivia schmeißt sich neben mich auf die Bank und
drückt mich fest an sich, als hätten wir uns ewig nicht gesehen.

In der einen Hand hält sie ein Glas, das bereits zur Hälfte geleert ist, mit der anderen legt sie einen Jutebeutel zwischen uns ab und klopft fröhlich darauf. »Ist toll geworden!«

Conor wirft seine Jacke auf die andere Seite und setzt sich daneben, legt eine Hand wie selbstverständlich auf mein Bein. Vielleicht ist es das auch: selbstverständlich. Dennoch treibt es mir die Hitze in die Wangen. Feargal hat uns bei unserem ersten Kuss erwischt, mit Olivia habe ich darüber geredet, und Mrs Connolly kann sich ihren Teil mittlerweile denken – doch sonst weiß außer Nadine noch niemand Bescheid.

Eoins Blick gleitet über uns, und ich versteife mich leicht, doch alle Sorgen verflüchtigen sich, als er breit grinst.

»Na, darauf *sláinte!*« Er hebt sein Glas und setzt zum Trinken an – und damit scheint die Sache erledigt zu sein.

»Cheers, mate!«, ruft Liv in bestem australischen Slang und nimmt einige große Schlucke von ihrem Cider. »Hach, hab ich erwähnt, dass ich es hier liebe? Oh, ich hab gerade noch jemanden für euer Fest angeheuert! Was haltet ihr von Irish Step Dance? Entweder als Auftritt oder als Kurs. Ich mach mit!«

»Was für ein Fest?«, fragt Eoin und zieht sich einen der wenigen noch freien Stühle an den Tisch. Liv wirft mir einen Seitenblick zu, und ich räuspere mich und hole ein paar der Flyer aus ihrem Beutel hervor.

»Conor und ich planen ein Kulturfest.«

»Das beste Kulturfest!«, wirft Liv ein und reckt die Arme in die Höhe.

»Du hast Flyer erstellt?« Conor sieht mich mit großen Augen an, als ich ihm einen der Zettel reiche. »Wow, die sind richtig gut!«

»Hat Caro mit ihren krassen Grafikerinnen-Skills entworfen«, sagt Olivia so stolz, als handle es sich bei mir um ihre Tochter.

»Ich dachte, so können wir schon mal ein paar Leute darauf aufmerksam machen. Wenn du mir Zugang zur Website gibst, kann ich eine Landing Page für das Event machen.«

»Programmieren kannst du auch noch?« Conors Brauen wandern ein Stück höher.

»Nein, aber ich hab meiner besten Freundin bei ihrer Website geholfen.«

»Wow.« Conor betrachtet wieder den Flyer und dreht ihn auf die Rückseite, wo die ersten Programmpunkte vermerkt sind. »Das ist wirklich großartig! Kann ich ein paar davon haben?«

»Klar. Liv hat sie gedruckt. Wenn sie für dich okay sind, könnten wir zu einem Copyshop.«

»Ich kann sonst auch mehr Papier bestellen und sie euch drucken. Ich hab damals fast zweitausend Euro für diesen Profidrucker ausgegeben, weil ich der Meinung war, Kunstdrucke meiner Bilder auf Etsy verkaufen zu müssen. Spoiler: Es war ein Reinfall. Dann hätte es immerhin einen Nutzen.«

»Danke, Leute. Wirklich.« Conors Lächeln bringt meinen Bauch zum Flattern. Es hat gutgetan, ihm zu helfen. Selbst das Gestalten des Flyers hat mir Freude bereitet, dabei bin ich während der Ausbildung oft genug verzweifelt. Doch die aufrichtige Freude in Conors Blick, das Funkeln in seinen Augen – es flutet meinen Körper mit Endorphinen, und ich will mehr davon.

»Und wieso wurde ich nicht eingeplant?«, fragt Eoin und deutet auf die Rückseite des Flyers.

»Ich wollte dich eh noch fragen«, sagt Conor. »Könnte das Café vom Museum an den Tagen aufmachen?«

»Klar, kein Ding. Aber das mein ich nicht. Ich will am Programm teilnehmen! Wir müssen unser Rugby-Team reanimieren! Baile na Mara gegen die Besucher!«

»Wir gegen die anderen – super Idee«, meint Liv trocken. »Das fördert den Gemeinschaftsgeist auf jeden Fall.«

»Hey, du dürftest ja in unserem Team mitmachen. Und Caro natürlich auch«, entgegnet Eoin.

»Ich im Rugby?« Ich sehe an mir hinab, um zu verdeutlichen, dass das keine sonderlich gute Idee ist. Viel weiß ich zwar nicht über Rugby, aber das Wenige, was ich kenne, ist brutal. Und da ich schon das Bogenschießen von vorhin in den Armen merke, würde ich wohl gnadenlos untergehen.

»Wir könnten Tag Rugby anbieten. Da ist die Verletzungs- gefahr niedriger.«

»Langweilig«, ruft Eoin gedehnt, was Olivia zum Kichern bringt. Sie legt ihren Kopf auf meine Schulter und seufzt. Ihr Glas ist mittlerweile leer.

»Ich wünschte, jeder Tag wäre Schneetag«, murmelt sie. »Die Leute haben so gute Laune, und ich habe all die Snacks gekauft, Caro! Alle! Und wir haben zwei Begrüßungsshots beim Reinkommen gekriegt. Einfach so.«

»Sehr gut«, erwidere ich und verkneife mir das Lachen. Das erklärt dann wohl, weshalb Liv schon einen sitzen hat. Und sie ist bei Weitem nicht die Einzige, denn einige Tische weiter haben ein paar Leute zu singen begonnen – mehr schlecht als recht –, und ich frage mich, wie früh die Menge heute in das Pub geströmt ist.

»Na gut, dann Tag Rugby. Dann muss Caro aber mitspielen!«, sagt Eoin bestimmt, sodass ich meine Aufmerksamkeit wieder der Unterhaltung widme.

»Was muss ich denn machen?«

»Anderen Leuten Bänder aus der Hose ziehen«, erklärt Eoin in trockenem Ton.

»Bitte was?« Liv muss so sehr lachen, dass ihr Kopf auf mei- ner Schulter hüpft, bis sie sich wieder aufrichtet.

»Zwei Mannschaften à sieben Spieler. Jeder kriegt zwei Bänder.«

»Die aus Klett sind. Du klebst sie an, nicht *in* die Hose«, fällt Conor Eoin ins Wort. Allerdings macht das das Ganze nicht wirklich seriöser.

»Und das ist ein offizielles Spiel?«, frage ich ungläubig.

»Bin dabei!«, ruft Liv und reckt einen Arm in die Höhe.

»Sehr gut!« Eoin lächelt sie an, und für einen Moment verhakt sich sein Blick mit Livs. Seine blauen Augen funkeln, ihre Wangen färben sich rosa, und ich wünschte, ich könnte den beiden einen Stups geben. Doch ich erinnere mich noch gut an ihre Angst davor, die Dinge kompliziert zu machen, und da ich selbst auf dem besten Weg bin, mich in Gefühlen zu verlieren, die ich nicht haben sollte, halte ich mich lieber zurück.

»Sehr gut! Wenn Frauen ablegen, zählt es nämlich doppelt.«

»Doppelt? Wieso? Und was bedeutet ablegen?« Conor will gerade zu einer Antwort ansetzen, als ich die Hände hebe. »Weißt du was? Sei's drum. Bin dabei. Die Regeln können wir dann klären.«

Eoin und Conor geben sich ein High Five und besprechen mögliche Mannschaftstrikots, und bei der Vorstellung durchflutet mich eine nervöse Vorfreude, wie ich sie seit Ewigkeiten nicht gespürt habe.

Gespürt.

Meine Mundwinkel heben sich wie von selbst, während ich das Wort in Gedanken noch einmal über meine Zunge rollen lasse. Und doch, es stimmt. Ich fühle wieder. Da, irgendwo in meiner Brust, ein Stückchen unter meinen Schlüsselbeinen, da sitzt ein Gefühl. Schon wieder. Beim ersten Mal habe ich es für Einbildung gehalten. Bei dem Kribbeln, das ich gespürt habe, als ich Conor das erste Mal geküsst habe, dachte ich, es sei eine Ausnahme. Doch das Gefühl von Vorfreude gerade, das kann ich selbst herbeirufen, ganz ohne äußere Einflüsse, durch den bloßen Gedanken an das bevorstehende Event. Oder an Mrs Connolly und den Nähunterricht, den wir am Wochenende beginnen wollen.

Und wenn ich an die raue See, die Klippen, die Musik im Pub, an Conors Geruch, an die Freiheit denke – dann wandelt es sich in ein stärkeres Gefühl. In ein ziehendes, das Sehnsucht und beinahe schon Glück gleichkommt.

21. KAPITEL

Caroline

»Noch eins?«

»Nein«, rufe ich zurück und schüttle heftig den Kopf, weil Eoin skeptisch die Brauen zusammenzieht. Als ich mit dem Schütteln aufhöre, zieht der Raum leicht nach – ein sicheres Zeichen, dass das hier mein letztes Bier sein sollte. Zwar hat Mrs Connolly mehrmals betont, dass ich den Abend genießen kann und sie morgen früh keine Hilfe benötigt, da die Hunde den Schnee ohnehin nicht mögen, aber dennoch will ich nicht vollkommen hinüber sein. Außerdem merke ich, wie die Müdigkeit sich trotz der ausgelassenen Stimmung ihren Weg bahnt.

Mittlerweile ist es komplett dunkel draußen, doch durch das Licht im Pub ist zu erkennen, dass der Schnee sich außen einige Zentimeter hoch auf den Fensterbänken türmt. Ich weiß nicht, wie spät es ist, da mein Handy unter dem Stapel aus Mänteln begraben ist, der sich mittlerweile auf unserer Bank gebildet hat. Es können zwei oder genauso gut fünf Stunden vergangen sein.

Einige der Tische wurden an den Rand geschoben, und zwei Männer, die ich noch nicht kenne, führen eine Stepptanz-Choreografie auf. Meine Hände kribbeln vom Klatschen, während die beiden sich immer schneller im Takt von Feargals

Geige bewegen. Vielleicht ist es der Alkohol in meinem Blut, aber der Anblick der feiernden Menge, die sich einen kleinen, behüteten Kokon inmitten des Schneechaos geschaffen hat, treibt mir die Tränen in die Augen. Gleichzeitig muss ich lachen. Schon komisch. Da fühle ich ein Jahr lang gar nichts, und jetzt bringt mich ein Tanz auf dem klebrigen Dielenboden beinahe zum Weinen.

»Hey, alles okay?«

Natürlich hat Conor es bemerkt. So, wie er alles bemerkt. Als ich am Zaun gefroren habe, als ich mich nicht allein in den Linksverkehr gewagt habe und jetzt, als ich nicht weiß, wohin mit den Emotionen, die so plötzlich wieder da sind.

Ich nicke. »Mehr als okay. Es ist perfekt.«

Seine Finger berühren federleicht meine Wange, als er die Träne fortwischt, die sich gelöst hat.

»Das sind bloß Freudentränen. Versprochen«, sage ich, da ich die Sorge in seinem Blick bemerke. Er nickt, rutscht aber dennoch ein Stück näher an mich heran, sodass sich unsere Beine berühren.

Der Song endet, und die beiden Männer verneigen sich unter tosendem Applaus. Irgendwo weiter vorn geht etwas zu Bruch, doch das Klirren wird schnell von Gelächter und Gesprächen übertönt, während Instrumente für das nächste Lied gestimmt werden.

»Ich glaube, ich nutze die Pause und mach mich auf den Heimweg. Sonst schlaf ich hier ein.«

»Okay«, meint Conor, sucht in dem Haufen aus Mänteln und Jacken meine graue Regenjacke hervor, reicht sie mir, schnappt sich Livs Jutebeutel mit den Flyern, und zieht seine eigene grüne Jacke über.

»Oh, du kannst noch bleiben!«

»Auf keinen Fall lasse ich dich allein raus in den Schnee.

Nachher kommst du wieder auf die Idee, barfuß die Temperaturen zu testen.«

Die Vorstellung bringt mich zum Lachen. Vermutlich hält Feargal mich nach der Aktion für vollkommen durchgeknallt. Dann wiederum ist er derjenige, der in diesem Moment die Geige zur Seite legt und mit der Gabel seiner Fish 'n' Chips auf einer Whiskey-Flasche musiziert. So sehr man in Dörfern auch tratschen mag: In diesem brauche ich mir wohl keine allzu großen Sorgen machen, verurteilt zu werden.

Conor verabschiedet sich von den anderen, und auch ich winke den Gesichtern, die mir bereits bekannt vorkommen. Dann nimmt er meine Hand und bahnt uns einen Weg durch die Menge. Der zarte Druck seiner Finger sorgt dafür, dass jegliche Müdigkeit, die ich eben gespürt habe, wieder verfliegt. Ob er jemals nicht diese Wirkung auf mich haben wird?

Ich entdecke Olivia in der Menge und will mich von Conor lösen, um mich von ihr zu verabschieden, halte jedoch inne, als ich sehe, dass sie tanzt. Mit Eoin. Eng. Obwohl keine richtige Musik mehr spielt.

Conor sieht sich irritiert nach mir um. Aufgeregt nicke ich in Richtung der beiden, und ein wissendes Lächeln legt sich auf sein Gesicht. Ich schließe zu ihm auf und stelle mich auf die Zehenspitzen.

»Die beiden stehen total aufeinander«, flüstere ich in Conors Ohr. Ich verrate Livs Geheimnis nicht weiter, denn es ist offensichtlich, wenn man die beiden so sieht.

»Absolut. Vielleicht ist heute ja der Tag der Tage, und er traut sich endlich mal, es ihr zu sagen.«

Ich werfe einen letzten Blick auf die zwei, dann folge ich Conor nach draußen in die Kälte. Es schneit immer noch, allerdings sind es jetzt sanfte, dicke Flocken, die zu Boden rieseln. Zum ersten Mal, seit ich hier bin, ist das Rauschen der Wellen kaum zu hören, fast so, als schlucke der Schnee die Geräuschkulisse. Der einzige Laut sind unsere knirschenden Schritte, während wir uns langsam einen Weg entlang der Hauptstraße bahnen. Ich ziehe meine Handschuhe über und lasse meinen Blick fasziniert die Straße entlangschweifen. Das Weiß reflektiert das Licht des Vollmonds, sodass es trotz der späten Uhrzeit beinahe hell wirkt.

»So viel Schnee hatten wir ewig nicht«, meint Conor lächelnd. »Die nächsten Tage werden das reinste Chaos, weil niemand arbeiten geht.«

»Echt?«, frage ich verwundert. Der Schnee reicht mir bis über die Knöchel, aber ich kann mir kaum vorstellen, dass deshalb alles brachliegt. Unter der angedrohten Apokalypse habe ich mir mehr vorgestellt. »Habt ihr keine Winterreifen?«

»Nope. Und gestreut wird auch nicht wirklich. Mein Zwillingsbruder hat sein Auslandssemester in Schweden gemacht und meinte, da ist alles etwas besser organisiert.«

Perplex sehe ich ihn an. »Du hast einen Zwillingsbruder?«

Conors Miene wird plötzlich so kalt wie die Luft um uns herum. Er nickt, antwortet jedoch nicht. Obwohl ich spüre, dass das Ganze ein wundes Thema für ihn ist, kann ich die Worte nicht stoppen.

»Ich wusste gar nicht, dass du Geschwister hast.«

»Jetzt weißt du's.« Er lächelt knapp, doch selbst in der Dunkelheit erkenne ich, dass es seine Augen nicht erreicht. So neugierig ich auch bin, verkneife ich mir weitere Nachfragen. Immerhin kenne ich es selbst nur zu gut, wie schmerzhaft Erinnerungen sein können. Stattdessen bücke ich mich, vergrabe meine Finger im kalten Weiß und forme einen Schneeball. Conor, der bemerkt hat, dass ich zurückfalle, hält inne. Die Hände in den Jackentaschen, die Brauen erhoben, sieht er mich an.

Ich hole aus und werfe die Kugel mit vollem Karacho gegen

seine rechte Schulter. »Ha! Das Bogenschießen hat geholfen! Punkt für mich!«

»Dein Ernst?«, fragt er und muss sich sichtlich das Lachen verkneifen. Während er regungslos dasteht und der Schnee nach und nach von seiner dunklen Jacke bröckelt, forme ich bereits eine zweite Kugel und hole aus.

»Na warte«, murmelt er, läuft zur hüfthohen Mauer des Hauses, vor dem wir Halt gemacht haben, und formt ebenfalls einen Schneeball, der jedoch um einiges größer ist als meiner.

»Hey, unfair!«, rufe ich und schaufle eilig noch mehr Schnee auf meinen.

»Du nennst es unfair, ich Notwehr!« Conor holt aus und zielt genau im selben Moment wie ich. Mein Ball landet daneben, seiner trifft mich an der Seite, als ich mich nicht schnell genug wegdrehe.

»Na warte!«, rufe ich ihm entgegen, doch er schaufelt bereits den restlichen Schnee von der Mauer, und ich laufe schreiend vor ihm weg. Sein Lachen hallt durch die Nacht und trifft das Loch in meiner Brust, das ich so lange nicht zu füllen vermocht habe. Als Conor die Arme von hinten um mich schlingt, mich hält und ich ihm lachend meinen schneenassen Handschuh ins Gesicht drücke, wird dieses schwarze Loch, das all meine Gefühle mit sich gerissen hat, kleiner. Leiser. Nicht komplett heil, aber auch nicht alles verzehrend. Zum ersten Mal seit über einem Jahr habe ich das Gefühl, dass vielleicht doch alles wieder okay wird.

Der Heimweg kostet uns doppelt so viel Zeit wie normalerweise, und als wir in die Straße von Conor und Mrs Connolly einbiegen, sind wir beide vollkommen außer Atem und durchnässt von den etlichen Schneebällen, die mal mehr, mal weniger zielgenau getroffen haben.

Unschlüssig bleibe ich vor Mrs Connollys Zaun stehen. Ich bin noch nicht bereit, hineinzugehen. Von Müdigkeit ist keine Spur mehr, und als Conor mich zu sich zieht, sein Mund meinen erkundet, möchte ich am liebsten gar nicht mehr loslassen.

»Danke für den schönen Tag«, murmelt er an meinen Lippen. »Und für deine Hilfe. Und für die Flyer.«

»Dafür musst du dich nicht bedanken«, erwidere ich lächelnd. Er lässt mich los, und kaum hat er seine Hände von mir gelöst, beginne ich zu zittern. Kein Wunder, meine Jeans ist bis auf die Unterwäsche durchnässt, und die Regenjacke mag zwar die Feuchtigkeit abweisen, besonders dick ist sie jedoch nicht.

»Du musst in warme Klamotten. Und deine Haare trocknen.«

»Ja, mal sehen. Ich will Mrs Connolly nicht wecken.«

»Möchtest du dich bei mir föhnen?«

»Gern«, sage ich eine Spur zu schnell, und als Conors Mundwinkel zucken, spüre ich, wie ich erröte. Nicht, dass es mir peinlich sein müsste, aber in diesem Moment wird mir bewusst, dass ich sein Haus noch nie von innen gesehen habe. Wir haben uns immer in der Schule, im Pub oder draußen getroffen. »Wenn das in Ordnung ist«, schiebe ich eilig hinterher.

»Mehr als in Ordnung.« Mit einem schiefen Lächeln nimmt Conor meine Hand, und wir legen die wenigen Meter bis zu seinem Haus schweigend zurück. Es ist bescheuert, jetzt plötzlich nervös zu sein, immerhin habe ich diesen Mann geküsst, und nichts toppt wohl unser ungewöhnliches Kennenlernen, bei dem wir seinen Zaun zerstört haben, und doch merke ich, wie mein Herz aufgeregt schneller schlägt.

Conor entriegelt die Tür, und ich weiß nicht, was ich erwartet habe, aber das Haus ist so … erwachsen. Mir ist klar, dass wir beide Erwachsene sind, aber wenn ich das hier mit meinem Zimmer im Studentenwohnheim vergleiche, dann könnten die

Unterschiede wohl nicht größer sein. Ich streife die Schuhe von meinen Füßen, und Conor hilft mir aus der klammen Jacke, die er gemeinsam mit den nassen Handschuhen an die Heizung hängt.

»Das Bad ist hier …« Er deutet auf die Tür am Ende des Flurs. »Ich geb dir danach eine Führung, wenn du magst, aber am besten trocknest du dich erst mal, bevor du krank wirst.« Mit einer Hand fährt er sich durch die dunklen Haare und wirkt auf einmal beinahe verlegen. Ist er etwa genauso nervös wie ich?

Ich folge ihm ins Bad, wo er den Föhn aus einer Schublade der antik wirkenden Kommode zieht. Generell scheint seine Einrichtung nicht aus einem normalen Möbelgeschäft zu stammen. Das IKEA-Weiß, das in Veros und meiner WG vorherrscht, suche ich hier vergebens. Alles wirkt gemütlich und alt, auf eine gute Art und Weise. Als hätte jedes Teil eine Geschichte zu erzählen. Der große Spiegel, der die Wand über dem Waschbecken ziert, trägt einen goldenen Rahmen, ähnlich dem eines Gemäldes. Das Gesicht, das mir daraus entgegenblickt, hat jedoch nichts von einem Gemälde – von Munchs *Der Schrei* mal abgesehen. Mein Haar ist ein einziges Chaos und hängt mir in nassen Strähnen in die Stirn. Der Mascara, den ich vor dem Pub-Besuch aufgelegt habe, ist unter meinen Augen verlaufen, und das restliche Make-up hat die Schneeballschlacht nicht überlebt.

»Ich hab vermutlich nichts, was dir so richtig passt, aber wenn du willst, geb ich dir einen Hoodie und eine Sporthose von mir?«

»Das wäre lieb, danke.« Seine Worte erinnern mich daran, dass ich nach wie vor seine Jacke in meinem Zimmer habe, und schon wieder werde ich rot. Doch Conor merkt es dankenswerterweise nicht, denn er hat bereits das Badezimmer verlassen.

Ich schalte den Föhn ein und seufze wohlig auf, als die warme Luft auf mein Gesicht trifft. Jetzt erst merke ich, wie durchgefroren ich eigentlich bin. Ich fahre mir mit den Fingern durch die Haare, um sie halbwegs zu kämmen.

Conor huscht kurz ins Bad, um mir die Kleidung zu bringen, und als ich den viel zu großen Hoodie überstreife und meine nassen Sachen über den Rand der Badewanne hänge, fühle ich mich beinahe wieder menschlich. Ich werfe einen abschließenden Blick in den Spiegel und wische die letzten Mascara-Reste weg. Vermutlich ist es jetzt sowieso egal, wie ich aussehe, immerhin hat Conor mich eben auch schon gesehen.

Als ich das Wohnzimmer betrete, sitzt er mit seinem Handy auf der Couch, zwei dampfende Tassen Tee auf dem runden Marmortisch. Die Stehlampe in der Ecke des Raums taucht alles in gemütliches, dämmriges Licht. Conor sieht auf und lässt seinen Blick einmal über mich wandern. Etwas Undefinierbares liegt darin. Fast so, als könnte er seinen Augen nicht trauen. Obwohl ich mich eben beim Betrachten meines Spiegelbilds noch unwohl gefühlt habe, ist jetzt das genaue Gegenteil der Fall. Unter Conors Blick fühle ich mich genau richtig. Hier, an diesem Ort, aber auch in mir selbst.

»Hey«, sagt er, und seine Stimme klingt belegt.

Eigentlich sollte ich jetzt wohl rübergehen. Es ist spät, und ich habe mich geföhnt und somit erledigt, wofür ich mitgekommen bin. Eigentlich. Doch mein Körper scheint das anders zu sehen, denn er bewegt sich wie von selbst auf Conor zu, bis ich genau vor ihm stehe. Mein Herz hämmert viel zu schnell in meiner Brust und setzt dann beinahe aus, als Conors und mein Blick sich treffen. Ich habe mich noch nie so gesehen gefühlt.

Er hebt die Hand und berührt sanft meine Wange. Mein Körper reagiert sofort. Gänsehaut überzieht meine Arme, und mein Atem geht plötzlich unregelmäßig. Ohne Raum für Gedanken und Scham, beuge ich mich vor, nehme seine Lippen mit meinen gefangen und setze mich auf ihn. Conor seufzt in meinen Mund und legt die Hände auf meine Hüfte. Er vertieft den Kuss, und ich bewege mich näher an ihn, sodass mein Pulli verrutscht und sein Daumen auf meine nackte Haut trifft. Er packt mich fester, und ich lege den Kopf in den Nacken, als ein sehnsuchtsvolles Ziehen meinen ganzen Körper erfasst.

Ich will mehr. Seit dem Kuss auf der kleinen Insel will ich mehr von ihm. Wenn ich ehrlich zu mir selbst bin, dann wohl schon länger. Seit sich unsere Fingerspitzen am ersten Abend am Zaun berührt haben, geht er mir nicht mehr aus dem Kopf.

Conor taucht die Hände unter den weiten Hoodie und legt sie sacht und warm auf meinen Rücken. Meine umfassen erst seine Wangen, dann seinen Nacken, als ich mich noch näher an ihn ziehe. Sanft beiße ich in seine Unterlippe und unterdrücke ein Lächeln, als er leise aufstöhnt. Hitze schießt in meinen Bauch, und zwischen meinen Beinen zieht es, als ich merke, wie sich zwischen seinen etwas regt.

»Caroline«, haucht er, als wir kurz zu Atem kommen, und die Art, wie er meinen Namen sagt, wie er mich im Halbdunkel des Wohnzimmers mit lustvoll verhangenen Augen ansieht, raubt mir beinahe den Verstand. Ich kann mich nicht erinnern, jemanden jemals so sehr begehrt zu haben. Genauso wenig kann ich mich daran erinnern, jemals so mutig gewesen zu sein. Doch als ich seine Hand umfasse und sie unter dem Pulli langsam nach vorn bis zu meinem BH führe, sie auf meine Brust lege, sind da keine Zweifel. Denn wofür bin ich hier, wenn nicht, um ein wenig zu leben?

22. KAPITEL

Conor

Noch nie in meinen vierundzwanzig Jahren habe ich einen Menschen so sehr begehrt. Noch nie habe ich mich umgekehrt so gewollt gefühlt. Carolines Zunge streift neckend über meine, während ihre Hand mich auf Wanderung schickt, mir zeigt, wo ich sie berühren soll und darf. Ihre Haut ist weich unter meinen rauen Fingern, und ich fühle die Gänsehaut. Die Versuchung, den Kuss zu unterbrechen, ihr den Pullover über den Kopf zu streifen und mit der Zunge entlangzufahren, wo meine Hände soeben noch waren, sie zu schmecken, ist unendlich groß.

In dem Moment, in dem ich sie in meinem Hoodie ins Wohnzimmer habe kommen sehen, wollte ich nichts lieber, als ihn ihr wieder auszuziehen – und das, obwohl es der wohl schönste Anblick war, den ich je gesehen habe.

Meine Hände streifen den Stoff ihres BHs, ihre Hüfte entlang nach vorn, bis sie den Rücken durchbiegt und mir damit ein Stöhnen entlockt. Ich merke, wie ich unter ihren Bewegungen hart werde, der Platz in meiner Jeans ist plötzlich unangenehm eng. Und doch bin ich nicht sicher, wie weit Caroline gehen möchte, will ihr den ersten Schritt überlassen. Als hätte sie meine Gedanken gelesen, unterbricht sie den Kuss plötzlich. Jedoch nicht, um sich zurückzuziehen, sondern um sich den Pullover über den Kopf zu streifen.

Ich schlucke heftig und lasse den Blick einmal über sie wandern. Meine graue Jogginghose sitzt locker auf ihrer Hüfte und offenbart einen Streifen ihrer schwarzen Unterwäsche. Ihr BH ist ebenfalls schwarz, und es braucht alles an Konzentration, um sie nicht sofort wieder auf mich zu ziehen.

Sie ist wunderschön.

Caro presst ihre Lippen auf meine. Dieser Kuss ist stürmischer, inniger. Sie nestelt an meiner Hose, bis sie den Knopf schließlich öffnet. Als sie ihre Finger unter den Bund gleiten lässt, eine Hand auf meinen Bauch presst und die andere über meine Boxershorts streift, sauge ich zischend die Luft ein.

»Ich will dich«, flüstert sie an meinen Lippen, und die Worte bringen mein Herz zum Stolpern, denn ich will sie auch. So sehr, dass es mir beinahe körperliche Schmerzen bereitet. »Ich will dich, und ich will nicht gehen.«

»Ich habe auch nicht vor, dich gehen zu lassen«, hauche ich an ihrem Hals, bevor ich mit der Zunge über ihre weiche Haut streiche.

»Ich meine nicht heute. Ich meine generell. Ich will Irland nicht verlassen.«

Ich lehne den Kopf zurück, bis er an der Wand über der Couch ruht, und sehe sie an. Ihre Finger streichen über die Stoppeln auf meiner Wange, fahren dann die kleine Narbe an meiner Nase entlang, die unser Kater dort hinterlassen hat. Ihre Worte treten Gedanken in mir los, die ich mir nicht zugestehen sollte.

»Dann geh nicht.« Mein Herz schlägt schneller, als ich diese Worte ausspreche. Ich will mir keine falschen Hoffnungen machen, denn ich weiß nur zu gut, wie es dann endet. Wie leer Versprechen sein können. Doch ich weiß auch, dass das hier zwischen Caro und mir etwas völlig anderes ist als eine weitere verzweifelte Affäre. Dass es nichts für eine Nacht ist, sondern tiefer geht. Aber ich bin mir genauso im Klaren darüber, dass ich all das nicht zu nah an mich heranlassen darf. Dennoch höre ich die leise Hoffnung in meiner Stimme.

»Vielleicht gibt es ja wirklich einen Weg«, flüstert Caroline mehr zu sich selbst als zu mir, doch mit jeder einzelnen Silbe nährt sie diese zarte Flamme in mir, die sich genau das wünscht. Sie umfasst mein Gesicht fester, umschließt meine Lippen mit ihren, dann schickt sie ihre Hände wieder auf Wanderung. Meine Finger pressen sich in ihren Rücken, ziehen sie näher, und ich stöhne in ihren Mund, als sie mit den Fingerspitzen über meinen Penis streift. Mit der Hand umfasst sie ihn, und ich schließe die Augen, während ihr Mund meinen Hals mit Küssen versieht.

Es ist egal, wie die Zukunft aussieht, ob sie geht oder bleibt. Jetzt, in diesem Augenblick, will ich nur sie.

In einer fließenden Bewegung schiebe ich mich auf sie, so-dass sie auf der Couch liegt, und ziehe mir den Sweater über den Kopf. Endlich ist kaum noch Stoff zwischen uns. Ihre Haut berührt meine, und sie schlingt die Beine um meine Hüfte, ist mir so nah wie noch nie.

»Zieh deine Hose aus«, sagt sie mit heiserer Stimme. Ich er-hebe mich von der Couch, und kurz darauf landet meine Jeans neben unseren Pullovern auf dem Boden. Auch Caro streift sich ihre ungeduldig von den Beinen und liegt auf einmal nur noch in Unterwäsche vor mir. Ihre Wangen sind gerötet, ihre Lippen vom Küssen leicht geschwollen, und wenn ich zuvor schon dachte, dass sie in meiner Kleidung das Schönste ist, was ich jemals gesehen habe, dann nur, weil ich keinen blassen Schimmer hatte, wie sie darunter aussieht. Meine Boxershorts spannt unangenehm, so sehr will ich sie in diesem Augenblick.

Das Funkeln in Carolines Augen verrät mir, dass sie ganz genau sieht, wie sehr ich sie brauche. Sie streckt ihre Hand aus, und erst glaube ich, sie will mich wieder auf sich ziehen, doch dann hakt sie ihre Finger in den Bund meiner schwarzen Shorts und zieht sie quälend langsam nach unten. Ihre Hände streifen über meinen Rücken, meinen Hintern, und ihr Mund drückt einen Kuss auf meinen Bauch, nur um dann tiefer zu wandern und – oh Gott.

23. KAPITEL

Caroline

Conors kehliges Stöhnen lässt meinen gesamten Körper vibrieren. Seine Finger gleiten durch meine Haare, stützen meinen Kopf, während ich ihn mit meinem Mund umschließe. Das will ich schon, seit ich ihn eben unter mir habe hart werden spüren. Doch ich hätte nicht gedacht, dass es mir gerade deshalb so gut gefällt, weil er so reagiert.

Ich habe Sex schon immer gemocht, doch dieser ist anders. Nie habe ich mich so selbstbewusst dabei gefühlt. So begehrt und doch so fordernd. Dass ich nach einem Jahr der absoluten Gleichgültigkeit überhaupt wieder so fühlen kann, macht mir Hoffnung. Das hier ist mehr als Sex.

Monatelang habe ich nicht einmal Lust verspürt, mich selbst zu berühren, und erst recht keinen Gedanken daran verschwendet, dass es jemand anderes tut. Doch jetzt will ich berührt werden. Nein, ich will, dass Conor mich nimmt. Will ihn spüren. Zwischen meinen Beinen zieht es bei dem bloßen Gedanken daran, und ich merke, wie mein Slip feucht wird.

Ich lasse ihn tiefer in meinen Mund gleiten, und er stöhnt leise, nur um sich plötzlich zurückzuziehen. Irritiert blicke ich zu ihm auf, doch jegliche Sorge, etwas falsch gemacht zu haben, verschwindet, als er mich ansieht. Seine braunen Augen sind dunkel vor Lust, und er umfasst meine Hände, zieht mich daran in den Stand. Ohne den Blick von mir zu lösen, öffnet er den Verschluss meines BHs. Mit einem dumpfen Geräusch landet dieser auf dem Boden neben unserer restlichen Kleidung.

Conor lässt seine Finger an dem dünnen Band meines Slips entlanggleiten und wirft mir einen fragenden Blick zu. Ich nicke, und er streift mir den String von den Beinen. Der Stoff hinterlässt eine glühende Spur auf meiner Haut, und obwohl ich nun komplett nackt vor ihm stehe, mich Situationen wie diese oft verunsichert haben – trotz all dem spüre ich nichts als Verlangen in mir.

Ich weiß nicht, wer zuerst auf wen zugeht, aber eine Sekunde später küssen wir uns wieder. Nicht liebevoll und sanft, sondern so, als bräuchten wir einander wie die Luft zum Atmen. Und in diesem Moment kommt es mir auch genau so vor. Ich will ihn erkunden, ihn erleben – und mich. Wir unterbrechen unseren Kuss nur, damit Conor im Badezimmer ein Kondom holen kann. Kaum dass er zurück ist, sitze ich wieder auf ihm, stöhne laut in seinen Mund, als ich merke, wie er sich gegen mich drückt, sein Penis hart an meinem Bauch. Meine Brust hebt und senkt sich immer schneller, meine Gedanken treten in den Hintergrund, und all meine Bewegungen sind getrieben von Lust. Conor scheint es ähnlich zu gehen, denn er packt mich an den Handgelenken, drückt mich auf die Couch und legt sich über mich, jedoch ohne mich zu berühren. Ich biege den Rücken durch, um mich ihm entgegenzuschieben, ihm zu zeigen, wo ich ihn spüren will – doch er zieht sich mit einem schiefen Lächeln zurück und sieht mich mit spöttischem Funkeln in den Augen an.

»So ungeduldig?«

Wenn er wüsste … Es ist viel zu lange her, dass ich diese Seite an mir ausgelebt habe. Beinahe habe ich auch sie verloren geglaubt.

Conor schwebt Millimeter über mir. Ich kann die Berührung seiner Haut bereits erahnen, und doch gibt er mir nicht, was ich brauche. Ich versuche, ihn mit den Beinen auf mich zu ziehen, und schon der leichte Kontakt lässt mich aufseufzen. Er senkt seine Lippen auf meinen Hals, und als er leise lacht, überzieht Gänsehaut meinen gesamten Oberkörper.

Langsam, quälend langsam gibt er mir mehr, und zwischen meinen Beinen zieht es verlangend, als er sich perfekt positioniert und doch nicht in mich eindringt.

»Bitte«, flüstere ich und möchte ihm im selben Moment gegen den Arm boxen, weil er mich betteln lässt – allerdings hält er meine Handgelenke nach wie vor fest, und die Tatsache, dass er meinem Wunsch nachgibt, ein wenig zumindest, lässt die Frustration verpuffen.

Beinahe ist er in mir. Streichelt mit seinem Penis über meine empfindlichste Stelle, sodass ich immer feuchter werde, ihn schon spüre – nur um sich dann wieder zurückzuziehen.

»Du bist gemein«, sage ich mit einem Stöhnen und erkenne meine eigene Stimme kaum wieder, so rau ist sie. Conor lässt von meinem Hals ab, und in seinen Augen sehe ich, dass er mich genauso sehr will wie ich ihn.

»Spannend, es wirkt aber so, als ob du es genießt.«

Ich werde ihm nicht die Genugtuung geben, zuzugeben, dass er recht hat. Dazu komme ich allerdings auch gar nicht, denn im nächsten Moment schiebt er sich in mich. Unser Stöhnen kommt unisono, und ich schließe die Augen und gebe mich dem Gefühl von Conor in mir vollkommen hin. Seine Stöße sind erst langsam, vorsichtig, dann werden sie schneller, tiefer. Ich komme ihm bei jeder Bewegung entgegen, um ihn weiter aufzunehmen. Ich befreie meine Hände aus seinem Griff und kralle meine Finger in seine Hüfte, nehme mir den Halt, den ich brauche, um mich seinem Rhythmus anzupassen.

Der sanfte Schein der Stehlampe zeichnet unsere Schatten an die Wand. Unsere Silhouetten so zu sehen und jede Bewegung zeitgleich fühlen zu können macht mich mehr an, als ich je für möglich gehalten habe.

Mit jeder verstreichenden Sekunde verlieren unsere Bewegungen an Kontrolle, werden fahriger, animalischer, so als gehörten unsere Körper nicht mehr uns. Ich schlinge die Beine um ihn, verstärke den Druck, den er auf mich ausübt, lasse meine Begierde übernehmen. Conor stößt tiefer in mich, sein Stöhnen ist kehlig an meinem Ohr und jagt mir heiße Schauer über die Haut. Ich biege den Rücken durch, als er zum wiederholten Mal genau die richtige Stelle trifft, und keuche laut auf. Mit jedem harten Stoß reibt sein Gewicht auf meine Klitoris, und ich will ihn so sehr, will diese Erlösung, die ich viel zu lange nicht gehabt habe, so sehr, dass ich mich tiefer in seine Bewegungen lehne.

Wie die Wellen des Meers baut sich die Lust immer stärker in mir auf. Ich schließe die Augen, drücke den Kopf in das Sofakissen, und als er ein weiteres Mal in mich stößt, mich dort berührt, wo ich ihn brauche, komme ich erstickt zum Höhepunkt. Ich rufe etwas, kann nicht einmal sagen, ob es sein Name ist oder bedeutungslose Worte, als mein Körper unter Conor erzittert.

»Gott, Caro«, ist das Letzte, was ich ihn sagen höre, bevor auch er stöhnend kommt. Einige Atemzüge liegt er erschöpft auf mir, dann richtet er den Oberkörper auf und sieht mich mit schiefem Lächeln an. Die Lust in seinen Augen hat etwas anderem Platz gemacht, etwas Warmem, das ich nicht genau definieren kann.

»Das hast du jetzt aber gefühlt, oder?«, fragt er leise.

»Ja«, erwidere ich lachend. Dieses eine simple Wort füllt ein weiteres Stück des schwarzen Lochs in meiner Brust, und ich spüre Stolz in mir aufwallen. Weil ich mir Stück für Stück Teile meiner selbst zurückerobere.

Das Bellen eines Hundes weckt mich und dringt durch den Nebel meines Traums zu mir hindurch. Ich brauche einen Moment, um mich zu orientieren, doch als meine Gedanken sich sortiert haben, legt sich wie von selbst ein Lächeln auf mein Gesicht. Conor hat seinen Arm warm und schwer um meine Taille geschlungen, und sein Atem kitzelt mich im Nacken. Wir sind an Ort und Stelle eingeschlafen, anstatt ins Bett zu gehen – oder besser gesagt nach Hause in meinem Fall. Die Couch ist definitiv zu schmal für zwei erwachsene Menschen, doch ich beschwere mich nicht. Zu sehr genieße ich das Gefühl, neben ihm aufzuwachen. Seine nackte Brust hebt und senkt sich in meinem Rücken, und bei dem Gedanken an die letzte Nacht kribbelt es in meiner Magengegend.

Ich bin glücklich.

Die Feststellung trifft mich wie ein Schlag.

Sie sind traurig.

Sie sind wütend.

Sie fühlen sich schuldig.

Stunde um Stunde meiner Therapie habe ich damit verbracht, mithilfe meiner Therapeutin herauszufinden, wie es mir geht. Nicht ein einziges Mal war ich in der Lage, meine Gefühle richtig zu artikulieren. Klar, ich habe ihr sagen können, dass es mir schlecht geht, aber viel mehr auch nicht. Es war stets sie, die mir erklären musste, was genau ich fühle. Doch jetzt gerade, in diesem Moment, spüre ich das Glück in meiner Brust. Beinahe ist es greifbar. Es wärmt mich von innen und verdrängt die dunklen Gedanken, die mich sonst jeden Morgen begleiten.

Ich bin glücklich. Und das Beste daran? Ich habe es mir

selbst erkämpft, dieses Glück. Sicher hat auch Conor dazu beigetragen, doch ich war es, die den Trip nach Irland gewagt hat, die trotz Mrs Connollys Skepsis geblieben ist, die das Steuer in die Hand genommen hat, nachdem ich so lange das Gefühl hatte, auf dem Beifahrersitz zu sitzen. Das schlechte Gewissen gegenüber meinen Eltern verflüchtigt sich, denn ist das nicht der beste Beweis dafür, dass ich hier genau richtig bin? Nicht in München und einem Studium, das mir nichts bedeutet, sondern hier. An diesem Ort, von dem ich noch nie zuvor gehört habe, in den Armen eines Mannes, den ich bis vor Kurzem noch gar nicht kannte.

Erneut bellt ein Hund, etwas höher als zuvor, und ich runzle die Stirn, da ich mir ziemlich sicher bin, dass es sich bei den beiden um Miss Sparkle und Lady Sprinkles handelt. Mrs Connolly hat sie sicher in den Garten hinausgelassen.

Conor neben mir grummelt verschlafen, und sein Arm legt sich enger um mich. Ich lächle still in mich hinein, genieße seine Wärme in dem sonst recht kühlen Wohnzimmer. Es gibt einen Kamin, den ich gestern nur am Rande wahrgenommen habe. Jetzt im Hellen bemerke ich die Fotografien auf dem Sims und der Kommode in der Ecke des Raums. Ob sein Bruder dort auch auftaucht? Conors Blick, als ich über ihn gesprochen habe, kommt mir wieder in den Sinn, und zu gern würde ich nachfragen.

»Hey.« Conors Stimme ist vom Schlaf belegt und noch tiefer als sonst, und er löst seinen Arm von mir, um sich ausgiebig zu strecken. Dabei hebt er die Decke ein Stück an und seufzt leise auf. Ich drehe mich zu ihm um und folge seinem Blick, den er einmal entlang meines Körpers streifen lässt, die Decke nach wie vor angehoben.

»Du bist so schön, hab ich dir das schon gesagt?«

»Ja, ich glaube, zwei-, dreimal.«

»Gedacht hab ich's öfter«, murmelt er und presst mir einen Kuss auf die Stirn. »Guten Morgen.«

»*Maidin mhaith*«, erwidere ich, und er lacht leise.

»Streber. Was heißt *Guten Morgen* auf Deutsch?«

Ich übersetze es für ihn, und er spricht die Worte langsam, aber erstaunlich sauber aus. »Was? Überrascht? Ich bin immerhin Sprachlehrer.«

»Für Irisch.«

»Vielleicht kannst du mir im Gegenzug ein bisschen Deutsch beibringen.«

»Was möchtest du denn wissen?«, frage ich und werde von lautem Bellen unterbrochen. Diesmal sind es beide Hunde gleichzeitig.

»Was heißt: Die kleinen Köter stören meine Nachtruhe?«

»Das übersetze ich dir nicht. Die beiden sind meine Babys, und wenn du sie noch einmal in meiner Anwesenheit Köter nennst, lasse ich Mrs Connolly auf dich los. Außerdem ist es schon fast hell.«

»Ich weiß«, stöhnt Conor. »Und ich bereue schon, dass ich Olivia heute für den Unterricht zugesagt habe.«

»Kater?«, frage ich schmunzelnd.

»Nope. Nur faul.«

»Wer hätte gedacht, dass man dich so schnell ausknockt.« Spielerisch hebe ich die Schultern. »Ich hab echt mehr erwartet.«

Conor greift sich an die Brust und stößt einen leidenden Laut aus. »Das hat man also davon, wenn man dir Obdach und trockene Kleidung gewährt. Das verkraftet mein Ego nicht.«

Ich lache, als er sich über mich beugt und mein Gesicht mit Küssen bedeckt. Wenn es eine Möglichkeit gäbe, die Zeit anzuhalten und Momente einzufangen, ich würde sie genau jetzt nutzen wollen. Nachdem ich mir so lange gewünscht habe, die Zeit zurückzudrehen und ihren Verlauf zu ändern, ist das wohl das schönste Geschenk, das Conor mir machen kann. Ich wünschte, ich könnte ihm auch nur den Bruchteil davon zurückgeben.

»Hey«, flüstert er, als er mein ernstes Gesicht bemerkt. »Alles okay?«

»Ich würde dir gern helfen«, spreche ich meine Gedanken aus.

»Wegen meines Egos?«, fragt Conor schmunzelnd, wird dann jedoch ebenfalls ernst. »Was meinst du?«

»Mit der Schule und allem. Mit deinem Bruder.«

»Mit der Schule hilfst du mir doch schon. Und mit meinem Bruder …« Conor nimmt eine meiner Strähnen zwischen seine Finger und beginnt, mit ihr zu spielen. Das leichte Ziehen hinterlässt ein angenehmes Kribbeln auf meiner Kopfhaut. »Verluste gehören zum Leben, nicht wahr?«

Er lächelt mir traurig zu, und ich verkneife mir den Kommentar, dass er seinen Bruder nicht wirklich verloren hat. Nicht so, wie ich Nadine verloren habe. Denn was weiß ich schon davon? Ich habe keine Geschwister, und vielleicht wiegen Verluste ja ähnlich schwer, egal, wie die Menschen aus unserem Leben gegangen sind.

»Erzählst du mir von ihm?«

»Was willst du denn wissen?«

»Keine Ahnung. Was habt ihr früher so angestellt? Habt ihr viel Mist gebaut?«

»Ob du es glaubst oder nicht, ich war der Brave von uns beiden.«

»Glaub ich nicht.«

Conor lacht leise. »Declan hat mich mal davon überzeugt, dass er einen magischen Stein gefunden hat, mit dem man unsichtbare Geheimbotschaften schreiben kann.«

»Okay …«, erwidere ich gedehnt.

»Er hat mir ein Blatt Papier gezeigt, auf dem es funktioniert hat.«

»Weil es leer war und du ihm geglaubt hast.«

»Nein, weil er da einen dieser magischen Stifte aus dem Supermarkt genutzt hat, deren Botschaft man nur per UV-Lampe lesen kann. Das Ding hat er wohl von unserem Grandpa geschenkt bekommen, aber ich kannte es nicht und hab ihm abgekauft, dass es der Stein war.«

»Das macht dich naiv, aber nicht braver als ihn.«

»Er hat mir den Stein gegeben und meinte, ich soll Mrs Connolly eine unsichtbare Nachricht auf dem Auto hinterlassen.«

»Nein!« Ich richte mich so abrupt auf, dass Conor, der nach wie vor mit meinen Haaren spielt, aus Versehen an einer der Strähnen zieht. »Das hast du nicht wirklich getan?«

Sein zerknirschter Gesichtsausdruck bringt mich zum Lachen. »Sie ist wohl aus mehr Gründen, als du ahnst, nicht gut auf mich zu sprechen. Ich kam nur zwei Buchstaben weit und hab natürlich abgestritten, dass ich es war, aber ich war noch nie ein besonders guter Lügner.«

»Aber wieso hast du nicht nach dem ersten Buchstaben aufgehört?«, frage ich immer noch prustend.

»Ich hab nie gesagt, dass ich ein kluges Kind war. Nur ein braves.«

Ich lache immer noch, als ich mich wieder zu ihm auf die Couch sinken lasse.

»Hey, als ob du nie Mist gebaut hast als Kind«, meint Conor und stupst mir gegen die Nase.

»Ich hatte keinen Bruder, der mich anstiften konnte.«

»Und mit Nadine hast du auch keinen Unsinn angestellt?«

Ich muss lächeln, weil er sich an ihren Namen erinnert, dabei habe ich ihn ihm gegenüber nur das eine Mal am Leuchtturm erwähnt. Ich bin sicher, sie hätte ihn gemocht, auch wenn sie ihm, genau wie mir, regelmäßig gesagt hätte, sich mal locker zu machen.

»Viel zu viel. Meine Eltern haben sie geliebt, aber wenn es nach ihnen geht, hat sie mich zu allem möglichen Unsinn angestiftet.«

»Was zum Beispiel?

Ich blase die Wangen auf und denke nach. »Wir hatten einen echt nervigen Nachbarn damals, der es gehasst hat, wenn wir laut waren. Ich glaube, er hat Kinder generell gehasst. Also hat sein Briefkasten Bekanntschaft mit den Pommes mit Ketchup gemacht, die wir uns für den Rückweg vom Schwimmbad gekauft haben.«

»Ich nehme an, er wusste auch direkt, dass ihr es wart?«

»Natürlich. Aber vor allem, weil Nadine es stolz zugegeben hat«, entgegne ich mit einem Grinsen. »Außerdem habe ich mich bei jeder neuen Sims-Erweiterung krankgestellt. Nadine auch, was sogar noch glaubwürdig war, weil wir sowieso ständig aufeinanderhingen. Wenn unsere Eltern arbeiten waren, haben wir uns dann zum Spielen getroffen.«

»Wie viele Sims sind im Pool ertrunken?«

»Etliche. Einmal haben wir einen Friedhof gebaut und eine ganze Familie getötet.«

»Das ist grausam. Dagegen wirkt meine Stein-Geschichte wirklich harmlos.« Mit schiefem Lächeln beugt Conor sich über mich. »Vielleicht sollten wir dieser dunklen Seite von dir weiter nachgehen.« Seine Lippen wandern meinen Hals hinab, und ich schließe mit wohligem Seufzen die Augen, nur um sie direkt wieder zu öffnen, als mein Magen ein lautes Grummeln von sich gibt.

»Oder auch nicht«, meint Conor und löst seine Lippen von mir. »Das verschieben wir dann wohl auf später.«

»Du bist gemein.«

Schmunzelnd zwickt Conor mich in die Seite. »Den Satz hab ich gestern schon einmal gehört, aber da hast du dich nicht beschwert. Außerdem bin ich alles andere als gemein, ich bringe dir jetzt nämlich deine Kleidung ans Bett. Trocken. Aufgewärmt. Und Frühstück, damit du nicht verhungerst. Ich bin ein Gentleman!«

»Ich bin mir nicht sicher, ob ein Gentleman wirklich betonen müsste, dass er ein Gentleman ist«, rufe ich Conor hinterher, doch er läuft nur lachend in den Flur. Mein Blick bleibt dabei etwas zu lang an seinem nackten Rücken haften, und beim Spiel seiner Muskeln fällt es mir schwer, nicht aufzustehen, ihm hinterherzulaufen und den gestrigen Abend direkt noch einmal zu wiederholen.

Mit einem Seufzen beiße ich mir auf die Unterlippe.

Verdammt. Ich bin echt ganz schön verschossen.

24. KAPITEL

Caroline

»Guten Morgen. Du lebt also auch noch«, begrüßt Mrs Connolly mich, kaum dass ich die Tür hinter mir ins Schloss fallen lasse. Ich folge ihrer Stimme und finde sie in der Küche vor. Auf dem großen, braunen Esstisch steht die Nähmaschine, und über den Stuhllehnen hängen verschiedene Stoffe. Mrs Connolly, die gerade in einem Korb voll unterschiedlich farbiger Nähgarne wühlt, sieht zu mir auf, und ich bin unsicher, ob das Funkeln in ihren Augen amüsiert ist oder ob sie nicht gutheißt, dass ich jetzt erst nach Hause gekommen bin.

»Sie nähen«, spreche ich das Offensichtliche aus, und Mrs Connolly nickt langsam.

»Ja, ich hatte Spaß gestern. Aber ich habe auch gemerkt, dass ich ziemlich eingerostet bin.«

Ich setze mich neben sie auf den Stuhl und beobachte, wie sie das Garn einfädelt. Im Gegensatz zu mir braucht sie nur einen einzigen Anlauf dafür. Eingerostet wirkt sie nicht auf mich, vielmehr scheinen ihre Finger eine einstudierte Choreografie auszuführen, als sie alles vorbereitet. Wie gestern liegt ein Lächeln auf ihren Lippen, als sie der Arbeit nachgeht.

»Der hier hat dir doch so gut gefallen«, meint Mrs Connolly und zieht ein Blatt Papier hervor, auf dem ein langer, ausgestellter Rock zu sehen ist.

»Ja, aber ist der nicht etwas schwer für den Anfang? Mit den Falten?«

»Ach was, das kriegen wir hin. Die Stoffe hier habe ich dir schon gebügelt.«

Mein Blick folgt ihrem, und meine Hand greift wie von selbst zu den dunkelgrünen Teilen. Welche Farbe würde besser zu meiner Zeit hier passen?

»Gute Wahl. Ich dachte, wir nähen ihn mit Taschen, oder was meinst du?«

»Ja!«, rufe ich eine Spur zu laut, und Mrs Connolly lacht. »Das hat sich also in all den Jahren nicht geändert. Da waren meine Freundinnen früher schon begeistert.«

Sie drückt mir die Kreide in die Hand und weist mich an, die Muster auf den Stoff zu zeichnen, die später die Taschen ergeben sollen.

»Haben Sie für Ihre Freundinnen auch genäht?«, frage ich. Zum einen, weil Mrs Connolly mir sehr genau auf die Finger schaut und ich sie ablenken will, zum anderen, weil ich immer noch so wenig über sie weiß.

»Manchmal, ja.«

»Für Molly auch?«

»Nein, meine Freundinnen wohnen alle längst nicht mehr hier. Abgesehen von Aisling, aber wir waren mehr Klassenkameradinnen als Freundinnen. Ein paar sind für ihre Männer in umliegende Dörfer gezogen, meine älteste Freundin wohnt mit ihrer Frau in Sevilla.« Sie hebt die Schultern. »So ist das wohl, wenn man alt wird.«

Trotz der gleichgültigen Geste sehe ich an ihren Augen, dass es ihr nicht egal ist.

»Ich …«, fange ich an, bremse mich dann jedoch, bevor ich zu viel sagen kann. Eigentlich hatte ich nicht einmal Conor davon erzählen wollen. Mrs Connolly interessiert sich sicher nicht für meine Probleme. Und ich will kein Mitleid. Doch als sie mich abwartend ansieht, fasse ich mir ein Herz.

»Ich kenne das Gefühl. Alleinsein, meine ich. Wenn man sich eher mit guten Bekannten umgibt als mit Freundinnen.«

Sie sieht mir eine Weile in die Augen, dann nickt sie. Da ist kein Mitleid in ihrem Blick, vielmehr Verständnis.

»Schneid nicht direkt entlang der Linie, sondern lass etwas Platz. Ein bis zwei Zentimeter, und achte drauf, dass du den Abstand in etwa gleich hältst.«

Die Stoffschere ist schärfer, als ich erwartet habe. Vorsichtig, darauf bedacht, keinen Fehler zu machen, schneide ich durch den dicken Stoff, als handle es sich um Papier. Einige Augenblicke verbringen wir schweigend, die Stille wird nur vom gelegentlichen Tippeln der beiden Hunde durchbrochen.

»Du magst diesen Conor.«

Überrascht sehe ich auf. Mrs Connolly hat keine Frage gestellt, dennoch nicke ich. »Ja, tu ich.«

Auch sie nickt. »Er ist kein schlechter Junge. Meine Warnung war wohl etwas übertrieben, es ist nur …« Sie sieht zur Seite, aus dem Fenster, als läge hinter den Scheiben eine längst vergessene Vergangenheit. »Er ist genau wie sein Vater und dessen Vater davor. Auf Traditionen bedacht. So sehr, dass er dabei nicht nach links und rechts schaut.« Ihre Brauen bilden eine grimmige Falte. »Diese Einstellung hat mir sehr viel kaputt gemacht, weißt du? Und das Schlimme an der ganzen Sache ist, dass es auch ihm viel kaputt macht.«

»Aber die Schule ist sein Traum. Ich glaube nicht, dass man von Kaputtmachen sprechen kann, nur weil er dafür kämpft. Das aufzugeben würde ihn vielleicht viel eher kaputt machen.«

Die Falte zwischen Mrs Connollys Brauen wird noch tiefer. »Von der Schule spreche ich nicht, *mo chailín*. Traditionen gehen ihm über die Menschen in seinem Umfeld.«

Ich will gerade nachhaken, was sie meint, doch Mrs Connolly kommt mir zuvor. »So, prima. Die Taschen sind so weit fertig. Jetzt der Teil für den Rock. Am besten räumen wir mal den Tisch frei.«

Ich schlucke die unausgesprochene Frage hinunter, denn dass Mrs Connolly sich die Zeit für mich nimmt und die Stimmung zwischen uns endlich ohne jegliche Anspannung ist, ist nicht selbstverständlich – und ich werde definitiv nichts tun, was die Harmonie zwischen uns stört. Dennoch mache ich mir eine mentale Notiz, Conor ein wenig mehr auf den Zahn zu fühlen. Wie von selbst legt sich bei dem Gedanken an ihn ein Lächeln auf mein Gesicht, und Bilder der letzten Nacht tauchen vor meinem inneren Auge auf. Ich merke, wie Hitze in mein Gesicht schießt, und beuge mich eilig über den Stoff, damit Mrs Connolly die Röte in meinen Wangen nicht bemerkt.

Ob diese Wirkung, die er auf mich hat, jemals nachlassen wird?

25. KAPITEL

Conor

Ó Cathasaigh.

Mit einem Lächeln drücke ich auf den Knopf neben dem Klingelschild, und ein melodisches Läuten ist hinter der Tür zu vernehmen. Conchobar Ó Cathasaigh ist mein eigentlicher Geburtsname, mein gälischer. Doch selbst hier nennen mich die meisten Leute Conor O'Casey – und seit meinem Studium in Galway, wo ohnehin kaum jemand Irisch spricht, habe ich mich daran gewöhnt. Dennoch tut es gut, den Namen auf der goldenen Plakette zu lesen. Es hat etwas Erdendes, Beruhigendes.

Ebenso wie die Frau, die die Tür öffnet.

»Na, das wird aber auch Zeit«, begrüßt sie mich und zieht mich fest in ihre Arme, während Gaiman, unser Kater, maunzend um unsere Beine streift. »Da wohnst du schon um die Ecke, und wir kriegen dich trotzdem nie zu Gesicht! Ich erfahre mehr von Molly über dein Leben als von dir. Sie hat mir zum Beispiel auch gesagt, dass du eine neue Freundin hast! Das erfahr ich im Pub! Ich, deine Mutter!« Sie schnalzt mit der Zunge, ihr Lachen verrät mir jedoch, dass sie mir nicht böse ist.

»Jetzt lass den Jungen doch erst mal reinkommen.« Mein Vater erscheint kopfschüttelnd im Flur und schiebt meine Mutter liebevoll zur Seite, damit ich eintreten kann. Sofort umfängt mich der vertraute Geruch nach zu Hause. Das alte Holz, gemischt mit dem vanillehaltigen Geruch von Frischgebackenem. Mein Blick gleitet zu Mams Schürze. Dass ich ausgerechnet an einem Sonntag hier aufschlage, hat eventuell damit zu tun, dass ich weiß, dass sie diesen Tag immer zum Backen nutzt.

»Ich freu mich auch, euch zu sehen«, erwidere ich, während ich meine Jacke an die Garderobe hänge und aus der Tasche den Grund für meinen Besuch ziehe. »Wie geht es denn, was macht das Leben?«

Mam knufft mir in die Seite, und ihr Lächeln lässt meine Brust warm werden, so glücklich sieht sie in diesem Moment aus.

»Ja, ja. Ist ja gut. Ich hoffe natürlich, dass es dir gut geht und all das.« Sie winkt ab. »Aber mehr interessiert mich tatsächlich das Gerücht mit der neuen Freundin.« Sie winkt mich an den Esstisch und zieht sich im Gehen die Schürze über den Kopf. »Ich setze Tee auf. Oder magst du lieber Kaffee?«

»Nein, Tee ist perfekt. Ich hab euch auch was mitgebracht.«

Meine Mam hebt die Brauen. »Ach ja? Sag bloß, du hast gebacken?«

»Nein, keine Sorge. Es ist nichts Essbares.« Ich spüre das Gewicht der Flyer in meiner Hand, und in meinem Bauch flattert es nervös. Ich weiß, dass ich die Unterstützung meiner Eltern habe, die hatte ich immer. Doch es ist mir wichtig, dass sie ebenso an das Projekt glauben wie ich. Dass ihnen klar wird, dass ich alles im Griff habe, auch wenn der Wasserschaden auf meinen Dad einen anderen Eindruck gemacht haben mag.

Ich helfe meiner Mam beim Decken des Tischs, während mein Dad eine Schallplatte in den Spieler legt – ein Erbstück meines Grandpas und sein ganzer Stolz. Als wir wenige Minuten später mit dampfenden Tassen Tee und noch warmem Kuchen am Tisch sitzen, beugt meine Mutter sich über den Tisch und sieht mich abwartend an. »Na, dann erzähl mal.«

Ich bin mir ziemlich sicher, dass sie Caroline meint, doch ich lege den Stapel Flyer vor mir auf den Tisch und schiebe ihr und meinem Dad je einen Zettel zu.

Mein Dad setzt sich die Lesebrille auf die Nase, die stets um seinen Hals hängt, und die zusammengekniffenen Augen meiner Mam lassen darauf schließen, dass auch sie eine bräuchte. Einige Sekunden verstreichen in Stille, die nur von Gaiman unterbrochen wird, der sich das Fell putzt – von ihm und meinem Herz, das nervös in meiner Brust klopft. Carolines Flyer sind perfekt. Deshalb bin ich nicht nervös. Ich bin es, weil das hier eine neue Herangehensweise ist. Weil sie ein Eingeständnis ist, dass mein Weg nicht funktioniert hat und ich einen neuen einschlagen muss. Doch das Programm, das Caroline und ich uns überlegt haben, ist bunt und abwechslungsreich, und ich glaube wirklich, dass unsere Idee klappen kann.

Als sich Mams Gesichtszüge glätten und ein Lächeln auf ihren Lippen erscheint, kann ich förmlich spüren, wie sich der Knoten in meiner Brust auflöst.

»Das ist ja großartig. Du hast das geplant?«, fragt sie, und der Stolz ist deutlich aus ihrer Stimme herauszuhören.

»Gemeinsam mit Caroline. Sie hat die Flyer gestaltet.«

»Tag Rugby?« Mein Dad lacht so sehr, dass die Tasse in seiner Hand erzittert. »Das habt ihr ewig nicht gespielt. Da bin ich ja fast versucht mitzumachen.«

»Eoin würde sich freuen.«

Dad lässt seinen Blick ein weiteres Mal über den Flyer wandern und nickt dann anerkennend. »Das hat wirklich Hand und Fuß und ist eine tolle Idee. Wenn du magst, leite ich ihn an ein paar Leute von früher weiter. Erinnerst du dich noch an Claire? Sie unterrichtet jetzt am College in Cork und freut sich bestimmt über eine Einladung.«

»Das wäre toll.«

»Wirklich gute Arbeit. Das mit der Spendenaktion und der Tombola ist eine hervorragende Idee.« Mam legt ihre Hand auf meine Schulter und drückt kurz zu. Die leichte Berührung reicht, um meine Anspannung verfliegen zu lassen. »Können wir dich irgendwie dabei unterstützen?«

»Nein, wir haben alles im Griff. Ein bisschen Zeit ist ja noch, um die Details zu klären.«

Sehr viel zwar nicht mehr, denn Caroline und ich haben uns auf den 20. November geeinigt – und der ist bereits in zwei Wochen. Doch Ziel ist es, die Schule zum Start des Frühjahrssemesters mobil zu machen, und da wir beide rund um die Uhr an dem Event arbeiten konnten, haben wir beschlossen, es lieber früher als später stattfinden zu lassen. Viel ist geschafft, aber eben noch nicht alles. Wie beispielsweise, die alte Schule ansehnlich zu bekommen. Caroline ist der Meinung, dass wir im aktuellen Zustand mehr Spenden zusammenkriegen, was zwar gut sein mag, aber ich will, dass die Leute sich wohlfühlen und gern zurückkehren.

»Dann blocken wir uns den Termin doch gleich mal im Kalender«, sagt mein Dad und zückt sein Handy genau in dem Moment, in dem meines in der Tasche meiner Jeans zu klingeln beginnt.

»Entschuldigt.« Die Nummer auf dem Display sagt mir gar nichts, und ich stehe auf und gehe in den Flur, um das Gespräch anzunehmen. »Ja?«

»Mr Ó Cathasaigh?«, erklingt eine weibliche Stimme.

»Ja?«, wiederhole ich mich und merke, wie mein Herz schon wieder rast. Das scheint zur Gewohnheit zu werden, doch dass sie mich mit meinem irischen Namen anspricht – noch dazu perfekt –, weckt eine beinahe kindliche Hoffnung in mir.

»Hier spricht Aoife Kennedy, die Sekretärin von Ministerin Clara Donohoe.«

Ich bin mir ziemlich sicher, dass die Welt für einen Moment stillsteht. Dass die Geräusche aus der Küche verstummen, das Knarzen der Dielen, über die ich aufgeregt wandle, ebenso, dass alles für einen Moment anhält, damit ich diesen vollkommen auskosten kann. Denn dass sie anruft, kann nur eines bedeuten.

»Der Ministerin für Tourismus, Kultur, Kunst, Gaeltacht, Sport und Medien«, spricht Aoife Kennedy weiter, als ich nicht reagiere – als ob ich diese Erläuterung brauche. »Wir haben Ihre Einladung zum Kulturfest in Baile na Mara erhalten – oder *féile chultúir*, sollte ich wohl sagen. Entschuldigen Sie, mein Irisch ist ein wenig eingerostet, wenn ich ehrlich bin. Aber da ich Mrs Donohoe an dem Wochenende begleite, habe ich wohl Gelegenheit, es aufzufrischen, was?«

»Sie kommen? Mit der Ministerin?«

»Ja, wir würden Ihre Einladung gern annehmen. Nicht für das gesamte Wochenende, aber Mrs Donohoe würde zur Eröffnung kommen und lässt anfragen, ob Sie noch eine Sprecherin benötigen?«

»Ja! Auf jeden Fall!«, sage ich so enthusiastisch, dass Aoife leise lacht.

»Das freut mich zu hören. Wissen Sie, Mrs Donohoe war wohl selbst schon in Baile na Mara. Ganz davon abgesehen, dass sie Kulturprojekte natürlich gern unterstützt.«

Ich verkneife mir den Kommentar, dass sie das Kulturprojekt bislang leider nicht als würdig für eine dieser Unterstützungen erachtet hat. Dass sie kommt, ist großartig und definitiv etwas, was wir nutzen können, um Presse zu dem Event zu kriegen – zumal sie sicher mit ihrer eigenen Entourage an Journalisten und Fotografen anreisen wird.

»Das freut mich wirklich«, sage ich also einfach.

»Sehr schön. Ich wollte mich persönlich bei Ihnen melden,

würde für alles Weitere jedoch Ihre E-Mail-Adresse nutzen, dann können wir Details wie die Länge der Rede besprechen.«

Aoife erzählt mir noch ein wenig mehr zu Mrs Donohoes Erwartungen und Plänen, und mir ist klar, dass das Event für sie in erster Linie Image-Arbeit ist, doch das ist mir egal. Ich mache sie mir ebenso sehr zunutze, wie sie mich für ihren guten Ruf verwendet.

Als wir uns verabschieden und ich auflege, brauche ich einen Moment, um wieder einen klaren Gedanken fassen zu können. Ich bleibe regungslos im Flur stehen und betrachte die Fotos an der Wand mir gegenüber. Meine Eltern an ihrem Hochzeitstag. Eine Aufnahme von mir, Declan und all unseren Cousins und Cousinen. Declan zu sehen versetzt mir wie immer einen Stich. Diesmal jedoch mehr als sonst, dann es könnte unser gemeinsamer Erfolg sein. Und auch wenn er kein Teil meines Lebens mehr ist, will etwas in mir mit ihm reden, ihm von Mrs Kennedys Anruf erzählen.

Bevor meine Freude einen Dämpfer bekommen kann, lasse ich den Blick zum nächsten Foto wandern. Es zeigt meinen Grandpa, der all das zwar nicht mehr miterleben kann, aber so stolz wäre, dass sein Lebenswerk eine zweite Chance erhält. Declan und ihm mag ich es nicht erzählen können, aber einer anderen Person: Caro. Am liebsten würde ich sie direkt anrufen, aber ich will ihr Gesicht sehen, wenn ich ihr von Mrs Donohoes Zusage berichte.

Als ich das Esszimmer wieder betrete, sehen meine Eltern mich erwartungsvoll an.

»Das war die Kulturministerin. Oder besser gesagt ihre Assistentin.«

»Was?« Meine Mam schlägt sich die Hände vor den Mund. »Hat sie wegen des Fests angerufen?«

Ich nicke. »Sie will teilnehmen und eine Rede halten.«

Sofort springt sie auf und zieht mich in ihre Arme. Ihre Freude bringt mich zum Lachen. »Das ist großartig! Ha! Wenn das die anderen erfahren. Mrs Donohoe in Baile na Mara – auf Einladung meines Sohns.«

»Unseres Sohns«, wirft mein Dad ein. Auch er ist aufgestanden und klopft mir auf die Schulter, kaum dass meine Mam mich freigegeben hat.

»Das beweist nur, dass er viel eher nach mir kommt.« Meine Mam zwinkert mir zu, denn rein optisch ist es ziemlich klar, dass ich Dad ähnle. Ich habe seine Augen und seine dunklen, störrischen Haare. Declan mag zwar ebenfalls Dads braune Augen geerbt haben, hat den blassen Teint und die dunkelblonden Haare jedoch von Mam.

Der erneute Gedanke an meinen Bruder mindert die Freude ein klein wenig. Ich brauche mir nichts vormachen: Ein Teil von mir, der, den ich am liebsten begraben würde, hätte ihn gern hier. Denn so sehr ich alles rund um die Sprachschule liebe, erinnert es mich doch immer an ihn und an die Leere, die er hinterlassen hat. Ich kann an den Gesichtern meiner Eltern sehen, dass auch sie an meinen Bruder denken, doch sie wissen es besser, als mich direkt auf ihn anzusprechen. Wir vermeiden das Thema, und Declan ist zu einem nicht länger erwähnten Namen geworden. Ich weiß, dass es ihnen wehtut, aber da Declan auch keine Anstalten mehr gemacht hat, mich zu kontaktieren, akzeptieren sie es stillschweigend.

»Solltest du diese Caroline dann nicht eiligst anrufen?«, fragt meine Mam stattdessen mit verschmitztem Lächeln.

»Ich sag es ihr lieber selbst.«

»Großartige Idee! Wir kriegen den Kuchen ohnehin nicht allein gegessen.«

»Ich bring ihr ein Stück mit«, sage ich, dabei weiß ich nur zu gut, worauf meine Mam hinauswill.

»Dir ist klar, dass Molly uns ohnehin alles brühwarm erzählt, nicht wahr?«

Ich seufze. »Ja. Dieses Dorf ist schlimmer als die *Irish Sun*.«

»Nur dass wir im Gegenteil zu der auch von schönen Dingen berichten«, sagt Mam. »Nun gut. Dann kennt Molly sie eben, aber ich nicht. Und Siobhán. Und Feargal. Und Olivia …«

Meine Mam führt ihre Aufzählung fröhlich fort, während Dad sich lachend setzt und mir mit der Teetasse zuprostet. Ich tue es ihm gleich, und nach einer Weile gibt auch Mam sich geschlagen und kommt mit theatralischem Seufzen zurück an den Tisch. Es ist nicht so, dass ich Caroline meinen Eltern nicht vorstellen möchte. Doch die Leere, die Declan hinterlassen hat, ebenso wie Sarah, Pádraig und all meine Freunde – die meiste Zeit ignoriere ich sie, und doch ist sie immer da. Ich weiß, dass Caroline sie vergrößern wird, wenn sie geht. Dass ich mich bereits jetzt zu sehr an die Hoffnung klammere, dass sie ihre Worte vielleicht wahr macht und bleibt. Wenn ich ihr den gleichen Platz einräume wie Sarah damals … Ich weiß nicht, wie ich das Loch schließen soll, das sie zwangsläufig in mir hinterlassen wird.

26. KAPITEL

Caroline

Ein Klecks gelber Farbe landet auf meinem übergroßen Hemd, und ich ziehe zischend die Luft ein.

»Ups«, macht Liv, doch ich höre das Grinsen in ihrer Stimme, ohne hinzusehen.

»Mrs Connolly bringt mich um.«

»Quatsch, ihr seid jetzt doch so was wie Freundinnen.«

»Ich nenne sie nicht mal beim Vornamen. Und vielleicht war das ihr Lieblingshemd.«

Liv macht eine wegwerfende Handbewegung, bei der noch ein Klecks Farbe von ihrem Pinsel fliegt. Glücklicherweise haben wir den Boden mit Folie ausgelegt. Dank Eoin, der mit wesentlich mehr System ans Aufhübschen der Schule rangeht als Liv und ich. Ich habe die letzte Stunde damit verbracht, bunte Lampions für den Garten zu basteln, in der Hoffnung, dass es während des Festivals nicht in Strömen regnet. Vor fünf Minuten hat Liv mich überredet, ihr beim Streichen zu helfen, wobei Streichen das falsche Wort ist, denn Liv sieht das Bemalen der Wand eher als künstlerische Aufgabe, anstatt einfach eine Rolle in die Farbe zu tunken.

Eoin und Liv haben keine Sekunde gezögert, als ich sie gefragt habe, ob sie das Festival unterstützen möchten. Während ich Bastelarbeiten und die Vorbereitung der Kurse im Kopf hatte, hat Olivia eine Spur weitergedacht. Die Schule auf Vordermann zu bringen war ihre Idee, und da Eoin praktischerweise einen Ersatzschlüssel hat, konnten wir uns problemlos Zugang verschaffen. Es war seltsam, die Schule ohne Conor zu betreten. Vor allem deshalb, weil Eoin mir all die bruchreifen Ecken gezeigt hat, die Conor vor mir geheim gehalten hat: Die Wasserflecken durch den Rohrbruch, die schimmligen Stellen an den Rändern der Toilettenfenster, die abgeblätterte Farbe an den Wänden – zumindest um die kümmern wir uns gerade schon einmal.

»Conor bringt euch definitiv um, wenn es nachher schlimmer aussieht als vorher«, brummt Eoin mit Blick auf den farbverschmierten Boden und betritt das Klassenzimmer.

»Wie kannst du es wagen? Das ist Kunst!« Mit einem Lachen und erhobenem Pinsel rennt Liv auf Eoin zu, der in letzter Sekunde ausweicht.

»Hey«, protestiert er und versucht, Liv zu fassen, die jedoch vor ihm wegläuft. Kurz bevor er sie zu packen bekommt, tunkt sie die Hand in den triefenden Pinsel und schmiert ihm einen Klecks gelber Farbe auf die Wange.

»So, jetzt siehst du wenigstens auch aus, als hättest du gearbeitet.«

»Bitte? Ich hab gerade das komplette Silikon an den Fenstern erneuert.«

»Dann kannst du ja jetzt beim Streichen helfen.« Liv tätschelt ihm die Schulter, und Eoins Antwort geht im Klingeln meines Handys unter. Mein Herz setzt einen Schlag aus, als ich den Namen meiner Schwester lese. Seit ich hier bin, habe ich mich kaum bei meiner Familie gemeldet. Zwar schicke ich gelegentlich ein paar Updates in die Familiengruppe, doch sie bestehen aus wenigen Zeilen und Fotos, die Vero beim Lernen aufgenommen hat. Ich weiß nicht, wie lange ich die Ausrede

284

noch aufrechterhalten kann, zumal meine Eltern eigentlich wissen, wie leicht mir das Lernen immer gefallen ist. Ich gehe aus dem Zimmer in den Flur, damit Eoin und Liv nicht zu hören sind, und nehme den Anruf dann entgegen.

»Hey, Lena!«

»Caro! Wie geht's?«

»Alles bestens. Und bei dir?«

»Ebenso. Ich bin gerade in der Stadt, hast du Lust auf einen Kaffee? Ich dachte, ich zieh dich mal aus der Bibliothek, damit du etwas Luft und Sonne abkriegst.«

»Das ist superlieb, aber ich hab heute schon was vor.« Obwohl meine Worte keine direkte Lüge sind, nagt das schlechte Gewissen an mir. Zwar sind Lena und ich nicht die Art Schwestern, die sich wie beste Freundinnen verhalten, doch seit wir nicht mehr zu Hause wohnen, verstehen wir uns ziemlich gut. Nicht mit ihr teilen zu können, was ich in den letzten Wochen erlebt habe, fühlt sich seltsam an.

»Wenn du jetzt lernen sagst, zerre ich dich persönlich aus der Bib.«

»Nein«, erwidere ich und mein Lachen klingt selbst in meinen eigenen Ohren falsch. »Ich bin mit meiner Mitbewohnerin verabredet. Wir wollten ins Kino.«

Jetzt sind es doch Lügen, dir mir über die Zunge gleiten, und sie legen sich schwer auf meine Brust.

»Na gut! Gönn dir auch mal Pausen. Und wenn ich dir helfen kann oder du Mitschriften brauchst, sag Bescheid, ja?«

»Mach ich«, erwidere ich und zucke zusammen, als Liv nebenan ein Quieken von sich gibt.

»Huch, was war das?«

»Wir haben grad Besuch.«

»Dann stör ich dich mal nicht weiter. Bis bald! Hab dich lieb, und viel Spaß im Kino!«

»Ich dich auch. Ciao.«

Als ich auflege, schlägt mein Herz viel zu schnell. Es ist nicht so, dass ich zwei Monate Irland nicht vor meiner Familie geheim halten könnte. Doch es geht mittlerweile nicht mehr nur um zwei Monate im Ausland. Irland verändert mich. Und verändere ich nicht auch Dinge hier? Liv hat, ohne es zu wissen, auch in meinem Kopf den Pinsel geschwungen und ein Bild gemalt, eines, in dem ich mit ihr gemeinsam im Cottage sitze. Und Conor … Mein Herz pocht noch heftiger in meiner Brust. Ich will Irland nicht verlassen, aber noch sehr viel weniger will ich Conor verlassen.

27. KAPITEL

Conor

Die Tür zur alten Schule quietscht leise, als ich sie öffne, und ich mache eine mentale Notiz, sie zu ölen, bevor die Ministerin hier eintrifft. Als ich Caro eben geschrieben habe, ob wir uns treffen können, hat sie mich herzitiert. Allerdings habe ich fest damit gerechnet, sie vor der Schule zu treffen, nicht darin. Denn die Tür habe ich ganz sicher verriegelt. Kaum dass ich den Flur betreten habe, halte ich inne. Es ist nicht einmal die laute Musik, die mich stehen bleiben lässt. Es ist der leicht beißende, chemische Geruch nach Farbe, der in der Luft liegt und der eine Ahnung in mir weckt, wieso ich Caro hier treffen soll. Als ich den Blick wandern lasse, bestätigt sich die Ahnung. »Was zur …«

»Überraschung«, ertönt Carolines fröhliche Stimme, und sie tritt aus dem ursprünglichen Lehrerzimmer. Ihre Haare sind zu einem unordentlichen Dutt nach oben gebunden, aus dem sich etliche Strähnen gelöst haben.

»Ruinierte Überraschung wohl eher.« Liv kommt ebenfalls in den Flur. Auch ihre dunkelblonden Haare sind ein einziges Chaos, doch ihre Lippen sind zu einem breiten Grinsen verzogen. Beide tragen weite Holzfällerhemden, auf Caros sind hellgelbe Farbkleckse zu sehen, die frisch zu sein scheinen. Olivia hat Plastiktüten um ihre Boots gewickelt.

»Hi!« Eoin tritt ebenfalls in den Flur, sein Gesicht ist voller Farbe. »Frag nicht«, sagt er, als er meinen Blick bemerkt. Dieser gleitet von den dreien wieder durch den Raum, und ohne ein Wort zu sagen, schiebe ich mich an Liv vorbei ins Lehrerzimmer. Von den ergrauten, dreckigen Wänden, die einmal weiß waren, ist – bis auf eine Ecke links von mir – nichts mehr zu sehen. Der Raum wirkt nicht länger heruntergekommen, sondern erstrahlt in hellem Gelb, sodass es trotz der Wolken draußen wirkt, als würde die Sonne scheinen.

»Das habt ihr gemacht?«

Ich merke, wie meine Brust eng wird, jedoch auf gute Weise. So wie der Flur und das Zimmer aussehen, müssen sie den ganzen Morgen damit verbracht haben.

»Jap!« Ich drehe mich zu Caro um, die sich auf die Unterlippe beißt, als sei sie unsicher, was ich von all dem halte.

»Die Klassenzimmer kommen auch noch dran, aber da wollten wir mit dir reden. Ich fände einen Raum, der sich an Jüngere richtet, cool. Ich hab mich auf Pinterest ein bisschen inspirieren lassen.« Liv zückt ihr Handy, hält mir das Display unter die Nase und zeigt mir Foto um Foto von bunten Klassenzimmern voll Malereien, Whiteboards und kreativen Lernanregungen. »Sag einfach, was du haben magst, ich mal es dir.«

»Woher habt ihr überhaupt den Schlüssel?«

»Eoin«, sagt Olivia und deutet auf meinen besten Freund. Die beiden tauschen kurz einen Blick, der so voll Zuneigung ist, dass ich die zwei am liebsten packen und einmal fest schütteln würde. Ob sie sich ihre Gefühle füreinander wohl jemals eingestehen?

»Ihr seid die Besten, wisst ihr das?«

»Schon, ja«, sagt Liv in ihrer typisch unverblümten Art und zwinkert mir zu.

»Aber ich bin auch der Beste, denn …« Ich mache eine Kunstpause. »Ich habe gerade eben einen Anruf erhalten. Wir bekommen Besuch.«

»Von?«, hakt Liv nach, und mein Herz rast schon wieder, als die Worte aus mir herausplatzen.

»Der Kulturministerin höchstpersönlich. Ihr und ihrem Gefolge vermutlich.«

»Oh mein Gott!«, ruft Caro und springt auf mich zu, so heftig, dass sie mich beinahe umwirft. Auch Liv stößt einen aufgeregten Schrei aus und fällt uns beiden in die Arme. Eoin klopft mir anerkennend auf die Schulter.

»Glückwunsch. Wie viele nervige Mails und Briefe hast du ihr in diesem Jahr geschickt? Vierzig?«

»Eher an die siebzig«, erwidere ich lachend.

»Na, die muss bitte ordentlich spenden!«, meint Caro, und Liv nickt lachend.

»Wird sie. Sind sicher Kameras dabei.«

Die beiden lassen von mir ab, und Liv hüpft mehr zum Farbeimer, als dass sie läuft. »Na, dann gebe ich mir besser extra viel Mühe.« Sie greift die Malerrolle, streicht die überschüssige Farbe ab und macht sich direkt wieder ans Werk.

»Und ich schau mal, ob sich die Badezimmer irgendwie auf Vordermann bringen lassen«, meint Eoin, klingt dabei jedoch nicht sonderlich zuversichtlich. Kein Wunder, die Sanitäranlagen sind komplett veraltet und wären das Erste, was ich von einer Förderung erneuern würde. Das und die Rohre, denn der Wasserrohrbruch ist nach wie vor ein Problem.

»Ich fass es nicht, dass ihr das organisiert habt«, sage ich leise genug, dass nur Caroline es über den Måneskin-Song hört.

»Na klar. Wobei du in erster Linie Liv danken musst. Es war ihre Idee, der Schule einen Neuanstrich zu verpassen.« Caro lehnt den Kopf an meine Schulter und seufzt. »Und leider sieht man bei genauer Betrachtung auch, wo sie gestrichen hat und wo ich.«

»Es sieht so oder so viel besser aus. Danke.« Ich ziehe sie enger an mich. In meiner Brust entsteht ein ähnlicher Druck wie vorhin, als mich der Anruf erreicht hat. Es fühlt sich wie Erfüllung an. Die Tatsache, dass Liv, Eoin und Caro sich so viel Mühe geben, als würde das hier auch sie betreffen, ist … ja, was? Unbegreiflich? Das beschreibt es wohl am besten.

Caros Lippen finden meine, und ich schließe die Augen und unterdrücke ein Seufzen. »Danke«, murmle ich gegen ihren Mund. »Danke, danke, danke.«

Ich drücke ihr einen weiteren Kuss auf die Stirn, dann löse ich mich von ihr und streiche ihr einige der zerzausten Strähnen aus dem Gesicht. Mit dem Daumen wische ich ihr etwas Farbe von der Wange, was mehr schlecht als recht funktioniert.

»Das bringt nichts. Ein paar Wände hab ich nämlich noch vor mir, ich seh gleich wieder so aus.«

»Caro!«, hallt Livs lautstark Stimme von nebenan durchs Gebäude. »Hört auf rumzumachen, hier wartet Arbeit!«

Caro rollt lachend mit den Augen, drückt meine Hände und schnappt sich dann ihren Pinsel. »Bis gleich, ich geh mal besser, bevor die Malermeisterin mich rausschmeißt.«

Lächelnd sehe ich ihr nach, dann verlasse ich ebenfalls den Raum und nehme die Stufen nach oben in Richtung Toiletten, wo Eoin gerade lautstark am Fluchen ist. Nicht zum ersten Mal an diesem Tag muss ich an Declan denken, der unseren gemeinsamen Traum mit Füßen getreten hat, während diese Menschen hier ihre Zeit für ihn opfern. Und das, obwohl sie im Gegensatz zu Declan nicht einmal was davon haben.

Meine Brust wird eng, und irgendwo in mir brennt es. Vor Dankbarkeit, aber auch vor Frust. Entgegengesetzte Gefühle, die sich einen Kampf in meinem Inneren liefern.

»Hey«, sage ich, als ich das Bad betrete, und betätige den Lichtschalter, doch nichts tut sich.

»Die Birne ist vorhin kaputtgegangen, tausche ich später aus.«

»Das kann ich machen. Alles okay?«

»Na ja, die Wand hier ist Mist«, erwidert Eoin und klopft dagegen. »Ich hab das Silikon erneuert, das alte war schimmlig, aber siehst du hier, um die Fenster herum?«

Ich trete näher, obwohl ich bereits weiß, was er meint. Um das Fenster herum befinden sich leichte Spuren von Schimmel. »Ich hab sie schon etliche Male eingesprüht und alles.«

»Bringt nichts, die Feuchtigkeit ist hundertpro in der Wand drin, da kannst du von außen nichts machen.« Er sieht von der Wand zu mir und verzieht mitleidig den Mund. »Ich glaub, da hilft nur sanieren.«

»Wie beim Rohrbruch«, murmle ich und merke, wie die ganze Freude, die ich eben beim Betreten der Schule gespürt habe, aus meinem Körper gesogen wird. »Das kann ich mir nicht leisten.«

Eoin klopft mir auf die Schulter. »Kopf hoch, das wird.«

Ich hebe skeptisch die Brauen.

»Hey, wo ist dein Optimismus?«, fragt Eoin.

»Der ist verschwunden, gemeinsam mit meinem Bruder, falls du dich erinnerst.«

Mit einem Seufzen lässt Eoin sich an der Wand hinabsinken und klopft neben sich.

»Ich soll mich mit dir auf den Toilettenboden setzen?«

»Ey, weißt du, wie eklig es gerade war, das Silikon überall rauszumachen? Setz dich.«

»Ist ein Argument.«

Ich nehme neben Eoin auf dem kalten Fliesenboden Platz. Die dunkelgrünen Toilettenkabinen machen den Raum noch düsterer, als er bei dem grauen Wetter ohne Beleuchtung ohnehin schon ist. Der Spiegel über dem Waschbecken hat zwei Risse am Rand, und als ein Windhauch heulend durch das eigentlich geschlossene Fenster hereinfegt, lasse ich seufzend den Kopf an die Wand sinken.

»Wolltest du, dass ich mich setze, damit ich den absolut katastrophalen Zustand dieses Raums hautnah miterlebe? Weil, Glückwunsch, das ist dir gelungen.«

»Absolut katastrophal wäre er, wenn die Spülungen nicht funktionierten, und die gehen, hab ich eben für dich getestet. Wir tauschen die Glühbirnen aus, pinseln über den Schimmel drüber, damit er bei der Feier zumindest nicht mehr zu sehen ist, und wir stellen hier irgendeine Luxus-Seife hin, dann wird das schon.« Eoin zieht die Beine in den Schneidersitz und dreht sich so, dass ich seinem Blick nicht länger ausweichen kann. »Du musst über Declan hinwegkommen.«

»Er ist mein Bruder, und er hat mich nach Strich und Faden verarscht.«

»Hat er. Und du verarschst dich selbst nach Strich und Faden, weil du dir selbst im Weg stehst, anstatt die Dinge hier ohne ihn anzupacken.«

»Ich tue, was ich kann.«

»Ja?« Eoin legt den Kopf schief, und in seinen blauen Augen erscheint ein herausforderndes Funkeln. »Tust du das wirklich?«

»Dein Ernst? Ich renne von Bank zu Bank, schreibe zig Förderungsanträge, gebe Unterricht, der sich finanziell überhaupt nicht rentiert.«

»Ja, aber es braucht Caro, um ein Event auf die Beine zu stellen. Es braucht Liv, um hier mal klar Schiff zu machen. Wieso?«

Ich schlucke, und seine Worte sorgen für ein unangenehmes Brennen in meiner Brust. Nicht, weil ich wütend bin, sondern weil er recht hat.

»Weißt du, was ich glaube?«, spricht Eoin weiter, obwohl ich noch gar nicht auf seine letzte Frage geantwortet habe. »Ich glaube, du kämpfst nur mit halber Kraft, weil du dir insgeheim nach wie vor wünschst, dass Declan die andere Hälfte übernimmt. Aber das wird er nicht. Und so scheiße das ist, du musst damit klarkommen. Es ist jetzt ein Jahr her. Sei meinetwegen weiterhin wütend auf ihn, aber lass dir davon nicht die eine Sache versauen, die du schon willst, seit ich dich kenne.«

Ich lehne den Kopf zurück an die Wand und stoße einen Schwall Luft aus. »Wie hast du das geschafft?«

»Was genau?«

»Na ja, Declan war auch einer deiner besten Freunde. Pádraig und Cian genauso. Aber du schiebst keinen Frust. Wie?«

An meinen Schultern spüre ich, wie Eoin seine hebt. »Es hat mich auch mitgenommen. Ziemlich sogar, ich meine, wir waren immer ein eingespieltes Team.«

Nun sehe ich ihn doch wieder an, denn davon höre ich zum ersten Mal. »Wirklich?«

»Klar, was denkst du denn?«

»Man hat es dir nie angemerkt.«

»Mag dir entgangen sein, aber ich bin nicht so der Gefühlsmensch.«

»Was du nicht sagst«, erwidere ich schmunzelnd, und Eoin stößt mir lachend in die Seite.

»Ich hab es einfach verdrängt und irgendwie weitergemacht.«

»Klingt gesund.«

»Haha«, erwidert er trocken. »Ich will gar nicht, dass du so tust, als wär das alles nicht passiert. Aber du verdrängst es ja trotzdem. Declan in deiner Nähe zu erwähnen ist quasi ein unausgesprochenes Tabu. Gleichzeitig schaffst du es aber auch nicht, es zu verarbeiten oder sonst irgendwie weiterzumachen.« Er sieht mich ernst an. »Wenn ich ehrlich bin, hab ich erst seit

Caro wieder so richtig das Gefühl, mit meinem besten Freund zu reden. Das vorher war einfach eine abgefuckte, gestresste Variante von dir.«

»Sie ist ziemlich toll, oder?«

Eoins Mundwinkel zucken. »Ja, aber das ist nicht das, was du aus meiner großartigen Ansprache mitnehmen sollst.«

»Ich weiß«, sage ich und seufze erneut. »Aber hey, ich bin dran. Sowohl an der Schule als auch daran, die Sache mit Declan endlich hinter mir zu lassen.« Ich lasse meinen Blick erneut durch den dunklen Raum wandern. Vielversprechend sieht es nicht aus, aber vielleicht muss ich in kleineren Schritten denken. Niemand verlangt, dass ich die Schule in zwei Wochen für den normalen Betrieb öffne. Erst einmal geht es nur um das Kulturfestival. »Wir schaffen das.«

Und als die Worte meinen Mund verlassen, habe ich zum ersten Mal das Gefühl, dass sie wirklich stimmen. Wir werden das schaffen. Weil es auch ohne Declan ein Wir gibt. Nur daran, dass Caroline nicht für immer ein Teil dieses Wirs sein, dass sie Irland zwangsläufig verlassen wird, daran darf ich nicht denken. Genauso wenig, wie ich mein Herz an sie verlieren darf. Doch leider habe ich das Gefühl, dass es dafür bereits zu spät ist.

28. KAPITEL

Caroline

Ich kann mich nicht daran erinnern, wann mir zum letzten Mal die Wangen wehtaten, weil ich so viel am Stück gelächelt habe. Doch gerade tun sie es. Dabei hätte ich mir noch vor wenigen Wochen Tausende schönere Szenarien vorstellen können, als mit Mrs Connolly in Mollys kleinem Seat Ibiza zu sitzen und dem Linksverkehr den Kampf anzusagen. Doch von dem Schweigen und der angespannten Stimmung ist nichts mehr zu spüren. Auf Mrs Connollys Wunsch hin laufen die Beatles, Schweigen herrscht nur, wenn ich mich beim Abbiegen stark konzentrieren muss, und die Stimmung ist mittlerweile locker, beinahe vertraut.

»Ich hoffe, die kleinen Racker zerlegen Molly nicht das Pub«, äußert Mrs Connolly erneut ihre Bedenken.

»Ach was«, gebe ich zurück. »Sie sorgen bestimmt für Umsatz. Außerdem kann zumindest eine von den beiden jetzt Sitz.«

Mrs Connolly lacht auf. »Ja, dass ich das noch erleben darf.« Sie schaut kurz schweigend aus dem Fenster, wo die Landschaft in Grün- und Gelbtönen an uns vorbeizieht. Das Wetter ist heute beinahe frühlingshaft. Dann, ohne den Kopf zu mir oder zur Straße zu wenden, spricht sie weiter, leiser nun.

»Erinnerst du dich noch daran, als du meintest, dass alte Hunde neue Tricks lernen können?«

»Hmhm«, mache ich zustimmend und versuche, den Verkehr zu überblicken, der hier in der Stadt sehr viel lebendiger ist als auf dem Land. Doch während ich bei den beiden Terminen letzte Woche noch nervös war, kehrt langsam Routine ein. »Ich erinnere mich auch, dass Sie sagten, dass ich recht hatte, was zu meinem Nähunterricht und diesem wunderschönen Rock geführt hat.« Ich streiche kurz über den weichen, dicken Stoff des dunkelgrünen Faltenrocks. Auch den haben wir letzte Woche fertiggestellt, und zu meiner Überraschung ist Mrs Connolly eine erstaunlich geduldige Lehrerin. Vermutlich werde ich die Kleiderwahl nachher trotz der Sonne bereuen, doch Mrs Connollys Strahlen, als ich vorhin im Rock die Küche betreten habe, ist es wert.

»Was, wenn dieser alte Hund sogar noch mehr lernen könnte?«

Ich werfe ihr einen kurzen, fragenden Blick zu, bevor ich mich wieder auf die Straße konzentriere. »Sie meinen sich?«

Aus dem Augenwinkel kann ich ihr Nicken erkennen. »Ich hab Conors Flyer gesehen. Ich weiß, das Programm ist eigentlich schon komplett, aber bei solchen Events fällt ja immer mal jemand aus. Also … wenn ihr noch jemanden in der zweiten Reihe benötigt, einen Ersatz sozusagen, dann würde ich mich dafür anbieten.«

Jap, morgen würde ich vom Grinsen eindeutig Muskelkater haben.

»Sie wollen doch nähen?«, rufe ich aufgeregt. Als ich ihr den Vorschlag unterbreitet habe, klang sie alles andere als überzeugt.

»Ja, ich dachte, das kann ganz gut werden. Man könnte etwas Einfaches wie Taschen machen, die kann jeder gebrauchen, und man kann alle möglichen alten Stoffreste verwenden.« Sie hebt leicht die Schultern. »Wenn es für deinen Burschen unbedingt was Traditionelles sein muss, kann ich natürlich auch klassisch irische Mode machen.«

Ich beiße mir auf die Lippe, um nicht zu lachen, da Mrs Connollys Tonfall deutlich anzuhören ist, welche Option ihr besser gefällt.

»Ich kann *den Burschen* ...« Ich betone die letzten beiden Wörter übertrieben. »... gern fragen. Aber ich bin mir ziemlich sicher, dass ihn die Idee genauso begeistert wie mich. Er wollte die Flyer ohnehin neu drucken. Für Mrs Connollys Nähatelier ist auf jeden Fall noch Platz.«

Ich riskiere einen kurzen Blick, der sich lohnt, denn sie schafft es nicht, ihr Lächeln rechtzeitig zu verstecken.

»Für dich wohl eher Roisins Nähatelier.«

»Sind wir jetzt auf Vornamen-Level?«, frage ich, um meine Überraschung zu überspielen.

»Mach kein großes Ding draus, sonst wechseln wir wieder zum Mrs.«

Ihr grummeliger Ton bringt mich zum Lachen. Hätte man mir bei meiner Ankunft gesagt, dass wir mal so weit kommen würden, ich hätte der Person den Vogel gezeigt. Jetzt hingegen nicke ich und versuche, meine überschwängliche Freude zu verbergen, da ich genau weiß, dass sie Mrs Connolly, nein, Roisin, unangenehm wäre.

»Hier rechts oder links?«, frage ich.

»Links. Und dann ist rechts gleich der Parkplatz. Genau wie schon letzte Woche. Und die davor.«

»Beim nächsten Mal hab ich's mir gemerkt«, verspreche ich und nutze einen der noch wenigen freien Plätze. Heute scheint die Praxis voll zu sein. Ich stelle den Motor ab und steige eilig aus dem Wagen, um Roisin auf ihrer Seite zu helfen – auch wenn es mit jedem Mal besser klappt und sie heute beinahe keine Unterstützung zu benötigen scheint. Als ich die Beifahrerseite erreiche, steht sie schon fast aufrecht. Dennoch helfe ich ihr in den Stand und reiche ihr die Sporttasche, die sie für die Therapie braucht.

»Perfekt. Ich danke dir.«

»Dann sehen wir uns in einer Stunde wieder hier.«

»Wie vertreibst du dir die Zeit?«, fragt Mrs Connolly, während wir langsam die Praxis umrunden. Auch das Gehen klappt bereits viel besser. Seit einigen Tagen läuft sie kurze Strecken sogar schon ohne Krücken.

»Ich hab letztes Mal beim Vorbeigehen ein kleines Tee-Café entdeckt, das sah von außen aus wie ein Puppenhaus.«

»Klingt gut. Wenn ich hier durch bin, können wir bei *Murphy's* ein Eis essen! Bei den Temperaturen lohnt sich das, und das Dingle Sea Salt ist ein Traum.«

»Alles klar! Dann bis gleich, Roisin.« Ich winke ihr noch einmal zum Abschied, und als ich mich umdrehe und die frische Meeresluft einatme, wünsche ich mir, dass alles genauso bleibt, wie es gerade ist.

Das Café ist innen noch schöner als außen. Mein Tee wurde mir in einer zarten weißen Tasse mit goldenen Verzierungen und rosafarbenen Blüten serviert, und die Kuchen und Cupcakes sind so schön verziert, dass ich mich kaum getraut habe, meinen zu essen. Jetzt, da der Geschmack nach Schokolade und Pistazie noch auf meiner Zunge liegt, bin ich aber doch froh, das Kunstwerk zerstört zu haben.

»Darf es noch etwas sein, Liebes?«, fragt die Kellnerin, die mit ihrer Rüschenschürze perfekt zum urigen, gemütlichen Interieur passt.

»Nein, danke«, erwidere ich lächelnd, als sie meinen Teller abräumt. Ich sehe aus dem Fenster und beobachte die vorbeieilenden Menschen mit ihren Einkaufstüten, Handys in oder

Kindern an der Hand und genieße es, diesen Moment vollkommen für mich zu haben. Ihn mit niemandem teilen zu müssen. Ich hätte häufiger allein in Cafés gehen sollen. Hätte Erfahrungen sammeln, mich mehr trauen sollen.

Ich zucke zusammen, als meine Gedanken abbrechen und mir etwas siedend heiß einfällt.

»Scheiße«, fluche ich und hole eilig mein Handy aus der Tasche. Mein Herz klopft so laut, dass das Blut in meinen Ohren rauscht, als ich den Chat mit Nadine öffne und auf die letzte Nachricht blicke. Die kurze Nachricht, die das Bild vom Bogenschießen ziert. Die Nachricht von vor – ich zähle im Kopf nach – elf Tagen. Wut und Scham liefern sich einen Kampf in meinem Bauch. Heiße, selbsthassende Gefühle fluten mein System schnell und unaufhaltsam wie ein Lauffeuer. Ich habe sie einfach vergessen. Beim Streichen mit Olivia habe ich nicht einmal daran gedacht, ein Foto zu machen. Ich hab ihr auch nicht von der Nacht mit Conor erzählt … Beinahe zwei Wochen lang habe ich sie aus meinem Leben verbannt.

Caroline, 2.08 pm:
Es tut mir so leid, dass ich mich nicht gemeldet hab! Es war so viel los. Und ich war so wenig am Handy. Ich weiß, das ist keine Entschuldigung. Ich liebe dich.

Ich drücke auf Senden und tippe bereits an der zweiten Nachricht, schreibe eine Zusammenfassung der letzten Tage und lösche sie dann doch wieder. Es fühlt sich nicht richtig an, ihr alles im Nachgang zu erzählen, gehetzt, als würde ich ihr einen lieblosen Bericht schreiben. Das hat sie nicht verdient.

Ich öffne ihr Profilbild und streiche über die linke Seite. Es zeigt uns beide auf einem Indie-Konzert, auf das Nadine mich mitgeschleppt hat. Sie hat mich ständig damit aufgezogen, dass ich keinen Musikgeschmack habe, und höchstwahrscheinlich hat sie recht. Die Aufnahme ist leicht verschwommen, doch man sieht uns beide breit strahlen.

»Sei mir nicht böse«, flüstere ich, doch als ich unsere lächelnden, glücklichen Gesichter sehe, legt sich der Zorn auf mich selbst. Sie wäre nicht wütend. Natürlich nicht.

Ein trauriges Lächeln umspielt meine Züge, als ich das Handy an meinen Mund presse und mir nichts sehnlicher wünsche, als dass sie hier neben mir sitzt, einen ihrer Dad Jokes reißt, Kuchen isst, mir gegen die Stirn schnippt und sagt, dass sie nicht böse ist, sondern stolz. Stolz, dass ich nach all der Zeit doch endlich eigene Hobbys habe. Dass ich wieder rausgehe und es nicht einmal Vero braucht, die mich in meine High Heels steckt. Trotzdem fühlt es sich wie Verrat an, ihr nicht mehr den Platz in meinem Leben einzuräumen, den sie verdient hat. Es ist die einzige Form, wie ich sie weiter am Leben halten kann – und das Mindeste, was sie verdient hat, nachdem sie es so unfair verloren hat.

Das Display hat sich gerade verdunkelt, als das Handy in meiner Hand plötzlich vibriert. Für einen Augenblick habe ich Angst, dass es meine Mutter ist, die anruft, doch dann lese ich zu meiner Überraschung Brendans Namen auf dem Display.

»*Dia duit!*«, rufe ich ins Telefon.

»Na, da hat sich aber jemand eingelebt«, antwortet er lachend. »Geht es dir gut?«

»Ja, alles bestens.« Trotz des schlechten Gewissens gegenüber Nadine fühlt sich der Satz zum ersten Mal seit einer halben Ewigkeit nach der Wahrheit an. Mir geht es gut. Ich weiß nicht, wie und warum, aber es geht mir gut. Die Feststellung bringt mich zum Lächeln, bis Brendans Worte an mein Ohr dringen.

»Das freut mich. Ich will auch gar nicht lange stören, ich wollte nur fragen, ob du schon weißt, bis wann genau du bleibst.

Soll ich dich zum Flughafen fahren? Ich habe Mam gesagt, sie soll mir das Datum weiterleiten, aber das hat sie verschusselt. Fährst du diese Woche noch? Oder erst nächste?«

»Ich …« Irritiert blicke ich auf das Datum auf meiner Uhr, als ob die Zeit auf magische Weise einen Monat vorgesprungen wäre. »Wieso sollte ich denn schon fahren?«

Oh Gott, hat Mrs Connolly sich über mich beschwert? Aber das ist Quatsch oder, wenn doch, zumindest Schnee von gestern. Denn die Ablehnung, die mir anfangs entgegenschlug, ist längst passé.

»Wann hat Roisin denn mit dir darüber gesprochen, dass ich fahren soll?«, hake ich nach, bevor Brendan meine letzte Frage beantworten kann. »Das Verhältnis zwischen uns ist viel besser geworden. Sie hat ihre Meinung in der Zwischenzeit sicher geändert!«

»Roisin?« In Brendans Stimme liegt ein Schmunzeln. »Sie will dich nicht loswerden, keine Sorge, Caro! Ich dachte nur, jetzt, da ihre Therapie vorbei ist …« Er macht eine kurze Pause, in der die Worte zwar zu mir durchdringen, jedoch keinen rechten Sinn ergeben. Ihre Therapie soll vorbei sein? »Ich bin einfach davon ausgegangen, dass du dann bald zurück nach Deutschland fliegst. Weil in der Ausschreibung damals ja nur von Unterstützung während des Heilungsprozesses die Rede war. Natürlich darfst du bleiben, solange du willst.«

»Oh, aber ihre Therapie läuft noch. Ich habe sie gerade eben hingebracht.«

»Was?« Jetzt klingt Brendan vielmehr verunsichert als amüsiert. »Laut ihrem Arzt ist sie seit letzter Woche fertig.«

»Aber wir waren vor drei Tagen auch da. Und am Mittwoch. Wie immer, zwei- bis dreimal die Woche.«

»Hm, vielleicht liegt der Fehler bei mir. Entschuldige, ich klär das noch mal.« Er räuspert sich. »Aber sonst ist alles gut?«

»Ja, alles bestens. Conor, Roisins Nachbar, und ich planen gerade ein Kulturfestival. Habt ihr vielleicht auch Lust, zu kommen? Es gibt auch Aktivitäten für Kinder, das könnte Kiera gefallen.«

»Das klingt super! Wann denn?«

»Nächste Woche Samstag und Sonntag. Ich schick dir alle Infos, würde mich freuen.«

Wir wechseln ein paar weitere Worte, doch ich hole bereits mein Portemonnaie aus der Tasche und winke der Bedienung zu. Ich verabschiede mich von Brendan, zahle, trinke meinen Tee in großen Schlucken aus und gehe dann schnellen Schrittes zurück zur Praxis.

Die kleine Klingel der Praxistür kündigt mich an, und ich luge in das Wartezimmer zu meiner Rechten, bevor ich mich beim Empfang anstelle. Es riecht nach Desinfektionsmittel und Duftstäbchen, die in einer Glasvase auf der Theke stehen. Eine ältere Dame verlässt eines der Behandlungszimmer und rollt im Gehen ein oranges Handtuch zusammen, das perfekt zu der orange-roten Wandfarbe passt. Von Roisin keine Spur.

»Hallo, wie kann ich Ihnen helfen?«, fragt die Sprechstundenhilfe. Sie kneift kurz die Augen zusammen, dann klärt sich ihr Blick. »Oh, du bist doch die Begleitung von Mrs Connolly. Ist alles in Ordnung?« Ihre leicht besorgte Nachfrage sagt mir bereits alles, was ich wissen muss. Dennoch stelle ich meine Frage.

»Ist Mrs Connolly hier?«

»Hier? Nein. Hat sie noch einmal Physiotherapie verschrieben bekommen?« Sie schiebt sich ihre eckige Brille auf die Nase und tippt etwas auf ihrer Tastatur. »Hm, uns liegt noch nichts vor. Hast du die Überweisung dabei? Dann könnte ich …«

»Nein, alles gut.« Ich winke ab. »Mein Fehler, ich hab mich vertan.«

Ich lächle entschuldigend und habe nicht einmal Zeit, peinlich berührt zu sein, denn ich mache mich bereits wieder auf den Weg nach draußen. Brendan hat also recht, und Mrs Connolly ist bereits mit ihrer Therapie durch. Doch wieso hat sie gelogen? Was macht sie in Galway, was ich nicht wissen darf?

Einen Moment lang bleibe ich unschlüssig vor der Tür stehen. Sie könnte überall sein, und sie wahllos in der Stadt zu suchen ist sicher nicht zielführend. Langsam umrunde ich die Praxis und gehe zurück zum Parkplatz. Doch noch bevor ich mein Handy hervorziehen kann, um sie anzurufen, sehe ich sie bereits. Sie steht an Mollys roten Seat Ibiza gestützt und hat die Augen geschlossen. Die Krücken lehnen am Seitenspiegel des Autos, und die Sonnenstrahlen malen Muster auf Roisins Gesicht. Sie sieht so friedlich aus, dass ich kurz verwirrt stehenbleibe. Also hat sie kein Geheimnis, von dem ich nichts wissen darf. Doch wieso lügt sie dann?

»Roisin?«, frage ich vorsichtig, und sie reißt die Augen auf, sieht mit einem Mal nicht mehr friedlich, sondern ertappt aus.

»Was machst du denn schon hier?«

»Das wollte ich Sie auch gerade fragen.«

»Waren früher fertig heute, und du wolltest in dieses schicke Café, da wollte ich dich nicht stören.«

Ich hebe die Brauen und bin erstaunt, wie schnell und glaubwürdig ihr die Lüge über die Lippen kommt. Doch ich kenne sie mittlerweile besser, und mir entgeht nicht, wie sie meinem Blick ausweicht – etwas, was sie sonst nie tut. Selbst ihre missmutigen Worte zu Beginn hat sie mir stets mit hocherhobenem Kopf und direkt mitgeteilt.

»Ach«, sage ich mit zuckersüßem Lächeln. »Das ist ja lieb von Ihnen. Aber wie unhöflich von der Praxis, Ihnen nicht die

Zeit zuteilwerden zu lassen, die Ihnen zusteht.« Ich tippe mir gegen die Wange, als müsse ich nachdenken. »Ich finde, da sollten wir Veto einlegen. Immerhin ist es wichtig, dass Sie die Übungen machen und gesund werden. Lassen Sie uns am besten gleich reingehen und nachhaken, was es damit auf sich hat!«

Roisin sieht mich ertappt an, die Lippen grimmig zusammengepresst. Okay, offensichtlich bin ich keine gute Schauspielerin, und sie kauft mir die Nummer nicht ab.

»Du warst bereits drinnen, nehme ich an?«, fragt sie, und ich nicke.

»War ich. Und Sie sind schon fertig mit der Physiotherapie.« Ich lege den Kopf schief. »Als ich das letzte Mal im Museum war, haben Sie da auch hier am Auto gelehnt?«

»Nein, da hat es geregnet, da stand ich vorn an der Bushaltestelle.«

Ungläubig schüttle ich den Kopf. »Aber warum? Sie sind also durch mit der Physio?«

Sie verschränkt die Arme vor der Brust und zuckt mit den Schultern. Ob als Antwort auf meine erste oder zweite Frage, kann ich nicht sagen.

»Fühlen Sie sich denn noch nicht fit genug? Wir können zum Arzt gehen und Ihnen weitere Stunden verschreiben lassen.«

»Hab ich schon probiert«, grummelt sie, und ich gehe auf sie zu und lehne mich neben ihr ans Auto, damit ich sie besser verstehen kann. »Haben sie abgelehnt.«

»Aber wenn Sie Schmerzen haben …«

»Ich hab doch keine Schmerzen mehr«, unterbricht Roisin mich seufzend. »Ich kann mittlerweile sogar die Stufen in den Keller wieder gehen.«

»Aber …« Irritiert sehe ich sie an. Bilde ich mir das ein, oder wird sie rot? »Wieso dann?«

Sie zuckt die Schultern und schnaubt. »Was denkst du denn?«

Ich habe keinen blassen Schimmer, und allem Anschein nach steht mir dieser Gedanke ins Gesicht geschrieben, denn Roisin schnaubt erneut.

»Ich fand den Gedanken nicht verkehrt, dass du noch eine Weile bleibst.« Die Worte rollen so schnell über ihre Zunge, dass ich Schwierigkeiten habe, sie zu verstehen. Erst bin ich mir sicher, mich verhört zu haben. Doch die Art, wie sie nach unten sieht und so meinem Blick wieder ausweicht, verrät, dass das nicht der Fall ist.

»Sie haben versucht, die Therapie zu verlängern, damit ich bleibe?«, frage ich perplex, und in meiner Brust zieht sich etwas schmerzhaft zusammen – aber auf die gute Weise.

»Hab ich gerade gesagt, oder nicht? Du bist doch sonst nicht auf den Kopf gefallen.«

Wo ich früher zusammengezuckt bin, bringt mich ihr ruppiger Ton jetzt zum Lächeln. Und dann tue ich etwas, was ich vor Kurzem niemals für möglich gehalten hätte. Ich gehe auf Mrs Connolly zu und lege die Arme um sie. Es dauert ein, zwei Atemzüge, dann wird ihr Körper weich, und sie erwidert die Umarmung.

»Also …«, beginne ich und reiche Roisin ihre Krücken. »Sie haben mir da Sea-Salt-Eiscreme versprochen.«

Mrs Connolly beäugt mich skeptisch, als handle es sich bei dem abrupten Themenwechsel um eine Falle. Dann nickt sie langsam. »Murphy's. Gleich in der Innenstadt.«

»Na dann.« Ich nicke in Richtung der Straße, und als wir gemeinsam den Parkplatz verlassen, klingen Brendans Worte in meinen Ohren wider: *Natürlich darfst du bleiben, solange du willst.*

Ich habe nie darüber nachgedacht, woanders zu leben als in München. Doch was ich neulich zu Conor gesagt habe, stimmt. Ich will noch nicht gehen. Denn Irland hat mir gegeben, was ich nicht für möglich gehalten habe: eine zweite Chance aufs Glücklichsein. Tag für Tag setzt es mich weiter zusammen, wie ein Puzzle. Ich werde nicht zu der Caroline zurückfinden, die ich vorher war. Doch überaschenderweise will ich das gar nicht mehr. Denn wie auch immer das Endergebnis aussieht, das die grüne Insel für mich bereithält, ich habe endlich wieder das Gefühl, mit einer Version meiner selbst im Reinen sein zu können.

29. KAPITEL

Conor

»Ich sag es ja so ungern, aber ich hatte recht.«

Zur Antwort boxt Caro mir wieder einmal gegen die Schulter.

»Was?«, frage ich lachend und laufe ein paar Schritte voraus, damit ich außer Reichweite bin. »Ich hab dir von Anfang an gesagt, dass du sie um den Finger wickeln wirst.«

»Oh, Caro, das freut mich so, Caro, wie schön für dich, Caro, was für ein großartiges Kompliment«, zählt sie an den Fingern auf. »Es gibt so viele wundervolle Dinge, die du sagen kannst, aber ja, ehrenwerter Mr O'Casey, Sie hatten recht. Nächstes Mal nehme ich wieder die Hunde mit zum Spazieren anstatt dich.« An ihrem Lachen erkenne ich, dass sie mich nur aufzieht, trotzdem wird mein Ton ernster.

»Ich freu mich wirklich für dich. Für euch beide eigentlich, Mrs Connolly wirkt sehr viel zufriedener.«

»Ja, find ich auch.« Ein Lächeln legt sich auf Caros Züge, und ich muss mich zusammenreißen, sie nicht schon wieder zu berühren. Nicht, dass es hier draußen an den Feldern jemanden interessieren würde, aber es ist wie eine Sucht. Eine magnetische Anziehung, die jedes Mal von meinem Körper Besitz ergreift, wenn sie in der Nähe ist. »Auch wenn sie noch größere Probleme als ich zu haben scheint, was den Zugang zu ihren

Gefühlen angeht.« Lachend schüttelt sie den Kopf. »Wie viele Wochen hätte sie bitte simuliert, anstatt einfach was zu sagen?«

»Sie ist eben stur«, meine ich schulterzuckend. Während wir dem kleinen, geschlängelten Trampelpfad folgen, der von Baile na Mara bis ins Nachbardorf führt, blicke ich aufs Meer, das heute relativ still liegt. Die Wellen, die sich an den Klippen brechen, sind kleiner, und es weht kaum Wind. Die tief stehende Sonne bringt das Wasser zum Glitzern, und obwohl ich diesen Ausblick seit meiner Geburt kenne, habe ich mich immer noch nicht daran sattgesehen. Ich liebe die Stimmung bei diesem Wetter. Noch mehr im Frühjahr, wenn man bei klarer Sicht die Puffins sehen kann: die kleinen schwarz-weißen Seevögel mit ihren orangen Schnäbeln, die so typisch für die Westküste sind. Vor einigen Monaten haben Eoin und ich sogar Robben auf einem der Felsen entdeckt. Heute jedoch sieht man nur etliche Möwen, die in den Einbuchtungen der Klippen nisten und ihre Schreie übers Meer senden. Sie und den Leuchtturm, dessen Anblick mich jetzt stets zum Lächeln bringt.

»Ob Feargal uns mal wieder mit raus nimmt?«, fragt Caro, deren Blick ebenfalls auf der kleinen Insel gelandet ist.

»Bestimmt«, sage ich und merke, wie sich ein Druck auf meine Brust legt. Er war eben bereits da, als Caro von Brendans Anruf erzählt hat. Er taucht immer wieder auf, wenn ich meine Gedanken wandern lasse. Wenn ich sie nicht kontrolliere und an das *Danach* denke. Die ganze Zeit war mir nicht klar, wann dieses Danach sein würde. Doch jetzt, da Mrs Connollys Behandlung abgeschlossen ist, sie keine Hilfe mehr benötigt, da das Festival mit großen Schritten näher rückt, scheint es unausweichlich. In knapp einer Woche wäre das Event über die Bühne gebracht. Wann immer ich Caro sehe, schaffe ich es nicht, das Ticken der Uhr zu ignorieren. Denn unsere gemeinsame Zeit läuft unausweichlich ab.

Es ist ganz egal, wie oft ich mir sage, dass ich es einfach genießen sollte.

Dass es besser so ist. Sie gehen zu lassen, wenn die Gefühle noch nicht zu groß sind.

Denn trotz allem ist da diese Hoffnung. Obwohl ich weiß, dass ihr Wunsch, hierzubleiben, dem Moment entsprang, eine Nachwirkung des Pubs gewesen sein könnte. Als Caroline ein weiteres Mal glücklich seufzt und ihre Finger am hüfthohen Gras entlangstreichen lässt, ist die Frage, die ich so dringend zurückhalten wollte, ausgesprochen.

»Hast du überlegt, zu bleiben?«

Sie dreht den Kopf zu mir, einen undefinierbaren Ausdruck im Gesicht.

»Ich meine, du könntest bleiben. Mrs Connolly hat sicher nichts dagegen. Studieren könntest du theoretisch in Galway.« Ich räuspere mich und zwinge mich, geradeaus zu sehen. Ich hasse es, die Verzweiflung in meiner Stimme zu hören. Ich will so nicht sein. So anhänglich. So schwach. Ich kam das ganze letzte Jahr bestens allein klar. Ich sollte mich endlich damit abgefunden haben, dass die Leute gehen. Freiwillig. Ich wollte nicht betteln. Es hat mir schon bei Pádraig nichts gebracht, außer, dass ich mich noch schlechter gefühlt habe, als er dann doch gegangen ist.

»Vergiss, was ich gesagt hab«, schiebe ich eilig hinterher, noch bevor Caroline antworten kann, und beschleunige meine Schritte. Eine der Kühe von Brians Weide kommt neugierig in unsere Richtung gestapft. Wieso sollte Caroline München gegen das hier eintauschen wollen?

Caroline schiebt die Finger zwischen meine, und als ich ihr den Kopf zuwende, lächelt sie. »Ich hab auch schon darüber nachgedacht.« Sie zieht leicht an meiner Hand, und ich bleibe stehen. Mein Herz schlägt mir bis zum Hals, und ich wünsche mir zum hundertsten Mal, dass mir all das nicht so nahegehen würde. Ich werde Caroline in keine Richtung drängen, sie ist mir gegenüber zu nichts verpflichtet. Dass ich überhaupt etwas gesagt habe, ist bereits zu viel. Und doch ist da diese dämliche Hoffnung.

»Ich würde gern noch länger bleiben. Ich wollte später mit Mrs Connolly darüber sprechen.«

Ich nicke. Halte den Mund geschlossen, da ich den Worten nicht traue, die sonst über meine Lippen kommen.

»Die Sache ist nur die, dass ich daheim auch Dinge habe.« Sie zögert, bevor sie weiterspricht. »Meine Eltern wissen gar nicht, dass ich hier bin.«

»Du bist einfach los?«

»Ja. Erinnerst du dich an meinen ersten Abend?« Sie zieht eine Grimasse. »Ich wusste ja nicht mal, dass hier Gälisch gesprochen wird. Das war alles mehr als überstürzt.«

»Stimmt, da war was«, murmele ich schmunzelnd, dann jedoch verdrängt ein Gedanke alle anderen, und das Bild von Caroline in meinen Armen vorm Pub tritt wieder vor mein inneres Auge. »Ist es wegen Nadine? Bist du ihretwegen weg?«

Caroline denkt über meine Frage nach, bevor sie den Kopf schief legt. »Ja und nein. Ich dachte erst, ja. Aber heute ist mir klargeworden, dass ich eher meinetwegen gegangen bin. Nadines Tod hat all diese Dinge losgetreten, die Gefühllosigkeit und dass ich so orientierungslos bin. Aber ich glaube, eigentlich war ich das vorher schon. Und das ist okay«, sagt sie schnell, vermutlich, weil sie merkt, dass ich ihr widersprechen will. Denn Caro mag vielleicht keinen Fünf-Jahres-Plan haben, doch sie packt Dinge an. Sie ist alles, aber nicht orientierungslos.

»Nadine hat nie versucht, das an mir zu ändern. Sie hat mich ermutigt, Dinge auszuprobieren. Ich bin mir ziemlich sicher, dass sie das auch jetzt tun würde. Denn gerade fühlt sich das hier …« Caroline streckt die Arme aus in einer Geste, die Baile na Mara genauso gut umfassen könnte wie die gesamte Welt. »… ziemlich gut an. Und solange es das tut, würde ich gern bleiben.«

Ihr glückliches Lächeln ist ansteckend, so sehr, dass ich den stechenden, nagenden Gedanken beinahe verdrängen kann, der sich bei ihren Worten in mir einnistet. *Solange es das tut …* Ich sollte lernen, dass nichts für immer ist. Es ist nur natürlich, Caroline hat ein ganzes Leben in Deutschland. Und doch wünsche ich mir das Gegenteil.

»Dann sorgen wir wohl besser dafür, dass Irland sich von seiner besten Seite zeigt«, sage ich, drücke ihre Hand und setze mich wieder in Bewegung. »Ich kenne den perfekten Ort dafür.«

Die Bucht zu betreten fühlt sich beinahe verboten an. Über ein Jahr bin ich nicht mehr hier gewesen, dabei war sie früher Dreh- und Angelpunkt unserer Treffen. Declan, Eoin, Cormac, Cian Pádraig und ich waren ständig hier. Früher zum Spielen, später mit einigen Dosen Bier und ein paar Leuten aus dem Nachbardorf. Etwa bei der Hälfte der Strecke führt ein schmaler, kaum erkennbarer Weg vom Trampelpfad nach links. Irgendjemand hat provisorische Stufen in die Klippe geschlagen, dennoch ist es nicht ganz ungefährlich, nach unten zu gelangen. Meist ist das Gras nass von Regen und Gischt – so auch heute.

»Geht es?« Ich drehe mich zu Caroline um und reiche ihr die Hand, damit sie etwas mehr Halt hat. Hinter uns plätschert ein kleiner Wasserfall von der Klippe auf den Strand, und das Wellenrauschen ist hier unten viel lauter.

»Ja.« Caro nickt, greift aber trotzdem nach meiner Hand, und ich hebe sie die letzten zwei Stufen nach unten.

»Gott, zum Glück haben wir die Hunde daheim gelassen.«

»Die hätten wir an der Leine abgeseilt«, erwidere ich trocken, und Caro rollt grinsend mit den Augen, wie immer, wenn ich was gegen die beiden sage. Dann jedoch gleitet ihr Blick an mir vorbei, und ich kann den Moment beobachten, in dem sie die Szenerie zum ersten Mal wahrnimmt.

»Das ist so schön«, sagt sie leise und läuft weiter in die Bucht hinein. Ihre Schuhe hinterlassen schmatzende Geräusche im nassen Sand. Ich folge ihr langsam und versuche, das Ganze mit ihren Augen zu sehen, so, als wäre ich zum ersten Mal hier. Hohe Felsen ragen vor uns auf und lassen nur in der Mitte freie Sicht aufs Meer. Die Wellen brechen sich an ihnen und sprühen feinen Nieselregen bis zu uns herüber.

»Es ist fast wie auf einem anderen Planeten«, meint Caro, während sie mit der Hand über die feuchten Felsen gleitet, die die Wellen glatt geschliffen haben.

»Als Kinder haben mein Bruder und ich hier Astronauten gespielt. Mit Fahrradhelmen.« Die Erinnerung bringt mich zum Schmunzeln, auch wenn sie mit dem faden Beigeschmack kommt, der alles begleitet, was mit Declan zu tun hat.

Caroline stemmt sich an dem Felsen hoch und setzt sich darauf, den Blick aufs Meer gerichtet. Sie klopft auf die freie Stelle neben sich, und ich klettere ebenfalls an den Steinen empor und lasse mich neben sie fallen. Die Gischt kitzelt an unseren Knöcheln.

»Du brauchst nachher wieder Wechselkleidung, der Stein ist total nass.«

»Das ist's mir wert«, sagt Caro, zieht jedoch ihre Regenjacke ein Stück tiefer, sodass sie auf dieser sitzt. Die Sonne wärmt unsere Gesichter, und gemeinsam mit dem Kreischen der Möwen und der frischen Luft könnte es genauso gut Frühling sein.

»Darf ich etwas zu deinem Bruder fragen?« So zögerlich wie Carolines Stimme klingt, hat sie wohl mitbekommen, dass

Declan mein wunder Punkt ist. Normalerweise meide ich das Thema, doch dieser Ort trägt so viel unserer gemeinsamen Vergangenheit in sich, dass ich wie von selbst nicke.

»Ja, frag ruhig.«

»Ihr habt kein gutes Verhältnis zueinander, oder?«

»Nicht mehr, nein. Eigentlich haben wir gar kein Verhältnis mehr zueinander.«

Ich sehe aus dem Augenwinkel, wie ihr Kopf zu mir herumschnellt, und als ich ihrem Blick begegne, sind ihre Augen geweitet.

»Er lebt, oder?«

»Ja«, sage ich schnell, und als ich die Erleichterung in ihrem Blick sehe, zieht sich meine Brust schmerzhaft zusammen. Ich kam gar nicht auf den Gedanken, dass sie das annehmen könnte. »Ihm geht es gut. Wir haben uns nur gestritten.«

»Nur«, wiederholt Caro. »Wenn ihr keinen Kontakt mehr habt, muss es ganz schön schlimm gewesen sein.«

Sie stellt keine weiteren Fragen. Ihr Blick ruht in meinem, die grünen Augen wirken im Licht der Sonne noch heller und mustern mich neugierig, doch sie lässt den Satz zwischen uns stehen, ohne zu drängen. Und dann erzähle ich einfach. Selbst Eoin habe ich bislang nur die Kurzfassung gegeben, weil ich mich geschämt habe. Geschämt, weil Sarah mir fremdgegangen ist, weil das Ganze schon länger ging, ohne dass ich etwas davon mitbekommen habe. Weil Sarah unglücklich in unserer Beziehung war, vom Wegziehen träumte, während ich hierbleiben wollte. Weil es Declan genauso ging und ich so naiv war, zu glauben, dass unsere Träume dieselben waren. Weil es sich immer mehr nach einer Schwäche anfühlte, so an meiner Heimat zu hängen, während alle anderen weiterzogen. Weil es immer mehr so klang, als gehöre das Weiterziehen zum Erwachsensein dazu.

»Tja, und als dann rauskam, dass die beiden es die ganze Zeit quasi vor meiner Nase getrieben haben, Sarah mich gar nicht mehr geliebt hat und Declan schon lange nicht mehr in Baile na Mara bleiben wollte …« Ich hebe die Schultern. »Hat das unser brüderliches Verhältnis etwas getrübt.«

Der Sarkasmus trieft aus jeder meiner Silben, doch ausnahmsweise halte ich ihn nicht zurück. Caroline scheint es nicht abzuschrecken, sie nickt bloß. »Kein Wunder. Das ist beschissen. Hast du ihn seitdem gar nicht mehr gesehen?«

»Nur ein Mal. Er ist zwei Tage darauf zurück nach Galway in seine WG, aber wir haben kein Wort gewechselt. Als ich mit dem Bachelor fertig geworden bin, bin ich in Grandpas altes Haus gezogen und …« Ich hebe die Schultern. »… meine Eltern haben versucht, uns zusammenzubringen, aber daraus wurde nie was. Weihnachten haben wir aufgeteilt.«

»Und jetzt wohnt er in Galway?«

»Ich glaube, in Dublin, aber keine Ahnung«, sage ich, und es stimmt. Was nicht stimmt, ist die Gleichgültigkeit, mit der ich es sage. Ich verschweige, dass ich mich so oft dabei erwischt habe, auf Instagram nachschauen zu wollen, was er gerade treibt, dass ich meinen Account gelöscht habe. Die Neugierde ist nicht verschwunden, aber immerhin habe ich es so schwerer, an Informationen zu gelangen.

»Ich kann mir nicht vorstellen, wie es ist, wenn jemand, den du liebst, dir so wehtut.« Caro legt die Hand über meine, und ich merke, wie ich mich trotz des Themas entspanne.

»Es ist nicht nur, dass Sarah und er Sex miteinander hatten. Das tat weh, ja, aber da bin ich mittlerweile drüber weg. Wir hatten Pläne, weißt du?«

»Sarah und du?«

»Declan und ich. Versteh mich nicht falsch, die Trennung von Sarah war nicht leicht, aber so was passiert eben. Declan hingegen … er war immer schon ein Teil von mir. Seit der Geburt. Wir wollten uns zusammen um die alte Schule kümmern, Grandpas Haus gemeinsam beziehen. Unser Plan hat nie vorgesehen, dass wir mal nicht mehr im Leben des jeweils anderen sind. Und jetzt kann ich nichts tun, ohne dass ich die Leere spüre, wo eigentlich er sein sollte.«

»Gibt es keine Chance, dass er wieder Teil von deinem Leben wird?«

Ich schnaube. »Nein. Nicht mal, weil ich wütend bin, und das bin ich, sondern weil er gar kein Interesse daran hat. Er hat mich schon lange vor der Sache mit Sarah belogen. Mir etwas vorgemacht.«

Und wahrscheinlich mit Sarah darüber gelacht, wie naiv ich bin, zu glauben, dass das hier jemals genug für sie beide sein könnte.

»Er hat nie Kontakt aufgenommen?«

»Doch. Klar. Er hat sich entschuldigt. Ich glaub ihm auch, dass es ihm leidtut. Die Sache mit meiner Ex zumindest. Aber was ändert das? Er hat mich belogen, mir vorgespielt, dass wir das gemeinsam durchziehen, nur um dann zu gehen.« Ich schüttle den Kopf und schaue wieder zum Meer. »Aber egal. Ich will kein Trübsal blasen, das ist Vergangenheit.«

»Na ja, nicht wirklich, wenn es dich noch so belastet.«

»Werd's überleben«, sage ich schulterzuckend. Denn was bringt es auch, diesen Gedanken nachzuhängen? Wann immer ich es tue, ziehen sie mich runter, und Frust ist vieles, aber nicht produktiv. Das, was wir jetzt tun hingegen, ist es. Ich habe in den letzten Wochen mehr auf die Beine gestellt als in den Monaten davor.

»Wenn du darüber reden willst …«, setzt Caro an, doch ich unterbreche ihr Angebot mit einem Kopfschütteln.

»Ich verspreche, ich sag Bescheid. Aber ich kann dir genauso gut versprechen, dass es nicht passieren wird. Ich denke nur gerade mehr darüber nach, weil das Festival bevorsteht. Das wiederum …« Ich drehe mich seitlich und ziehe Caro rittlings auf meinen Schoß. »… läuft sowieso besser, als es anders jemals hätte laufen können.«

Es stimmt. Zum ersten Mal habe ich das Gefühl, dass wir die Schule wirklich retten können.

»Ja, ich bin schon genial«, sagt Caroline mit einem Seufzen, und ich bin dankbar, dass sie auf den Themenwechsel eingeht. Ihre Finger streichen über meinen Hinterkopf, und der leichte Wind bläst mir Strähnen ihres blonden Haars ins Gesicht. Sie lacht leise, als ich die Augen zusammenkneife, und knotet sich die Haare im Nacken zusammen. Zum ersten Mal fühle ich mich nicht ausgelaugt, nachdem ich über Declan gesprochen habe, sondern ein Stückchen leichter als vorher.

Ich habe dem Satz *Zeit heilt alle Wunden* nie Glauben geschenkt, aber wer weiß, vielleicht steckt doch etwas Wahres in ihm. Hier und jetzt, in diesem Moment, fühlt es sich auf jeden Fall so an.

Die Wellen rauschen um uns herum, und ab und an sorgt eine besonders hohe dafür, dass feine Tropfen bis zu uns heraufsprühen. Es riecht nach Salz und nassem Stein, und jetzt, da Caroline mir so nah ist, vermischt sich das Ganze mit ihrem Geruch nach Vanille und Orange. Ich atme tief ein, inhaliere sie, alles um uns herum und diesen Moment.

»Danke, dass du mir diesen Ort gezeigt hast.« Ihr Atem streift sacht meine Wangen, und anstelle einer Antwort ziehe ich sie näher an mich. Meine Lippen treffen ihre. Wie jedes Mal, wenn wir uns berühren, legt sich ein Schalter in meinem Kopf um. Plötzlich ist alles andere egal. Da gibt es nur noch uns, abgeschieden von allem in dieser kleinen Bucht.

Der Kuss ist sanft, zärtlich wie die feinen Sonnenstrahlen

auf unserer Haut, verwandelt sich jedoch in etwas anderes, Wilderes, als Caro ihre Finger wandern lässt. Ihre Zunge streift meine, und sie lehnt sich nach vorn, sodass ich ihren Körper fest an meinem spüre. Mit einer Hand halte ich sie am Rücken, die andere lasse ich unter ihre Jacke wandern. Caroline biegt den Rücken durch, und wie auf Kommando spüre ich ein verdächtiges Zucken in meinen Boxershorts.

»Ich will dich«, murmelt Caro an meinen Lippen, und die drei Worte senden einen Schauer durch meinen Körper.

»Ich dich auch«, erwidere ich mit rauer Stimme. Und zwinge mich dann, entgegen allem, was mein Körper gerade verlangt, sie ein Stückchen von mir wegzuschieben. »Aber was ich nicht will, ist, dass du krank wirst.«

»Immer so vernünftig.« Caros Seufzen bringt mich zum Lachen, und ich presse ihr einen Kuss auf die Stirn. Wenn sie wüsste, dass ich jegliche Vernunft für sie bereits über Bord geworfen habe …

30. KAPITEL

Caroline

»Ich geh schon«, rufe ich und laufe unter lautem Bellen zur Tür. Miss Sparkle und Lady Sprinkles springen aufgeregt an mir vorbei. Das Haus ist ein einziges Chaos aus Tüchern, Stoffen und Nähgarn, weil Roisin der felsenfesten Überzeugung ist, für ihren großen Auftritt in wenigen Tagen üben zu müssen. Dass sie einen Anfängerkurs gibt, scheint sie völlig vergessen zu haben. Aber sie wirkt so glücklich dabei, dass ich sie auch nicht daran erinnere.

Ich öffne die Tür, und noch bevor mein Kopf registriert hat, wer davor steht, teilt mein Herz es mir mit schnellem Pochen mit.

»Hallo, ihr kleinen Biester! Na?« Conor beugt sich nach unten und streichelt den beiden Terriern über den Kopf, wobei Miss Sparkle sich vor ihm auf den Rücken wirft, damit er ihren Bauch krault. Conor kann über die beiden lästern, wie er will, ich bin mir mittlerweile ziemlich sicher, dass die Liebe auf Gegenseitigkeit beruht.

»Hi«, begrüßt er dann mich, wobei mir jetzt erst die Tasche auffällt, die um seine Schulter hängt. Ich mache einen Schritt nach vorn, um hineinzuschauen, doch er tritt mit dem Schnalzen seiner Zunge zurück. »Nicht spicken!«

»Okay«, sage ich gedehnt. Hinter mir erklingen schlurfende

Schritte, und ich beiße mir auf die Lippe, um nicht laut loszulachen, als ich sehe, wie Conor plötzlich strammsteht.

»Hallo, Conor.« Es ist schon erstaunlich, wie sehr sich Roisins Tonfall mir gegenüber mittlerweile geändert hat. An Conor gewandt hingegen macht sie einem nach wie vor Angst.

»*Dia dhuit. Conas atá t…*«

»Was treibt dich denn hierher?«, unterbricht Roisin Conors Small Talk.

»Ich wollte Caroline abholen.«

Überrascht hebe ich die Brauen und gehe im Kopf die To-dos für das Festival durch. Habe ich einen Termin vergessen? Die Aktionen sind so weit geplant, die letzten Einkäufe stehen morgen an, die Flyer zieren mittlerweile das gesamte Dorf, und die Mails an die E-Mail-Adresse, die wir noch eilig aufgesetzt haben, habe ich zuletzt gestern Abend gecheckt.

Conor räuspert sich. »Caroline hat mich jetzt so in meinen Traditionen unterstützt, dass ich dachte, heute drehen wir das Ganze um.«

»Wir drehen was genau um?«, frage ich.

»Wozu willst du sie abholen?« Mrs Connolly, die entweder keinerlei Gefühl für Privatsphäre hat oder Spaß daran, Conor auflaufen zu lassen, tritt neben mich in den Türrahmen. Conor sollte mir vermutlich leidtun, aber ich genieße das Szenario der skeptisch dreinblickenden Roisin, der kleinen Hunde, die beinahe auf Conors Sneakern sitzen, und des zunehmenden Unbehagens in seinen braunen Augen viel zu sehr.

»In etwas über einem Monat ist Weihnachten, und da Weihnachtsbäume, Märkte und all so was in Deutschland ein großes Ding sind, dachte ich, wir fahren zum Weihnachtsmarkt nach Galway. Der feiert heute Nachmittag Eröffnung.« Conor greift in seine Tasche und zieht zwei rote Mützen daraus hervor. »Stilecht natürlich.«

Mit regungsloser Miene betrachtet Roisin erst die Mützen, dann Conor und mich und nickt langsam. »Na gut.« Mit diesen zwei Worten pfeift sie die beiden Hunde herbei und geht mit leichtem Humpeln zurück hinein.

Etwa drei Sekunden lang geschieht nichts, dann pruste erst ich los, nur um kurz darauf Conor anzustecken.

»Manchmal macht sie mir Angst.«

»Ja, aber genau das liebe ich an ihr«, sage ich immer noch lachend. Ich schnappe mir eine der Mützen und setze sie mir auf den Kopf. »Und?« Eine kleine Drehung vollführend schaue ich Conor fragend an.

»Absolut weihnachtsmarkttauglich.«

»Dir ist klar, dass ich sie den ganzen Tag aufhaben werde?«

Er schiebt sich seine ebenfalls über den Kopf, wobei einige der braunen Locken vor dem weißen Plüsch hervorstehen. »Nichts anderes erwarte ich.«

»Okay. Gib mir zehn Minuten im Bad, dann bin ich startklar!« Ich setze ein zuckersüßes Lächeln auf. »So lange kannst du Mrs Connolly beim Nähen zur Hand gehen.«

Conors Miene, als er mir einen Daumen nach oben zeigt, könnte gequälter nicht aussehen.

Im Vergleich zu Montag sieht die Innenstadt völlig verwandelt aus. Die ohnehin stets überfüllte High Street wirkt durch die kleinen Holzbuden nun noch voller, und obwohl es bis zur Eröffnung noch ein wenig dauert, dringt der süße Duft nach Crêpes und gebrannten Mandeln bereits zu mir.

»Ich war bis gerade eben noch kein bisschen in Weihnachtsstimmung«, gebe ich zu. »Das Wetter hier passt einfach nicht.«

»Also bitte, wir hatten sogar Schnee.«

»Ja, und dann am Montag strahlenden Sonnenschein«, erwidere ich. Nicht, dass wir in München oft weiße Weihnachten haben, aber Ende November ist es dort doch sehr viel kälter als hier. Ich trage heute nicht einmal einen Schal.

»Zieht der Markt sich durch die gesamte Stadt?«

Conor schüttelt den Kopf. »Nein, hier sind überall nur vereinzelte Buden. Der richtige Weihnachtsmarkt ist am Eyre Square. Ich dachte, wir können dort was essen. Aber wir haben auch noch genug Zeit, in ein Restaurant zu gehen, wenn du magst?«

»Pf, ich gehe doch in kein Restaurant, wenn ich mich von Bude zu Bude futtern kann. Oh, wir müssen Mrs Connolly Lebkuchen mitbringen, wenn es welchen gibt.«

»Wird gemacht.« Conor verhakt seine Finger mit meinen. »Sie mag dich.«

»Das sagst du seit Wochen, ja.«

»Ja, aber ich meine, sie mag dich wirklich. Sie ist viel nahbarer geworden.«

»Vorhin hattest du noch Angst vor ihr.«

»Stimmt«, gibt Conor schmunzelnd zu. »Aber heute war die Angst unbegründet. Ich glaube, du tust ihr gut.«

»Sie mir auch«, erwidere ich und merke, dass es stimmt. Ich bin nach Irland gekommen, um Roisin zu helfen, aber sie hat mich umgekehrt genauso sehr unterstützt. Nicht in großen Gesten oder liebevollen Worten vielleicht, aber indem sie mich genauso akzeptiert hat, wie ich bin. Ich kann bei ihr ohne jegliche Erwartungen existieren. Wir können beim Tee schweigen, ohne dass es unangenehm wird, und keine meiner vielen Fragen beim Nähen wird ihr je lästig.

Für einen Moment taucht der nagende Gedanke an meine Eltern und ihre unbeantworteten Anrufe auf, doch ich dränge ihn eilig zur Seite. Vero hält Wort und schickt mir regelmäßig Bilder aus der Bibliothek oder unserer Wohnung, die ich mit einigen entschuldigenden Worten in der Familiengruppe poste. Allem Anschein nach funktioniert es, denn abgesehen von einem *Viel Spaß beim Lernen* und drei Kuss-Emojis habe ich nichts mehr von meiner Mutter gehört. Ich weiß, dass es keine Dauerlösung ist. Dass ich mir dringend Gedanken darüber machen sollte, wie es nach diesem Wochenende weitergeht. Und das werde ich – aber zumindest bis dahin will ich dieses kleine zeitliche Vakuum ohne Erwartungen, das ich mir geschaffen habe, noch genießen.

Fast alle in der Stadt tragen ein Lächeln im Gesicht, und wir sind bei Weitem nicht die Einzigen mit Mützen. Vor einem Schmuckladen kurz vor der Shop Street, der die für die Gegend typischen *Claddagh*-Ringe, bestehend aus Händen, Herz und einer Krone, verkauft, spielt eine Straßenband irische Musik. Um sie herum hat sich ein kleiner Pulk gebildet, und die Menschen klatschen begeistert mit. Wie von selbst bleibe ich ebenfalls stehen und lausche der Musik, als plötzlich eine junge Frau zu singen beginnt. Sie hat langes, braunes Haar und ist etwa in meinem Alter. Ihre Stimme ist hauchzart wie dünnes Papier und doch schneidend wie ein Messer. Das Klatschen verstummt, so gebannt sind plötzlich alle von ihrem Gesang. Die Frau hat die Augen geschlossen und wirkt so, als wäre sie in einer völlig anderen Welt. Sie klingt kein bisschen wie Nadine und erinnert mich in diesem Moment doch so sehr an sie, dass mein Hals eng wird. Es ist der Ausdruck in ihrem Gesicht, der von vollkommener Leidenschaft und der Überzeugung, genau hier, genau jetzt am richtigen Platz zu sein, den ich so gut von meiner besten Freundin kenne.

Zu meiner Überraschung stelle ich fest, dass ich nicht den Drang verspüre, mein Handy zu zücken und das Ganze für Nadine zu filmen. Denn ich fühle mich ihr in diesem Moment näher, als ich es mit dem Smartphone jemals könnte. Was mich ebenso sehr überrascht ist die Tatsache, dass ich keinen

Schmerz in mir spüre. Wehmut, ja, aber nicht diese alles zerfressende Traurigkeit, die mich sonst empfängt, wann immer ich zu lange an Nadine und ihre Musik denke. Stattdessen ist da genau dieses Gefühl, das ich auf dem Gesicht der fremden Frau beobachten kann: Ich bin hier richtig. Hier, in Galway, an Conors Seite. Aber auch hier in mir. Mit all meiner Unentschlossenheit und ohne Plan, was nächstes Jahr oder nächste Woche sein wird.

Mein Blick gleitet an der Frau vorbei zu dem Schmuckgeschäft. Ich will eine Erinnerung hieran. An den Aufenthalt und dieses Gefühl, trotz aller Rastlosigkeit angekommen zu sein. Doch ein Ring scheint mir nicht genug, ich will mehr. Als mein Blick weiter nach rechts wandert, weiß ich plötzlich ganz genau, was zu tun ist.

»Wie viel Zeit haben wir noch bis zur Eröffnung?«

Conor wirft einen Blick auf die Uhr. »Noch mehr als genug. Knapp vierzig Minuten. Warum, magst du noch ein bisschen bleiben?«

»Nein.« Ich greife wieder nach seiner Hand und ziehe ihn nach rechts in Richtung des hellblau gestrichenen Ladens, vor dem ein Schild mit der Aufschrift *Walk ins welcome* steht.

Ich merke den genauen Moment, in dem Conor realisiert, was ich vorhabe, da sich der Druck um meine Hand kurz verstärkt. »Warte, du willst ein Tattoo?«

»Ja«, sage ich, und ein aufgeregtes Kribbeln schießt durch mich hindurch. Immerhin war ich mir der Tatsache bis vor wenigen Sekunden selbst noch nicht bewusst. »Keine Sorge, bis zur Eröffnung sind wir sicher durch, wird ein kleines.«

Sein perplexer Gesichtsausdruck bringt mich zum Lachen, doch dann nickt er, und ein Lächeln formt sich auf seinem Gesicht. »Dafür würde es sich auch lohnen, zu spät zu kommen. Weißt du denn schon was? Bitte kein Kleeblatt.«

»Nope.«

»Oh nein, ein Guinness-Glas?«

»Nein«, erwidere ich grinsend und setze mich in Bewegung.

»Lieber Gott, lass es ein Schaf sein.«

»Ich brauch gleich deine Dolmetscherfähigkeiten.« Ich drücke die Tür auf und werfe Conor einen Blick über die Schulter zu. »Dafür ist mein Irisch nämlich noch nicht gut genug.«

Mit einem breiten Grinsen betrete ich den Laden und begrüße die Frau mit dem blauen Pixie-Cut und den tätowierten Armen eine Spur zu überschwänglich. Doch genau das ist es, was ich gesucht habe. Dieses Gefühl, lebendig zu sein. Dinge zu tun, weil sie sich gut anfühlen, nicht, weil sie einem Plan entsprechen und vernünftig sind. Ich tue das hier für mich, so wie ich diese Reise schon für mich getan habe. Es mag ebenso unüberlegt sein wie mein Aufbruch nach Irland, doch ich bin mir sicher, es nie zu bereuen – denn genau wie die Reise steht dieses Tattoo für ein weiteres Stück meiner selbst, das ich endlich wiedergefunden habe.

Ten, nine, a hocht, seven, six, a cúig, quattro, tres, a dó, eins!

In einem Stimmengemisch unterschiedlichster Sprachen zählen alle um uns herum runter. Conor wechselt zwischen Englisch und Gälisch, ich zähle stolz auf Gälisch mit und ersetze die Zahlen, die mir nicht einfallen, mit deutschen. Neben uns wird auf Spanisch, Französisch, Italienisch und einigen mir unbekannten Sprachen mitgerufen. Als wir bei eins angelangen, geschieht einen Augenblick lang nichts – dann plötzlich erstrahlen zeitgleich alle Lichter um uns herum, und ein Raunen geht durch die Menge.

Der Platz wird von etlichen warmen Lichterketten erhellt, die in den Bäumen und an den Buden hängen. Neben uns erwacht ein Kinderkarussell zum Leben, was mit freudigem

Kreischen zweier Mädchen belohnt wird, die ihre Eltern zur Kasse zerren. Das Riesenrad setzt sich langsam in Bewegung und dreht eine erste, leere Runde, und beinahe synchron werden die kleinen Holzfenster der Buden nach außen geklappt. Hinter ihnen kommen verschiedene Süßigkeiten, Glühwein, Kerzen, Seifen und Lammfelle zum Vorschein. Innerhalb weniger Sekunden hat sich die Stimmung auf dem Platz komplett gewandelt, und trotz des doch recht warmen Wetters überträgt sie sich auf mich. Ich liebe die Vorweihnachtszeit, begegne Weihnachten jedoch stets mit gemischten Gefühlen, da die Familienfeiern meist in Diskussionen über meine berufliche Zukunft enden. Mit jedem weiteren Jahr, das ich habe verstreichen lassen, wurde es schlimmer.

Ein flaues Gefühl breitet sich in meinem Magen aus, als ich daran denke, dass das dieses Weihnachten anders werden könnte. Immerhin studiere ich jetzt Jura. Bin endlich auf die richtige Bahn geraten. Ich rücke ein Stück näher an Conor, der seine Arme von hinten um mich gelegt hat. Sein Kinn ruht auf meinem Kopf, während wir die Lichter betrachten. Dass das hier nicht das ist, was sich meine Familie für mich wünscht, ist mir klar. Aber es fühlt sich so richtig an: die Spontaneität, das Ausprobieren neuer Hobbys, das In-den-Tag-hinein-Leben. Doch ich verstehe auch die Sorge meiner Eltern. Ich habe keine abgeschlossene Ausbildung und kein Studium, keinen Plan – und das mit beinahe Mitte zwanzig.

»Lust auf einen Glühwein? Dein Chauffeur spendiert.« Conors dunkle Stimme holt mich ins Hier und Jetzt zurück. Wie immer erdet er mich, und ich dränge die lästigen Gedanken zur Seite. Ich bin hier. Meine Eltern und Lena haben keinen blassen Schimmer, was ich gerade treibe. Bis zu den Klausuren sind es noch Wochen. Dass ich bislang keine einzige Vorlesung nachgearbeitet habe, schiebe ich zur Seite. Ich werde schon eine

Lösung finden. Vielleicht ist Conors Vorschlag gar nicht so abwegig, und ich kann wirklich hier etwas anfangen. Jura zwar nicht, immerhin ist das Gesetz hier ein völlig anderes als in Deutschland, aber es ist ohnehin nicht so, dass ich dafür brenne.

»Ein Penny für deine Gedanken.«

Conor nimmt meine Hand, wobei die Folie, die an der Innenseite meines Oberarms klebt, leicht zieht. Das Tattoo selbst hat erstaunlicherweise kaum wehgetan. Nicht mehr als Augenbrauenzupfen zumindest.

»Ach, ich hab nur an daheim gedacht«, antworte ich vage.

»Wegen Weihnachten? Vermisst du es?«

»Nein.« Ich lächle, weil es stimmt. »Gar nicht.«

Conor erwidert mein Lächeln und drückt meine Hand, bevor er mich zum nächstbesten Glühweinstand führt.

Ich sollte mich fremd fühlen. All die Sprachen um mich herum, die fremden Dialekte und Gepflogenheiten – es sollte sich nach Urlaub anfühlen, nicht so vertraut. Und doch nehme ich immer mehr meinen festen Platz hier ein, fühle mich immer mehr zu Hause – nicht zuletzt wegen Conors Hand, die meine fest umschließt.

»Du darfst die Mütze jetzt wieder abziehen«, meint Conor lachend, als ich den Wasserkocher in seiner Küche einschalte. Schuhe und Jacke habe ich im Flur gelassen, die Weihnachtsmütze jedoch sitzt nach wie vor auf meinem Kopf.

»Auf keinen Fall, die war ein Geschenk.« Wie zur Demonstration ziehe ich sie mir noch tiefer in die Stirn und blinzle, als mich meine Haare dabei in den Augen piksen.

»Wie geht es deinem Arm?« Conor tritt hinter mich und fährt mit dem Finger meinen Oberarm entlang. Mein Körper reagiert prompt, und Gänsehaut überzieht mich von Kopf bis Fuß.

»Gut. Es tut echt nicht weh.«

»Es ist auch wirklich schön geworden.«

Ein Lächeln schleicht sich auf mein Gesicht, und ich rolle den Ärmel meines Pullovers nach oben, um das Tattoo zum gefühlt hundertsten Mal, seit wir zurück sind, zu betrachten. *Tá mé beo.* Ich bin am Leben. Ich hoffe, es erinnert mich daran, sollte ich mich jemals wieder so verlieren.

»Ein Glück hat sie sich nicht verschrieben.«

»Konnte sie gar nicht, so oft, wie du es buchstabiert hast.«

»Ich wollte halt sichergehen«, murmelt Conor und fährt mit dem Zeigefinger weiter meinen Arm entlang, diesmal ohne dass der Stoff meines Pullovers im Weg ist. Mein Atem stockt, als mein Blick Conors begegnet. Ich glaube nicht, dass mich jemand jemals so betrachtet hat, wie er es tut. Ich fühle mich gesehen. Das habe ich schon bei unserem ersten Zusammentreffen. Vermutlich ist das der Grund, weshalb ich mich ihm gegenüber so leicht geöffnet habe. Er hat es geschafft, Gefühle aus mir herauszukitzeln, die so tief in mir begraben waren, dass ich sie verloren glaubte.

Ich weiß nicht, wer von uns beiden die Distanz überbrückt, aber plötzlich liegen seine Lippen auf meinen. Jeder unserer Küsse ist anders. Mal langsam und zögerlich wie am Leuchtturm, dann wieder leidenschaftlich, und jetzt ist da diese neue Vertrautheit. Ich weiß, dass die Stelle an seinem Hals, direkt hinter seinem Ohr, empfindlich ist. Und er weiß, was es mit mir macht, wenn er seine Hände an meine Hüfte wandern lässt, seine Finger in mein Fleisch drückt, so wie er es jetzt tut. Er presst mich gegen die Theke, und das Geräusch des brodelnden Wassers vermischt sich mit meinem Stöhnen.

Jetzt streife ich mir die Mütze doch vom Kopf, mein Pullover folgt kurz darauf. Sofort finden Conors Hände ihren Weg zu meinen Brüsten, streichen erst über den Stoff des dunkelroten BHs, dann über meine Brustwarzen, die sich unter der Berührung aufrichten.

»Du bist so schön, Caro«, murmelt Conor, während er Küsse auf meinem Hals verteilt. Ich schließe die Augen und lächle still in mich hinein. Weil ich mich schön fühle. Es ist nicht so, dass das vor Conor nicht der Fall war. Vielmehr war es mir im gesamten letzten Jahr egal. Was für eine Rolle spielt es auch, wie ich aussehe, wenn es so viel Gravierenderes gibt. Und doch genieße ich seine Worte. Genieße es, mich so gewollt zu fühlen. Mich wieder zu fühlen, als wäre dieser Körper ein Teil von mir. Einer, den ich lieben kann.

Ich lege meine Arme um Conors Hals, ziehe ihn enger an mich und stöhne laut auf, als seine Hand den Knopf meiner Jeans öffnet und sich unter den Bund schiebt, mich streichelt. Quälend langsam, als hätten wir alle Zeit der Welt. Weil es genau so ist.

31. KAPITEL

Conor

Obwohl wir gut in der Zeit liegen, hat Caro ein Mordstempo drauf. Es ist mir ein Rätsel, wie jemand, der einen ganzen Kopf kleiner ist als ich, so schnell zu Fuß sein kann. In zwei Tagen beginnt das Festival, was bedeutet, dass wir heute und morgen einiges an Besorgungen zu erledigen haben. Bei unserem Tempo sind wir damit jedoch in wenigen Minuten fertig und können den restlichen Tag Däumchen drehen. Wir haben bereits die Beamer geholt, Getränke in der Schule gelagert, Cormac und Finn haben das Equipment zum Bogenschießen und Kitesurfen vorbeigebacht, die Schule ist sauberer denn je, und das meiste an Deko befindet sich im Auto oder in den zwei prall gefüllten Tüten über Carolines Schulter.

»Das müsste es sein!« Caro deutet auf den kleinen Copyshop, der sich innerhalb des Costcutter befindet. Der wiederum ist mitten im Nirgendwo und der einzige Supermarkt weit und breit. Einige Häuser säumen die Straße, ansonsten ist nichts zu sehen außer grüne Felder und kleinere Seen in der Ferne.

»Alles klar. Wir hätten auch einen Copyshop in Baile na Mara …«, beginne ich, halte jedoch inne, als Caro bereits den Kopf schüttelt.

»Ich weiß, aber der hier macht richtige Urkunden, und man kann auch Medaillen bedrucken lassen! Und einen Pokal!«

»Warum habe ich das Gefühl, dass du all den Aufwand nur betreibst, weil du den Pokal selbst gewinnen willst?«

»Weil es stimmt.« Caro hebt die Schultern und drückt die Tür zum Copyshop auf. »Ich hab so viele YouTube-Videos zu Tag Rugby gesehen, ich muss gewinnen! Außerdem hab ich Eoin im Team, er wirkt wie jemand, der alle anderen wegtackelt.«

»Getackelt wird beim normalen Rugby, nicht beim Tag.«

Caro winkt mit der Hand ab. »Unser Fest, unsere Regeln.«

Ich unterdrücke ein Lachen und kann mir das Chaos bereits bildlich vorstellen.

»Hallo, wie kann ich helfen?«, fragt der Mann, der gerade durch den Vorhang in den Ladenbereich tritt.

»*Dia duit*«, grüßt Caro ihn, und sofort hellt sich seine Miene auf. Sie zeigt ihre Abholbestätigung auf dem Handy vor, und kurz darauf kehrt der Mann mit zwei Kartons zurück.

»Hier sind die verschiedenen Urkunden. Ich hab dir noch Stifte mit reingelegt, die halten auf dem glänzenden Papier besser als Kugelschreiber. Hier sind die Medaillen, und hier ...« Er verschwindet noch einmal und kehrt dann mit einem Pokal zurück, der definitiv größer ist, als ich es mir ausgemalt habe. »... ist der Pokal.«

Caro nimmt ihn mit einem Strahlen entgegen. »Das ist alles super geworden! Danke! Ich kann es kaum erwarten.« Sie drückt mir den Pokal in die Hand, und ich hebe die Brauen.

»Wanderpokal?«

»Ja, ich rechne einfach damit, dass es so ein Erfolg wird, dass wir das ab jetzt jedes Jahr machen.«

Wir.

In meinem Magen flattert es, und ich trage mit Sicherheit ein ebenso breites Grinsen auf dem Gesicht wie Caro – nur dass es bei mir nicht an dem Pokal liegt.

»Wirklich eine tolle Idee von euch beiden! Meine Nichte

geht auf eine *gaelscoil*, also eine irischsprachige Schule, in Cork. Meine Schwester ist dafür extra umgezogen. Wäre super, wenn es hier auch wieder mehr gibt.«

»Wir arbeiten dran«, gebe ich zurück.

»Das seh ich«, erwidert er und deutet mit tiefem Lachen auf die Kisten. »Vielleicht komm ich nach Ladenschluss mal vorbei und schau mir das Ganze an.«

»Das würde uns freuen«, sagt Caro, während ich dem Mann die Kreditkarte der Schule zum Zahlen reiche.

Nach einigen weiteren Floskeln verabschieden wir uns und haben die Sachen wenige Minuten später im Auto verstaut.

»Das war's, oder?« Caro sieht mich fragend an.

»Jap. Blumen holen wir morgen ab.«

»Deine Rede steht?«

Ich nicke und versuche, nicht schon wieder nervös zu werden. Ich habe keine Ahnung, was uns morgen erwartet. Wie viele Menschen da sein werden. Was die Presse sagt. Ob die Leute es lieben werden oder ob es nur für einen Zeitvertreib am Wochenende reicht. Ich will, dass es nachhaltig ist. Dass sie bleiben.

»Hey.« Caro stupst mir mit dem Finger gegen die Brust. »Das wird alles. Versprochen.«

Ihr Optimismus bringt mich zum Lächeln, schafft es jedoch nicht, all meine Zweifel zu beseitigen. Dafür habe ich sie schon zu lange.

»Was, wenn all das nichts bringt? Wenn die Leute kurz begeistert sind, dann heimgehen und bis zum Montag wieder alles vergessen haben und ihrem Trott nachhängen? Wenn die Ministerin eine flammende Rede hält, die in den Nachrichten toll klingt, aber sich danach wieder anderen Problemen widmet? Wenn es so weitergeht und umsonst ist?«

»Dann weißt du immerhin, dass du alles versucht hast. Du hast zu mir mal gesagt, dass es manchmal okay ist, wenn sich etwas einfach für den Moment richtig anfühlt. Und das tut es ja, oder?«

Ich nicke. Wenn sie wüsste, wie sehr.

»Wenn sich irgendetwas in der letzten Zeit richtig angefühlt hat, dann all das hier.« Ich nicke zum Auto und dann zu ihr. Vielleicht war es nicht nur Caroline, die es vermisst hat, sich lebendig zu fühlen. Vielleicht ging es mir ganz ähnlich. Denn so wie gerade – aufgeregt, vorfreudig, ängstlich, aber vor allem so … anwesend –, habe ich mich schon lang nicht mehr gefühlt.

»Weißt du was?«, fragt Caro.

»Hm?«

»Ich finde, wir haben uns eine Pause verdient. Was hältst du von Pub?«

»Gesprochen wie eine echte Irin. Meinst du, hier ist einer?«

»Sieht nicht so aus, aber wenn wir sowieso zurückmüssen, wird uns unterwegs schon einer begegnen.«

Caros Theorie bewahrheitet sich, denn knappe zwanzig Minuten später sitzen wir mit einem alkoholfreien Bier für mich und einem Pint für Caro in einem gemütlichen kleinen Pub. Bei unserer Ankunft waren wir noch die Einzigen, doch jetzt trudeln nach und nach andere Besucher ein, die allem Anschein nach von der Arbeit kommen. Seltsamerweise genieße ich es, dass ich keines der Gesichter kenne und Caro und ich ganz für uns sind.

Whiskey- und Scotch-Verpackungen zieren die Wände wie eine Tapete, die dunkelbraunen Ledersessel und die ebenso dunklen Holztische schlucken beinahe jegliches Licht von außen, sorgen gleichzeitig aber für eine gemütliche Atmosphäre.

»Jedes Dorf und jedes Pub haben eine ganz andere Stimmung«, meint Caro und trinkt einen Schluck von ihrem Bier. Wie so oft hat sie sich bei der Wahl des Getränks überraschen lassen und dieses Mal daher ein dunkles Craft Beer aus der Region bekommen. »Baile na Mara hat natürlich die beste, keine Sorge«, schiebt Caro sofort hinterher und schaut gespielt entschuldigend. Das Lachen, das sich aus meiner Kehle lösen will, bleibt mir im Hals stecken, als die Tür ein weiteres Mal geöffnet wird und wieder jemand Neues das Pub betritt.

Seine Haare sind kürzer als sonst, doch abgesehen davon hat er sich nicht verändert: dasselbe sichere Auftreten, das schiefe Lächeln, dieselbe markante Nase und sogar die mir bekannte schwarze Lederjacke. Die gleichen braunen Augen, die mir täglich aus dem Spiegel entgegenblicken, scannen nun den Raum. Sie sind das Einzige, das wir beide gemeinsam haben. Und sie sind ein deutliches Zeichen, dass ich meinen Blick schnellstens abwenden und mich umdrehen sollte, bevor er mich entdeckt. Doch ihn nach all der Zeit zu sehen ist wie ein Schlag ins Gesicht. Es schmerzt, lässt mich beinahe atemlos zurück, und ich schaffe es kaum, mich zu rühren.

»Conor?«

Caros besorgte Miene schiebt sich in mein Sichtfeld, und endlich schaffe ich es, den Blick zu lösen. Ich halte meine Hand an die Stirn, als hätte ich Kopfschmerzen. Weniger, weil ich vor Caroline simulieren möchte, als vielmehr, damit Declan mich nicht sieht. Was zur Hölle hat er hier zu suchen? Sollte er nicht in Dublin sein? Zwar habe ich seinen Standort nicht verfolgt, mich zum Desinteresse gezwungen, doch nach allem, was ich hier und da von meinen Eltern erfahren habe, arbeitet er in der Hauptstadt. Was tut er dann bitte mitten im Nirgendwo in diesem Dorf, dessen Namen ich mir nicht einmal gemerkt habe. Wie groß sind die Chancen?

»Ist alles okay?«

Nichts ist okay. Mir liegt bereits eine Ausrede auf der Zunge, doch ich habe es satt. Ich will nicht länger Gleichgültigkeit heucheln, denn meine Reaktion gerade zeigt mir, dass ich entgegen meine Beteuerungen noch nicht über all das hinweg bin. Und obwohl ich nie darüber rede, obwohl ich selbst vor meinen Eltern und meinem besten Freund so tue, als ob alles Schnee von gestern wäre – bei Caroline will ich mich nicht länger verstellen.

»Nein«, antworte ich also ehrlich. »Mein Bruder ist hier.«

»Was?« Sofort schnellt ihr Kopf herum, und ich lege eilig eine Hand auf ihre, damit sie mich wieder ansieht.

»Sieh nicht hin. Er hat mich noch nicht bemerkt. Der Typ in der Lederjacke, der gerade an der Bar bestellt.«

»Willst du hingehen?«

»Auf keinen Fall.«

Meine Muskeln sind zum Zerreißen gespannt. Ein Teil von mir möchte verschwinden, sofort. Ins Auto steigen und zurück nach Baile na Mara fahren, das Declan ja so schrecklich fand. Doch ein anderer Teil von mir, ein kleinerer, der möchte genau das, was Caro soeben vorgeschlagen hat. Zu Declan gehen. Ihn umarmen, anschreien, zur Rede stellen, ihm eine reinhauen. Gleichzeitig.

Jemand, der angeblich tot für mich ist, sollte nicht mehr diese Wirkung auf mich haben, oder?

»Bist du sicher?« Caros grüne Augen spiegeln meine innere Zerrissenheit. Sie flüstert beinahe, als sie weiterspricht. »Ich weiß, dass du wütend bist, und das vollkommen zu Recht. Aber er ist dein Bruder. Ihr müsst euch ja nicht vertragen, aber …« Sie hebt die Schultern. »Du wirkst wirklich nicht, als ob alles okay ist.«

Die Hand weiterhin an meiner Stirn, als würde ich mich abstützen, sehe ich an Caroline vorbei zur Theke. Declan hält sein Handy an das Kartenlesegerät, um zu zahlen. Jede seiner Gesten ist mir so vertraut, dass es wehtut. Das Lachen, das er mit der Barkeeperin tauscht, die Art, wie er einen Schluck des vollen Pints abtrinkt. Es ist, als fiele mir durch seine Anwesenheit gerade erst auf, wie abwesend er eigentlich ist. Wie sehr dieser eine Teil von mir fehlt, der doch mein Leben lang da war.

»Es geht schon«, murmele ich das genaue Gegenteil von dem, was ich gerade fühle. »Lass uns einfach austrinken und dann heimfahren.«

»Aber …«, setzt Caro an.

»Es ist wirklich alles okay. Macht ja keinen Unterschied, ob er hier ist oder woanders. Die Tatsachen bleiben dieselben. Und wir haben noch einiges zu tun.«

»Eigentlich sind wir mit allem fertig und haben mehr als genug Zeit.«

Zwischen Carolines Brauen bildet sich wieder diese Falte, die ich unglaublich niedlich finde, die mir jetzt jedoch zeigt, dass sie nicht so leicht lockerlassen wird.

Mein Protest erstirbt, als ich sehe, wie Declan sich in Bewegung setzt – und genau auf uns zukommt. Ich spüre das Herz zu fest in meiner Brust donnern und halte die Luft an, als könnte mich jeder Atemzug verraten. Ich drehe den Kopf in Richtung Wand und beobachte nur aus den Augenwinkeln, wie Declans Schritte am Tisch vorbei in den hinteren Bereich des Pubs führen. Eine Sekunde verstreicht, dann eine weitere, dann erst traue ich mich, wieder zu atmen.

»Ihr solltet reden«, sagt Caroline sachlich. Kopfschüttelnd trinke ich in großen Schlucken weiter von meinem alkoholfreien Bier. Je schneller es leer ist, desto schneller können wir abhauen.

»Was macht er eigentlich hier?«, fragt sie weiter, und ich wünsche mir nichts mehr, als dass sie aufhört.

»Keine Ahnung, interessiert mich aber auch nicht. Hast du mit Liv schon fürs Tag Rugby geübt? Oder wie planst du, den Pokal zu gewinnen?«

»Conor …« Caros Stimme ist beinahe flehend.

»Ich will nicht darüber reden, okay?« Unsere Blicke verhaken sich, fechten ein wortloses Duell, bis sie ihren schließlich abwendet. Als sie mich wieder ansieht, hat sich etwas in ihrer Miene verändert, sie wirkt seltsam entschlossen, und kurz befürchte ich, dass wir weiter über Declan diskutieren, doch zu meiner Erleichterung geht sie auf den Themenwechsel ein.

»Wir brauchen keine Übung, wir werden Naturtalente sein. Aber ich hab die Regeln gelernt und zu Roisins Belustigung ein paar YouTube-Workouts angeschmissen.«

Ich schmunzle, nicht, weil ich es fühle, sondern weil ich froh bin, dass Caroline mir dabei hilft, die Fassade aufrechtzuerhalten. Dabei bin ich mir Declans Anwesenheit in meinem Rücken nur zu bewusst. Ich höre und sehe ihn nicht, aber ich kann ihn förmlich spüren. So als wäre da ein unsichtbares Band, durch das ich das Echo jeder seiner Bewegungen fühle. Doch sollte es ein solches Band geben, hat er es vor einem Jahr zerschnitten. Da ist nichts mehr, was uns verbindet. Mein Kopf weiß das, mein Herz wird es wohl oder übel noch lernen müssen.

32. KAPITEL

Caroline

Es ist das erste Mal, dass ich mich in Conors Nähe nicht wohlfühle. Das liegt nicht an Conor oder daran, wie er sich mir gegenüber verhält – sondern vielmehr daran, was sein Verhalten in mir wachrüttelt. Am liebsten würde ich ihn packen und schütteln. Ihn anbrüllen, dass er immerhin noch eine Chance hat, alles geradezubiegen. Dass sein Bruder, sein bester Freund, noch lebt. Ich weiß, dass es unfair von mir ist, so zu denken. Erst recht so kurz nachdem Conor mir alles anvertraut hat. In jeder seiner Regungen war ihm anzusehen, wie schwer es ihm fällt, darüber zu sprechen. Ein Teil von mir versteht ihn. Doch ein sehr viel größerer fühlt sich beinahe persönlich angegriffen von seiner Apathie. Von seiner stoischen Miene, mit der er sein Bier trinkt, als könne er es nicht erwarten, hier rauszukommen. Wie kann jemand, der so leidenschaftlich ist, so sehr für etwas brennt, gleichzeitig so gefühlskalt sein?

Nein, nicht gefühlskalt, denn ich sehe in seinen Augen, dass es in ihm ebenso brodelt wie in mir. In gewisser Weise macht es das noch schlimmer, denn es beweist, dass er Declan vermisst. Dass sein Zwillingsbruder ihm sehr wohl etwas bedeutet. Er ist nicht kalt, so wie ich es die letzten Monate war, er fühlt. Und trotzdem zieht er es vor, seinen Stolz siegen zu lassen, anstatt das Kriegsbeil mit Declan zu begraben.

Nach drei weiteren Zügen ist Conors Bierglas leer. Er stellt es mit etwas zu viel Schwung auf dem Tisch ab, und ich sehe, wie sein Blick meines streift, das noch zur Hälfte voll ist.

»Ich muss es nicht austrinken«, sage ich. »Aber ich geh noch schnell zur Toilette.«

Conor nickt, und ich sehe die Erleichterung in seinen Augen. Beinahe sorgt sie für ein schlechtes Gewissen in Anbetracht dessen, was ich jetzt tun will. Tun muss.

»Bin gleich wieder da«, murmle ich, greife meine kleine Handtasche, die ich nur dabeihabe, weil mein Portemonnaie zu dick für die Regenjacke ist, und gehe in Richtung der Toiletten. Kurz werfe ich einen Blick über die Schulter, doch Conor schaut weiter auf den Tisch – kein Wunder, so viel Angst wie er hat, entdeckt zu werden.

Ich stoße die Tür auf und lasse sie zufallen, auch wenn Conor das Geräusch über die Gespräche im Pub wohl kaum hören kann. Dann drehe ich mich um und betrete den hinteren Bereich, in den Declan verschwunden ist.

Ich sehe ihn sofort. Obwohl er und Conor auf den ersten Blick nichts gemeinsam haben, sind die Ähnlichkeiten bei genauerer Betrachtung doch zu erkennen. Die Art, wie ihre Lippen immer leicht nach oben geschwungen sind, als würde sie etwas amüsieren. Declans Haare sind blond und ein gutes Stück kürzer als Conors braune, doch ihr Haaransatz und die Form ihres Gesichts sind beinahe identisch. Und die Art, wie fokussiert er auf die Aufgabe vor ihm ist, während er in den Laptop tippt, als hinge sein Leben davon ab.

Erst als ich den Tisch bereits erreicht habe, sieht er von seinem Display auf. Sein Blick gleitet einmal über mich, dann legt er fragend den Kopf schief, als überlege er, ob er mich kennen sollte.

»Hey. Ich bin Caro«, sage ich.

»Declan.«

»Ich weiß. Ich bin mit deinem Bruder …« Ja, was eigentlich? Befreundet? Zusammen? Am-grandiosen-Sex-Haben und irgendwie auch mehr, aber wir haben es nie genauer definiert?

»Ich kenne deinen Bruder«, sage ich schließlich. Die Worte haben kaum meinen Mund verlassen, da sitzt Declan schon kerzengerade auf der Bank.

»Ja? Wie geht es ihm?«

Das Interesse in seiner Stimme ist so echt, so rau, dass es mir den finalen Stoß gibt. Ich tue das Richtige.

»Gut, aber er vermisst dich.« Das Blut rauscht in meinen Ohren. Vor Aufregung, aber auch vor schlechtem Gewissen, weil Conor nur wenige Meter entfernt am Tisch sitzt und nichts von unserem Gespräch ahnt. Ich sollte mich beeilen. Und ich sollte kein schlechtes Gewissen haben. Denn wenn ich eines gelernt habe, dann dass man die Zeit mit den Menschen, die man liebt, nutzen sollte. Ohne Wenn und Aber.

»Er hat etwas organisiert«, fahre ich also fort, öffne meine kleine Handtasche und ziehe einen der Flyer hervor, die ich ständig mit mir herumtrage und bei jeder sich bietenden Gelegenheit hinterlasse. »Ein Festival in der Schule eures Grandpas.«

Declan nimmt mir den Flyer aus der Hand, wirkt jedoch nicht überrascht. Eine Sekunde später weiß ich auch, wieso. Mit traurigem Lächeln zieht er den gleichen aus seiner Jeanstasche. Er ist zerknittert und an den Rändern ausgefranst, so als hätte er ihn bereits etliche Male in den Händen gehalten.

»Du hast ihn schon?«

»Ja, meine Eltern haben mir einen geschickt.« Er streicht einmal über den Flyer, wie um ihn zu glätten, und blickt dann zu mir auf. »Woher kennst du Conor?«

»Ich bin seine Nachbarin.« Das ist zwar nicht die ganze

Wahrheit, aber zumindest keine Lüge. »Ich hab bei der Planung des Fests mitgeholfen.«

»Es klingt wirklich cool, aber ich weiß nicht …« Er hebt die Schultern. »Ist einiges passiert, ich glaube nicht, dass er mich dahaben will.«

»Ich glaube schon.« Conors Ausdruck, als Declan das Pub betreten hat, tritt mir wieder vor Augen. Er vermisst Declan. Es steht ihm ins Gesicht geschrieben. Und wenn ich Declan so betrachte, beruht das Gefühl auf Gegenseitigkeit.

»Tatsächlich bin ich deshalb überhaupt in der Gegend.« Declan spricht so leise, dass es beinahe wirkt, als rede er mit sich selbst. »Ich hab den Flyer vorgestern aus dem Briefkasten gezogen und bin direkt in den Bus nach Galway gestiegen. Aber ich wollte nicht zu meinen Eltern und Conor vor den Kopf stoßen. Ist alles etwas kompliziert.«

»Also kommst du?« Mein Magen kribbelt vor Aufregung. Am liebsten würde ich Declan schon jetzt packen und zu Conors Tisch ziehen, aber ich weiß genau, dass ein Streit so vorprogrammiert wäre. Ich bin mir sicher, wenn das Fest erst einmal im Gange ist, die Ministerin ihre Rede gehalten hat und alle in bester Stimmung sind, ist Conor offen für ein Gespräch. Dann wird er sehen, dass es – so schlimm das Geschehene auch sein mag – einen Weg nach vorn gibt.

»Und du glaubst, dass es für Conor okay ist?«

»Ja.«

Declan betrachtet ein weiteres Mal den Flyer, dann nickt er langsam. »Dann bin ich wirklich gern dabei.«

Ich habe Mühe, meine Mundwinkel unter Kontrolle zu kriegen, so sehr muss ich lächeln. »Ich freu mich!«

»Ich mich auch.« Declan erwidert mein Lächeln zögerlich. »Danke. Was machst du überhaupt hier?«

»War auch gerade in der Gegend«, sage ich eine Spur zu

schnell und hoffe, dass es ihm nicht weiter auffällt. »Ich hab noch ein paar Sachen für das Fest geholt. Letzte Vorbereitungen. Dann hab ich dich reinkommen sehen und erkannt. Von Fotos.« Eine glatte Lüge, denn Conor hat keine gemeinsamen Fotos mehr in seiner Wohnung. Aber auch das wird sich vielleicht bald ändern.

»Na, dann bin ich gespannt, wie alles wird. Danke für die Einladung.«

Ich verabschiede mich von Declan und fühle mich auf dem Weg zurück zum Tisch beinahe, als würde ich schweben. Die Vorstellung, dass das Festival womöglich nicht nur die alte Schule retten wird, sondern auch die Beziehung der beiden, sorgt für ein warmes Gefühl in meiner Brust. Ich mag vieles versäumt haben und zu ziellos durchs Leben gehen, doch immerhin kann ich Conor dabei helfen, seinen Weg wiederzufinden.

Die Rückfahrt nach Baile na Mara ist von Schweigen geprägt. Von der ausgelassenen Stimmung des bisherigen Tages ist nichts mehr zu spüren. Der Radiosprecher, der gerade von Baustellen und einem Geisterfahrer berichtet, macht die Stille im Auto nur noch deutlicher.

Immer wieder sehe ich zu Conor. Immer wieder lächelt er, doch sobald ich den Blick zurück auf die Straße richte, erkenne ich aus dem Augenwinkel, wie sein Kiefer mahlt. Es ist offensichtlich, dass Declan ihm keine Ruhe lässt. Am liebsten würde ich ihm sagen, dass ich ihn eingeladen habe, doch in dieser Stimmung wäre das wohl keine gute Idee. Also blicke ich weiter auf die vorbeifliegende Landschaft, auf die Felder, Schafe und Ortsschilder, bis schließlich das von Baile na Mara auftaucht.

»Tut mir leid, dass ich so still bin«, murmelt Conor, als wir beinahe unsere Straße erreicht haben. »Ich hab einfach nicht damit gerechnet, ihn dort zu treffen.«

»Du musst dich nicht entschuldigen«, erwidere ich und lege meine Hand auf sein Bein. Dieses Mal ist sein Lächeln echt. Er biegt links ab und lässt das Auto langsam bis auf seinen Parkplatz rollen. Dann löst er mit einem Seufzen den Gurt und zieht mich zu sich. Seine Lippen berühren meine wie eine Frage, vorsichtig und zögernd. Meine Antwort ist das genaue Gegenteil davon. Mit geschlossenen Augen löse ich meinen Gurt, um ihm näher sein zu können, umfasse sein Gesicht und vertiefe den Kuss. Conor öffnet den Mund, und meine Zunge streicht über seine. Sein Geruch und sein Geschmack sind mir mittlerweile ebenso vertraut wie die Aussicht auf die grünen Felder jeden Morgen. Seine Haut fühlt sich genauso nach Heimat an, wie der Küstenwind es mittlerweile tut.

»Danke«, haucht Conor, und als ich ihn fragend anschaue, lächelt er.

»Wofür?«

»Einfach so. Ich habe das Gefühl, als wäre mit deiner Ankunft hier alles ins Rollen gekommen.«

»Du hättest auch allein eine Lösung für die Schule gefunden.«

»Ich meine nicht nur die Schule«, sagt er leise und streicht mit dem Daumen sacht über meine Wange, bis er ihn schließlich auf meiner Unterlippe ruhen lässt. »Schau mal, was für einen Einfluss du auf das gesamte Dorf hast. Mich inbegriffen.« Er schluckt, und sein Blick wandert von meinen Lippen zurück zu meinen Augen. So nah, wie ich ihm bin, kann ich die karamell-goldenen Sprenkel in seiner Iris sehen. »*Le do thoil ná téigh.*«

Ich liebe es, wenn Conor Irisch spricht, doch dieses Mal jagt es mir einen warmen Schauer über den Rücken. Seine Worte sind nicht mehr als ein Flüstern. *Le do thoil* heißt Bitte, so viel habe ich bereits gelernt. Was der Rest bedeutet, weiß ich nicht, doch er spricht es aus wie ein Gebet. Andächtig. Ruhig.

Ich komme nicht dazu, die Bedeutung der Worte zu erfragen, denn im nächsten Moment hat Conor mich wieder zu sich gezogen, und dieses Mal hat sein Kuss jegliche Zaghaftigkeit verloren. Er ist leidenschaftlich, hungrig und treibt mir die Hitze in die Wangen. Ich mag Einfluss auf Conor haben, doch dasselbe gilt auch andersherum. Denn mein Herz transportiert statt Blut nun auch den Wunsch nach mehr durch meine Venen: mehr Conor, mehr Abenteuer, mehr Leben. Mehr ich.

33. KAPITEL

Conor

»Die Vision meines Grandpas war nicht bloß das Lehren. Es war so viel mehr: Er wollte die Menschen zusammenbringen. Ihnen den Stolz auf ihre Kultur und ihre Sprache zurückgeben. Einen Ort erschaffen für all jene, die …«

»Jesus, Conor, es reicht.« Olivia, die gemeinsam mit Caroline die kleinen Vasen auf den Stehtischen verteilt, sieht halb genervt, halb belustigt zu mir herüber. »Entweder stellst du dich jetzt da vorn hin und übst richtig, oder aber du chillst eine Runde. Dieses Gemurmel hat was von Gollum.«

»Bitte?«, frage ich brüskiert, und Caro lacht laut auf.

»Sie hat nicht ganz unrecht. Kannst du die Schule noch als deinen Schatz bezeichnen? Dann wäre es perfekt.«

Ich lege die Karten, die ich ohnehin eher festhalte, um meine Hände zu beschäftigen, auf einem der Tische ab. »Ich hoffe, alles läuft gut.«

»Wird es«, versichern mir Liv und Caro gleichzeitig und müssen schon wieder lachen. Kein Wunder, sie sagen es nicht zum ersten Mal. Und sie haben recht. Die Schule sieht wie ausgewechselt aus. Wenn ich den Wandel nicht hautnah miterlebt hätte, würde ich glauben, ich stünde in einem anderen Gebäude. Die Wände sind alle komplett neu gestrichen und sorgen durch die warmen Töne direkt für gute Stimmung.

Das große Klassenzimmer, in dem wir uns gerade befinden, wurde seit Jahren nicht genutzt. An der alten, klapprigen Tafel mit der abgebrochenen Kreidehalterung sieht man das leider auch, doch wir haben das Beste daraus gemacht. Und wie Caroline mehrmals betont hat, soll man den Grund zum Spenden ja auch noch erkennen.

Durch die runden Stehtische, die Caro mit weißen Tischdecken und bunten Wildblumen versehen hat, passen gut fünfzig Leute in den Raum. Ich habe keine Ahnung, wie viele Besucher wir letzten Endes zu erwarten haben. Ich hoffe, dass zumindest jeder zweite Tisch besetzt ist, schon allein, damit es in der Presse besser aussieht. Ich brauche die Förderung. Die letzten Tage und Wochen sind durch die Vorbereitungen wie im Flug vergangen, doch ich mag gar nicht daran denken, wie es weitergehen soll, wenn das Kulturministerium sich gegen eine Förderung entscheidet. Nicht nur, dass die Arbeit dann umsonst gewesen wäre – tief in mir drin weiß ich, dass ich nicht ewig so weitermachen kann. Jedes Semester einen Kurs unterrichten und von dem wenigen Geld irgendwie über die Runden kommen. Etwas muss sich ändern. Und ich setze all meine Hoffnungen in dieses Wochenende.

Ich zucke zusammen, als mich etwas sacht am Arm streift. Nein, jemand.

»Die Ministerin wird sehen, was du siehst«, sagt Caroline leise genug, dass Liv es über die Musik und das Klirren der restlichen Vasen nicht hören kann.

»Ist es so offensichtlich, woran ich denke?«

»Jap. Hab deine Gedanken bis dahinten hören können«, erwidert sie schmunzelnd. Dann stellt sie sich auf die Zehenspitzen und küsst sacht meine Wange. Ich schließe die Augen, und für einen Moment überträgt sich Caros Sicherheit auf mich. »Es wird alles gut werden.«

345

»Ich hoffe nur, alles läuft nach Plan.«

Für einen Wimpernschlag huscht etwas über Caros Gesicht, doch es ist so schnell wieder verschwunden, dass ich es mir genauso gut eingebildet haben könnte. Bevor ich nachfragen kann, wie es ihr geht, ertönt ein Schlag über unseren Köpfen, gefolgt von gebrummten Flüchen.

»Eoin«, sage ich seufzend. »Ich geh mal nach ihm schauen, bevor er den Museumsbestand kaputt schlägt.«

»Mach das. Ich bin hier gleich fertig, helfe Roisin dabei, ihre Sachen herzubringen, und gehe dann zu Molly. Sie wollte wissen, was wir an Gläsern noch brauchen.«

»Hey«, sage ich, bevor ich die Stufen nach oben nehme, wo Eoin nach wie vor laut flucht. Wenn mich nicht alles täuscht, ist er gerade dabei, Glassplitter aufzukehren. »Danke.«

Ein Lächeln umspielt Caros Mund, bevor sie nickt. »Gern. Es hat wirklich Spaß gemacht, alles vorzubereiten. Wer weiß, wenn es gut läuft, können wir da ein jährliches Ding draus machen.«

»Ja, vielleicht«, erwidere ich und weiß gar nicht, was mich bei der Vorstellung glücklicher macht: dass es bedeuten würde, die Schule gerettet zu haben, oder dass das *Wir* in ihrem Satz impliziert, dass es auch in einem Jahr noch ein *Caro und ich* geben wird.

Wenige Stunden später herrscht bereits aufgeregtes Treiben, und ich habe gar keine Zeit mehr, nervös zu sein, da es nun alle anderen sind. Roisin sitzt ungewöhnlich still und merklich blass vor etlichen Stoffen, Molly und Siobhán sind bereits mit Mehl beschmiert, obwohl der Backwettbewerb erst heute Nachmittag startet, und selbst mein Vater, den ich gerade durch die Schule führe, klimpert mehr als einmal nervös mit seinem Schlüsselbund.

»Da habt ihr wirklich ganze Arbeit geleistet«, sagt er, als wir den Flur im zweiten Stock entlanglaufen. Eoin hat ihn mit Bildern aus dem Museum verziert, die Baile na Mara im Wandel der Zeit zeigen. Auch eine knapp sechzig Jahre alte Schwarz-Weiß-Fotografie der Schule hängt dort.

Mit leisem Lachen bleibt mein Vater vor ihr stehen. »Ich wünschte, er könnte das hier miterleben.« Ich betrachte die Fotografie, auf der mein Grandpa zu sehen ist. Er hat die Augen zum Schutz vor der Sonne zusammengekniffen, doch er strahlt über das ganze Gesicht. Er kann nicht viel älter gewesen sein als ich jetzt. Ob er sich manchmal genauso hilflos gefühlt hat? Oder hatte er im Gegensatz zu mir stets einen Plan und alles im Griff? Auf mich hat es zumindest immer genau diesen Eindruck gemacht.

Mein Dad klopft mir auf die Schulter. »Er wäre mächtig stolz. Und ich bin es auch.«

»Danke, Dad«, entgegne ich überrascht. Natürlich weiß ich, wie viel ihm an der Schule liegt, aber er ist sonst kein Mann der großen Emotionen.

»Die lasst ihr zu?«, fragt er und klopft an die verschlossene Tür zur Linken des Bildes.

»Jap. Beim Rundgang werde ich den Raum der Ministerin zeigen, aber die Gäste sollen im Idealfall ja wiederkommen.« Ich ziehe eine Grimasse. Wir haben versucht, den Wasserschaden so gut es geht zu kaschieren. Unten ist uns das erstaunlich gut gelungen – wobei die Frage bleibt, wie lang Olivias Malkünste das Ganze verdecken. Über kurz oder lang wird das Ganze saniert werden müssen.

»Gute Idee. Vielleicht sorgt das dafür, dass ihr Geldbeutel etwas lockerer sitzt.« Mein Dad zwinkert mir zu und setzt sich wieder in Bewegung, um sich das letzte Klassenzimmer anzusehen. Es ist das, das Olivia umgestaltet hat. Es ist bunt, farbenfroh und offensichtlich für die Kinder gedacht, die hier seit Jahren nicht mehr hinkommen.

»Traust du dir zu, solche Knirpse zu unterrichten?«

»Auf keinen Fall«, sage ich sofort. »Dafür stellen wir jemanden ein.«

Mein Vater lacht lauf auf. »Dachte ich mir. Das wolltest du bei den Plänen damals schon an Declan abtreten.« Die bloße Erwähnung seines Namens versetzt mir einen Stich, und etwas Kaltes kriecht unter meine Haut. Ob Dad weiß, dass Declan in der Gegend ist? Nur wenige Kilometer entfernt in einem kleinen Dorf? Die Frage liegt mir mit schalem Geschmack auf der Zunge, doch ich schlucke sie hinunter. Das ist ein Gespräch für ein anderes Mal. Nicht heute, nicht hier.

»Na ja, das war's auf jeden Fall. Die Toiletten sind leider noch die alten, auch wenn ich für Deko und Hygieneartikel gesorgt hab.« Ich hebe die Schultern. »Idealerweise reicht die Förderung dafür auch noch, aber im Zweifel tun sie es noch ein wenig.«

»Ob Förderung oder nicht: Du hast das Dorf zusammengebracht. Sogar Connolly sitzt unten.« Dad schmunzelt. »Die hält sich ja sonst wirklich von allem fern.«

»Das ist eher Carolines Verdienst«, werfe ich ein.

»Ich hab auch ein paar Leute aus den umliegenden Dörfern gesehen. Das ist euer gemeinsamer Verdienst. Dass Mrs Donohoe kommt, ebenso.«

Ich stoße einen Schwall Luft aus. »Jap. Das ist auch mein Stichwort, langsam wieder nach unten zu gehen. Ich will sie direkt abfangen, bevor jemand sie in ein Streitgespräch über Politik verwickeln kann.«

»Gute Idee. Ich geh auch mal runter zu Eoin und schaue, ob ich ihm beim Kaffee etwas unter die Arme greifen kann.«

»Danke, Dad.«

»Kein Thema.«

Auf dem Weg nach unten begegnen mir etliche lächelnde Gesichter, und die Schule ist so laut, bunt und belebt, dass mir ganz schwer ums Herz wird. So muss es hier früher immer gewesen sein. Mit all diesen Menschen wirkt das Gebäude plötzlich gar nicht mehr baufällig, sondern zeigt mir viel eher die Möglichkeiten, die schon immer in ihm steckten.

»Tolle Arbeit, Conor!«, ruft Cormac mir zu, der gerade einige Bogen nach draußen trägt. Ich hoffe, das Event ist auch für alle anderen hier gute Werbung. Keiner der Anwesenden hat eine Bezahlung verlangt, sie alle sind freiwillig hier. Weil sie an die Sache glauben, oder aber weil sie genauso viel Begeisterung für ihr Hobby verspüren wie ich.

Im Klassenzimmer links sehe ich Caro bei Mrs Connolly stehen und schmunzle, als ich bemerke, dass nun auch sie etwas blasser um die Nase ist. Ob Mrs Connollys Angst sich auf sie übertragen hat? Sie sieht sich immer wieder um, als suche sie etwas. Ich folge ihrem Blick, der dann jedoch an der geöffneten Doppeltür kleben bleibt. Durch sie ist ein schwarzer Wagen mit getönten Scheiben zu erkennen, der gerade den Berg herauffährt.

Mrs Donohoe. Niemand sonst würde hier ein solch glänzend poliertes Auto fahren. Gut, die zwei Autos, die ihr folgen, könnten ein ebenso guter Hinweis sein. Es sieht nach einem offiziellen Escort aus, und ich bin nicht der Einzige, der neugierig nach draußen in den Vorgarten tritt. Die Fahrzeuge kommen synchron zum Stehen, als handele es sich um eine einstudierte Choreografie. Um mich herum erklingt aufgeregtes Flüstern. Kein Wunder, so wenig wie in Baile na Mara für gewöhnlich los ist. Caroline, Mrs Connolly und Siobhán stellen sich an den Rand der Auffahrt, um nichts zu verpassen.

Die Wagentür wird geöffnet, und Mrs Donohoe steigt mit

strahlendem Lächeln aus. Obwohl das Ganze inszeniert wirkt, ist sie mir auf Anhieb sympathisch. Mit ihrem knallroten Blazer und dem dazu passenden Lippenstift zieht sie jegliche Aufmerksamkeit auf sich, und die Presse, die schon seit etwa einer Stunde an Eoins Kaffeebar wartet, stürmt an mir vorbei. Mrs Donohoe hat auch ein eigenes Kamerateam im Schlepptau, das gerade sein Equipment aus dem zweiten Wagen lädt und direkt zu drehen beginnt.

»Halt mir bloß die Kameras vom Hals«, sagt Mrs Connolly laut genug, dass ich es höre, und ich schmunzle in mich hinein. Der Pressetrubel lässt das Event plötzlich sehr viel größer und offizieller wirken, als es eigentlich ist, aber vermutlich hat das sein Gutes.

»Mr Ó Cathasaigh!«, ruft Mrs Donohoe mit einem Strahlen und kommt geradewegs auf mich zu, noch bevor ich mich ihr überhaupt vorstellen kann. Vermutlich hat ihre Assistentin ihr ein Bild von mir gezeigt. Wir schütteln einander die Hände, natürlich nicht ohne das Blitzen diverser Kameras.

»Es freut mich sehr, dass Sie hier sind.«

»Und mich, dass Sie so freundlich waren, mich einzuladen. Es ist mir immer sehr wichtig, die unterschiedlichen Gaeltachtaí zu besuchen und die Menschen vor Ort mit all ihren Wünschen und Sorgen kennenzulernen.«

Ich beiße mir auf die Innenseite meiner Unterlippe, damit mein Lächeln nicht abdriftet, so auswendig gelernt klingen ihre Worte. Aber sei's drum. Sie ist hier, und meine Wünsche und Sorgen kann ich ihr sehr gern näherbringen.

»Wie wäre es mit einem kurzen Rundgang? In einer halben Stunde geht es dann offiziell los. Ich dachte, Sie halten die Eröffnungsrede und können sich dann, je nachdem wie viel Zeit Sie haben, noch ein paar der Programmpunkte ansehen.«

»Das klingt hervorragend«, sagt Mrs Donohoe und klatscht

begeistert in die Hände, was zwei ihrer Armreifen zum Klimpern bringt.

Ich deute nach vorn und begleite sie zur Tür der alten Schule. Caro gibt mir einen Daumen nach oben, und sogar Mrs Connolly lächelt mir aufmunternd zu. Es geschehen doch noch Zeichen und Wunder.

»*A dhaoine uaisle*, sehr geehrte Damen und Herren.« In Mrs Donohoes Stimme liegt ein Lächeln, während sie den Blick durch den Raum wandern lässt, als würde sie zu jedem Einzelnen persönlich sprechen. Alle sehen schweigend zu ihr auf, und selbst die Kinder, die eben noch kreischend durchs Treppenhaus liefen, schaffen es, für den Moment ruhig zu sein. »Wie einige von Ihnen sicher wissen, liegt mir die irische Sprache sehr am Herzen. Ich bin selbst in der Gaeltacht aufgewachsen, Irisch ist meine Muttersprache. Kurz nach der Schule bin ich *An Coimisinéir Teanga* beigetreten – einer Organisation zum Schutz und der Förderung der Sprachrechte der irisch- und englischsprachigen Bevölkerung Irlands. Heute dürfen wir wieder frei wählen, in welcher Sprache wir uns ausdrücken möchten. Doch das war nicht immer so, und trotz der Freiheiten, die wir heute genießen, hat sich unsere Sprache doch noch lange nicht erholt. Hungersnot, Emigration, das Verbot des Irischen von der britischen Regierung – ich brauche Ihnen die Gründe nicht nennen, Sie kennen sie genauso gut wie ich. Außerdem wollen wir uns heute nicht auf die Vergangenheit konzentrieren, sondern nach vorn schauen. Denn Menschen wie Sie sorgen dafür, dass das Irische weiter existieren darf. Es ist nach wie vor eine Minderheitensprache, und ich bin realistisch genug, zu wissen, dass ein Irland, in dem jeder Irisch spricht, utopisch ist. Ich bin ebenfalls realistisch genug zu erkennen, dass es das auch gar nicht benötigt.

Was es jedoch benötigt, damit unsere Sprache und dieser Teil der Kultur erhalten bleibt, sind kreative und neue Wege, sie greifbar zu machen. Dass es nun junge Menschen wie Mr Ó Cathasaigh und all seine Unterstützer und Unterstützerinnen gibt, lässt die Realistin in mir zur Seite treten und die Optimistin zum Vorschein kommen.«

Ihr Lächeln erreicht ihre Augen, und zum ersten Mal habe ich das Gefühl, dass die Worte aus ihrem Mund nicht auswendig gelernt, sondern durch und durch aufrichtig sind.

»Denn wenn wir alle zusammenhalten und unsere Wurzeln, aber auch das Neue, das uns umgibt, zelebrieren, dann sehe ich eine Chance. Eine Chance für die irische Sprache und für ein Irland, das Alt und Neu kombiniert und stärker daraus hervorgeht. Doch viel besser als ich kann Ihnen Conchobar Ó Cathasaigh erzählen, wie das funktioniert, denn er hat uns nicht nur einen, nicht nur zwei, sondern mittlerweile vier Förderanträge geschickt, in denen er uns seine Vision für eine moderne irischsprachige Schule nahegelegt hat.«

Einige der Zuhörenden lachen, und Mrs Donohoe streckt ihren linken Arm aus und deutet in meine Richtung. Als ich mich auf ihren Stehtisch zubewege, stößt Eoin einen Pfiff aus, als handle es sich um ein Rockkonzert und nicht um ein Kulturfest mit Brown-Bread-Backwettbewerb.

»Danke für die einleitenden Worte. Und danke an euch, dass ihr gekommen seid. Besonders an alle aus den umliegenden Dörfern – auch wenn ich weiß, dass ihr nur für die Wettbewerbe da seid, um ein für alle Mal zu klären, wer das bessere …« Weiter komme ich nicht. Denn während ich, mir ein Beispiel an der Ministerin nehmend, den Blick über die Anwesenden schweifen lasse, sehe ich jemanden, der nicht hier sein sollte. Nicht hier sein darf.

34. KAPITEL

Conor

Die Worte bilden einen Knoten in meinem Hals und wollen nicht länger über meine Zunge kommen. Meine Muskeln verkrampfen sich, und ich umklammere den Griff des Mikrofons schmerzhaft fest. Wie kann er nach all der Zeit die Dreistigkeit besitzen, hier aufzukreuzen, als wäre nichts geschehen? Wie kann er mich allein lassen mit all der Arbeit und dann ins gemachte Nest spazieren? Was hat er als Nächstes vor? Will er sich das Mikro in meinen Händen schnappen und eine rührende Rede halten, wie viel ihm die Schule bedeutet?

Ich schaffe es nicht, den Blick von ihm zu lösen. Zum zweiten Mal innerhalb kürzester Zeit wirft er mich vollkommen aus der Bahn. Das Blut rauscht in meinen Ohren, und nur am Rande bekomme ich mit, wie die Ersten im Publikum sich verwundert anschauen.

Als Declan die Mundwinkel hebt, vermutlich weil er es genießt, wie ich wortlos vor allen stehe und mich blamiere, siegt die Wut über den Schmerz. Gott sei Dank, denn ich kann aus dem Augenwinkel sehen, wie Mrs Donohoe sich mir irritiert zuwendet. Doch ich kenne Wut, mit ihr kann ich umgehen. Und so entknoten sich die Worte Buchstabe für Buchstabe, und ich kann die Rede halten, die ich seit Tagen probe. Ich erzähle von meinem Grandpa, von den vielen Schülern und

Schülerinnen, die hier früher jeden Tag verbracht haben, von dem Nutzen, den die Schule nach wie vor für Gruppen an Studierenden hat, die sich für das Gälische interessieren. Doch ich erzähle auch von den Problemen, denen wir hier die Stirn bieten müssen, und von den Hoffnungen, die ich an eine potenzielle Förderung habe und wie sie die Arbeit erleichtern würde. Von den Möglichkeiten, wenn endlich jemand an dieses Projekt glaubt. Jemand, der mir nicht den Rücken kehrt und geht – doch diesen letzten Teil denke ich nur, anstatt ihn auszusprechen.

»Und daher danke ich euch allen, dass ihr heute mit dabei seid und ein Stück irische Kultur kennenlernt. Ich bin mir sicher, auch jene, die hier aufgewachsen sind, können noch etwas lernen. Sei es an der Nähmaschine, beim Hurling oder ganz klassisch in einem der Sprachkurse. *Go raibh maith agat agus spraoi a bheith agat!*«

Spaß werden hoffentlich alle haben. Alle außer mir, denn ich schüttle lächelnd Mrs Donohoes Hand, posiere für ein paar Fotos und kann dabei doch nur an Declan denken. Ich kann nicht fassen, dass er mir diesen Tag nimmt. Dass er von all den Tagen, herzukommen, ausgerechnet den heutigen gewählt hat. Ob Mam und Dad ihn eingeladen haben?

Ich verlasse den Tisch und bin dankbar, dass die Ministerin direkt von Presse und Besuchern umlagert wird, so erspare ich es mir, gute Miene zu bösem Spiel zu machen. Ich habe kaum die Tür zum Flur erreicht, als Eoin zu mir tritt.

»Alter, Declan ist hier.«

»Hab ich bemerkt.«

»Hast du ihn eingeladen?«

Ich blicke ihn an, und noch bevor ich etwas sagen kann, ergreift Eoin wieder das Wort.

»Okay, unnötige Frage. Wir haben zwar nur Kaffee, aber

nachher gibt es ein Whiskey-Tasting. Magst du schon mal starten?«

»Nein.« Ich reibe mir über die Schläfen, hinter denen es zu pochen beginnt. »Ich komme klar. Das hier ist zu wichtig, als dass ich es mir auch noch von ihm versauen lasse.«

»Vielleicht will er ja nur zusehen.«

»Klar«, erwidere ich sarkastisch. Eoin zieht die Mundwinkel nach unten.

»Was?«

Er nickt an mir vorbei. »Hab mich wohl getäuscht. Bin Kaffee servieren, schrei, wenn du mich brauchst.«

Wie in Zeitlupe drehe ich mich um, und dann steht er plötzlich direkt vor mir. Ich hasse es, wie vertraut mir sein Gesicht ist. Wie sehr es sich im ersten Moment anfühlt, als hätte sich nichts geändert, dabei hat sich in Wahrheit alles geändert. Ich weigere mich, das erste Wort zu sagen. Wut pulsiert durch meine Adern, und es kostet mich alle Kraft, ihn nicht hochkant rauszuschmeißen. Das Einzige, was mich davon abhält, ist die Ministerin, die ich durch die offen stehende Tür sehe. Ich lasse nicht zu, dass Declan mir diese eine Sache auch noch nimmt. Nicht jetzt, da endlich etwas gut läuft.

»Hi«, sagt er, und trotz meiner Wut ist da noch ein anderes Gefühl, das sich leise in meiner Brust regt. Es ist ein kleines schmerzhaftes Zupfen, das Erinnerungen an längst vergangene Zeiten hervorruft. Ich vermisse ihn. Vermisse diese Stimme, die mich ebenso oft genervt wie zum Lachen gebracht hat. Ich ringe das Gefühl nieder, ersticke es im Keim, so wie ich es seit Monaten tue, und starre Declan nur abwartend an.

»Können wir reden?«

»Tun wir gerade, auch wenn ich nicht verstehe, wieso.« Mein Tonfall ist so kalt, dass es sogar mich überrascht. »Ich bin beschäftigt. Wie du vielleicht mitbekommen hast, feiern wir hier heute ein Fest, um Spenden für die Schule zu sammeln. Wenn du also keine Spende oder sonst irgendetwas Sinnvolles beizutragen hast …« Ich strecke die linke Hand in Richtung der großen Doppeltür. »Da ist der Ausgang.«

»Conor …« Declans Stimme ist weich, beinahe flehend, doch das macht mich nur noch wütender. Was fällt ihm ein, so zu tun, als wäre ich der Unvernünftige? Sein erschrockener Gesichtsausdruck, als ich ihn im Bett mit Sarah erwischt habe, steht mir wieder vor Augen. Die gepackten Sachen, als er einfach abgehauen ist, all dem hier den Rücken gekehrt hat, anstatt zu seinen Fehlern zu stehen. Nein, lieber hat er mich zurückgelassen.

»Es tut mir leid, okay?«

Ich lache leise auf. »Okay? Nein, nicht okay. Was genau tut dir denn leid? Dass du meine Freundin gefickt hast, während ich kurz im Pub war? Oder tut es dir leid, dass du einfach abgehauen bist, obwohl wir Pläne hatten? Oder doch eher, dass du jetzt, ein Jahr später, hier auftauchst, als wäre nichts gewesen? An dem einen Tag, an dem ich es noch weniger gebrauchen kann als ohnehin schon?« Meine Stimme ist mit jedem Wort lauter geworden, und eine Frau mit einem Kind an der Hand wirft mir einen skeptischen Blick zu. Vermutlich soll ihr Sohn hier Gälisch lernen, nicht das F-Wort. Ich beiße die Zähne zusammen und zwinge mich, tief durchzuatmen.

»Ich habe mich entschuldigt, Conor. Ich kann es gern tausend weitere Mal tun, wenn du willst. Das mit Sarah war der größte Fehler meines Lebens.«

»Lustig, dass es dann gleich wie oft passiert ist? Zehn, zwanzig Mal?«

»Dreimal.«

Immerhin ist er jetzt ehrlich. Und obwohl ich über Sarah hinweg bin, merke ich, dass mir sein Verrat immer noch zusetzt. Es tut weh. Nicht wie verletzende Worte wehtun, es trifft etwas tiefer in mir. Da, wo das Urvertrauen sitzt. Er ist, abgesehen von meinen Eltern, die eine Person in meinem Leben, die immer zu mir stehen sollte.

»Und ich bereue es jeden einzelnen Tag, das musst du mir glauben.«

»Ich muss gar nichts.« Ich verschränke die Arme vor der Brust, und obwohl kein Größenunterschied zwischen uns herrscht, fühlt es sich in dem Moment so an. Nur dass ich zum ersten Mal seit einem Jahr nicht derjenige bin, der sich vor Declan klein fühlt. Dafür kann ich nun beobachten, wie er förmlich gen Boden schrumpft. Ein winziger, hässlicher Teil von mir, der, in dem meine Wut wohnt, genießt es, dabei zuzusehen, wie er um die richtigen Worte ringt. Als ob es die gäbe.

»Ich dachte …« Er schüttelt den Kopf, die Stirn in Falten gelegt. Dann zieht er einen kleinen, abgegriffenen Flyer aus der Tasche.

»Mam und Dad haben dich also eingeladen.«

»Ja, sie haben ihn mir nach Cork geschickt.«

Ich frage nicht einmal nach, was er in Cork macht. Mein Leben ist so losgelöst von seinem, als würden wir mittlerweile auf komplett unterschiedlichen Umlaufbahnen aneinander vorbeikreisen.

»Ich hab ihn jeden einzelnen Tag angeguckt. Seit über einer Woche. Jede einzelne Stunde.« Sein Kiefer mahlt, und er sieht kurz nach draußen, wo es unverschämt sonnig für diese beschissene Stimmung ist. Dann erst findet sein Blick wieder meinen, doch dieses Mal liegt Entschlossenheit in ihm, und seine Stimme ist fester, als er weiterspricht, beinahe kampflustig. »Denkst du, ich bereue all das nicht? Denkst du, ich grüble nicht ständig, was ich anders machen könnte, um das geradezubiegen?«

»Um etwas anders zu machen, müsstest du überhaupt erst mal was machen.«

»Conor, verdammt, deshalb bin ich doch hier.«

»Und jetzt? Erwartest du Applaus, dass du es geschafft hast, deinen Arsch nach einem Jahr nach Baile na Mara zu bewegen? Dich hier in der Schule ins gemachte Nest zu setzen?«

Aus dem Augenwinkel bemerke ich, wie ein paar Besucher zu uns sehen.

»Nein. Aber wie lange willst du denn noch wütend auf mich sein? Ich dachte, der hier …« Er zieht einen zweiten Flyer aus der Tasche, der weniger mitgenommen aussieht als der erste. »Ich dachte, dass du sie geschickt hast. Dass es eine indirekte Einladung von dir ist, um … keine Ahnung, das Kriegsbeil zu begraben.«

»Wie soll ich dir Flyer schicken können? Ich hab ja nicht mal deine Adresse.«

»Im Pub, meine ich. Ich hab dich erst beim Rausgehen gesehen und dachte einfach, du wolltest nicht selbst zu mir kommen.«

Es dauert einen Augenblick, bis seine Worte einsickern und ich eins und eins zusammenzähle. Er hat mich im Pub mit Caroline gesehen.

Ich dachte, dass du sie geschickt hast.

Er meint nicht die Flyer.

»Caroline hat mit dir geredet?«

»Ja, sie hat mich eingeladen. Deshalb dachte ich, du willst vielleicht reden, und wir können das alles hinter uns lassen. Ich hab einfach gehofft …«

Declans Worte verschwimmen. Alles in mir wird zu Eis. Wenn Wut ein heißes, brennendes Gefühl ist, dann ist Verrat das genaue Gegenteil davon. Es friert die Nervenenden ein, lässt alles erkalten. Wut ist schnell und rasend, Verrat lässt alles erstarren. Selbst meine Gedanken wirken seltsam ruhig und klar.

Caroline, die eine Person, der ich alles anvertraut habe, all meine Ängste, meine wunden Punkte, meine Sorgen. Sie hat ihn eingeladen.

Declans Miene verrät, dass er mit einer Explosion rechnet. Doch stattdessen drehe ich mich einfach um und gehe.

»Conor!«

Ich ignoriere sein Rufen und trete durch die Doppeltür nach draußen in die Sonne. Ich höre das Surren eines Pfeils und das Lachen von Kindern, als dieser in einer der Hecken landet. Nehme wie beiläufig wahr, dass immer noch neue Autos heranfahren und Besucher das Gelände betreten.

»Conor?«

Dieses Mal ist es Eoins Stimme, doch auch sie bringt meine Beine nicht dazu, anzuhalten. Ich weiß nicht einmal, ob ich es könnte, wenn ich wollte. Ich bin taub. Muss hier raus. Wenigstens für einen Moment, so lang, bis die Kälte verschwindet und ich wieder genug funktioniere, um meine Kurse zu halten. Auch wenn sich das im Moment ganz weit weg anfühlt.

Seltsamerweise muss ich, während ich den Hügel entlang Richtung Meer laufe, an ein Experiment denken, das wir im Bio-Unterricht besprochen haben: Expositionstherapie. Mäuse wurden immer und immer wieder einem elektrischen Schock ausgesetzt. Die eine Gruppe von Mäusen lernte aus dem traumatischen Erlebnis und fürchtete die Quelle des Schocks, die zweite Gruppe jedoch lief dem Schmerz jedes Mal mit offenen Armen entgegen.

Vielleicht hätte ich besser aufpassen und lernen sollen, was die beiden Gruppen unterschied, denn ich gehöre ganz offensichtlich zur zweiten. Ich lasse zu, dass sich das Muster immer und immer wiederholt. Ich renne in mein Verderben, vertraue Menschen, die mich entweder verlassen oder verraten, mir das

Messer in die offene Wunde rammen. Ich hätte mich einfach allein um meine Probleme kümmern sollen.

Ich sollte es jetzt tun. Ich sollte umdrehen, Declan und Caro aus der Schule schmeißen und retten, was noch zu retten ist. Doch ich kann nicht. Der Teil von mir, der für all das, dem ich gerade den Rücken kehre, gebrannt hat, ist leer.

Also laufe ich einfach weiter.

35. KAPITEL

Caroline

Ich winke den beiden Mädchen, die ich bei Graham und seiner kleinen Schafherde abgeliefert habe, lächelnd zu. Kiera und Brendan sind mittlerweile ebenfalls bei den Schafen gelandet, nachdem ich sie zu Mrs Connolly geführt habe. Brendan hat es in Anwesenheit seiner Mutter zwar nicht laut ausgesprochen, doch er hat mir in einer unbeobachteten Sekunde ein Daumen Hoch gezeigt, und auch ohne Worte weiß ich, was er meint. Mrs Connolly ist wie ausgewechselt. Dass ich zu ihrer Wandlung beigetragen habe, lässt mich vor Stolz beinahe platzen. Genau wie dieses Fest, denn um mich herum herrscht reges Treiben.

Leise Musik weht durch den Garten an der Rückseite der Schule. Liv und ich haben das Ganze mit Lampions verziert, die heute Abend leuchten, doch gerade ist die strahlende Sonne alles an Dekoration, was wir benötigen. Ein paar Leute haben es sich mit Kuchen an den Bierbänken gemütlich gemacht, die wir gemietet haben. Ihre Gespräche vermischen sich mit der Musik. Kinder streicheln gemeinsam mit ihren Eltern unter Grahams Aufsicht die Schafe, Olivia gibt oben einen Malkurs, und von der Vorderseite des Hauses dringt regelmäßig Jubel zu uns, wenn jemand beim Bogenschießen etwas anderes als das Gebüsch getroffen hat. Alles läuft wie geplant – nein, besser noch, denn nie im Leben habe ich mit so viel Andrang gerechnet. Ich mache ein Foto von der bunten Szenerie und sende es an Nadines Nummer. Sie würde es hier lieben, alles gleichzeitig ausprobieren wollen. Und zum ersten Mal erfüllt der Gedanke, dass sie nicht bei mir ist, mich nicht mit Schmerz, lediglich mit Wehmut. Doch neben dieser Wehmut ist auch Stolz. Und Freude. Denn ich habe etwas geschaffen, was bleibt. Ganz unabhängig davon, ob wir eine Förderung erhalten oder nicht, ob die Spenden für eine Sanierung reichen oder nicht.

»Du bist also Caroline!«

Ich drehe mich um und blicke in das strahlende Gesicht einer hübschen Frau mit schulterlangen dunkelblonden Haaren um die fünfzig.

»Ja, hallo.« Ich schüttle ihre ausgestreckte Hand und erwidere leicht irritiert ihr breites Lächeln.

»Ich bin Conors Mam. Er hat erzählt, dass ihr beide das alles organisiert habt. Meine Glückwünsche, es ist ganz toll geworden! Das Dorf wird noch ewig darüber reden, dass die Ministerin hier ist. Da haben sie etwas, das sie allen anderen unter die Nase reiben können.«

»Oh, vielen Dank! Es macht auch riesigen Spaß.«

Conor hat mit seiner Mam über mich geredet? Normalerweise würde ich nervös werden, doch diese Frau strahlt so viel Warmherzigkeit aus, dass ihr Lächeln mir jegliche Aufregung nimmt.

»Werden Sie denn auch etwas ausprobieren?«, frage ich.

»Nenn mich gern Sheila. Ich seh mich einfach mal um. Mein Mann besucht nachher Conors Gälisch-Kurs, das konnte ich ihm leider nicht ausreden, vermutlich ist er nur da, um Conor auf die Finger zu schauen.« Sie seufzt, doch ihre Augen funkeln. »Er ist ziemlich stolz. Es hat ihm das Herz gebrochen, als die Schule damals geschlossen hat, weißt du?«

»Kann ich mir vorstellen. Conor meinte, dass sein Grandpa sie gegründet hat.«

»Ja, und als Declan und Conor sich dann zerstritten haben, haben wir schon jegliche Hoffnung fahren lassen.« Sie drückt meinen Arm. »Da haben wir die Rechnung wohl ohne dich gemacht.«

»Oh, das ist überwiegend Conors Verdienst.«

»Nein, ich glaube nicht. Conor ist strebsam, er brennt für das, was er liebt, und er gibt nie auf. Aber er ist auch sehr stur und manchmal festgefahren in seinem Denken. Ich glaube nicht, dass das Festival wäre, was es nun ist, wenn du nicht bei uns gelandet wärst. Deshalb danke ich dir.«

»Gern.« Ein warmes Gefühl breitet sich in meinem Magen aus. Eines, das ich mit jeder verstreichenden Woche häufiger spüre. Ich glaube, ich habe meinen Platz gefunden. Hier, in diesem schrägen Dorf mit seiner fremden Sprache, den übertriebenen Vorbereitungen bei drei Flocken Schnee und seinen teils skurrilen, aber liebenswerten Bewohnern. Was, wenn das reicht, um zu bleiben?

»Caroline?«

Sheila und ich wenden den Kopf gleichzeitig zur Seite. Eoin kommt, eine Schürze um die Hüfte gewickelt, auf uns zu.

»Ja?«

Sein Blick schnellt zu Conors Mutter. »Hast du kurz eine Minute?«

»Geh du nur, ich schau mal bei Roisin vorbei. Vielleicht lern ich da noch was.« Sie lächelt mir noch einmal zu, reibt Eoin über den Arm und spaziert durch den Garten in Richtung Schule.

»Alles okay?«

Die Frage hätte ich nicht stellen brauchen, so gestresst, wie Eoin aussieht. Er schüttelt den Kopf. »Conor ist weg.«

»Was?«

»Ich dachte, er ist nur kurz im Garten Luft schnappen, aber das Kamerateam wollte ein Interview mit ihm machen, und ich finde ihn nirgends.«

»Vielleicht holt er was im Museum?«

»Ne, da hab ich nachgesehen. Außerdem haben wir genug Getränke hier.«

Ich schlucke, und mir wird warm, diesmal jedoch nicht auf die gute Art. Ich habe das Stocken in Conors Rede bemerkt. Wie auch nicht, jeder hat es. Aber im Gegensatz zu den anderen weiß ich, dass es nicht von Aufregung herrührte oder daher, dass er die Worte vergessen hat, sondern weil er Declan entdeckt hat. Doch im nächsten Moment hat er sich bereits wieder gefangen, und so gut, wie alles läuft, wird er sehen, dass es eine Lösung gibt. Für alles. Sei es die Schule oder ein Streit mit seinem Bruder. Wenn mir Irland eines gezeigt hat, dann, dass alles überwindbar ist. Ich habe es ja selbst kaum glauben wollen.

»Ich geh ihn suchen«, sage ich, doch Eoin schüttelt den Kopf.

»Die haben einen krassen Zeitplan. Sie will jetzt jemanden fürs Interview, danach filmen sie in den einzelnen Aktivitäten.«

»Ich kann ihn anrufen«, sage ich und zücke wieder mein Handy.

»Hab ich schon dreimal.«

»Mr O'Donnell?«

Eoins Kopf schnellt herum, als eine blonde Frau in schwarzem Blazer auf uns zutritt. Sie muss Mitte dreißig sein, hat einen zackigen Gang und gehört, der Brosche an ihrem Blazer nach zu deuten, zu Mrs Donohoes Team. »Mrs Donohoe ist so weit, und wir haben alles ausgeleuchtet.«

»Caroline ist auch so weit.«

364

»Ich bin bitte was?«

»Prima.« Die Frau schüttelt mir die Hand und legt diese dann an meinen Rücken, um mich durch den Garten zu schieben. »Wir wollten das Interview vor der Schule drehen, aber es ist zu sonnig. Wir starten dort einfach das Gespräch, und dann laufen Sie und die Ministerin durch die Gänge und reden dabei. Wir haben eine mobile Kamera, daher ist das kein Problem. Es kann nur sein, dass wir ab und an neu ansetzen müssen, sollten zu viele Leute durchs Bild laufen.« Sie drückt mir ein kleines Ansteckmikrofon in die Hand, ein Lavalier, wie ich dank Nadine weiß, die es regelmäßig für ihre TikToks verwendet hat.

»Wir können Sie noch einmal kurz pudern, wenn Sie möchten?« Ihr Blick gleitet über mein Gesicht. »Aber sieht in meinen Augen alles gut aus.«

Ich blicke mich suchend nach Conor um, doch von ihm ist weit und breit nichts zu sehen. Er wird nicht einfach fort sein. Die Schule geht ihm über alles, auch über den Streit mit Declan, da bin ich mir sicher. Außerdem liebt er seinen Zwillingsbruder nach wie vor.

Wir erreichen die Ministerin, die mir so strahlend entgegenlächelt, als liefen die Kameras bereits.

»Caroline, hallo! Ich bin Clara Donohoe, wie schön, Sie auch noch sprechen zu können. Mr Ó Cathasaigh hat mir bereits erzählt, wie unerlässlich Sie für dieses Projekt waren. Wie darf ich Sie denn gleich vor der Kamera nennen?«

»Caroline ist vollkommen in Ordnung.« Ob ich sie bitten sollte, auf Conor zu warten? Doch das Kamerateam baut bereits alles auf, und jemand weist mich an, das Mikrofon an den Kragen meiner weißen Bluse zu stecken. Der Empfänger wird am Saum meines Rocks befestigt, der, den ich mit Mrs Connolly genäht habe.

»Können wir starten? Wir sind etwas in Verzug und müssen noch die Aufnahmen von Ihnen beim Kaffee mit dem Bürgermeister Galways machen.«

»Können wir sofort, wenn Sie mich bitte auch noch schnell verkabeln würden.«

»Conor«, stoße ich erleichtert aus, doch sein Blick streift meinen nicht einmal. Er reagiert weder auf mich noch auf die Neuigkeit, dass der Bürgermeister da ist. Dabei weiß ich, dass er nicht auf der Gästeliste stand, dass es eine Überraschung sein muss. Doch Conors Blick ist leer, und mein Herz sackt mir bis in die Knie, denn ich habe das ungute Gefühl, dass ich daran nicht unschuldig bin. Conor wird ebenfalls ein Mikrofon angelegt, und obwohl ich dabei versuche, seinen Blick aufzufangen, weicht er ihm konsequent aus.

»Sehr schön«, sagt Mrs Donohoe, als wir beide fertig sind. Kamera- und Tonteam geben einander Handzeichen, die Ministerin streckt die Schultern durch und richtet sich auf, wie der Profi, der sie ist. Ich hingegen kann nur hoffen, dass ich nicht wie die Amateurin wirke, die ich bin. Ich bin gewöhnlich hinter der Kamera, nicht vor ihr. Ob ich überhaupt noch gebraucht werde? Immerhin ist Conor jetzt da. Doch zu gehen fühlt sich auch komisch an, zumal ich dringend mit Conor sprechen muss. Mir bleibt keine Zeit, länger darüber nachzudenken, denn im nächsten Moment laufen die Kameras, und Mrs Donohoe begrüßt das Fernsehteam. Ich zwinge mich zu einem Lächeln, doch ich kann das seltsame Gefühl nicht abschütteln, dass irgendetwas gewaltig schiefläuft.

»*Go raibh míle maith agat!*« Mrs Donohoe schüttelt mir zum zweiten Mal an diesem Tag mit strahlendem Lächeln die Hand. Ich hingegen habe nicht das Gefühl, dass ich die tausend Dank verdient habe. Zwar habe ich mich eingebracht, wann immer es ging, und der internationale Blick auf die Schule hat das Team ebenfalls interessiert, doch ich konnte die gesamte Zeit über an nichts anderes denken als an Conor. Dieser hat alle Fragen professionell beantwortet, von der Bedeutung der irischen Sprache berichtet – und mich ignoriert.

»Cut, wir haben es«, ruft der Kameramann, und die Ministerin drückt meine Hand ein weiteres Mal, bevor sie sie loslässt.

»Vielen Dank, Conor, danke, Caroline! Ich muss leider direkt weiter, wir verzögern uns bereits etwas zum Gespräch mit dem Bürgermeister. Ich bleibe noch bis nach dem Rugby-Match, danach muss ich leider zurück nach Dublin.«

»Es war mir eine Freude«, sagt Conor mit einem professionellen Lächeln, während der unangenehme Knoten in meinem Bauch immer fester wird. Kaum dass Mrs Donohoe und ihr Team sich verabschiedet haben, dreht er sich um und läuft die Treppe nach oben.

»Conor!«

Er dreht sich nicht um, selbst dann nicht, als ich ihm folge.

»Hey.«

Als ich ihn eingeholt habe, kann ich seinen Kiefer mahlen sehen, doch er tritt einfach an mir vorbei ins Klassenzimmer. Zwei Teenager und drei Erwachsene sitzen bereits dort, und ich senke meine Stimme, als ich weiterspreche.

»Können wir reden?«

»Mein Kurs beginnt gleich«, sagt Conor, und die Kälte in seiner Stimme lässt mich zusammenzucken, als hätte er mir die Worte entgegengebrüllt.

»Ist alles okay?«

Ich bereue die Frage, kaum dass sie meinen Mund verlässt. Natürlich ist nichts okay. Er stößt ein bitteres Lachen aus, das Antwort genug ist.

»Du bist wütend«, spreche ich das Offensichtliche aus, und

endlich, endlich sieht er mich an. Doch sobald sein Blick meinen trifft, wünschte ich, er hätte es nicht getan. Denn in seinen braunen Augen liegt nichts mehr von der Wärme und Zuneigung, die ich sonst darin finde. Da ist keine Leidenschaft, nur Leere. Der Anblick lässt mich schlucken, und mein Hals wird plötzlich kratzig und heiß.

»Der Unterricht beginnt in wenigen Minuten. Wenn du teilnehmen willst, such dir einen Platz. Ansonsten muss ich dich bitten zu gehen, ich habe noch Dinge vorzubereiten.«

Und damit dreht er sich um und beginnt, die bereits saubere Tafel zu wischen. Meine Finger zucken, weil ich sie nach ihm ausstrecken will, und Worte liegen auf meiner Zunge, doch ich schlucke sie hinunter. Stattdessen drehe ich mich ebenfalls um, verlasse den Raum, eile die Treppen hinunter, vorbei an einer Gruppe Kinder in Schuluniformen. Unten sind die Stehtische mittlerweile mit plaudernden Leuten belegt, die Kaffeetassen unterschiedlicher Farben vor sich haben. Eoin steht hinter der improvisierten Theke und gießt Milchschaum in eine weitere Tasse, doch bevor ich ihn erreiche, landet mein Blick auf Declan.

»Du hast mit Conor geredet.«

Zur Antwort erhalte ich ein Schnauben, und ich ziehe die Brauen zusammen, als ein mir mittlerweile vertrauter Geruch in meine Nase zieht.

»Ist das Whiskey?« Ich beuge mich über den Tisch und sehe in seine Tasse, die definitiv keinen Kaffee enthält.

»Hat Eoin mir angeboten. Und ja, wir haben geredet. Wenn man das so nennen kann.« Endlich hebt er den Kopf und sieht mich an, doch in seinen Augen liegt … Wut. Die gleiche Wut, die mir auch von Conor entgegengeschlagen ist. »Wieso hast du mich eingeladen, wenn er so offensichtlich keinen Bock darauf hat, dass ich überhaupt hier bin?«

»Was ist passiert?«

»Er ist stinksauer, dass ich hier bin, und immer noch genauso sauer auf alles, was passiert ist.« Er schüttelt den Kopf und fährt sich durch das dunkelblonde Haar. »Ich dachte, er ist offen für ein Gespräch und dass wir alles klären können.« Er greift nach hinten, zieht den abgegriffenen Flyer aus seiner Tasche und knüllt ihn in seiner Faust zusammen. »So ein Scheiß, wirklich. Ich dachte echt, ich könnte mich hier wieder blicken lassen, meine Eltern wiedersehen, ohne tausendmal abchecken zu müssen, ob Conor zufällig auch da ist. Ich dachte, ich krieg meinen Bruder zurück. Stattdessen sehen mich alle hier an, als wäre ich ein Zootier.«

»Ihr müsst das klären.«

»Er will nicht reden.«

»Aber er muss dir zuhören.«

»Ja, und wie soll ich das deiner Meinung nach bewerkstelligen? Ihn zu den Schafen sperren?«

»Witzig, Declan, wirklich.« Es ist nicht fair, dass ich ihn anpflaume. Doch mein Herz schlägt mittlerweile panisch und schmerzhaft, und ich habe Angst, alles kaputt gemacht zu haben. Ich zwinge mich, tief ein- und wieder auszuatmen. Es ist nicht Declans Schuld. Ihm geht es mit der Sache offensichtlich auch nicht gut. Außerdem bin ich diejenige, die ihn eingeladen hat. Weil ich dachte, dass alles gut werden würde. Klappt das in Filmen und Serien nicht immer so? Alles kommt zusammen, es gibt eine große Feier, alle versöhnen sich und fertig?

»Glaub mir, ich bin der Letzte, den Conor jetzt sehen will.« Er nimmt die Tasse, setzt sie an seine Lippen und leert sie in einem Zug, ohne auch nur das Gesicht zu verziehen. Dann steht er auf. »Ich sollte gehen.«

»Nein, bitte. Ihr müsst das geradebiegen.«

»Tja, das liegt an ihm.«

»Nein, an euch.« Ich baue mich vor ihm auf, so gut das eben geht, denn genau wie Conor überragt er mich um einen Kopf. Zu meinem Glück hält er meinem Blick jedoch nicht lange stand und seufzt.

»Meinetwegen.«

36. KAPITEL

Conor

Es ist faszinierend, wie Orte und Erinnerungen unweigerlich miteinander verknüpft sind. Die Schule so voll zu sehen erinnert mich an meine Kindheit, an den Unterricht hier, daran, wie mein Grandpa stand, wo ich nun stehe, als ich den Unterricht beende. Dank Caroline und ihrem Einsatz kann ich nun neue Erinnerungen schaffen, die sich über die weniger schönen, alten legen: die, in denen das Zimmer hier verstaubt und leer war.

Bei dem Gedanken an Caro zieht sich meine Brust schmerzhaft zusammen. Denn so schön es ist, hier neue Erinnerungen zu schaffen, ich hatte gehofft, dass Caroline ein Teil von ihnen sein würde. Doch am Ende hat sie getan, was alle in meinem Leben tun. Mir den Rücken gekehrt. Nicht nur, indem sie geht, denn das stand von Anfang an fest, meine naiven Hoffnungen hin oder her. Sondern indem sie mich belogen und mein Vertrauen missbraucht hat. Genau wie Declan. Wahrscheinlich war es von Anfang an ein Trugschluss, dass es diesmal anders sein könnte. Eine Fata Morgana, auf die ich blauäugig zugelaufen bin, nur um dann hinter der Ziellinie zu verdursten.

Am liebsten hätte ich eben alles hingeworfen. Wäre gegangen, hätte die Schule Schule sein lassen. Doch das kann ich nicht. Nicht so kurz vorm Ziel, nicht, wenn sie alles ist, was mir noch bleibt. Ich dachte, wenn ich die Schule nur repariere, dann hätte ich alles erreicht, was ich mir je erträumt habe. Das Vermächtnis meines Grandpas und meines Dads gerettet und ein sicheres Einkommen. Doch wenn mir heute eines bewusst geworden ist, dann dass sich rein gar nichts geändert hat. Declan ist weg. Weiterhin. Und Caroline ist es nun auch.

Ich verabschiede mich von der Gruppe mit einem Lächeln, das ich kein Stück fühle. Mein Mund formt Worte, ich nicke den einzelnen Besuchern zu, während mein Innerstes sinkt wie ein Stein im Meer. Die Wellen schlagen über mir zusammen und ziehen mich tiefer und tiefer, während vom Garten Gelächter zu mir heraufdringt.

Ich muss mich zusammenreißen. Muss mich auf die Aufgaben konzentrieren, die vor mir liegen. Auf die positiven Dinge, wie dass der Bürgermeister und die Ministerin da sind und ich einer Förderung somit näher gekommen bin als jemals zuvor. Es ist doch nicht das erste Mal, dass ich das durchmache, verdammt. Sollte ich mich nicht langsam einmal daran gewöhnen?

Ein zaghaftes Klopfen am Türrahmen lässt mich aufblicken, und während ich vorhin, als ich neben Caroline stand, nichts als Kälte gefühlt habe, schießt nun Hitze durch mich. Sehnsucht. Weil mein verräterischer Körper noch nicht verstanden hat, was mein Herz längst weiß: Es ist vorbei. Und ich kann nicht einmal sagen, was *es* überhaupt war, schließlich waren wir nie richtig zusammen. Wieso tut es dann noch mehr weh als bei Sarah?

Ich habe Caro noch nie so vorsichtig erlebt. In ihren grünen Augen erkenne ich ihr schlechtes Gewissen, aber ich sehe auch Entschlossenheit darin. Als Declan hinter ihr in den Raum tritt, weiß ich, wieso. Sie lässt immer noch nicht los. Ignoriert meine Wünsche nach wie vor.

Bevor Declan und Caro mich erreicht haben, setze ich mich in Bewegung.

»Conor«, beginnt Declan, doch ich gehe an ihm vorbei. Caroline sagt nichts, doch ich höre, wie sie zischend einatmet, als ich auch an ihr vorbeigehe.

»Kannst du verdammt noch mal stehen bleiben?«

Declans Stimme peitscht lauter als die Wellen an der Küste, und obwohl ich es nicht will, bleibe ich tatsächlich stehen. Früher hätte er jetzt gescherzt, dass das daran liegt, dass er mit seinen acht Minuten Altersvorsprung eben dafür geboren ist, mir Befehle zu erteilen. Doch die Zeiten sind vorbei. Und es hat einen anderen Grund, dass ich anhalte. Es sind nicht einmal die Leute im Treppenhaus, die sich in unsere Richtung drehen, denn die sind mir in diesem Moment völlig egal. Die Wut muss raus.

Ich drehe mich um und zwinge mich, Caroline nicht anzusehen. Dennoch spüre ich ihren Blick auf mir.

»Es reicht«, sagt Declan und tritt auf mich zu. »Was kann ich tun, dass du mir vergibst? Soll ich komplett auswandern? Soll ich in eines der Klöster hier gehen und im Zölibat leben? Ein Jahr kostenlosen Gälischunterricht anbieten? Mir ein Schild um den Hals hängen und mich für alle sichtbar vor Mollys Pub stellen? Was?«

»Denkst du ernsthaft, ich bin nur sauer, weil du mit Sarah geschlafen hast?«

»Weshalb sonst?«

»Weil du abgehauen bist. Du bist gegangen.«

»Du hast gesagt, ich soll verschwinden.«

»Von hier. Für den Moment. Ja. Weil ich es nicht ertragen konnte, dir noch ins Gesicht zu sehen, nach allem, was passiert ist. Aber doch nicht aus meinem Leben.«

Declan schluckt. Ich spüre in meinem Rücken, dass Schritte

zum Halten kommen. Vermutlich haben wir mittlerweile Zuschauer. Ich sollte aufhören, meine Wut zügeln, das Gespräch nach draußen verlagern. Doch ich kann nicht. Es ist, als ob all die Gefühle, die ich über ein Jahr zurückgehalten habe, nun aus mir herausplatzen.

»Wir hatten Pläne, verdammt. Du hast versprochen, dass du nicht gehst. Nicht nachdem Pádraig gegangen ist. Und Cian. Und dann haust du ab. Mit meiner Freundin sogar. Weißt du, wie sich das anfühlt?« Ich beiße die Zähne so fest zusammen, dass mein Kiefer knackt. »Nein, wie denn auch? Weil ich dir so etwas niemals antun würde.«

»Ich bin nicht mit Sarah gegangen. Wir sind zuerst zusammen nach Dublin, ja, aber ich bin kurz darauf nach Cork gezogen und …«

»Es ist mir ehrlich gesagt scheißegal, ob du nach Cork, Dublin oder nach New York gezogen bist. Du bist gegangen und hast nicht ein einziges Mal zurückgeschaut.«

»Natürlich habe ich das, was glaubst du denn?«

Declans Stimme wird lauter, dabei hat er nicht das Recht, wütend zu sein.

»Es geht nicht darum, was ich glaube, die Tatsachen liegen ja auf der Hand. Und die sagen nun einmal, dass du deinen Arsch erst nach einem Jahr herbewegst. Zu spät. Und zum Grund für dein Auftauchen …«

Nun drehe ich mich doch zu Caroline um. »Ich hab dir vertraut.«

»Ich wollte einfach nur, dass ihr euch vertragt«, erwidert Caroline. »Dir ging es nicht gut.«

»Du hast nicht zu entscheiden, ob wir uns vertragen oder nicht. Ich hab dir all das erzählt, weil ich dachte, es sei sicher bei dir aufgehoben.«

»Ist es doch auch, ich …«

»Hinter meinem Rücken und gegen meinen Willen zu meinem Bruder zu gehen und ihn einzuladen, ist wohl das genaue Gegenteil, meinst du nicht?«

»Ich dachte, wenn er heute kommt, dann …«

»Dann was?«, frage ich und unterbreche sie zum zweiten Mal. Doch ich habe keine Lust mehr auf Ausflüchte und sinnlose Diskussionen. »Dann renne ich von der Bühne, falle ihm in die Arme und ignoriere, dass er mein Leben damals zerstört hat? Alles mit Füßen getreten hat? Klar, absolut logisches Szenario.« Ich schüttle den Kopf. »Ich fasse nicht, dass du kein Stück besser bist als er.«

»Bitte?« Caroline weitet die Augen. »Ich wollte nur helfen.«

»Indem du mich komplett übergehst?«

»Indem ich mache, was du in dem Moment nicht geschafft hast: auf deinen Bruder zugehen, den du offensichtlich vermisst!«

»Du hast das nicht zu entscheiden.« Nun werde ich doch lauter, und Caro zuckt zusammen. Ich senke meine Stimme, doch ich schaffe es nicht, die Wut aus meinen Worten zu halten. Mein Puls rast, und das Blut rauscht in meinen Ohren. »Ich habe mich dir nicht anvertraut, um bevormundet zu werden. Ich habe mit niemand anderem so offen geredet wie mit dir.«

»Ich auch nicht. Aber genau deshalb wollte ich dir doch helfen.« Ihre Stimme ist ein Flüstern, und ich sehe, dass ihre Unterlippe zittert. Doch ich ringe das schlechte Gewissen nieder. Ich habe es damals nicht geschafft, für mich einzustehen. Habe kein Wort zu Declan und Sarah gesagt nach diesem Tag. Doch genug ist genug.

»Ich bin kein Charity-Projekt, Caro. Wie würdest du dich fühlen, hm? Wenn ich überall an die große Glocke hänge, dass du nach einem Jahr noch Nachrichten an Nadine schreibst, als wäre sie am Leben? Du schaffst es ja nicht mal, Musik zu hören, und willst mir dann vorwerfen, dass ich die Vergangenheit nicht beiseitelegen kann? Im Gegensatz zu dir hab ich immerhin Ambitionen. Du hast kein einziges Ziel, das du verfolgst, und klammerst dich deshalb zwanghaft an die von anderen. An Mrs Connollys, an meine. Weißt du, wie übergriffig das ist? Vielleicht fängst du erst mal bei dir selbst an. Nadine ist tot.«

»Alter.« Declan tritt neben mich und stellt sich beinahe schützend vor Caro. Ich weiß, dass ich zu weit gegangen bin. Dass ich mich wie der größte Arsch verhalte. Ich weiß es mit jedem Wort, das ich ihr entgegenschleudere, weiß, dass ich sie verletze. Dass ich sie da treffe, wo es wehtut. Doch das hat sie genauso. Obwohl uns nur wenige Schritte trennen, könnte die Distanz zwischen uns nicht größer sein. Dass wir vor Kurzem noch gemeinsam am Strand saßen, uns geküsst haben, auf meiner Couch lagen, scheint unvorstellbar.

Caroline schluckt, doch das Zittern in ihrer Stimme ist verschwunden, als sie weiterspricht. Sie ist so schneidend kalt, dass mir ein Schauer über den Rücken fährt.

»Du willst wissen, wie ich mich fühlen würde? Ich würde alles dafür geben, noch einmal mit Nadine sprechen zu können. Alles.« Ihre Stimme wird lauter, sie schiebt Declan zur Seite und tritt so nah zu mir, dass sie den Kopf in den Nacken legen muss, um meinen Blick zu halten. »Weißt du eigentlich, wie es ist, wenn der wichtigste Mensch aus deinem Leben gerissen wird?« Sie schüttelt den Kopf, noch bevor ich den Mund öffnen kann. »Dir werden die Menschen nicht aus dem Leben gerissen, du schlägst sie selbst in die Flucht. Du hast deinen Bruder neben dir stehen, lebendig. Und du trittst diese Chance mit Füßen. Du bist kein Charity-Projekt, stimmt. Weil du alle, die dir helfen wollen, von dir wegstößt. Herzlichen Glückwunsch, es funktioniert.«

Unser Atem vermischt sich, und ihr vertrauter Geruch trifft mich wie ein Fausthieb. Ihre Augen funkeln. Wut, Schmerz und etwas Undefinierbares wechseln sich darin ab. Doch bevor ich etwas tun, die immer breiter werdende Kluft zwischen uns mit Händen oder Worten schließen kann, macht Caroline auf dem Absatz kehrt und läuft davon.

37. KAPITEL

Caroline

Nadine ist tot. Nadine ist tot. Nadine ist tot.

Die Worte dröhnten schon einmal in meinen Ohren. Ausgesprochen von Annika, Nadines Mutter. Nun ziehen sie wieder ihre Kreise, ausgesprochen von einer tieferen Stimme diesmal: Conors. Doch nicht sie sind es, die am meisten wehtun. Mittlerweile weiß ich, dass Nadine nicht mehr lebt. Ihre Abwesenheit ist kein spitzes Messer mehr, das unaufhörlich in meinem Herzen bohrt, es ist vielmehr zu einem Phantomschmerz geworden. Als fehle ein Körperteil, der einst mir gehörte. Und manchmal vergesse ich, dass er nicht mehr da ist. Nein, es sind andere Worte, die mich härter treffen.

Im Gegensatz zu dir hab ich immerhin Ambitionen. Du hast kein einziges Ziel. Du klammerst dich zwanghaft an andere.

Die Szene in meinem Zimmer bei Roisin tritt mir wieder vor Augen. Wie sie mir die Gardinen entreißt. Was, wenn Conor recht hat? War ich auch bei ihr übergriffig? Habe ich mich zu sehr an Conor geklammert? Ich wollte nichts lieber, als ihm zu helfen. Ich hatte doch bereits Nadines Träume zerstört …

Im Gegensatz zu damals, als Nadines Mutter mich anrief, um mit nur wenigen Worten mein Herz in tausend Teile zu zerfetzen, brechen diesmal nicht die Knie unter meinem Körper weg. Meine Beine tragen mich an den Besuchern, die ver-

378

mutlich alles mitgehört haben, vorbei, nach draußen in den Garten. Ich schaffe es irgendwie, den Leuten im Vorbeigehen zuzunicken, Cormac zu winken, mich zu verhalten, als wäre alles okay. Als wäre das hier nach wie vor ein Ort, der sich wie Heimat anfühlt. Dabei ist offensichtlich, dass ich hier nicht länger erwünscht bin. Und so weh Conors Worte auch tun, so wütend ich auch bin … den verletzten Ausdruck in seinen Augen zu sehen war das Schlimmste. Ich wollte ihm helfen, und alles, was ich getan habe, ist, ihn noch weiter von seinem Bruder zu entfernen.

Mein Handy klingelt in meiner Jackentasche, doch ich ignoriere es. Wer auch immer es ist, kann warten. Als es jedoch nach kurzer Pause erneut vibriert, ziehe ich es aus meiner Tasche. Es ist meine Mutter.

Mein Herz wird schwer, und Tränen schießen in meine Augen. Zum ersten Mal seit Wochen wäre ich gerade liebend gern in München, nur um mich von ihr in den Arm nehmen und mir sagen zu lassen, dass alles wieder gut wird. Dass Conor mir verzeiht. Dass ich meinen Platz schon noch finde.

»Hey, Mama.« Meine Stimme zittert. Die meiner Mutter nicht, denn diese ist zum Zerreißen gespannt.

»Schön, dass man dich auch mal erreicht.«

»Entschuldige, es war viel los und …« Ja, und was? Wozu soll ich mir noch weiter Ausreden einfallen lassen? Es ist vorbei. In wenigen Tagen wäre ich daheim, würde mich in meine erste Vorlesung setzen, mir Veros Mitschriften leihen und versuchen, den ganzen Stoff aufzuholen, den ich verpasst habe. Würde mich dem Leben hingeben, das für mich vorgesehen ist, sich jedoch nicht wie meins anfühlt. Doch was bleibt mir anderes übrig? Es ist, wie Conor schon sagte: Eigene Ziele habe ich nach wie vor nicht.

»Ja? Hast du viel lernen müssen für deine Veranstaltungen?«

Ihre Stimme hat einen ironischen Unterton angenommen, und die Enge in meiner Brust wird noch erdrückender.

»Was meinst du?«

Ich höre das Klackern von Absätzen auf Holz und kann förmlich sehen, wie sie angespannt auf und ab läuft. So wie sie es häufig tut, wenn sie nachdenkt oder sich am Telefon über irgendeine Hotline aufregt.

»Wo zum Teufel steckst du?«

»Ich …«

»Dein Koffer fehlt, genauso wie der halbe Inhalt deines Kleiderschranks! Und erzähl mir nicht, dass du erst heute losgefahren bist!«

»Du bist in der WG?«

»Ja, weil man dich ja nicht ans Telefon bekommt. Ich wusste, da ist was im Busch. Dein Vater meinte noch, du lernst eben viel. Aber du hast Annalena immer noch keine Mail wegen des Praktikums geschrieben.«

Ich überlege, zu lügen. Ihr vorzugaukeln, dass ich auf einem Wochenendtrip bin. Doch einerseits weiß ich nicht, was Vero ihr eventuell schon erzählt hat, andererseits bin ich schlicht und ergreifend zu erschöpft, weiterhin eine Fassade aufrechtzuerhalten.

»Ich bin in Irland.«

Schweigen am Ende der Leitung.

»Was?« Nun klingt ihre Stimme nicht länger anklagend, vielmehr irritiert. »Was machst du denn in Irland?«

»Ich bin am Montag nach dem Essen mit euch hergeflogen, um einer Frau zu helfen, die operiert wurde.« Ich stapfe den Weg weiter entlang, das hohe Gras streift meine nackten Knöchel. Mein Outfit war für drinnen gedacht, nicht für Spaziergänge am Meer. »Eigentlich bin ich aber nicht ihretwegen hier, sondern meinetwegen.«

»Was meinst du? Woher kennst du diese Dame?«

»Tu ich nicht. Tat ich nicht. Ich hab eine Anzeige online gesehen.«

»Aber warum … Am Montag nach dem Essen? Caro, das ist Wochen her.«

»Ja.«

»Aber die Fotos? Gehst du etwa dort zur Uni?«

»Gerade gehe ich gar nicht zur Uni.«

»Und was ist mit deinen Vorlesungen? Was ist mit den Fotos?«

»Die sind nicht von mir«, sage ich ausweichend, da ich Vero nicht mit in das Chaos ziehen will. Es ist nett genug, dass sie mir geholfen hat.

»Du hast uns angelogen?« Ihr ungläubiger Tonfall sticht in meiner Brust. Weil ich weiß, dass meine Eltern es nicht verdient haben. Sie haben mir nach Nadines Tod monatelang Auszeit gegönnt. Mich in allem unterstützt. Ich mache ihnen keinen Vorwurf, dass sie mich zu dem Jurastudium gedrängt haben, im Gegenteil, ich verstehe es. Aber ich wünschte, sie würden auch mich verstehen. Andererseits tue ich es gerade ja selbst nicht einmal.

»Also hast du all deine Veranstaltungen geschwänzt, während wir deine Miete für das Wohnheim zahlen? Lässt uns in dem Glauben, du studierst fleißig, während du in Wahrheit Urlaub machst?«

»Ich hab keinen Urlaub gemacht, ich habe Mrs Connolly geholfen, und wir haben hier ein Festival auf die Beine gestellt. Es … Mama, das Studium ist nichts für mich.«

Sie lacht auf. »Wie willst du das denn wissen? Du warst ja überhaupt nicht dort.«

»Weil ich nicht dafür brenne, Mama.«

»Für was brennst du denn dann?« Als ich nicht direkt antworte, höre ich sie ins Telefon seufzen. »Eben, Caroline. Das mit der Leidenschaft hast du dir von Nadine abgeguckt. Das verstehe ich. Ich kann mir vorstellen, dass du jetzt, da sie tot ist, alles versuchst, um ihr wieder näher zu sein. Aber, Schatz, so funktioniert das Leben nicht. Nadine ist tot. Und die meisten Menschen brennen nicht für das, was sie tun. Sie finden etwas, das ihnen Spaß bereitet – und in vielen Fällen ist das etwas außerhalb der Arbeit.«

Nadine ist tot. Da sind sie wieder, die Worte, die ich mittlerweile akzeptiert habe. Wie soll ich meiner Mutter begreiflich machen, dass ich nicht ihretwegen hier bin? Natürlich hängt meine Reise mit Nadines Tod zusammen. Aber dass ich geblieben bin, dass ich trotz der Widrigkeiten am Anfang durchgehalten habe, das hat doch etwas zu bedeuten. Das hat mit mir zu tun, nicht mit ihr.

»Komm nach Hause, wir klären das.«

»Findest du es denn gut, dass die meisten Menschen Dingen nachgehen, die sie gar nicht erfüllen?«

»Du findest schon noch etwas, das dich glücklich macht, Süße. Aber du musst langsam auch erwachsen werden und den Tatsachen ins Auge blicken. Du hast bereits zwei abgebrochene Ausbildungen und ein aufgegebenes Studium im Lebenslauf stehen. Mit Jura können wir garantieren, dass du einen sicheren, gut bezahlten Job findest. Und vielleicht macht es dir ja genauso viel Spaß wie Lena.«

»Ich denke nicht.«

»Denken ist nicht wissen. Ich bin sicher, du kannst die verpassten Wochen aufholen.«

»Ich will aber nicht.«

»Caroline, ich werde nicht dabei zusehen, wie du dein Leben wegwirfst.«

Ich blicke kopfschüttelnd gen Himmel. Um mich herum jagen Kinder durch den Garten, ein Schaf blökt, Musik dringt leise zu mir. Alles wirkt friedlich. Die Leute haben Spaß. Das ist, zumindest zum Teil, mein Verdienst.

»Ich werfe mein Leben nicht weg, Mama.« Etwas Warmes gesellt sich zu der Enge in meiner Brust. Weil ich spüre, dass dieser Satz wahr ist. Dabei habe ich bei meiner Ankunft selbst noch geglaubt, mein Leben zu verschwenden. »Nadines Leben ist weg. Und das, obwohl sie einen festen Weg hatte. Wenn ich daran denke, dass mir so etwas passieren könnte, ohne dass ich gefunden habe, wofür ich überhaupt hier bin …«

»Dir wird nichts passieren«, unterbricht meine Mutter mich, und ihre Stimme ist sanfter geworden. Sie hat Nadine geliebt. Ihr Tod hat auch in ihr etwas verändert. Leider hatte er auch zur Folge, dass sie noch mehr über mich gewacht hat als ohnehin schon. »Komm nach Hause.«

»Nein«, sage ich und merke, wie mein Herz beinahe schmerzhaft gegen meinen Brustkorb pocht. Ich habe keine Ahnung, was ich tun möchte, wohin ich gehen kann. Ich weiß nur, dass ich nicht zurück in ein Leben kann, das nicht meines ist.

»Du kommst nach Hause«, wiederholt sie zum dritten Mal. »Dann reden wir über alles.«

»Ich rufe dich heute Abend an. Ich muss jetzt los.«

»Caroline!«

»Ich hab dich lieb.«

Ich lege auf, bevor ich ihre Antwort hören kann. Und bevor sie die Tränen in meiner Stimme erahnt. Wütend wische ich mir die Nässe von den Wangen. Neben Conors Stimme gesellt sich nun noch die meiner Mutter hinzu. Keiner glaubt, dass ich meinen eigenen Weg gehen kann. Und wieso sollten sie auch? Ich habe es ja nie versucht. Habe kleine Pfade betreten und bin umgedreht, bevor ich auch nur ansatzweise vorankam.

Alle um mich herum scheinen ihren Weg zu gehen, während ich in diesem Labyrinth feststecke und mich immer tiefer verirre. Und ich bin allein. Denn meine Eltern muss ich zwangsläufig enttäuschen, Conor habe ich nun auch verloren, und Nadine ist tot.

»Caroline, hi!« Eoin kommt mir entgegen, einen Stapel Milchpackungen in der Hand, die er sicher grad aus dem Museum geholt hat. Wir waren gut auf heute vorbereitet, haben den Andrang aber dennoch unterschätzt. »Alles okay?«

Ich nicke. »Jap. Läuft alles?«

»So weit ja. Der Bürgermeister von Galway hat meinen Kaffee gelobt, und ich überlege gerade, ob es legal ist, wenn ich ihn zitiere und damit für das Museumscafé werbe. Ist sicher alles okay?«

Er mustert mich skeptisch, und ich blinzle ein paarmal, um die aufkommenden Tränen loszuwerden.

»Wirklich alles bestens«, lüge ich und zwinge mich zu einem Lächeln. Eoin sieht nicht aus, als ob er mir Glauben schenkt, doch er hakt zum Glück auch nicht weiter nach. Ich fühle mich inmitten all der Menschen seltsam allein, und obwohl sich dieser Ort vor Kurzem wie ein Zuhause angefühlt hat, kommt mir nun alles fremd und falsch vor. Wie ein Schuh, der nicht mehr recht passt. Womöglich war dieses Gefühl, angekommen zu sein, doch nicht so sehr mit Baile na Mara verknüpft, wie ich dachte. Womöglich lag es an dem einen Menschen, den ich nun durch meinen blinden Aktionismus verloren habe. »Ich dreh mal eine Runde.« Ich lächle Eoin knapp zu und flüchte nach drinnen.

Olivia hetzt winkend und mit einem breiten Grinsen auf dem Gesicht an mir vorbei.

»Kinder sind so anstrengend, ich glaub, ich will doch keine!«, ruft sie im Vorbeigehen. Ihre Kleider sind voll mit Farbe, und ich lächle traurig. Auch sie hat etwas gefunden, was sie liebt. Wieso mag mir das einfach nicht gelingen?

Durch das Fenster sehe ich Mrs Donohoe und ihr Kamerateam im Garten. Finn bereitet eine bunt gemischte Gruppe gerade zum Kitesurfen vor. Ich schaue auf die Uhr. In knapp fünfzehn Minuten werden sie gemeinsam zum Meer aufbrechen. Eigentlich habe ich mitgehen wollen, doch wofür? Conor war derjenige, der meinte, dass nicht alles einem Zweck dienen muss. Doch er war eben auch derjenige, der mir genau diese Zwecklosigkeit vorgeworfen hat.

»Caroline?«

Ich wende den Kopf nach links und sehe, wie Mrs Connolly sich langsam von ihrem Stuhl aufrichtet. Drei Frauen und ein Mann sitzen bei ihr im Raum und haben Nähmaschinen und Stoffe vor sich. Ich bemühe mich eilig um ein Lächeln, doch natürlich kennt Roisin mich mittlerweile zu gut.

»Es wird nicht gefaulenzt, ich bin gleich zurück!«, ruft sie über ihre Schulter, und widerwillig muss ich schmunzeln. Ich werde sie vermissen.

»Hi«, sage ich, als sie vor mir zum Stehen kommt.

Aus blaugrauen Augen mustert sie mich skeptisch. Sie sagt kein einziges Wort, stellt keine Frage, doch ihr Blick genügt, um meine Augen schon wieder zum Überlaufen zu bringen. Diesmal rinnen die Tränen ungehindert über meine Wangen, und bevor ich sie wegwischen oder mich erklären kann, hat Mrs Connolly mich in eine feste Umarmung gezogen. Sie gibt ein tadelndes Schnalzen von sich, wie sie es sonst bei den beiden Hunden macht, und streichelt mir über den Kopf.

Ich sollte mich zusammenreißen. Ich sollte mittlerweile genug Übung darin haben, meine Gefühle unter Kontrolle zu kriegen, immerhin war ich bis vor Kurzem sicher, gar keine zu haben. Doch das Gegenteil ist der Fall. Jetzt heule ich so richtig. Ich schluchze, meine Schultern beben, und ich hoffe, jemand in dem Zimmer da drin näht etwas richtig Schönes, denn ich bin mir ziemlich sicher, Roisins Bluse zu versauen.

Diese hingegen scheint mein Ausbruch gar nicht aus der Fassung zu bringen. Ihre Hand wandert zu meinem Rücken und gleitet sanft darüber.

»Psht«, macht sie beruhigend. »*Mo chailín. Beidh gach rud ceart go leor.*«

Ich habe keine Ahnung, was sie sagt, aber das spielt in diesem Moment auch keine Rolle. Ihre Stimme ist sanft, ihre Umarmung fest, und ich schließe die Augen und lasse mich einfach halten.

»*Mo chailín*«, sagt sie wieder und gibt beruhigende Laute von sich.

»Es tut mir so leid, dass Sie in dieser blöden Bäckerei arbeiten mussten und nicht nähen konnten«, bricht es aus mir heraus.

»Deshalb weinst du aber nicht, oder?«

»Nein.«

»Gut. Das wäre auch wirklich merkwürdig gewesen.«

Zwischen meinen Schluchzern muss ich lachen, und sie entlässt mich aus ihrer Umarmung und wischt mir mit beiden Daumen die Tränen von den Wangen.

»Was ist passiert?«

»Alles.« Ich gebe ihr eine Kurzfassung des Gesprächs mit Conor, der Begegnung mit Declan im Pub und des Telefonats mit meiner Mutter. Mrs Connolly nickt gelegentlich, sagt jedoch nichts und hört einfach nur zu.

»Und sie haben recht«, beende ich meine Erzählung. »Ich hab wirklich kein Ziel. Wieso habe ich kein Ziel? Alle haben eins. Conor, Nadine, Sie hatten eins. Sie hatten nicht einmal die Möglichkeit, es umzusetzen. Und ich stehe hier mit all meinen Möglichkeiten und heule Sie voll.« Ich fahre mir durch die Haare, die sicher ein ebenso großes Chaos sind wie ich. »Hassen Sie mich?«

»Dich hassen? Natürlich hasse ich dich nicht! Sag doch so was nicht. Es ist nicht deine Schuld, dass ich die Bäckerei führen musste. Es ist auch nicht deine Schuld, dass Conor seinen Arsch nicht hochkriegt, und es ist genauso wenig deine Schuld, dass Declan einer ist.«

»Roisin«, sage ich empört, doch sie schnalzt nur wieder mit der Zunge.

»Ist doch wahr. Du bist stark, Caroline. Sonst hättest du dich von mir längst in die Flucht schlagen lassen.« Sie legt die Hand auf meinen Arm, und ihr Blick folgt der Bewegung. »*Tá mé beo.* Dein Tattoo. Du bist am Leben, nicht wahr? Und solange du lebst, gehören Rückschläge wohl oder übel dazu. Wichtig ist, dass du dich von ihnen nicht unterkriegen lässt. Deshalb stehst du diesen Tag jetzt durch. Heute Abend mache ich dir einen Tee, und wir schauen, wie es weitergeht.« Ihre Hand findet meine, und sie drückt kurz zu. »Du hast bei mir jederzeit ein Bett. Meine Tür steht dir immer offen.«

Bei diesen zwei Sätzen brechen schon wieder all meine Dämme, und Tränen lösen sich aus meinen Augen.

»Und jetzt musst du aufhören zu weinen, du hast nämlich noch einen Job zu erledigen und ich auch.« Sie deutet hinter sich. »Sonst gibt es dadrin Unfälle. Nicht jeder stellt sich so geschickt an wie du. Du kannst so vieles, Caroline, und du hast ein großes Herz. Jemand wie du kann gar keinen falschen Weg einschlagen.«

»Danke«, flüstere ich. Zu mehr bin ich aufgrund des Knotens in meinem Hals nicht in der Lage. Roisin scheint auch nicht mehr zu erwarten, denn sie nickt und marschiert dann ohne ein weiteres Wort zurück in ihren Raum.

»So, dann wollen wir mal sehen, wie ihr euch anstellt. Da fehlt auf jeden Fall die Nahtzugabe, das erkenn ich schon von hier!«

Ich sehe ihr nach. Dieser ruppigen Frau mit der harten, stachligen Schale, die mir erlaubt, ihr weiches Inneres zu sehen. Dann schließe ich die Augen, straffe die Schultern und atme einmal tief ein und wieder aus. Roisin hat recht. Was auch immer danach kommt: Jetzt habe ich einen Job zu erledigen.

38. KAPITEL

Conor

»Das war echt daneben.« Declan sieht mich fassungslos an.

»Sorry, aber gerade du brauchst mir keine Moralpredigt zu halten.«

»Wenn selbst ich, der in deinen Augen moralisch noch unter Satan steht, dir sage, dass das eine beschissene Aktion war, dann solltest du dir wohl langsam Gedanken machen.«

»Geh einfach«, gebe ich müde zurück. »Das kannst du doch eh am besten.«

»Verdammte Scheiße, Conor, es reicht.« Declan tritt auf mich zu, und für einen Moment erwarte ich, dass er mich schubst. Ich wünsche es mir fast. Hoffe darauf, dass er mir den kleinen, finalen Stoß gibt, den sprichwörtlichen Tropfen, der das Fass zum Überlaufen bringt. Doch wir sind keine Teenager mehr, und so ballt er nur die Hände zu Fäusten und funkelt mich wütend an. »Du bist gerade drauf und dran, alles wegzuwerfen, was du dir eigentlich wünschst, merkst du das denn nicht? Da ist eine bildschöne Frau, die anscheinend was auf dem Kasten hat und ganz offensichtlich Gefühle für dich, und du stößt sie nicht nur weg, du wirfst sie förmlich vor 'nen fahrenden Schnellzug.«

Das Einzige, was mich ihm nicht ins Wort fallen lässt, ist das ungute Gefühl in meinem Bauch, das besagt, dass er recht hat. So wütend ich auch bin, so daneben Caros Aktion auch war – was ich ihr an den Kopf geworfen habe, ging zu weit.

»Die scheiß Ministerin höchstpersönlich ist in der Schule mit einem ganzen Kamerateam an Leuten, das dich und dein Vorhaben in das beste Licht rückt, und anstatt was draus zu machen und dafür zu sorgen, dass dir die Leute das Geld hinterherwerfen, fährst du ein Ego-Ding. Merkst du überhaupt noch was?«

»Warum?«, frage ich bloß.

»Was warum?«

»Warum stehst du jetzt hier und sagst all diese Dinge? Warum kümmert es dich jetzt? Es war dir doch die ganze Zeit über egal.«

»War es nicht! Nichts, was dich anbelangt, war mir je egal.«

»Erklärt natürlich prima, warum du deinen Schwanz in meine Freundin gesteckt hast.« Ich setze ein Lächeln auf, das falscher nicht sein könnte, doch es fühlt sich nicht mehr überlegen an. So ungern ich es zugebe, hat Declan in einem Punkt recht: Ich verwende mehr Zeit darauf, gegen Dinge anzukämpfen, als für sie zu kämpfen. Und ich bin es leid. »Es …«, setze ich an, schüttle dann jedoch den Kopf. »Es geht mir nicht einmal darum, Declan. Aber kannst du dir vorstellen, wie weh das getan hat? Du bist mein Bruder. Du bist die eine Person in meinem Leben, der ich mehr vertraue als allen anderen. Ich hab dir sogar mehr vertraut als mir selbst. Und dann gehst du. Lässt mich zurück, meldest dich nicht mehr, wirfst alle Pläne über den Haufen. Ich dachte erst, wir brauchen einfach etwas Zeit und Abstand voneinander, bis Gras über alles wächst. Aber wie soll denn Gras über die ganze Sache wachsen, wenn wir nichts dafür tun?«

»Es tut mir leid.« Declans Finger entspannen sich, und er fährt sich über die Stirn, als könne er die Falten darauf so glätten. »Ich hab mich so geschämt. Beim ersten Mal war ich betrunken. Das ist keine Ausrede, das weiß ich natürlich, aber ... Ich hab einfach nicht nachgedacht.«

»Wie konntest du das tun? Hattest du Gefühle für sie? Wir hätten doch darüber reden können.«

Er schüttelt den Kopf. »Hatte ich nicht.«

»Das macht es ehrlich gesagt noch schlimmer.«

»Ich weiß. Und es tut mir leid. Ich habe keine Erklärung und keine Ausrede, ich kann dir nur sagen, dass es mir leidtut. Und das tut es. Jeden einzelnen Tag.« Declan hält meinem Blick stand. Das Feuer darin ist erloschen, und ich glaube ihm. Ich kann nicht behaupten, dass ich es verstehe, aber ich glaube ihm.

»Ich bin weg, weil es einfacher war, als zu bleiben. Und weil ...« Er atmet tief durch, so als würden ihn die folgenden Worte mehr Kraft kosten als alle bisher gefallenen. »Weil es sich jeden Tag mehr nach einer Lüge angefühlt hat. Schon bevor das mit Sarah war. Es war immer mehr dein Traum, nicht unserer. Vielleicht war das mit Sarah einfach der einzige Ausweg, den ich damals gesehen habe. Vielleicht war der Gedanke, dass du mich deshalb hasst und ich gehe, einfacher, als dir die Wahrheit zu sagen.«

»Ich hasse dich nicht.«

Declan weitet überrascht die Augen. »Was?«

»Ich hasse dich nicht. Ich bin sauer und verletzt, ja. Aber ich glaube nicht, dass es etwas gibt, das du tun könntest, damit ich dich hasse. Ich hasse viel eher, wie es zwischen uns ist.«

»Ich auch«, sagt Declan. »Und ich hasse, was es allem Anschein nach aus dir macht. Ich wollte nie, dass du ...« Er fährt sich durch die kurzen Haare. »Das bist doch nicht du. Wie du gerade mit Caroline gesprochen hast.«

Vor wenigen Minuten noch hätte ich mich verteidigt. Mein Handeln gerechtfertigt mit all den Dingen, die passiert sind.

Doch die Wahrheit ist, dass wir mehr sein sollten als die Summe der Dinge, die uns widerfahren sind. Und Declan hat recht: Das bin nicht ich. Das will ich zumindest nicht sein.

»Ich muss mit ihr reden.«

»Ja, solltest du.«

»Bleibst du noch?«

Declan nickt, und es ist beinahe peinlich, wie erleichtert ich bin.

»Ich bin aktuell in Cartron bei einem Bekannten von der Uni.«

»Studierst du in Cork?«

»Jap, am UCC.«

»Ich nehme an, nichts mit Kultur und Gälisch.«

»Nein, Architektur.«

»Architektur?«, wiederhole ich verblüfft. Doch vielleicht sollte ich nicht so überrascht sein. Declan war schon immer kreativ und im Gegensatz zu mir auch gut in Mathe. »Du weißt nicht zufällig, wie man einen Wasserrohrbruch anständig fixt?«

»Ich will Architekt werden, nicht Klempner.«

»Schade.«

Ich schmunzle, und als Declan es mir gleichtut, fühlt es sich für einen kurzen Augenblick so an, als ob zwischen uns alles wieder in Ordnung kommen könnte. Nicht jetzt, aber mit Zeit, weiteren Gesprächen. Und mehr Verständnis von meiner Seite. Doch es gibt eine Person, mit der ich die Dinge jetzt viel dringender in Ordnung bringen muss. Und so setze ich mich in Bewegung. Dass Declan dabei kommentarlos an meiner Seite ist, mich nicht allein lässt, ist mehr, als ich heute zu hoffen gewagt habe.

Declan und mir begegnen ein paar seltsame Blicke, da unser Streit allem Anschein nach nicht unbemerkt geblieben ist, ansonsten ist die Stimmung in der alten Schule ausgelassen. Kinder spielen auf dem Rasen, und vereinzelt klopfen Leute Declan auf den Rücken, sichtlich erfreut, ihn nach all der Zeit wieder hier zu sehen. Die Parkplätze vor dem Gebäude und dem Museum sind rappelvoll, und sogar auf der Straße haben die Autos geparkt.

»Hat sich ganz schön gefüllt«, meint Declan, und ich glaube, Anerkennung in seiner Stimme zu hören.

Ich nicke, bin zu angespannt, um zu sprechen, und lasse den Blick über den Vorgarten wandern. Finn pfeift eines der Schafe zurück, das ausgebüchst ist und jetzt – sehr zum Vergnügen der Kinder – mit Lady Sprinkles spielt. Miss Sparkle versteckt sich eingeschüchtert hinter Mollys Beinen. Dem Zustand ihrer Schürze und dem Strahlen in ihrem Gesicht nach zu urteilen, ist der Backwettbewerb gut gelaufen.

»Hey, Conor!« Meine Mam läuft mir strahlend entgegen. Ihr Lächeln wird noch breiter, als sie Declan neben mir entdeckt. »Declan!« Die beiden haben sich allem Anschein nach schon begrüßt, denn sie legt uns beiden nur kurz die Hände auf die Arme, bevor sie sie gegen ihre Brust presst. »Ihr glaubt ja gar nicht, wie schön es ist, euch beide zusammen zu sehen. Das ist wundervoll. Genau wie das Fest, das du und Caroline auf die Beine gestellt habt. Dein Dad hat sehr vom Irischkurs geschwärmt. Er hat übrigens den zweiten Platz beim Backen belegt. Kannst du das glauben? Er braucht nicht zu erwarten, sich jemals wieder vorm Backen drücken zu können!«

»Das klingt alles ganz toll«, unterbreche ich meine Mam mit einem angespannten Lächeln. »Hast du Caroline gesehen?«

»Nur vorhin vorm Interview, seitdem nicht mehr.«

»Mist«, murmle ich und lasse meinen Blick weiter durch den Garten schweifen, doch hier ist keine Spur von Caroline. Ob sie heimgegangen ist?

»Mrs Donohoe wollte dich noch einmal sprechen. Sie und Mr Burke, der Bürgermeister, möchten noch Pressefotos machen.«

»Danke, Mam.«

»Viel Spaß euch beiden!«, ruft sie, als Declan und ich weiterziehen, und ich weiß genau, dass sie uns nachsieht. Dass sie sich das hier seit einem Jahr wünscht: mich und Declan wieder zusammen zu sehen. Zwar hat sie das Thema mir zuliebe kaum angesprochen, doch ich weiß, dass es sie und meinen Dad mehr belastet hat, als sie zugeben wollen.

»Willst du zu Mrs Donohoe und Mr Burke?«, fragt Declan, und ich schüttle den Kopf.

»Hab gerade andere Sorgen.«

Mein Bruder legt den Kopf schief und beobachtet mich amüsiert.

»Was? Was bitte ist an dem heutigen Tag zum Lachen?«

»Ach, nur die Tatsache, dass du all deine Prinzipien und Interessen über Bord wirfst. Sie hat es dir echt angetan, oder? Normalerweise würdest du alles stehen und liegen lassen für ein Gespräch mit dem Bürgermeister. Von der Ministerin mal ganz zu schweigen.«

Er hat recht. Doch gerade wirkt all das zweitrangig. Alles, was ich will, ist, mich bei Caroline zu entschuldigen. Mich vergewissern, dass es ihr gutgeht. Ihr zu beteuern, dass keines meiner Worte so gemeint war. Dass ich ausgeteilt habe, weil ich getroffen war.

Verletzte Menschen verletzen Menschen. Ging so nicht der Spruch? Wie überaus ironisch, dass er sowohl Declans Handeln erklärt als auch meines.

Nur auf Carolines trifft er nicht zu, denn sie hat seit ihrer Ankunft hier nichts getan, als für andere da zu sein.

Ich will gerade wieder nach drinnen gehen, um dort nach

Caro zu suchen, als Eoin mir entgegenkommt. Er trägt eine Sporthose und ein Rugby-Jersey. »Conor! Da bist du ja endlich! Wir haben dich schon gesucht! Das Match geht bald los, bist du am Start?«

»Ich kann grad nicht. Hast du Caro gesehen?«

»Jap, die ist schon hinten mit Liv und den anderen. Feargal macht auch mit! Das wird super. Es haben sich so viele angemeldet, dass wir ein kleines Turnier veranstalten können. Wobei wir den Kids doppelte Punkte geben, sonst ist's ein bisschen unfair.«

Ich warte Eoins Redeschwall gar nicht ab, sondern laufe ihm voraus in den hinteren Teil des Gartens und tatsächlich: Caro steht gemeinsam mit Liv auf der freigeräumten Rasenfläche. Den Rock hat sie gegen Sportkleidung getauscht. Als unsere Blicke sich treffen, verhärtet sich ihr Ausdruck, und sie dreht sich demonstrativ zu Olivia um. Ich nähere mich der Truppe trotzdem. Ich muss mit ihr reden. Alles, was ich brauche, sind fünf Minuten, um ihr zu sagen, wie leid es mir tut. Doch ich habe die Rechnung ohne Eoin gemacht. Er läuft an mir vorbei, eine Trillerpfeife um den Hals, und pfeift einmal laut.

»Dann sind wir jetzt ja komplett. Prima.« Er greift einen Korb, der am Rande des abgesteckten Felds steht, und holt daraus einige Bänder hervor, die er in die Höhe hält. Jetzt erst bemerke ich, dass sogar die Ministerin und der Bürgermeister sich um Eoin versammelt haben. Auch Siobhán, Molly, Feargal und Cormac sind dabei, während andere wie Roisin und meine Eltern am Rand stehen. »Die Regeln beim Tag Rugby sind einfach. Ein Team besteht aus sieben Spielenden. Jeder Teilnehmende kriegt von mir einen solchen Gürtel …« Er hält ein Exemplar in die Höhe und befestigt zwei blaue Bänder daran. »… mit zwei Klettbändern. Die verteidigt ihr mit eurem Leben. Genauso wie diesen Ball. Den kennt ihr vielleicht schon vom

Rugby. Euer Ziel ist es, den Ball hinter die Linie eures gegnerischen Teams zu bringen und ihn auf den Boden zu legen. Ich sage legen, weil ihr ihn nicht von hier hinter die Linie werfen dürft! Wer den Ball in der Hand hat, darf seine Tags, also seine Bänder, nicht beschützen. Generell ist Tag Rugby ein Sport mit minimalem Körperkontakt, also keine Tackles oder Ähnliches! Ich will auch nicht sehen, dass ihr jemanden schlagt, weil er euer Band nehmen will, ihr weicht einfach aus, ja?« Eoin rattert die wenigen Regeln herunter, erklärt, was passiert, wenn jemand all seine Tags verliert, doch die Worte umspülen mich bloß. Meine Konzentration liegt auf Caroline. Einmal sehe ich, wie ihr Blick mich streift, doch sie schaut eilig wieder weg, und ihrer Miene nach zu urteilen geht ihre Lust auf ein Gespräch mit mir gen null. Nicht, dass ich es ihr verübeln kann.

»Das war es eigentlich auch schon. Da wir von der Teambildung im Schulsport sicher alle nachhaltig traumatisiert sind, greift jetzt einfach jeder zwei Bänder der gleichen Farbe aus dem Korb, und damit hat sich das.« Kaum dass Eoin die Worte ausgesprochen hat, stürmen die Ersten auf den Korb zu und schnappen sich die Bänder. Ich setze mich erst in Bewegung, als Caroline und Olivia loslaufen. Caro nimmt zwei gelbe Bänder aus dem Korb, doch Olivia schnappt sich in dem Moment, in dem ich den Korb erreiche, die letzten beiden, sodass nur noch blaue für mich übrig bleiben.

»Würdest du tauschen?«, frage ich und strecke ihr die beiden blauen Bänder entgegen.

»Nein, wird sie nicht«, antwortet Caro und zieht Liv, die irritiert von mir zu Caro sieht, zur Seite. Seufzend nehme ich einen der Gürtel, die Eoin austeilt, und binde ihn mir um die Hüfte, bevor ich die blauen Klettbänder daran befestige.

»Immerhin hast du sie gefunden«, meint Declan, der, ebenfalls zwei blaue Bänder in der Hand, zu mir tritt.

»Das habe ich ewig nicht gespielt!« Mrs Donohoe tritt zu uns und klatscht in die Hände. Zu meiner Verblüffung hat auch sie ihr schickes Kostüm gegen eine Sporthose und eine Laufjacke gewechselt. Die Kameras fangen unsere Interaktion ein. Na großartig. Genau die richtige Atmosphäre für ein klärendes Gespräch.

Doch dass Caroline hier ist, erleichtert mich bereits. Ganz egal, wie das Gespräch verläuft, ob sie danach noch etwas mit mir zu tun haben will oder nicht, ich möchte ihr zumindest sagen, wie leid es mir tut. Mich vergewissern, dass sie meinen verletzenden Worten keinen Glauben schenkt.

»Alle bereit?«, ruft Eoin, der als Einziger auf dem Feld keine Bänder trägt. »Ich will keine Fouls sehen, wir haben Presse hier, also benehmt euch.«

Ein paar in der Menge lachen. Caroline gehört nicht dazu. In ihren Augen liegt ein Funkeln, das nicht amüsiert wirkt, sondern entschlossen. Und im Gegensatz zu vorhin ist ihr Blick jetzt genau auf mich gerichtet.

39. KAPITEL

Caroline

Eoin legt die Trillerpfeife an seine Lippen, und einen Wimpernschlag später setzt der schrille Ton uns alle in Bewegung.

Ich fühle Conors Blick auf mir und unterdrücke ein Schnauben. Dass er gemeinsam mit Declan am Spiel teilnimmt, sollte mich freuen, immerhin war es von Anfang an mein Ziel, dass die beiden wieder miteinander sprechen. Doch dass Conor nach allem, was er mir an den Kopf geschleudert hat, nun die Nerven hat, hier aufzukreuzen, dass er mich mit diesem Blick ansieht, der eine Mischung aus Sorge, Reue und Zuneigung ist. Dass er mein ganzes Leben und meine Gefühlswelt einmal auf links krempelt, mit mir und meinem Körper Dinge anstellt, die noch keiner zuvor geschafft hat, nur um den Finger dann auf meine wunden Stellen zu legen und zu bohren und zu bohren und …

Ich sehe rot. Und so renne ich los wie noch nie in meinem Leben. Es dauert nur wenige Sekunden, und ich habe das erste blaue Band in meinen Händen. Ich werfe es auf den Boden, wie Eoin erklärt hat, und Siobhán, deren Band ich abgerissen habe, legt den Ball auf die markierte Stelle.

»Ich bin wohl eingerostet«, meint Siobhán mit einem Lachen. Ich will mich zu einem Lächeln zwingen, doch selbst ohne mich sehen zu können, weiß ich, dass es missglückt. Siobhán wartet, bis mein Team in meinem Rücken steht, dann rollt sie den Ball mit ihrem Fuß zurück. Mein Zeichen. Ich stürze nach vorn, und obwohl Siobhán schnell ist, schaffe ich es, ihr den Ball zu entwenden. Ich schieße an den anderen vorbei, weiche Declan aus, der versucht, mir eines der Bänder abzuziehen, vorbei an Mrs Donohoe und gerate nur kurz ins Stocken, weil Conor plötzlich hinter ihr auftaucht.

Ich weiche zurück und schaffe es in letzter Sekunde, mich nach links zu drehen, damit Siobhán mein Band nicht schnappen kann.

»Mist!«, höre ich sie rufen, doch ich renne bereits weiter. Vorbei an Conor, beflügelt von der Wut in meinem Bauch, die seine Anwesenheit in mir auslöst. Ich schaffe es über die Linie und drücke den Ball so kräftig auf den Boden, dass ich den Rückstoß bis in meinen Ellbogen fühle.

Jubel bricht aus, und Eoin pfeift ein Mal laut.

»Wow, Caro! Schon mal überlegt, einem Team beizutreten?« Er gibt mir ein Daumen hoch, doch ich halte nicht an, um mich zu freuen oder wie meine Mitspielenden mit dem Publikum zu interagieren. Die Bewegung ist genau das, was ich brauche, denn sie bietet mir ein Ventil. Das Spiel geht weiter, also renne ich, weiche den anderen aus und spüre, wie mein Herz das Blut durch meinen Körper pumpt. Die Worte meiner Mutter hallen in meinen Ohren wider.

Komm nach Hause.

Doch was macht ein Zuhause aus? Liebe, Zugehörigkeit und das Gefühl von Geborgenheit. Nadine war mein Zuhause. Und sie ist weg. Ich muss ein neues Zuhause finden. Ich weiß, dass es nicht das Wohnheim in München ist. Es ist auch nicht länger das Haus meiner Eltern. Ist es Baile na Mara? Könnte ich mir vorstellen, bei Mrs Connolly zu wohnen? Keine Ahnung. Ich bin nicht nur ziellos, sondern auch orientierungslos.

Und dennoch … trotz all der rasenden Gedanken, der verwirrten Überlegungen, der Wut, trotz all dem fühle ich mich lebendig. Und das ist doch etwas wert.

Ich greife nach einem weiteren Band, es gehört einer Frau aus einem der benachbarten Dörfer, zumindest habe ich sie in Baile na Mara noch nie gesehen. Sie weicht in letzter Sekunde aus, und meine Hand gleitet ins Leere. Ich mache kehrt und laufe ihr nach, damit sie den Ball nicht hinter unsere Linie bringen kann. Doch Olivia schafft es, sie zum Halten zu bringen, und kurz darauf ist der Ball in Feargals Besitz. Ich folge ihm, um ihm den Rücken zu decken, als plötzlich eine Stimme durch das fröhliche Geplauder des Publikums dringt.

»Caro.« Alles in mir verkrampft sich, noch bevor Conor neben mir auftaucht. »Können wir reden?«

Für einen Moment bin ich so perplex, dass ich stehen bleibe und kopfschüttelnd auflache. Am Jubel merke ich, dass Feargal den Ball wohl hinter die Linie gebracht haben muss. Zwei Punkte für uns.

»Reden? Jetzt? Hast du sie noch alle?«

»Bitte. Es tut mir leid.«

Ohne Conor weiter Beachtung zu schenken, drehe ich mich um und bringe mich wieder in Position. Vielleicht ist es mein zorniger Blick, doch Siobhán und Cormac springen beinahe zur Seite, als ich lospresche, und kurz darauf ist der Ball in meinem Besitz. Ich rase auf die gegnerische Linie zu, als Conor plötzlich schon wieder neben mir auftaucht.

»Ich meinte nichts von dem, was ich gesagt habe, ernst. Ich war einfach verletzt und wütend, und das ist alles keine Entschuldigung, aber …«

»Dann spar sie dir«, zische ich und bleibe zwangsläufig stehen, als er sich in mein Sichtfeld stellt, aber keinerlei Anstalten macht, zu spielen. Ich spüre ein Ziehen an meinem Po, und jemand stößt ein triumphierendes Lachen aus, das mit lautstarkem Applaus belohnt wird. Ich drehe mich um und sehe, wie mein gelbes Band auf dem grünen Rasen landet. Die Ministerin hat mich gerade meinen Punkt gekostet.

»Toll. Danke auch!«, schleudere ich Conor entgegen und spüre, wie noch mehr Wut in mir hochkocht. Nicht auf das Spiel oder auf Mrs Donohoe, sondern auf die gesamte Situation. Ich drehe mich um und rolle den Ball mit dem Fuß, so, wie es Siobhán eben getan hat. Nur dass ich nicht zulasse, dass man ihn mir wegnimmt. Ich schnappe ihn, drehe um und laufe zurück in Richtung der Linie. Declan ist schnell bei mir, schafft es beinahe, mir mein letztes Band zu entwenden, doch seine Hand streift nur mein Shirt.

»Los, Caroline!« Mrs Connolly feuert mich begeistert an, und als ich kurz zu ihr sehe, reckt sie die Faust in die Höhe.

Ich renne weiter, schaffe es, Cormac abzuhängen, und als ich eine Kehrtwende mache, um jemandem auszuweichen, sehe ich, dass Conor schon wieder auf mich zuläuft. Er versperrt mir den Weg zur Linie und wird langsamer.

»Bitte.« Ich höre ihn nicht, doch ich sehe, wie sein Mund das Wort formt. Erkenne das Flehen in seinen Augen. Und habe genug. Ich drücke die Füße in den Boden, so fest, dass meine Waden spannen, und renne auf ihn zu.

40. KAPITEL

Conor

Verletzte Menschen verletzen Menschen. Der Spruch trifft wohl doch auf Caroline zu, denn …

»Holy Shit!«

Der Aufprall ist heftiger als erwartet, und ein gleißender Schmerz fährt durch mein Steißbein. Auch Caroline gibt ein Stöhnen von sich, als sie auf mir landet. Der Ball rollt davon, und Eoin bläst wie wild in die Trillerpfeife, um das Spiel zu unterbrechen. Ein Raunen geht durch die Menge. Carolines grüne Augen funkeln wütend. »Ich will nicht reden, Chance vertan«, bringt sie mit zusammengebissenen Zähnen hervor, während sie sich das Knie reibt.

»Was war das denn?«, ruft Eoin vom Spielfeldrand.

»Ist alles okay bei dir?«, frage ich Caro, doch sie antwortet nicht, sondern lässt sich von Liv helfen, die sie nach oben zieht und uns beide wieder skeptisch mustert.

»Was ist denn bitte los bei euch?«

»Nichts, alles bestens«, erwidert Caro und lässt anschließend Eoins Standpauke wegen des Fouls über sich ergehen. Das restliche Match erlebe ich eher passiv, da ich es besser weiß, als Caroline noch einmal beiseitezuziehen. Sie scheint sich nicht groß verletzt zu haben, denn es dauert nur eine knappe Minute, bis sie wieder im Ballbesitz ist. Diesmal passt sie jedoch in

Richtung des Bürgermeisters, sodass sie gar nicht erst in meine Nähe kommt.

»Das wird schon wieder«, raunt Declan mir im Vorbeilaufen zu, auch wenn ich mir da nicht mehr so sicher bin. Das Spiel endet mit einem deutlichen Sieg für das gelbe Team, und Eoin moderiert ab, um kurz darauf die beiden Kinderteams aufs Spielfeld zu rufen.

»Dann gibt es wohl keinen Wanderpokal für uns«, sagt Mrs Donohoe mit gespieltem Seufzen. »Schade.«

Ich zwinge mich zu einem Lächeln. »Vielleicht ja im nächsten Jahr?«

Ich darf nicht vergessen, weshalb wir all das hier machen. Um eine Förderung zu erhalten. Damit die Schule ein nächstes Jahr überhaupt erleben wird. Doch so monumental und lebenswichtig sich das bis vor Kurzem noch angefühlt hat, gerade wirkt es zweitrangig. Denn Caroline hat recht. Ich habe meine Ziele so lange priorisiert, dass ich darüber die Menschen weggestoßen habe, die mir wichtig sind. Klar, sie sind auch gegangen – aber eben nur fort von Baile na Mara. Aus meinem Leben habe ich sie selbst vertrieben. Seit Pádraigs Umzug habe ich mich kein einziges Mal bei ihm gemeldet, seinen Nachrichten in unseren Gruppenchats keine große Beachtung geschenkt. Bei Declan hatte ich immerhin die Ausrede unseres Streits. Wie er so handeln konnte, erschließt sich mir nach wie vor nicht – aber wenn ich ehrlich zu mir selbst bin, hat die Tatsache, dass er mich mit der Schule alleingelassen hat, mehr an mir genagt als die Sache mit Sarah. Hätte ich die Anzeichen dafür sehen müssen? War ich so auf mich und meine eigenen Wünsche konzentriert, dass ich alles drumherum nicht mehr wahrgenommen habe?

Während die Ministerin weitere lobende Worte über das Festival verliert, die mich unter normalen Umständen freuen würden, kann ich nur daran denken, dass Caroline jetzt mit mir hier stehen sollte. Immerhin ist es genauso sehr ihre Idee wie meine. Mein Blick wandert an Mrs Donohoes Schulter vorbei zu Caro, die gemeinsam mit Olivia auf dem Rasen sitzt und dem zweiten Match beiwohnt. Weiter über ihre Haare, die zu einem hohen Zopf gebunden sind, an ihrem Nacken entlang, den ich nur ansehen brauche, um daran zu denken, wie er sich unter meinen Lippen anfühlt.

Sie sitzt fünf Meter von mir entfernt, und ich vermisse sie. So lange habe ich mich gewehrt, die Gefühle für sie zuzulassen, weil ich genau hiervor Angst hatte. Dem Vermissen. Dem Verlust. Und jetzt ist sie hier, und ich habe sie trotzdem verloren.

»Ich würde nach den Matches und der Verkündung des Siegerteams gern noch ein paar abschließende Worte sagen, bevor ich zurück nach Dublin fahre.«

Ich konzentriere mich wieder auf Mrs Donohoes Lächeln und nicke. »Na klar. Das können Sie sehr gern. Das Ganze geht noch eine knappe Stunde, kann ich Ihnen bis dahin etwas bringen?«

Ich fühle mich wie auf Autopilot, während ich diese Worte sage. Sollte ich nicht Jubelsprünge machen, weil die Kulturministerin Irlands auf einem Festival zur Rettung der alten Sprachschule meines Grandpas nicht nur eine, sondern gleich zwei Ansprachen halten möchte? Warum ist dann alles, was ich fühle, Verlust?

Ich kann die Spannung zwischen uns fast spüren. Es ist, als bringe sie die Luft zum Knistern. Doch nicht auf die gute Art wie am Leuchtturm, sondern so, als würde jeden Augenblick ein Gewitter aufziehen. Mein Blick huscht immer wieder zu Caroline, die mir keinerlei Beachtung schenkt. Regungslos wie zwei Eisblöcke stehen wir nebeneinander, während um uns herum noch buntes Treiben herrscht.

Cormac und Eoin haben einen der Biertische mit den Medaillen, Urkunden und dem Pokal bestückt. Mittlerweile beleuchten die Lampions den Garten, statt Kaffee wird nun Bier ausgeschenkt, und da einige der Kinder bereits nach Hause gegangen sind, ist es etwas leiser geworden. Von außen betrachtet war es ein erfolgreicher Tag. Alles lief wie geplant. Beim Blick vorhin in die Spendenkasse ist trotz der Taubheit Stolz in mir aufgestiegen, denn sie ist prall gefüllt – und die Spenden, die online reinkamen, sind darin noch gar nicht eingerechnet. Zum ersten Mal seit Ewigkeiten scheinen die Mühen nicht länger vergebens. Auf einmal wirkt es, als wären die Hindernisse zu bewältigen. Zumindest den durch den Wasserrohrbruch verursachten Schaden werden wir so ziemlich sicher beheben können. All die Jahre wollte ich es allein schaffen, dabei lag die Lösung allem Anschein nach die ganze Zeit in der Gemeinschaft, für die ich die Schule am Leben erhalten wollte.

»Bereit?« Eoin schenkt mir ein strahlendes Lächeln. Er ist in seiner Rolle als Trainer vollkommen aufgegangen, und es würde mich nicht wundern, wenn Baile na Mara im nächsten Jahr eine Rugby-Mannschaft hätte.

Ich nicke, und auch Caroline bewegt kurz den Kopf. Ich beiße mir auf die Zunge, um sie nicht schon wieder flüsternd zu fragen, ob wir reden können. Als sie meinen Blick erwidert, zucke ich beinahe zusammen, so unerwartet kommt die Regung.

»Keine Sorge«, beginnt sie, als Eoin sich schon in Bewegung setzt und seine Position hinter dem Tisch bezieht. »Meine Eltern haben rausgefunden, dass ich hier bin, du bist mich und meine übergriffige, klammernde Art also bald los. Kann direkt danach meinen Rückflug buchen.«

Sie macht Anstalten, Eoin zu folgen, doch ich greife ihre Hand und halte sie im letzten Moment zurück. Der bloße Kontakt ihrer Haut sendet warme Schauer über meinen Körper. Noch nie hatte ein Mensch eine solche Wirkung auf mich.

»Tu das nicht. Oder besser gesagt: Tu es, wenn es sich wirklich wie das Richtige anfühlt. Aber tu es nicht meinetwegen, denn dafür passt du zu gut hierher. Lass uns bitte reden, Caro. Gib mir nur fünf Minuten.« Ich scanne ihr Gesicht nach Emotionen, nach einer möglichen Antwort, doch sie sieht mich nur ruhig an. »Fünf Minuten.« Mein Tonfall klingt flehend, doch das ist mir egal. Ihr Blick hält meinen gefangen. Er weicht auch dann nicht, als Eoins laute Stimme die Anwesenden um Aufmerksamkeit bittet. Ein Atemzug vergeht. Dann zwei. Ich will nichts lieber, als diese verdammte Distanz zwischen uns aufzulösen. Ihr sagen, was für ein Arsch ich bin. Dass sie recht hatte. Dass wir ein zu gutes Team sind, um aufzuhören. Dass ich sie spüren will. Immer und immer wieder und …

»Deshalb bitte ich jetzt Caro und Conor zu mir.«

Eoins ungeduldiges Räuspern verrät, dass er schon eine ganze Weile darauf wartet, dass wir ihm folgen. Ich sehe, wie Caroline schluckt. Etwas huscht über ihr Gesicht, und ihr Blick wird weicher, bevor sie ihn zu Eoin wendet.

Caro und Conor.

Ich hoffe, dass es das noch gibt: ein Caro und Conor, ein Wir. Sie räuspert sich ebenfalls und tritt zu ihm. Und obwohl sie nicht geantwortet hat, schleicht sich ein kleiner Funken Hoffnung in meine Brust. Denn sie hat während der gesamten Zeit eben meine Hand nicht losgelassen.

Eoin, Caroline und ich verteilen die Urkunden und Medaillen unter den Anwesenden, und jeder Einzelne wird bejubelt, als handelte es sich bei dem Preis um den Wanderpokal in der Mitte des Tischs.

»Danke!«, ruft ein kleines Mädchen aufgeregt, als Caroline ihm die Medaille um den Hals hängt. Ihre Eltern machen begeistert Fotos von ihr, und die Ministerin gibt ihr vor laufender Kamera ein High Five.

»Kommen wir nun zu den letzten beiden Teams«, beginnt Eoin. »Ich glaube, wer hier das Team mit den meisten Punkten ist, ist keine große Überraschung, darum spare ich mir spannungsgeladene Pausen und dramatischen Trommelwirbel.« Er sieht mit erhobenen Brauen zu Caroline, und als die Menge lacht, schleicht sich auch auf ihr Gesicht ein Lächeln.

Das Lachen, das sie bei dem Bootstrip mit Feargal ausgestoßen hat, kommt mir wieder in Erinnerung. Ihr erstes echtes, lautes Lachen. Ich will mehr davon. Ich will Anlass dafür sein. Der Wunsch ist so groß, dass er mir beinahe physische Schmerzen bereitet.

»Team Gelb hat Team Blau gehörig in den Arsch getreten! Oh, entschuldigt. Hab vergessen, dass Kinder anwesend sind. Ich meine natürlich: Team Gelb hat Team Blau haushoch geschlagen. Manch einer möchte munkeln, es lag daran, dass Caroline die Spieler ausgeknockt hat …« Wieder ertönt Lachen. »… aber gewonnen ist gewonnen, von daher …«

Eoin greift zum Pokal und hält ihn in die Höhe. »Das ist euer verdienter Pokal. Es gibt nur einen, das heißt sechs von euch müssen sich mit einer Medaille zufriedengeben, aber das regelt ihr bitte unter euch.«

Olivia und das restliche Team, von denen bis auf den Bürgermeister alle noch ihre Sportkleidung tragen, laufen jubelnd nach vorn. Doch auch mein Team kommt unter Klatschen und Lachen zum Tisch, und für ein paar Minuten herrscht absolutes Chaos, bis Olivia Caroline den Pokal schließlich in die Hand drückt.

»Ich finde, Caro hat ihn sich verdient. Durch mutigen Körpereinsatz, aber auch, weil es das Match ohne sie gar nicht gegeben hätte.«

»Ich bin dafür!«, ruft Feargal. »Da es ein Wanderpokal ist, gewinnen wir nächstes Jahr einfach noch mal, und dann kriege ich ihn. Reihum, bis wir alle einmal dran waren.«

»Pf, träum weiter«, erwidert Siobhán, und ich bin drauf und dran, ihr zuzustimmen. Denn so, wie Caroline eben klang, gibt es kein nächstes Jahr. Nicht mit ihr zumindest.

»Wanderpokal und nächstes Jahr sind dann wohl meine Stichworte, oder besser gesagt unsere.« Mrs Donohoe tritt aus der Menge zu uns, dicht gefolgt von Bürgermeister Burke.

»Was für ein wundervoller Tag«, spricht Mrs Donohoe weiter und sieht in die Menge. »Ich fühle mich sehr geehrt, ihn hier mit Ihnen allen verbracht zu haben, und möchte mich noch einmal ausdrücklich für die Einladung bedanken. Es ist immer wieder schön zu sehen, welchen Zusammenhalt es in den Dorfgemeinschaften gibt und welche Vielfalt gelebt wird.«

»Auch ich möchte mich recht herzlich bedanken«, steigt Mr Burke ein. »Es ist jedes Mal ein Erlebnis, die Stadt zu verlassen, und ich sollte das wohl häufiger tun. Das Turnier habe ich gewonnen und den Backwettbewerb auch noch. Ich kann es kaum erwarten, das meiner Frau unter die Nase zu reiben.«

»Bei der Eröffnung habe ich kurz über die oft traurige Geschichte Irlands geredet. Doch dieser Tag heute zeigt, dass die Gegenwart und Zukunft Irlands alles andere als düster sind. Das heutige Irland ist bunt, stolz, künstlerisch und vielfältig. Wir haben Stepptanz gesehen, Sportarten, Handwerk, ich konnte mein Irisch auffrischen.« Mrs Donohoe lächelt und wendet sich wieder zu mir. »Mr Ó Cathasaigh, Conor, Sie haben trotz aller Widrigkeiten nicht aufgegeben, sondern das Beste aus der Ihnen gegebenen Situation gemacht. In all dem kulturellen Angebot ist das wohl das Irischste am heutigen Tag. Ich muss mich gleich leider verabschieden, ich weiß, Ihr Fest geht morgen noch weiter: Doch ich dachte, ich gebe Ihnen schon heute weiteren Anlass zum Feiern.«

Mrs Donohoes Augen funkeln, und obwohl meine Gedanken weiterhin unablässig um Caroline kreisen, dringen ihre Worte zu mir durch. Ich sehe, wie Eoin erwartungsvoll die Brauen hebt, und auch Caroline, die neben ihm steht, blickt auf.

»Den meisten hier wird Global Ireland 2025 sicher etwas sagen: unsere Ambition, Irland bis 2025 in vielen maßgeblichen Sparten voranzubringen. Dazu zählt auch die Förderung des kulturellen und kreativen Sektors. Ich freue mich daher riesig, Ihnen allen verkünden zu dürfen, dass wir einen Teil der uns von der Republik zur Verfügung gestellten Gelder in Ihr Projekt stecken möchten. Mr Ó Cathasaighs Antrag liegt uns seit Längerem vor. Mehr noch, er hat bereits vier davon geschrieben.« Ein Lachen geht durch die Menge, und mein Dad wirft mir einen wissenden Blick zu. »Alles hat Hand und Fuß, und ich denke, dieses Event ist der beste Beweis dafür, dass das Interesse besteht und jeder – von Bewohnern im Umkreis bis hin zu Touristen – von einer Wiedereröffnung der Schule profitieren kann.«

Es ist, als hätten alle Anwesenden nur darauf gewartet, dass Mrs Donohoe eine Sprechpause macht, denn plötzlich jubeln alle kreuz und quer. Olivia hüpft aufgeregt auf und ab, und ich lache ungläubig auf, als Eoin sie an sich zieht und küsst. Selbst Mrs Connolly hat ein Strahlen im Gesicht.

Wir haben es geschafft.

Mr Burke klopft mir lachend auf die Schulter, als er meinen Gesichtsausdruck sieht, und ich schüttle kurz den Kopf, wie um meinem Gehirn einen Schubs zu geben, denn dieses ist maßlos überfordert.

Nach all den Absagen, all den Rückschlägen haben wir es jetzt wirklich geschafft?

Ich spüre Carolines Blick auf mir, und als ich ihn erwidere, heben sich ihre Mundwinkel leicht. Es ist nur der Hauch eines Lächelns, doch es ist da. Es ist genauso sehr ihr Sieg wie meiner. Und es ist ihr Lächeln, das dafür sorgt, dass auch meines endlich erscheint.

Wir haben es wirklich geschafft.

»Danke«, sage ich, immer noch völlig fassungslos.

»Wir danken Ihnen für Ihren unermüdlichen Einsatz. Ohne den Zusammenhalt der irischen Bevölkerung, aber auch die Hingabe all derer, die dieses Land besuchen und lieben, wäre unser Vorhaben nicht möglich.« Mrs Donohoe schenkt der Kamera ein strahlendes Lächeln. Sie steckt nach wie vor in ihren Sportsachen inmitten all des Chaos aus Medaillen, Bierbänken und Lampions, aber vermutlich ist es genau das, was die Leute von ihr sehen wollen: eine Ministerin, die nah an den Menschen ist.

»Als Bürgermeister von Galway steht die Förderung der irischen Sprache natürlich auch auf meiner Agenda«, ergreift Mr Burke das Wort. »Gemeinsam mit dem Galway City Council habe ich mich vorab besprochen, wie wir Sie und Ihre Schule, aber natürlich auch die irische Sprache allgemein fördern können. Mit den Universitäten stehen Sie ja bereits in Kontakt. Ich würde Ihnen jedoch gern die Möglichkeit geben, sich einigen Firmen und kulturellen Einrichtungen vorzustellen, um mögliche Kooperationen und Synergien auszuloten. Außerdem möchte ich Sie zu unserer Jahresabschlussfeier im Rathaus einladen, bei der Sie Ihr Projekt und die Schule gern vorstellen können. Ich bin mir sicher, dass Sie dort einige spannende Kontakte knüpfen können.«

Jetzt hat das Lächeln auch Carolines Augen erreicht, und sie steigt in den Applaus der anderen ein, während Mr Burke mir die Hand schüttelt. »Ich freue mich auf eine gute Zusammenarbeit.«

»Danke, ich mich auch!«

Mrs Donohoe und der Bürgermeister nehmen mich in ihre Mitte, und wir posieren für einige Fotos.

»Na, dann kommen Sie doch auch mal hinzu. Immerhin ist das genauso sehr Ihr Verdienst«, meint Mrs Donohoe und zieht Caroline an ihre Seite. Genau neben mich. Unsere Arme berühren sich, und obwohl ich fest damit rechne, dass sie zurückweicht, bewegt sie sich keinen Millimeter. Ich traue mich kaum zu atmen, aus Angst, dass sie den Kontakt unterbricht. Traue mich kaum, mich zu bewegen, während ich lächelnd dastehe, kaum begreifen kann, was gerade geschieht, und ich es auch gar nicht versuche, da in meinem Kopf nur sie ist.

Das Klicken der Kameras und Handys verstummt, und unsere kleine Formation löst sich auf. Etliche erwartungsvolle Gesichter wenden sich mir zu. Vermutlich ist das der Moment, in dem ich mich bedanke. Auch wenn ich keinen blassen Schimmer habe, wie ich inmitten des Chaos in meinem Kopf auch nur einen klaren Gedanken formulieren soll.

»Danke«, sage ich also das Naheliegendste. »Ich bin etwas überrumpelt. Ich habe nicht damit gerechnet, dass so früh eine Entscheidung fällt.«

Mrs Donohoe lacht. »Die Entscheidung ist ehrlicherweise auch schon vorab gefallen. So schnell mahlen die Mühlen der Politik leider nicht.«

»Danke.« Ich wiederhole mich, doch in meinem Kopf jagt ein Gedanke den nächsten. Da ist Freude, dass das hier wirklich kein Traum, sondern real ist. Aufregung, weil ich jetzt all die Dinge umsetzen kann, die ich mir so lange vorgenommen habe. Stolz darauf, dass Caroline und ich es geschafft haben und die Schule eine zweite Chance bekommt. Wieder trifft mein Blick Carolines. Sie hat den Kopf schief gelegt und sieht mich abwartend an, so wie jeder andere hier. In ihren Augen liegt nicht mehr die blanke Wut wie vorhin beim Match. Das ist vermutlich Mrs Donohoes Verdienst. Ich darf mir nicht einbilden, dass es bedeutet, dass sie mir verzeiht, und doch werde ich die Hoffnung nicht los, es wieder geradebiegen zu können. Wenn ich die alte Schule retten konnte, dann vielleicht auch das zwischen uns.

»Mein Stolz war lange Zeit mein Motivator«, beginne ich. Die Worte formen sich, bevor es meine Gedanken tun, doch ich lasse ihnen freien Lauf. »Ich war stolz darauf, irisch zu sein, stolz, die Schule meiner Familie weiterführen zu können. Doch Stolz allein reicht nicht. Wer einige Ecken genauer betrachtet hat, wird das gemerkt haben.« Leises Lachen erklingt, und wieder fällt mein Blick wie von selbst auf Caroline. Sie hat mich gelehrt, über meinen Stolz hinauszublicken. Ihre Methode mag zu radikal gewesen sein, aber vielleicht war sie auch nötig, um mich wachzurütteln. Ich weiß nicht, ob ich ohne sie einen Schritt auf Declan zugemacht hätte. Vermutlich nicht.

»In den letzten Tagen habe ich gezeigt bekommen, dass es Dinge gibt, die wichtiger sind als Stolz, und dass neue Wege uns manchmal an schönere Orte führen können als Traditionen.« Der sanfte Schein der Lampions hüllt Carolines Gesicht in warmes Licht, lässt ihre Züge weicher werden. Ihre grünen Augen sind weiterhin auf mich gerichtet. »Ich habe gelernt, zuzuhören. Oder, na ja, zumindest bin ich auf dem Weg dahin. Denn ich habe auch gelernt, dass ich weit davon entfernt bin, alles richtig zu machen. Ich habe sogar ziemlich viel gegen die Wand gefahren.« Ihre Züge werden noch weicher, und ich bilde mir ein, dass es nicht nur am Licht liegt, sondern auch meine Worte dazu beitragen. Ich erzähle von den letzten Tagen, von den Dingen, die ich bei der Vorbereitung über mich lernen durfte, und obwohl ich mich zwinge, den Blick von Caroline loszureißen und in die Menge zu schauen, hoffe ich, dass sie weiß, dass jedes meiner Worte ihr gewidmet ist.

Als ich meine kleine Rede beende, bin ich so atemlos, als befände ich mich noch auf dem Rugby-Feld. Alle klatschen, das Kamerateam kommt noch einmal nach vorn, um einzelne Fotos von uns und den Besuchern zu machen, und Carolines Blick findet mich ein letztes Mal, bevor sie sich vom Preistisch entfernt und auf Mrs Connolly zugeht, die sie mit stolzem Lächeln in die Arme nimmt.

Ich will hinterher, ein letztes Mal versuchen, mit ihr zu reden, doch ein Reporter der Tageszeitung aus Galway fängt mich für ein Interview ab. Bevor ich ihn vertrösten kann, ist Caroline bereits aus meinem Sichtfeld verschwunden. Ich kann nur hoffen, dass sie ihre Drohung nicht wahr macht.

Sie darf nicht fliegen. Nicht so.

41. KAPITEL

Caroline

Das Meer ist beinahe still, und die Sterne funkeln so zahlreich über mir, dass es wirkt wie ein Gemälde. Wann immer ich den Blick weiterwandern lasse, tauchen neue goldene Punkte am Himmel auf. Es ist genauso kalt wie beim letzten Mal, nur dass ich dieses Mal besser ausgestattet bin. Ich ziehe mir die Ärmel bis zu den Fingerspitzen herunter. Ich schließe die Augen, dann stöpsle ich die Kopfhörer in meine Ohren und drücke auf *Play*.

Softly, carefully, I
Tread on new paths.
The future's evergreen
And I wonder if it lasts.

It's always been a mystery,
A vast and unknown land.
Yet however scared I am,
Forward I go with steady feet,
'Cause I'm guided by your hand.

Nadines Stimme umfängt mich wie eine Umarmung, wärmt mich von innen wie von außen. Dieses Mal sind ihre Worte keine Messer, die mein Innerstes zerschneiden, Löcher in mich reißen, durch die Erinnerungen an bessere Zeiten sichtbar werden. Nein, ihre Stimme ist beruhigend wie das Meer, hoffnungsvoll wie die Sterne über mir. Tränen brennen in meinen Augen, doch dieses Mal fühlt es sich nicht an, als wäre mir etwas genommen worden, vielmehr sind Nadines Worte in der Lage, mir den inneren Frieden zu spenden, den ich mir schon so lange wünsche.

»Danke«, flüstere ich, als ihr Lied endet, öffne die Augen und blicke in Richtung des Himmels. Ich bin nicht gläubig, aber in diesem Moment fühle ich mich ihr trotzdem so nah wie lang nicht mehr. Näher als durch die Nachrichten, die ja doch nur ins Nichts gehen, so sehr ich auch simuliere, dass sie sie erreichen.

Nadine ist tot.

Ich habe diesen Satz heute so oft gehört wie noch nie zuvor. Ich weiß, dass er stimmt. Es fühlt sich nicht mehr wie eine Lüge an. Wie etwas, gegen das ich nur lange genug ankämpfen muss, das ich irgendwie besiegen kann.

Nadine ist tot. Doch sie ist auch hier. In jedem Wort ihrer Musik. In jeder gesungenen Silbe, die sie mit ihrer einzigartigen Stimme in mein Ohr haucht.

Eine Träne löst sich, doch als ich das Salz an meinen Lippen schmecke, stelle ich überrascht fest, dass diese zu einem Lächeln verzogen sind.

»Ich verspreche dir, dass ich leben werde«, sage ich leise in das sanfte Rauschen der Wellen hinein. »Ich werde nicht nur überleben, sondern leben. Ich weiß noch nicht, wie das aussieht. Aber vermutlich reicht es dir auch schon, wenn ich nicht in einem Hörsaal der Rechtswissenschaften einstaube. Den Rest find ich noch raus.«

Da sollte Druck in meiner Brust sein, meine Kehle sollte brennen. Doch obwohl vereinzelt Tränen über meine Wangen laufen, fühle ich mich seltsam frei. Ich weiß, dass Roisin mit einer Tasse Tee auf mich wartet, wenn ich zurückgehe. Ich weiß, dass meine Eltern mehr besorgt als wütend sind und dass sie mich lieben. Das Gespräch, das wir über meine Zukunft führen müssen, wird kein leichtes, aber ich habe schon Schlimmeres geschafft. Ich weiß, dass ich auch das bewältigen kann. Ich weiß, dass ich weitermachen darf. Dass ich mich freuen darf, am Leben zu sein, auch wenn es nicht fair ist, dass Nadine dieses Privileg nicht hat. Und ich weiß, dass ich vergeben kann.

Als hätte Conor meine Gedanken gespürt, höre ich leise Schritte auf der Straße hinter mir. Mein Herzschlag beschleunigt sich, als die Schritte lauter werden, als das Quietschen des Tors ertönt und als ich mich erhebe und räuspere. Conors Kopf schnellt zur Seite, aber anstatt verdutzt zu sein, dass ich schon wieder an seinem Zaun stehe, wirkt er nur unendlich erleichtert. Er rennt beinahe auf mich zu.

»Caro.«

»Hey.«

Stille. Bis auf mein Herz. Denn das schreit mich an, einen Schritt auf Conor zuzumachen. Die Arme auszustrecken und ihn zu mir zu ziehen. Seine Muskeln unter meinen Fingern zu spüren, seine Sicherheit einzuatmen. Die Distanz zwischen uns zu füllen – ob mit Worten oder Taten.

»Es tut mir leid.«

Die Worte kommen uns beinahe zeitgleich über die Lippen.

»Du hast recht, ich war übergriffig«, spreche ich schnell weiter. »Ich habe einfach nicht verstanden, wie du den wichtigsten Menschen aus deinem Leben ausschließen kannst. Aber es ist unfair, alles mit meiner Situation mit Nadine zu vergleichen. Du hast ein Recht darauf, verletzt zu sein. Ich hätte Declan nicht hinter deinem Rücken einladen dürfen. Erst recht nicht, nachdem ich wusste, wie schwierig euer Verhältnis ist und was er getan hat.«

Meine Worte mögen die Brücke geschlagen haben, doch es ist Conor, der langsam nach vorn tritt und meine Finger mit seinen umschließt. Im Gegensatz zum letzten Mal trennt uns heute kein Zaun.

»Du trägst meine Jacke.«

Seine Worte sind sanft, als er lächelnd unsere Hände betrachtet und mit dem Daumen über den schwarzen Stoff des Ärmels streicht.

»Mir tut es auch leid. Was ich dir an den Kopf geworfen habe, war unterste Schublade.« Er hebt den Blick, findet meinen, und allein in diese haselnussbraunen Augen zu schauen genügt, um die letzten Steine meiner Mauern zum Einsturz zu bringen. Mein Bauch kribbelt, meine Finger kribbeln, und trotz der Temperaturen ist mir plötzlich gar nicht mehr kalt.

»Ich kann mir nicht vorstellen, wie es ist, jemanden zu verlieren, der einem so nahesteht. Ich …« Er schüttelt den Kopf. »Es ist ganz egal, was ich sage, nichts davon entschuldigt, was ich gesagt habe. Ich war einfach verletzt.«

»Ich weiß. Und ich weiß auch, dass Nadine tot ist.«

»Ja, ich wollte nie …«

»Aber ich hab es lang genug verdrängt«, erwidere ich. »Klar, ich wusste schon, dass sie nicht mehr lebt. Aber ich habe krampfhaft versucht, sie irgendwie am Leben zu erhalten.« Ein Lächeln legt sich auf meinen Mund. »Ehrlich gesagt hätte sie vermutlich hinter dir gestanden und dich angefeuert.«

Conor hebt die Brauen. »Meintest du nicht, sie war deine beste Freundin?«

»Ja«, erwidere ich schmunzelnd. »Und sie würde es hassen, dass ich mich nur um andere kümmere, nicht um mich.«

»Weißt du denn schon, was du jetzt machen willst?«

»Zuerst einmal werde ich einen Flug nach Hause buchen.«

Ich kann dabei zusehen, wie ihm das Herz bis in die Schuhe sackt. Er schluckt, fährt sich mit der Zunge über die Lippen und nickt dann. »Okay.«

Mehr sagt er nicht, nur okay. Ich kann sehen, wie es in ihm arbeitet, kann jeden Gedanken an seinen Augen ablesen, seiner Stirn, die sich erst in Falten legt und dann wieder glättet.

»Ich hab so lange Angst davor gehabt, dass noch mehr Menschen aus meinem Leben gehen. Und du hast recht, dadurch hab ich sie entweder weggestoßen oder gar nicht erst an mich rangelassen. Aber bei dir war das anders.« Er lächelt und legt einen Finger an mein Kinn, betrachtet mich, als wolle er sich jeden einzelnen Zug meines Gesichts einprägen. »Irgendwie habe ich bei dir all diese Prinzipien über Bord geworfen. Nicht bei dir zu sein war schmerzvoller als der Gedanke, dass du irgendwann gehst. Deshalb danke.« Mit den Fingern streift er sacht über mein Gesicht. »Für die Zeit mit dir und alles, was ich durch dich gelernt habe. Für das Event, die Ausflüge, ziemlich guten Sex ...«

Ich lache auf. »Ziemlich gut? Ich nehm gleich den Nachtflug.«

»Okay, grandiosen Sex«, erwidert er, und trotz des traurigen Ausdrucks in seinen Augen zeichnet sich ein feines Lächeln auf seinem Mund ab. »Und danke, dass du mir meinen Bruder zurückgebracht hast. Obwohl es übergriffig war. Leider war es wohl nötig.«

»Ist denn bei euch alles in Ordnung?«

»Nein, aber vielleicht wird das wieder.«

»Das wäre schön.«

Er nickt. Die Art, wie seine Finger nun über meinen Nacken streichen, tiefer bis zu meinem Rücken gleiten und meinen BH-Träger entlangfahren, zeigt mir jedoch, dass er sich gerade Besseres vorstellen kann, als über seinen Bruder zu reden.

»Macht Mrs Connolly mir Probleme, wenn du später nach Hause kommst?«

Ich wiege den Kopf hin und her. »Sie könnte ihre Hunde auf dich loslassen.«

»Lady Sprinkles und Miss Sparkle lieben mich, damit komm ich klar.«

»Dann geht das wohl in Ordnung.«

»Sehr gut. Denn ich habe noch etwas vor.«

Kaum dass er die Worte ausgesprochen hat, greift Conor nach meinen Händen und zieht mich in Richtung seines Hauses. Durch die Tür, hinein in die mir vertrauten Räume, in den Geruch, der so unverkennbar er ist, und schließlich in sein Schlafzimmer.

Unsere Berührungen sind nicht zärtlich wie zu Beginn, sie sind hungrig, verzweifelt beinahe. Ich ziehe Conors Jacke aus, lasse den Rock über meine Beine auf den Boden gleiten, kralle die Finger in den Bund von Conors Hose, bis auch diese zu Boden fällt.

Dieses Mal gibt es kein Vorspiel, keine Worte, es gibt nur uns. Seine Haut an meiner. Meine Lippen auf seinen. Er erkundet meinen Körper mit seinen Fingern, seiner Zunge, verteilt Küsse auf meinem Bauch, meinen Oberschenkeln, bis er meine intimste Stelle erreicht.

In jeder seiner Berührungen liegt ein Abschied. Und für jemanden, der Abschiede hasst, macht er diesen hier ziemlich gut.

»Kommst du mich besuchen?« Conors Worte streicheln meine nackte Haut, sorgen schon wieder für Gänsehaut.

»Noch bin ich doch gar nicht weg, das Festival geht morgen schließlich weiter.«

»Ja, ich weiß.« Ich höre Conors Schlucken. Obwohl ich ihn nicht betrachten kann, da ich mit dem Rücken zu ihm liege, weiß ich genau, wie er in diesem Moment aussieht. Kann die leichten Falten auf seiner Stirn erahnen. Weiß, dass die Grübchen in seinen Wangen fehlen, weil er ernst schaut.

Sein Arm legt sich enger um mich, zieht mich näher, als wolle er so verhindern, dass ich gehe.

Es ist gemein, dass ich ihm nicht verraten habe, was ich längst weiß. Aber so schnell, wie ich ihm seine Worte verziehen habe, wollte ich ihn ein wenig zappeln lassen.

»Weißt du, was?«, frage ich jetzt dennoch.

»Hm?«

»Ich glaube, ich buche direkt noch einen Flug.«

»Wohin?«

»Hm«, mache ich nachdenklich und drehe mich zu ihm um. Ich will sein Gesicht sehen können. »Was hältst du von Dublin? Oder Kerry?«

Seine Augen weiten sich, und sein Finger stoppt mitten in der Bewegung. »Was?«

»Ich muss heim, mit meinen Eltern reden. Aber ich kann mir Schöneres vorstellen, als am Montag im Hörsaal zu sitzen und der Einführung in die Rechtswissenschaft beizuwohnen.«

»Warte!« Er springt auf, sodass die Decke verrutscht und den Blick auf seinen Bauch freigibt. »Heißt das, du kommst wieder?«

Ich hebe die Schultern. »Na ja, Roisin meinte, das Zimmer steht sowieso nur leer, und wie ich heute mitbekommen habe, kriegst du eine Förderung und kannst sicher jemanden gebrauchen, der dir dabei hilft, ein anständiges Konzept für die Schule zu entwickeln.«

Mit jedem meiner Worte wächst die Hoffnung, die ich in seinen Augen sehe.

»Also bleibst du?«

»*Tá*«, antworte ich auf Irisch. Es ist eines der ersten Worte, die ich gelernt habe. Und es ist nicht bloß ein Ja auf Conors Frage, sondern ein Ja zu dem Leben, das noch vor mir liegt.

EPILOG

Caroline

Ein zweiter Neuanfang. Genau danach fühlt sich dieser Tag an, als erst meine Mutter, dann mein Vater mich fest umarmen. Die Sorge ist nicht aus ihren Augen verschwunden, vielleicht wird sie das nie, doch sie halten mich nicht zurück. Im Gegenteil. Mein Vater schiebt mir meinen Koffer entgegen, den er für mich einmal quer über den Münchner Flughafen gezogen hat. Meine Mutter küsst mich auf die Wange und lässt mich dann los. Lena steht einfach nur neben ihnen und sieht mich mit einer Mischung aus Stolz und Wehmut an.

»Schreib uns, wenn du angekommen bist«, sagt mein Vater.

»Mach ich!«

Keine Geheimnisse mehr, das habe ich versprochen. Dafür haben sie mir geschworen, nicht noch einmal zu erwähnen, dass man auch in Galway Rechtswissenschaften studieren kann. Letzte Woche habe ich mich an der Uni exmatrikuliert, und es ist, als wären zentnerschwere Steine von meinen Schultern genommen worden. Ich glaube nicht, dass ich mich für ein Studium einschreiben werde – weder für Jura noch für irgendwas anderes. Zwar weiß ich nach wie vor nicht, was ich langfristig machen möchte, doch es sollte auf jeden Fall etwas Praktisches sein. Fürs Erste werde ich in Mollys Pub aushelfen, da Siobhán dank der Förderung wieder in Baile na Mara unterrichten kann. Zumindest in Teilzeit, was mir einige Stunden Arbeit in der Kneipe beschert hat. Der Rest wird kommen, da bin ich mir sicher.

»Denk dran, Mrs Connolly zu grüßen! Und ihr die Geschenke zu geben. Das für Weihnachten habe ich in eine extra Tüte gepackt, gib ihr das erst dann.«

»Mach ich, Mama«, sage ich und unterdrücke ein Schmunzeln, als ich an das Skype-Gespräch zwischen meinen Eltern und Roisin denke. Die meiste Zeit war Roisin nicht zu sehen, da sie es nicht geschafft hat, die Kamera auf ihr Gesicht zu richten, aber seit meine Eltern sich versichert haben, dass sie echt ist, sind sie nicht mehr ganz so nervös, was meine Abreise angeht.

»Ich werd dich vermissen«, nuschelt Lena in mein Haar, als sie mich ein letztes Mal umarmt.

»An Weihnachten sehen wir uns doch schon wieder! Die drei Wochen wirst du aushalten.«

»Gerade so.« Sie lässt mich los und nickt in Richtung des Security-Checks. »Dann los, bevor Mama und Papa es sich anders überlegen.«

»Macht's gut! Ich ruf euch heute Abend an.«

»Pass auf dich auf, mein Schatz!«, ruft meine Mutter mir hinterher, als ich mich langsam in Richtung der Sicherheitskontrolle bewege. Ich drehe mich um und winke den dreien ein letztes Mal zu. Dann schaue ich nicht mehr zurück, denn meine Zukunft liegt vor mir.

Mein Magen macht einen aufgeregten Hüpfer. Das hat er eben bereits, als wir durch die Wolkendecke gebrochen sind und Irland sich als grüner Fleckenteppich unter uns ausgebreitet hat. Jetzt hingegen ist es nicht die Vorfreude auf das Land, die mich nervös macht, sondern der Mann, der gerade auf mich zugelaufen kommt.

»Caro.«

Conors kräftige Arme legen sich um meinen Oberkörper, und er zieht mich so eng an sich, dass mir für einen Moment die Luft wegbleibt.

»Hey«, sage ich leise, und dann finden seine Hände mein Gesicht und meine Lippen seine, und dieses Mal fühlt sich meine Ankunft wirklich nach zu Hause an. Sein Geruch nach Meer und Wind und ihm ist mir genauso vertraut wie sein Geschmack, als seine Zunge meine streift.

»Ich hab dich vermisst«, flüstert er gegen meine Lippen.

»Ich dich auch. Dich und alles hier.« Ich lege meinen Kopf an seine Brust und schließe für einen Moment die Augen. Die zwei Wochen, die ich in München war, um dort alles zu regeln und Vero und meiner Familie zu erklären, dass ich nach Irland ziehen würde, sind einerseits binnen Sekunden an mir vorbeigezogen, andererseits haben sie sich angefühlt wie Monate. Und jetzt bin ich endlich wieder hier.

»Sollen wir nach Hause?«, frage ich, und mein Magen hüpft schon wieder bei der bloßen Vorstellung, gleich nach Baile na Mara zurückzukehren. Ich kann es kaum erwarten, das Meer zu hören, die salzige Luft zu schmecken, bei Molly zu sitzen, Olivia wiederzusehen – und Mrs Connolly und die beiden Hunde.

Conor nickt. »Gern. Aber ich hab noch eine Überraschung.«

Ich hebe die Brauen, doch anstatt etwas aus seiner Jackentasche zu holen oder zu erklären, was er meint, tritt Conor zur Seite.

»Roisin!« Mein Blick fällt auf Mrs Connolly, und ihr Mund verzieht sich zu einem breiten Lächeln. Sie sieht so anders aus als noch vor wenigen Monaten, als sie mich zum ersten Mal an der Türschwelle ihres Hauses begrüßt hat. Das liegt nicht bloß an der neuen Frisur, die sie sich während meiner Abwesenheit anscheinend hat verpassen lassen, sondern vor allem an dem Ausdruck in ihrem Gesicht. Da ist keine Abneigung mehr. Weder gegen mich noch gegen sich selbst noch gegen irgendeinen der Menschen, die auf dem Dubliner Flughafen hin und her laufen.

Noch bevor sie sich in Bewegung setzen kann, renne ich die paar Meter auf sie zu und werfe mich in ihre Arme.

»Schön, dass du wieder da bist, *mo chailín*. Das Haus war still ohne dich.«

»Ich hab Sie auch vermisst! Wie geht es Miss Sparkle und Lady Sprinkles?«

»Bestens. Ich hab weiter mit ihnen geübt, Miss Sparkle kann jetzt eine Rolle!«

»Oh, sehr gut. Ist Lady Sprinkles immer noch so stur?«

»Natürlich«, erwidert sie mit einem tiefen Lachen. »Aber du hast ja noch fast zwei Monate, um das hinzukriegen.«

»Ich? Wieso? Was ist in zwei Monaten?«

»Eine Dog Show in Sligo, für die ich uns angemeldet habe.«

»Was?«

Mrs Connolly hebt die Schultern. »Wenn wir es auf den drittletzten Platz schaffen, hat Molly uns eine Party im Pub versprochen. Sie haben es damals ohne Training auf den vor-letzten geschafft, daher male ich mir gute Chancen aus.«

Ich schnaube. »Also bitte. Wir kommen mindestens in die Top 3.«

Nun ist es Roisin, die schnaubt. »Na, ich bin gespannt.«

»Ich auch«, erwidert Conor, der zu uns kommt. »Vielleicht mache ich mit Eoin ein Wettbüro auf.«

»Das sieht euch ähnlich«, erwidert Mrs Connolly und gibt ihr typisches Schnalzen von sich, doch in ihren blaugrauen Augen liegt ein Funkeln, das ihren Tadel Lügen straft. »Sollen wir los? Wir haben noch ein paar Stunden Fahrt vor uns. Du fährst übrigens besser als Conor.«

»Bitte?«, fragt dieser empört, während ich laut auflache. »Erinnern Sie sich noch, dass Brendan Sie überredet hat, den Führerschein abzugeben, weil sie den Fahrradständer vorm Angelshop angefahren haben?«

»Deshalb haben Sie kein Auto mehr?«, frage ich überrascht, denn trotz all des Tratsches im Dorf höre ich das zum ersten Mal.

»Lasst uns das Thema wechseln, sonst bereue ich es noch, dich bei mir einziehen zu lassen.« Mrs Connolly eilt, so schnell ihre Beine es erlauben, voraus in Richtung der Parkplätze, während ich lachend nach Conors Hand greife und ihr folge.

»Warte kurz«, sage ich, als wir den Flughafen verlassen. Ich ziehe mein Handy aus der Tasche und mache ein Selfie von mir am Dubliner Flughafen. Zuerst schicke ich es in die Familiengruppe, damit meine Eltern sich keine Sorgen machen. Dann öffne ich den Chat mit Nadine. Meine Nachrichten an sie sind immer rarer geworden, ich hatte in den vergangenen Wochen einfach zu viel zu tun. Als ich auf Senden drücke, setzt mein Herz einen Schlag aus. Meine Muskeln verkrampfen sich so sehr, dass das Smartphone in meiner Hand zittert.

»Alles okay?« Aus dem Augenwinkel nehme ich wahr, wie Conor näher zu mir tritt. Kein Wunder, denn mein Atem geht stoßweise. Da sind zwei grüne Haken. Nein, jetzt werden sie blau. Mein Blick fliegt zu dem Profilbild. Dort sind nicht länger Nadine und ich zu sehen. Keine lachenden Gesichter, keine Spur von Nadines kleiner Zahnlücke. Stattdessen ist dort eine Frau mit einer Katze auf dem Arm abgebildet, die fröhlich in die Kamera lächelt.

Nadine, 11.03 am:
Wer ist das?

Meine Finger schweben über der Tastatur, unschlüssig, was ich tun soll. So lang war Nadine mein Ventil. Sie war mein Tagebuch, meine engste Vertraute und das über ihren Tod hinaus. Es war nur eine Frage der Zeit, bis ihre Nummer neu vergeben wird, und allem Anschein nach ist diese Zeit jetzt gekommen. Zeit, loszulassen. Zeit, meinen Weg weiterzugehen.

Seltsamerweise muss ich bei dem Gedanken lächeln.

Softly, carefully I tread on new paths …

Ich atme tief ein, dann schreibe ich Nadines alter Nummer ein letztes Mal.

Caroline, 11.04 am:
Entschuldigung, falsche Nummer.

Nadine hatte, wie immer, recht. Ich habe meinen Weg gefunden.

DANKSAGUNG

Irland ist ein Sehnsuchtsort für viele. Kein Wunder: die klare Luft, die grüne Landschaft, die Musik, die Gastfreundschaft der Menschen – wie könnte man sich nicht in die Insel verlieben? Meine Liebe zu Irland startete im Englischunterricht und mit einem Bühnenstück von Brian Friel namens »Translations«. Es handelt nicht nur von der Geschichte Irlands und der britischen Besatzung, sondern auch von der Bedeutung von Sprache und Kultur für Land und Leute. Ich habe historische Daten und gälische Wörter gelernt, das Stück gelesen und Irland danach für einige Jahre wieder aus dem Blick verloren. Dann irgendwann mit Anfang zwanzig kurz vorm Ende meines Studiums bin ich relativ spontan in das Erasmus-Büro meiner Universität spaziert. Ich habe gefragt, ob sie last minute noch Stipendiumsplätze frei haben, und wenige Monate später bin ich nach Irland gezogen. Geplant war ein Semester, geblieben bin ich für den kompletten Master. Genau wie Caroline hat mich Irland nicht mehr losgelassen. Es hat mich verändert, mir unendlich viel beigebracht und sich mit jedem Schaf, jedem regnerischen Tag und jedem Pint im Pub in mein Herz geschlichen.

Das Buch ist meinem ehemaligen Englischlehrer Herrn Orth gewidmet, der nicht nur mein Interesse an Irland losgetreten, sondern meine Leidenschaft für die englischsprachige Literatur und Linguistik entfacht hat – das, was ich letzten Endes sogar studiert habe. Ich glaube, wir alle vergessen manch-

mal, wie viel Einfluss wir im Leben anderer Menschen haben
können. Caroline war es bei Mrs Connolly sicherlich ebenso
wenig bewusst wie meinem Englischlehrer bei mir. Mein erster Dank gilt daher nicht nur meinem ehemaligen Lehrer, sondern allen, die sich Zeit für andere Menschen nehmen, Zeit,
ihnen etwas beizubringen, oder, wie bei Caroline und Conor,
füreinander da zu sein.

Danke, wie immer, auch an meine Eltern. Mein Vater ist
ziemlich froh drüber, dass ich irgendwann dann doch wieder
nach Deutschland zurück bin (so anstrengend die Deutsche
Bahn auch ist, die ständige Fliegerei war noch nerviger), aber
sowohl er als auch meine Mutter haben mich dabei, wie auch
bei allem anderen, immer unterstützt.

Danke an den LYX-Verlag, allen voran an meine großartige
Lektorin Alexandra. Danke, dass ich Themen schreiben darf,
die mir am Herzen liegen. Egal ob Feminismus, irische Sprache oder Backwettbewerbe: Ihr seid immer offen für meine
Ideen und helft mir, das Beste aus ihnen herauszuholen. Ein
großes Danke auch an meine Außenlektorin Klaudia, die nie
müde wird, mit mir über Duden-Einträge zu diskutieren.

Danke an meine Agentinnen Kristina und Gesa – besonders
Kristina, denn von ihr stammen die finalen Titel für die Reihe!

Danke an meine Testleser:innen Alicia, Marike, Mikkel,
Pauli und Sonja für euer Feedback und eure Hilfe.

Go raibh maith agat an meine grandiose Irischlehrerin Claire
Ni Mhuirhile, die nicht nur das Irisch im Buch überprüft hat,
sondern für meinen ersten Ausflug in die Gaeltacht verantwortlich ist – nach Baile an Fheiritéaraigh, einer der Orte, die
Baile na Mara inspiriert haben. Ebenso danke ich all den Menschen, mit denen ich zu ihren Erfahrungen in der Gaeltacht
sprechen durfte – ich habe viel von euch gelernt.

Danke an meine Hörbuchsprecher:innen Chantal und

Vincent. Ich schreibe diese Zeilen, bevor ihr das Hörbuch einsprecht, aber ich werde euch in den nächsten Wochen mit etlichen Sprachnachrichten zur korrekten irischen Aussprache nerven. Viel Spaß!

Danke an die allerbesten Freund:innen der Welt. Danke, dass ich immer auf euch zählen kann – auf Unterstützung genauso sehr wie darauf, dass ihr mir ehrlich sagt, wenn ich komplett falsch bei etwas liege. Danke an Alex, Anne, Ava, Babsi, Bianca, Chris, Julian, Klaudia, Laura G., Laura K., Lisanne, Liza, Lucinda, Maike, Marie, Nicole, Nina, Raffi, Saskia, Tami.

Danke an meinen wundervollen Partner für alles, aber besonders für die Essensversorgung in Deadlinephasen.

Danke auch an meinen Discord und Twitch für die Schreibunterstützung, aber auch für all die Gespräche darüber hinaus. Ich könnte mir keine tollere Community wünschen! Dasselbe gilt für Instagram: Danke, dass ihr mit so viel Begeisterung dabei seid.

Danke an alle Buchhändler:innen, die meine Bücher auslegen, an alle Buchinfluencer:innen auf Instagram, YouTube und TikTok für euren Support und eure Arbeit.

Zuletzt danke an dich, dass du dieses Buch gelesen hast. Schreib mir gern auf Instagram oder TikTok, ich freu mich auf den Austausch mit dir!

Wir lesen uns in *Dreams of Sapphire Seas* wieder!
Anabelle